空に響くは竜の歌声

恵みの風と猛き竜王

MIKI IIDA
飯田実樹

ILLUSTRATION
HITAKI
ひたき

この物語はフィクションであり、
実際の人物・団体・事件等とは、いっさい関係ありません。

シャオワン

五代目竜王。誰もが彼を好きになる、快活でおおらかな青年王。人間の国と外交する中で幾つもの波乱を経験する。その身に強大な魔力を秘める。

守《もり》屋《や》龍《りゅう》聖《せい》（五代目）

五代目リューセー。日本からエルマーンに降臨する。家族や友人みなから愛されて育った。明るくてのびやかな青年。

ジンヤン
シャオワンと命を分け合う金色の巨大な竜。
ババル
リューセーの側近として仕えるアルピンの青年。思慮深く理知的。
ライエン
シャオワンの親友で剣の達人。元々は同年齢だったが、シャオワンが眠っている間に、ずいぶん年上になってしまった。
シャイール
シャオワンの弟。生真面目で、兄を心から尊敬している。
[**リューセーとは…**]竜の聖人にして、竜王の伴侶。そして王に魂精を与え、子供を宿せる唯一の存在　[**魂精とは…**]リューセーだけが与えることのできる、竜王の命の糧。魂精が得られないと竜王は若退化し、やがて死に至る

Family tree

エルマーン王家家系図

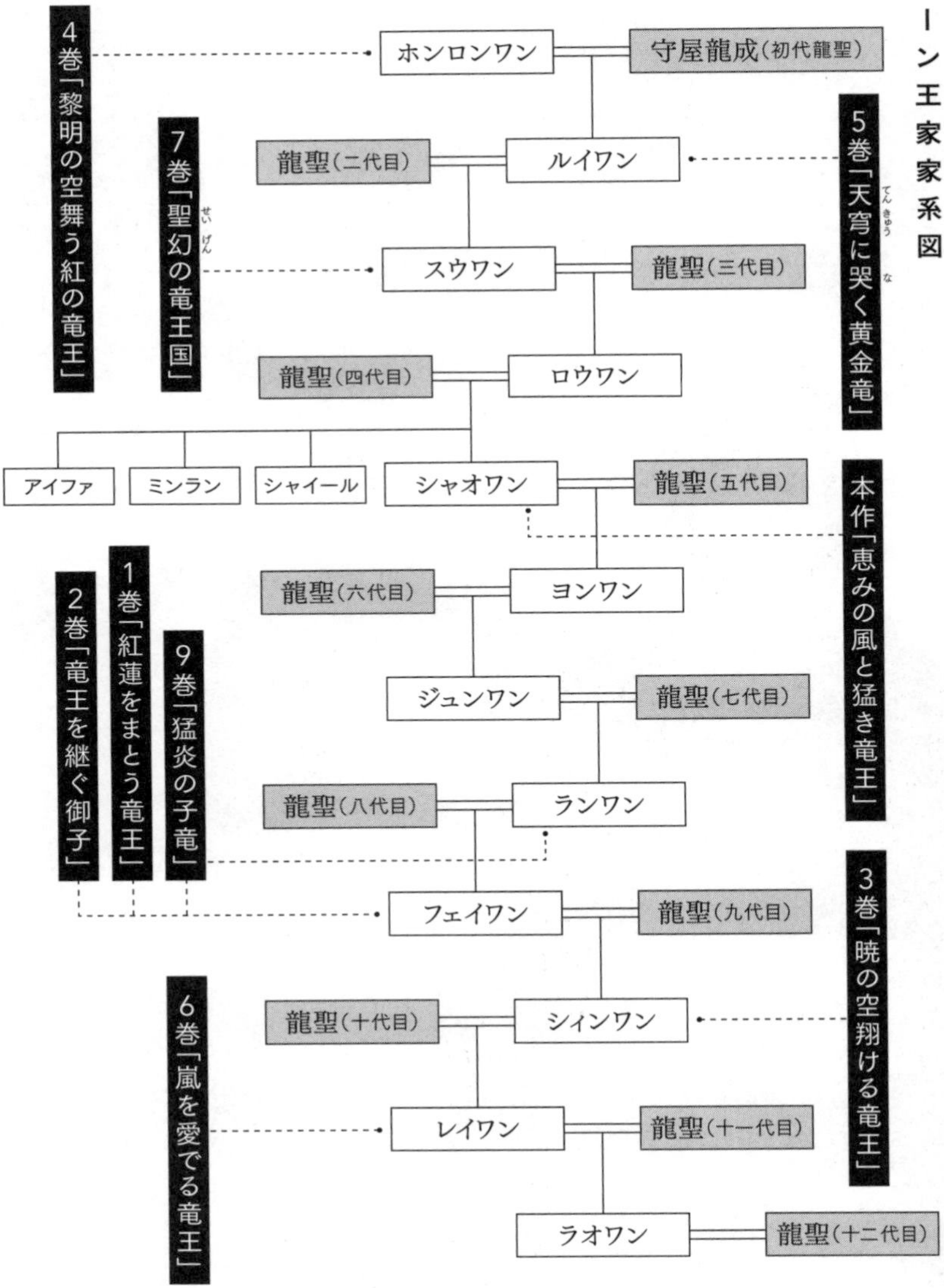

＊竜王の兄弟は本編に名前が登場した人物のみ記載しています

空に響くは竜の歌声　恵みの風と猛き竜王

序章

広々とした石造りの広間の中央に、赤い絨毯《じゅうたん》が敷かれている。その赤い絨毯は広間の入り口から真っ直ぐに、正面の一段高い玉座の置かれた場所まで道のように続いていた。

玉座の前に対面して、ひざまずく一団の姿があった。先頭には深紅《しんく》の長い髪が印象的な男性が二人、その後ろには家臣と思われる男達が六人控えている。

深紅の髪の男の一人は、その全身からただならぬ威厳を醸《かも》し出している。中年くらいの風貌《ふうぼう》だが、整った美しい顔立ちには少しも老いは感じられず、落ち着いた貫禄《かんろく》のある雰囲気が、それ相応の年齢であることを表している。

その男の隣には、そっくりの顔立ちをした青年が、静かに頭を垂れていた。

二人は丁寧な仕草《しぐさ》で膝をつき拝礼をすると、ゆっくり立ち上がった。

「セルバンテス王、ご無沙汰《ぶさた》しております」

「ロウワン王、よくぞお越しくださいました！　我が国は十年ぶりでしょうか？　歓迎いたします」

玉座に座るセルバンテス王は、嬉しそうに笑顔で歓迎の言葉を述べた。

エルマーン王国の竜王ロウワンは、皇太子シャオワンを連れて友好国であるガルダイア王国を訪れていた。成人を前にしたシャオワンに、竜王としての務めを教えるために、四年前から様々な公務に携わらせている。外遊に連れ出したのはこれが二回目だった。

ガルダイア王国は、建国百五十年のまだ若い国だが、それまで一領主でしかなかった初代王が、建国した時からロウワンとはつきあいがある。セルバンテス王は四代目の国王だ。

「ありがとうございます。今日は皇太子を連れてまいりました」

ロウワンが隣に立つ青年を促すように見ると、青年は再び恭《うやうや》しく拝礼をした。

「セルバンテス王、初めてお目にかかります。エルマーン王国国王ロウワンの嫡男《ちゃくなん》シャオワンと申します。以後お見知りおきください」

「お話には伺《うかが》っておりましたが……これはまたお父君にそっくりですな。よくぞお越しくださった。挨拶《あいさつ》はこれくらいで、宴会の用意ができております。積もる話はそちらでいたしましょう」

セルバンテス王がそう言って右手を挙げると、側《そば》に控えていた側近がゆっくりとした足取りでロウワン達の下へ歩み寄り一礼をした。

「ご案内いたします」

側近に促されるようにして、ロウワン達は広間を後にした。


シャオワンは緊張した面持ちで、目の前のテーブルに並べられた料理の数々を見た。どれも美しく盛りつけられていて美味しそうに見える。

シャオワンの後ろに控えている侍女が、食べる分を皿により分けてシャオワンの前にそっと置いた。それをしばらくじっと見つめる。まだカトラリーには手を伸ばしていなかった。

すでに宴《うたげ》が始まっており、セルバンテス王をはじめとしたガルダイア王国の家臣達は、料理を食べ始めている。隣に座る父ロウワンも、食事をしながらセルバンテス王と話をしていた。

シャオワンは一度ちらりとロウワンの皿へ視線を送り、改めて自分の皿を見た。

「食べなさい」

小さな声でロウワンがそう言ったので、シャオワンはびくりと体を震わせて、慌ててフォークを手に取った。とりあえず野菜と分かる物をフォークで刺して口に運んだ。

シャオワンが挙動不審になってしまっているのも無理はない。他国で食事をするということは、シャオワンにとって想像以上に緊張を伴《ともな》うものだった。

初めて外遊に同行させてもらうことになった時に、ロウワンから宴に関する注意を受けた。それは食事中の相手との会話や作法などについてのことではなく、料理について警戒するべき注意事項だった。

シャオワン達は、神より受けた罰により獣を食べることが出来ない体になっていた。食べることが出来るのは、野菜と魚だけだ。獣を食べれば死んでしまう。

そのため他国で食事をするということは、万が一の危険が伴うということだった。国交のある国に対しては、宗教上の理由で、獣の肉を一切食べないということを伝えてある。外遊をする際には、改めてその旨《むね》を伝えるほどに念を入れてはいる。

それでも細心の注意を払って、料理を口にするようにとロウワンから教えられた。

シャオワンは、その教えを受けるまでは、料理に対して特に思うところはなかった。そもそも竜王は、食物を摂取する必要がない。生き物が糧《かて》とする食料の代わりに、竜王は『リューセー』から『魂《こん》精《せい》』を貰う。

次期竜王であるシャオワンも、母である龍聖《りゅうせい》から魂精を貰って育った。幼少期はほとんど料理を口にすることはなかったが、六十歳（外見年齢十二、三歳）を過ぎた頃から、食事の作法を身に着けるために、毎日一食は食事をするようになった。

それはすべてこのように他国を訪れた際に、宴でもてなしを受けた時に、普通に食事をするためだと思っていた。シャオワンにとっては、食事はあくまでも『人間としての作法のひとつ』という意味合いしかなく、料理自体に何か意味を感じたことなどなかった。

つまり頭では分かっていても、『食事をする』『料理を食べる』ということと、『獣を食べてはならない』ということが合致《がっち》していなかったのだ。

ロウワンから改めて注意するよう厳しく言われたことにより、途端《とたん》に『料理』がとても怖いものに感じられてしまった。

「人間達はよもや我々が、獣の肉を食べたら死ぬなどとは思ってはいない。我々が『宗教上の理由』を言い訳としているのは、人間社会において宗教における戒律《かいりつ》が、とても厳しく重要なものであり、誰もが共通認識として理解してもらえるからだ。人種や宗派が違えども、そういう部分はとても大事なことだと分かっているから、それ以上の説明が不要なのだ。だが一方で、死ぬほどのことでもないから、絶対約束を守ってもらえるとも限らない。だから我々が細心の注意を払って、食事をするより仕方ないのだ」

そんな風に説明をされて、シャオワンはすうっと血の気が引くような心地がした。

「だがシャオワン、たとえ宴の席だとしても、国同士の外交の場だ。先方は我々をもてなしてくれているのだ。出された料理を食べないということは、相手を信じていないということになる。だから相手に悟られないように警戒しつつ、和《なご》やかな雰囲気を壊さないように食事をしなければならない。顔には出さず、だが食べる物には細心の注意を払うのだ。出された料理をすべて食べる必要はない。絶対大丈夫と思う食材だけ、味わう素振りをして、分からないものには手を付けず、会話を弾ませて食べることを回避するというのも、ひとつの手段だ」

色々と言われれば言われるほど、シャオワンは怖くなってしまった。そんな器用なことなどできるのだろうか？　エルマーン王国内で食べる料理が、どれほど安全だったのか、他国で出される料理がどれほど危険なものなのか、それを考えるだけで、初めての外遊だと浮かれていた気持ちが、一気に萎《な》えてしまった。

そのため初めての外遊は、極度に緊張してしまい、料理をほとんど口にすることが出来なかった。ロウワンから叱られることはなかったが、シャオワン自身がひどく落ち込んでしまった。こんなことでは、竜王になった時に、うまく外遊が出来ないのでは。竜王失格だ。

二度と同じ失敗はしないと意気込んで、この二度目の外遊に赴《おもむ》いたのだ。ひどく緊張をしているが、前回ほどではない。あの時は頭の中が真っ白になってしまって、宴で自分がどんな風に過ごしていたのかさえも覚えていなかった。

いくつか野菜と分かる物だけ口にしたが、まったく味を感じない。不味《まず》いというわけではない。緊張してそんな余裕がないのだ。ひどく胸がドキドキしている。これではまるで肝試《きもだめ》しだと思う。そっとシャオワンの隣に座る叔父のシュウエンに視線を向けた。シュウエンは外務大臣として長年ロウワンを支えてきた片腕だ。このような場に慣れている叔父は、向かいに座るガルダイア王国の家臣達と、にこやかに会話を交わしながら、自分の皿にある料理の中から、いくつかの食材をフォークで器用により分けた。それを皿の端にひとまとめにして、フォークで軽くコツコツと皿を叩く。音が鳴るか鳴らないかという微妙な力加減だ。

シャオワンは驚いて、視線をシュウエンの顔に向けた。しかしシュウエンは、まったくシャオワンを気にかける素振りはなく、会話に夢中になっているように見える。

シュウエンは、シャオワンの様子を察して、料理の中で食べても大丈夫な食材を示してくれたのだ。それを周囲に気づかせずに、さりげなくする辺りは老練の技といえよう。

シャオワンは、シュウエンが教えてくれたものと同じものを、自分の皿から選び取って食べた。

「シャオワン様、我が国の料理はいかがですか？　お口に合いますでしょうか？」

ふいにセルバンテス王から話しかけられて、シャオワンは慌てて口の中の物を飲み込むと、笑顔を向けた。

「はい、初めて食べる味つけですが、とても美味しいです。この料理にかけてあるソースは、何のソースなのですか？」

「それはココルカという果物を煮詰めて作ったソースです。この辺りの地域でよく採れる果物で、実自体はとても酸っぱくて、そのままでは食べられないのですが、火を通すと甘みが出て、このように甘酸っぱい独特の風味になるのです」

「そうなのですか……とても気に入りました」

シャオワンが笑顔でそう言いながら、また一口食べたので、セルバンテス王は満足そうに、微笑みながら頷《うなず》いた。

ロウワン達一行は、セルバンテス王達に見送られて、ガルダイア王国を後にした。

シャオワンは、ロウワンの金色の竜に同乗させてもらっていた。上空に飛び立つと、シャオワンは大きな溜息をついて、肩を落とした。

「疲れたか？」

「あ、いえ……緊張が解けたもので……申し訳ありません」

ロウワンに声をかけられて、シャオワンは赤い顔で慌てて言い訳をして謝罪した。ロウワンはそれに対して特に何も言わなかった。いつもと変わりない真面目な顔で、真っ直ぐ前を見すえている。

「今回も……申し訳ありませんでした。父上に促されなければ、いつまでも食べ始められずに、周囲から不審に思われてしまうところでした。それにシュウエン叔父上にも助けていただいて……我ながら外交に向いていないのではと、少しばかり自信をなくしております」

「そうか？　最初に比べれば、今回は上手くやれていたと思うが」

すっかり気落ちした様子で、溜息交じりに反省の言葉を述べたが、それに対してロウワンが思いもかけず擁護《ようご》してくれたので、シャオワンは驚いたように顔を上げて、ロウワンの横顔をじっとみつめた。みつめたところで、父が何を考えているかなどシャオワンには分からない。なぜ擁護の言葉をかけてくれたのか、その真意は測りかねた。

シャオワンがいつまでもみつめていると、一度だけロウワンがチラリとシャオワンに視線を投げた。だがまったく表情を変えることはなく、また真っ直ぐに前に向き直る。

「なんだ？」

「え？」

一言ロウワンがそう尋《たず》ねてきたので、シャオワンは少し赤くなって返答に困りながら、目をうろうろと宙をさ迷わせた。

「私に何か言いたいことがあるのではないのか？」

「あ、いえ……別にそういうわけではありません……すみません、じっと顔を見たりなどしてしまって……」

シャオワンは、恥ずかしくなって俯《うつむ》いてしまった。その時、二人を乗せた金色の巨大な竜が、頭を少し後ろに向けて、ロウワンを見るような素振りをしてグルルルッと鳴いた。

それを聞いたロウワンが「むっ？」と唸《うな》って眉根を寄せる。シャオワンはバッと顔を上げて、さらに顔を赤くしながら首を振った。

「ジンバイ！　違います！　違います！　良いのです！」

「ジンバイ、それはどういうことだ」

二人が同時に、金の竜に向かって返事をした。

シャオワンはひどく狼狽《ろうばい》していて、ロウワンは不可解そうにしている。

ロウワンの半身である巨大な金色の竜ジンバイが、『シャオワンは失敗したと落ち込んでいるのに、お前が叱ることなく擁護したので喜んでいるんだよ』と言ったからだ。

グルルルッと鳴いているだけのように聞こえるが、半身であるロウワンと、次期竜王であるシャオワンには、ジンバイの言葉が分かるのだ。

するとまたジンバイは振り返りながら、ググッグルルルッと鳴いた。両目を少し細めて、笑っているようにも見える表情で言った言葉は『お前が滅多《めった》に褒めないからシャオワンも驚いたんだろう』というものだった。

その言葉にロウワンの眉間のしわは、ぐっと深くなった。

シャオワンは赤い顔で焦《あせ》りながら、黙ってしまったロウワンの顔をチラリと見て、みるみる青くなっていった。

「ジンバイ！　余計なことを言わないでください！」

シャオワンが少し涙目になりながら、ジンバイに向かってそう叫ぶと、ジンバイはググッと笑うように鳴いて、それっきり何も言わなくなった。

「シャオワン」

「は、はい」

ロウワンに名を呼ばれて、シャオワンはびくりと背筋を伸ばした。

「私はそんなにいつもお前のことを褒めていないか？」

「い、いえ！　そんなことは……父上は特別に私に厳しいわけではありませんし……叱ることもありません。お優しいです」

「シャオワン、それは答えになっていない。褒めているのか、いないのか、どちらだ？」

「それは……」

シャオワンは、俯いて口籠《くちごも》ってしまった。

「シャオワン」

ロウワンが催促するように名を呼んだ。シャオワンは、グッと両手の拳《こぶし》を握りしめる。

「あまり……褒めていただいていません」

覚悟して答え、恐る恐るロウワンの顔色を窺《うかが》った。ロウワンは一瞬とても驚いたように、両目を開いたがすぐに眉根を寄せて難しい顔をした。

「そうか……」

唸るように呟《つぶや》いて、それからは一言もしゃべらなくなった。出立した時と同じように、真面目な顔で真っ直ぐに前を見すえている。

シャオワンだけが、ひどく居心地の悪さを感じながら辺りの景色を眺めるふりをして誤魔化《ごまか》していた。

確かにロウワンから褒められたことは少ない。しかし叱責されるようなこともあまりない。シャオワンは、自分の父親でありながら、ロウワンのことはあまりよく分からなかった。

とにかく生真面目。それが父を表す言葉だと思う。何事にも真面目だからこそ、厳しい態度を取ることもあるが、基本的には誰に対しても同じ態度だ。皇太子であるシャオワンに対して、特に厳しいというわけではない。

シャオワンは、次期竜王として政務を教わるまでは、むしろ優しい父親だと思っていた。どんなことがあっても、決して怒ることはないし、声を荒らげることもない。不機嫌な態度など見せたこともない。シャオワンに勉強を教える養育係のムーライや、剣術の先生であるドウレンの方が、何倍も怖いと思う。

だが竜王として、政務に携わっている時の父は、シャオワンが知っている以上に真面目で厳しかった。だから父の前では、ひどく緊張してしまう。間違いや失敗を犯してしまうことが、とても怖い。父を失望させてしまうような気がしていたからだ。

自分も父のような竜王にならなければならない。そんな思いが、シャオワンを無意識に追いつめていたのだ。

『気を悪くしてしまっただろうか？　父上のことだから、怒っているわけではないと思うけれど……』

シャオワンはそんなことを思いながら、心の中で大きな溜息をついた。

やがてジンバイが、少しずつ下降し始めた。眼下には赤い大地が広がっている。どこまでも広がる荒野に、突然険しい岩山群が現れる。それがエルマーン王国だ。

ジンバイを先頭に、岩山めがけて降下していく。上空から見ると、険しい岩山が、円を描くように連なっている。その中央には緑の大地があり、まるで箱庭のようだった。

岩山の一角に、大きな城が建っている。みっつある塔の中で、中央の一際大きな塔が、ジンバイの棲《す》み処《か》だ。ジンバイはそこに向かってゆっくりと舞い降りた。

塔の最上階は、壁の一部が玄関のように大きく開いている。近づくと黒髪の人物が立っているのが見えた。それを確認した瞬間、ロウワンの表情が和《やわ》らいだのを、シャオワンは見逃さなかった。

『母上の前では、優しい顔になるのだから、決して父上も堅物というわけではないのだよな』

シャオワンは、ひっそりとそんなことを思って、口元を緩ませた。

ジンバイが無事に着地して翼を畳むと、ロウワンから先に降りるように促された。シャオワンは、ジンバイの首を伝って、ぴょんと下に飛び降りる。

「シャオワン、おかえりなさい。外遊はいかがでしたか？」

「母上、ただ今戻りました。色々と勉強になりました」

出迎えてくれた黒髪の人物は、ロウワンの伴侶であり、シャオワンの母である龍聖だ。嬉しそうに笑いながら、両手を広げて近づいてきたので、シャオワンはそれに応《こた》えるように、龍聖の体をそっと抱きしめた。龍聖もシャオワンの体を抱きしめる。

「無事な姿に安心しました。今回は緊張せずにいられましたか？」

「それが……」

シャオワンが苦笑しながら目を伏せたので、龍聖は一瞬目を丸くしてシャオワンの顔をみつめた後、ニッコリと笑って両手でシャオワンの両頬をつねった。

「イテッ……母上、何をなさるのですか」

「竜王はそんな顔をしてはなりませんよ。たとえ失敗をしたとしても、皆の前では何事もなかったかのように堂々としていなさい」

龍聖はにこやかな表情で優しく小言を言って、つねっていた両手を離すとペチンッと軽く両頬を叩いた。シャオワンは驚いて目を丸くしたが、龍聖はふふふっと笑ってロウワンの下へ向かった。

「おかえりなさいませ。外遊はいかがでしたか？」

「ああ、何事もなくつつがなく済んだよ」

ロウワンと龍聖は抱きしめ合って、軽く口づけを交わした。龍聖はとても嬉しそうに微笑んで頷いている。ロウワンは特に表情を変えていないように見えるが、とても柔らかで優しい眼差《まなざ》しをしている。

シャオワンはそれをぼんやりとみつめた後、ひとつ溜息をついて、少しひりひりと痛む両頬をさすりながら、ゆっくりと城の中へ戻っていった。

「兄上！　おかえりなさいませ！」

塔の階段を下りて廊下に出ると、とても元気のいい声がシャオワンを出迎えた。声のする方を見ると、王の私室の扉が開かれていて、かわいい少女が待ちきれないという様子で身を乗り出していた。

「ミンラン様、はしたないですよ！」

養育係のムーライが、側に立って窘《たしな》めている。

「ミンラン、ただいま」

シャオワンは思わず顔を綻《ほころ》ばせながら、可愛い妹に返事をした。するとミンランは頰を上気させて、淡い若葉色の瞳を輝かせる。

「母上のそばにいてくれたかい？」

「ええ、母上とシャイールのことは、私にお任せいただいて大丈夫って言いましたでしょう？」

シャオワンがゆっくりとした足取りで、そばまで歩み寄り声をかけると、ミンランは両手を腰に当てて、胸を張ってそう答えた。シャオワンは笑って、ミンランの頭を撫でた。緩やかなウェーブのついた柔らかそうな深緑色の髪が、ふわふわと揺れる。

「ミンランはいい子だな」

「おかえりなさいませ、シャオワン様」

「ただいま戻りました。ムーライ……少し話を聞いてもらえますか？」

シャオワンが一呼吸おいて、ムーライにそう尋ねた。その表情が作り笑顔であることを察したムーライは、少し目を細めて頷く。

「はい、すぐにでも」

「え！　待って！　ムーライ、ずるいわ！　兄上とお話をするのは私が先よ！」

「ミンラン様、我が儘《わまま》を言うものではありません」

口を尖らせて抗議するミンランを、ムーライは落ち着いた口調で窘めたが、ミンランの抗議は続いた。

「だって！　だって今しか私が兄上とゆっくり話をする暇はないのですよ！　しばらくしたら、絶対姉上がいらっしゃるもの……そしたら姉上に、兄上を取られてしまうわ！」

ぎゅっと握った両手の拳を胸の前で合わせて、頬を上気させながら必死な様子で訴えるミンランの勢いに、シャオワンは少しばかり気圧《けお》されながらムーライと顔を見合わせた。ムーライは肩を竦《すく》めて苦笑してみせるだけで、特に何も言わなかった。シャオワンは困ったように少しばかり考えた。

「ミンラン、分かった。分かった。こうしよう。後でミンランと二人だけで話をする時間を作るよ。そうだな……私の部屋へ招くから、お茶や菓子を楽しみながら、外遊の土産話をしよう。アイファが来たとしても待ってもらうから……それならいいだろう？　私は仕事のことでムーライと大事な話があるんだ。聞き分けておくれ」

シャオワンに宥《なだ》められて、ようやくミンランは納得したようで、落ち着きを取り戻して上目遣いにじっとみつめた。

「本当に？　本当に約束してくださいね」

甘えた声でまだもう少しシャオワンと一緒にいたいというように、何度も問いかける。

「約束するよ」

シャオワンは微笑みながら、なんとか宥めすかした。

「ミンラン、そこで何をしているのですか？　父上がお帰りですよ」

そこへ塔から降りてきた龍聖が呼びかけたので、ミンランは、はっとした様子でそちらを振り返る。塔の出入り口の前にロウワンと龍聖が立っていた。

「父上！　おかえりなさいませ！」

ミンランは満面の笑顔で、ロウワン達の下へ駆けていった。

「廊下で立ち話など行儀が悪いぞ」

ロウワンにそう叱られて、ミンランは「ごめんなさい」と少ししょげたが、その頭をロウワンが優しく撫でる。

龍聖がシャオワンの方を見て、微笑みながら頷いてくれた。おそらく今のやり取りを途中から見られていたのだろう。助け舟を出してくれたのだと分かって、シャオワンはほっとしながら一礼をして、ムーライと共に自室へ向かった。


「どうなさいました？　かなり落ち込んでいらっしゃるようですが……作り笑顔が下手すぎましたよ」

シャオワンの自室に用意されているソファに、向かい合って腰を下ろすなりムーライが言ったので、侍女にお茶を頼んでいたシャオワンが、肩を竦めて苦笑した。

「いや、顔が強張《こわば》っているのは承知している。帰るなり母上に頬をつねられたからね」

シャオワンは自嘲《じちょう》気味に笑いながら、思い出したように頬をさすった。

「でもミンラン様に対しては、いつもの笑顔でしたよ」

「あれは……むしろミンランに助けられたよ。一気に陰鬱《いんうつ》な気分が解されたからね」

シャオワンはそう言いながら、深い溜息をついた。

「外遊先で何か失敗でもなさいましたか？」

「失敗……そうだな……ムーライ……他国での食事を怖いと思ってしまう私は、竜王として失格だろうか？」

「失格？」

弱音を吐いたシャオワンの言葉尻を捉えて、ムーライが少し眉根を寄せた。

「誰かに何かそのことで言われたのですか？」

「あっ……いや、すまない。今の言葉はなしだ。失格だなんて軽はずみに言うものではないな。誰かが言ったわけではない。私が勝手に言ってしまっただけだ。私だって……本気でそう思っているわけではないよ。ただ食事を怖いと思ってしまった自分が恥ずかしくて……今までこんなことを思った竜王なんていないだろうって……」

シャオワンの話を最後まで聞いて、ムーライはやれやれという顔で溜息をついた。

「驚かせないでください。まあ……分かりました。殿下のために先に答えだけを言えば、竜王も怖いはずです。誰だって怖い。シーフォンは皆、一度は怖いと思うはずです。特に初めて外遊に行った時などは……。食事が人間と同じように、生活の一部として必要な我々でさえそうなのですから、本来食事を必要としない竜王ならば、怖いと思うのは当然でしょう」

ムーライの言葉に、シャオワンは目を丸くした。

「本当かい？　私を慰めるために言っているのではなく？」

「慰めるって……殿下、どうも最初の外遊での失敗が、貴方《あなた》を委縮させてしまっているようだ。後ろ向きな発言は、貴方らしくないですよ？　もっと明るく元気で自信に満ちている方が、いつもの貴方らしいのに……」

「ああ、分かってる……我ながら本当に情けないよ。こんなに精神的に弱いとは思わなかった。今まで自信満々で生きてきたから、挫折《ざせつ》に弱いというか……いかに傲慢不遜《ごうがんふそん》だったのかと、自分の未熟さを思い知らされてしまって……気弱になるのも仕方ないよ」

「殿下、それは違いますよ」

ムーライが少し厳しい表情でみつめながら、首を振って言った。シャオワンは心許ないような顔で、ムーライをみつめ返す。

「殿下の明るく自信に満ちた性格は生来のもの。傲慢《ごうまん》とはまったく違います。国外に出たことがなかったのですから、ある意味世間知らずなのは仕方ありません。知識として分かっていることと、実体験がまったく違うのも当然のことですし、そのことによって精神的な衝撃を受けてしまうのは、誰でもあり得ることです。思いつめすぎですよ……そういう真面目なところは、陛下に似ておいでですね」

最後の方は少し表情を緩めてからかうように言われたので、シャオワンはつられて少し微笑んだ。

「陛下からは何もお叱りはなかったのでしょう？」

ムーライのその質問は、シャオワンの痛いところを突いてきた。途端に眉間にしわを寄せたシャオワンを見て、ムーライは驚いて目を瞬かせた。

「叱られたのですか？」

「いいえ、叱られてなどいません。ただ……実は私が一番失敗したと思っているのはそのことで……父上に余計なことを言ってしまったのです」

「余計なこと？」

さらに先を促されて、シャオワンは言いにくそうに顔を歪めながら、ジンバイとロウワンと交わしたやり取りについて打ち明けた。

「褒められていないなど……なんで言ってしまったのか……父上は一瞬眉根を寄せられて、それっきり無言になってしまわれた。きっとご不快に思われたのだと思います」

シャオワンは何度も溜息をつきながら、後悔の言葉を口にした。

「それは陛下に改めてお尋ねになった方がよろしいですよ。殿下が申し訳なく思われるのであれば、そのまま素直に謝罪されると良い。陛下が気を悪くしてなければ、きっとそう言ってくださるでしょうし、気を悪くされたのだとしても、はっきりと言ってくださいますよ。陛下のお人柄はご存じでしょう？　そして褒めるとか褒めないとか、陛下はそういう細かい気遣いはなさらないことが多いということも、殿下は承知しているはずです。特に仕事については厳しい方だ。褒めなくても、何も注意を受けなければ、殿下に対して何も不満がないということです。お分かりでしょう？」

シャオワンは俯いたままムーライの話を聞いていた。やがて勢いよく両手で両頬を、バチンッと音を立てて叩いたので、ムーライがびくりと体を震わせた。目を丸くしているムーライに、顔を上げたシャオワンはニッと笑ってみせた。

「愚痴《ぐち》を聞いていただいたら、頭の中がすっきりしました。そうですね……父上にきちんと話をしてみます。ありがとうございました」

ペコリと頭を下げたシャオワンに、ムーライは笑顔で頷き返した。

翌日、シャオワンは気を引きしめて、ロウワンの執務室へ向かっていた。

昨夜の夕食の時も、今朝の朝食の時も、ロウワンはいつもと変わりない様子に見えた。皆の前ではなんだか言い出しづらくて、結局まだ謝罪はしていない。

特に夕食の時は、姉のアイファと妹のミンランが喧嘩《けんか》を始めて（喧嘩の原因は、シャオワンがミンランだけお茶に招いたことに、アイファが文句を言ったからだ）それを仲裁するのに忙しくて、ロウワンと話をする隙がなかった。

今朝は、昨夜先に眠ってしまっていて、相手が出来なかった末弟のシャイールが、シャオワンに甘えてきたので、またもやロウワンと話せなかった。

「まあこういうことは、公私分けた方がいいから、家族団らんの場で謝罪することでもないし、執務室できちんと謝罪した方が良いよな」

シャオワンは、ぶつぶつと独り言を呟きながら廊下を歩いた。執務室の扉の前で足を止めて、姿勢を正して一度深呼吸をする。扉の脇に立つ見張りの兵士達が、そんなシャオワンを不思議そうな顔でみつめていた。

「よしっ」

小さくそう言って気合いを入れると、扉を叩いた。返事が聞こえたので、ゆっくり扉を開ける。

「シャオワンです。失礼いたします」

はきはきとした口調で名乗って、部屋の中へ入った。

執務室の奥には、大きな机があり、ロウワンがいくつもの書簡を広げていた。ロウワンは、シャオワンをみつめて手招きをする。シャオワンは急いでロウワンの下へ向かった。

「シャオワン、この書簡を……」

「父上、大変申し訳ありませんが、仕事を始める前に少しばかりお時間をいただけないでしょうか?」

ロウワンが何か言いかけるのを、シャオワンは遮るように頼んだ。それを聞いたロウワンは、一瞬手を止めて何か言いたげな顔でシャオワンをみつめたが、すぐに思い直したように真剣な表情で頷いた。

「ではそちらに移動しよう」

ロウワンは部屋の中央にあるソファを指して、腰を上げかけた。

「いえ、父上、そのようなお手間は取らせません。ここで……このままで結構です。昨日の外遊でのこと……私からの謝罪をお聞きいただけるだけで結構です」

「いや、分かっている。だからきちんと話をしよう。そちらに座りなさい」

ロウワンは立ち上がり、シャオワンに移動するように促した。その表情には、怒りやあきれなどの感情はまったく見られない。いつもの真面目な表情だ。シャオワンは抵抗することを早々に諦めて、足早にソファまで移動した。ロウワンが来るのを待って、先にロウワンが座るのを見届けてから、向かいに腰を下ろす。

背筋を伸ばして、膝の上に置いた拳に僅《わず》かばかり力を込めて、真っ直ぐにロウワンをみつめた。

「お時間をいただきましてありがとうございます」

シャオワンは改めて頭を下げた。

「昨日の外遊では、宴の席で再びの失態を犯してしまい申し訳ありませんでした。その上気持ちが動転したままいつまでも引きずり、帰還の際に父上に対して心にもないことを言ってしまいました。頭が真っ白になっていて、きちんとした思考が働いていなかったのです。後になって思い返せば返すほど、恥ずかしさと後悔でいてもたってもいられなくなり、こうして謝罪の機会をいただいた次第です。本当に申し訳ありませんでした」

頭を下げたまま謝罪の言葉を述べて、最後にさらに深く頭を下げた。しばらくの沈黙があり、シャオワンはロウワンの言葉を待っていた。だがいつまでも沈黙が続くので、不安になったシャオワンが恐る恐る顔を上げた。上目遣いにロウワンを見る。ロウワンは特に表情も変えずに、ただ黙ってシャオワンを見下ろしていた。

シャオワンは一瞬戸惑って、目をうろうろと左右に動かしながら、頭を下げ直すべきか、姿勢を戻してロウワンの言葉を待つべきか迷った。

「いくつか尋ねても良いか？」

そこでようやくロウワンが口を開いたので、シャオワンは安堵《あんど》しつつも気を引き締めて姿勢を正した。

「はい、なんなりと」

「まず今謝罪した宴の席での失態とは何のことだ？　お前は何か失態を犯したのか？　私は特に気づかなかったのだが……昨日も言ったように、私は上手くやれていると思っていた。それから帰還の折に、私に対して心にもないことを言った……というが、それも何のことか分からない。私に謝罪をしたいというのならば、すべて明確に言葉を濁すことなく詳《つまび》らかにしなさい」

ロウワンは真面目な顔で、淡々と意見を述べた。言い方は単調ではあるが、特に責めているようなわけではない。本当に分からないという様子だ。

シャオワンは、ロウワンに対して再度失礼な言葉を投げないように、あえて言葉を濁したのだが、それでは通じなかったのならば仕方ないと腹を括《くく》った。

「はい……宴の席での失態とは、もてなしの料理を喜ぶ態度が取れなかったことです。すぐに手を付けることが出来ず、表情も取り繕うのが遅れてしまいました。父上や叔父上達が、先方の方々と会話を盛り上げてくださっていたので、私の様子を気に留めた方はいなかったと思いますが……初めての時ならばともかく、またもや同じ失敗をしてしまうなど、次期竜王としての自覚が足りないと思っています。本当に申し訳ありません。それから帰還の時というのは、ジンバイと私のやり取りのことです。その……父上があまり褒めてくれないというような言い方をしてしまいました。これは間違いです。申し訳ありません」

シャオワンがそこまで説明をして、再び頭を下げた。今度はすぐに顔を上げて、ロウワンの反応を窺った。ロウワンは少しばかり眉間にしわを寄せていた。視線はどこことなく宙をさ迷い考え込んでいるようだ。

やがて視線がシャオワンに向けられた。何か言われると、シャオワンは身を固くする。

「お前の言い分は分かった。いや、分かったところと、分からぬところがある。まず分かったのは……宴の時のお前の言う失態については、お前の考えすぎだ。私は別に失態などとは思っていない。シュウエンも何も言っていなかったから、失態と思っていないのだろう。お前が緊張していたのは、我々だけでなくセルバンテス王も分かっていたし、それを初々《ういうい》しいと好意的に捉えられていたと思う。

お前が外遊に出たのはまだたったの二回だ。そんなに最初からそつなくこなせるなどとは、誰も思っていない。不慣れだからこそ、知識だけではなく体験をさせようと、同行させているのだ。お前が眠りにつくまで、少なくともあと四、五回は連れていくつもりだから、あまり気張りすぎるな」

ロウワンの言葉は、シャオワンの予想外のものだった。頭ごなしに叱りつけるような人ではないから、きちんと謝罪すれば何も言わずに許してくれるのではないかという目論見《もくろみ》はあった。だけどここまでお咎《とが》めなしで、むしろ励ましてくれるなんて思わなかったから、シャオワンはぽかんと口を半開きにして、ただ聞き入っていた。

「分からないのは、私がお前のことを褒めないと言ったことが、間違いだということだ。本当に間違いか？　実は私もあれからずっと考えていたのだ。確かに……政務を教えている間、お前のことを褒めた覚えがないような気がする。シュウエンにも言われたが、それは私が反省すべきことではないのだろうか？　なのになぜお前が謝るのだ？」

ロウワンは少しばかり首を傾げてシャオワンの反応を待ったが、シャオワンは呆然《ぼうぜん》としたまま返事も何もないので、ロウワンは諦めて話を続けた。

「お前が勉強や剣術でそれなりの成果を上げて、ムーライから報告を受けるたびに、私なりにではあるがお前を褒めてきたと思う。だが今は次期竜王として、政務を教えて引き継ぎをしているので、それについては特に褒める必要など考えていなかったのだ。出来ても出来なくても、結果をすぐに求めるものではない。出来たら次のことを教え、出来なかったら出来るまで根気よく教える。だから叱ることも褒めることも、考えたことがなかったのだ。だがジンバイからも、シュウエンからも指摘されて、時には褒めることも必要ではないのかと思い当たった。慣れない務めにお前は日々緊張し、気を張っているだろう。勉強のように明確な正解が、目に見えて分かるわけではない。王の務めに正解はないが、こちらが求めるだけの務めをお前が覚えた時には、褒めてやらねばお前も不安になるだろう。私は昨夜そう思い至ったのだ」

ロウワンは真顔で淡々と語った。そして一度大きく息を吸い、ほんの僅かだが表情を緩めた。

「お前は私の期待通りによくやっている。宴の席でのことをそのように気に病むのも、すべては私のせいだろう。言葉が足りずすまなかった」

ロウワンはそう言い終わると、シャオワンに向かって頭を下げたので、そこでようやくシャオワンは我に返った。赤くなって狼狽しながら、両手を忙しなく振る。

「そ、そ、そんな！　父上、頭を下げないでください。あの……私が間違いだと言ったのは、間違っていないのです。えっと、その、つまり……確かに褒め言葉はいただいていませんが、私が失敗しても叱られたことはありませんし……父上が今おっしゃったとおり、勉強ではなく仕事を教わっているのですから、いちいち良くやったと褒めるものでもないかと……父上が次々と私に仕事を教えてくださることこそが、私の成果を認めてくださっていた証《あかし》だと、後で気づいたのです。だから謝罪いたしました。私は本当に茫然《ぼうぜん》自失《じしつ》となっていたのです。母上からもムーライからも、私らしくないと指摘されました。父上のお気持ちはきちんと伝わっています。わざわざ言葉にして褒めていただかなくても大丈夫ですから……引き続き色々と教えてください」

シャオワンは深々と頭を下げて、再び顔を上げた時には、先ほどまでとは表情が変わっていた。いや、正確に言えばいつものシャオワンに戻っていると言った方が良いだろう。瞳には強い光が戻り、明るい表情をしている。

ロウワンは安堵して頷いた。

「分かった。では今日の仕事を始めようか」

「はい」


ある日、シャオワンはロウワンに「ついてきなさい」とだけ言われて、執務室とは違う方向へ向かった。城の中央付近にある一室へ、ロウワンが入っていく。シャオワンも続いて中へ入った。

部屋の中では、たくさんのアルピン達が何やら工事をしていた。

「父上……ここは？」

「以前あった空き部屋をふたつ分使って書庫を作ろうと工事しているんだ」

「書庫ですか？」

「ああ」

シャオワンは不思議そうに首を傾げた。部屋の中を見渡すと、随分《ずいぶん》と広い部屋だ。空き部屋ふたつ分と言っていたから、おそらく壁をすべて取り払ったのだろう。アルピン達は木製の大きな棚をいくつも組み立てていた。

「書庫は……すでにあるのではありませんか？」

「お前の言っているのは、ただ本を置いている倉庫のことだろう。だがここはそれとは違うんだ」

シャオワンはロウワンに言われて、さらに首を傾げた。現在「書庫」と呼ばれている場所を一、二度覗《のぞ》いたことがあるが、それほど広くない一室に、世界中から集められた本がたくさん保管されていた。二代目ルイワン王の頃からの本もあるらしい。シャオワンが勉強に使用している本も、ムーライがそこから選んで持ってきている。

ロウワンは、特に本を読むことを好んでいて、かなりの数の本を集めているのだと聞いた。

「どう違うのですか？」

「皆が自由に本を読めるようにしたいのだ。外遊先の国でいくつか見たことがあって……修道院に「図書室」という本を閲覧できる書庫があって、国民が自由に読めるようにしてあったのだ。ただ利用するには金を払わなければならないため、一部の裕福な者しか本を読めないという問題点はあるが……。私はそれを見てぜひ我が国でも造りたいと……城の中に造り、シーフォン達が皆もっと本を読むようになればと思ってな」

「皆が本を……」

「そうだ」

ロウワンは、大きく頷いた。

「本は素晴らしい。人間が作り出したものの中で、最も素晴らしいものだと思っている。あらゆる知識を得ることが出来るのだ。そしてあらゆる知識を残すことが出来る。我が国でも、本を作りたいと思っているんだ」

「我が国で本を作るのですか？」

「そうだ。まずはホンロンワン様とルイワン様が残された『建国記』と『エルマーン史』を、丈夫な表紙で綺麗《きれい》に製本して、後々まで大事に残したい。それと同時に写本して、さらにそれを編纂《へんさん》して、皆に必ず読ませて学ばせたい」

ロウワンは力強くそう言った。シャオワンは少しばかり考えた。『建国記』と『エルマーン史』はシャオワンも読んだことがある。ムーライから読むようにと渡された。本の形はしていたが、紙を束ねて太い糸で綴《と》じられただけのものだ。大和《やまと》の国の『和本』というものらしいが、革張りなどの堅い丈夫な表紙ではなく、中身と同じような薄い紙の表紙だけだから、扱いにはとても気を遣った覚えがある。

「皆に必ず読ませたいというのはどういう意味ですか？　今も自由に読めるのではないのですか？」

「確かにそうだ。書庫にある本は、自由に読んでいいように特に制限はかけていない。しかし実際のところは、率先して読んでいる者は少ない。お前達、王の子供達には、専属の養育係がいて、あらゆる勉強をさせている。だが他のシーフォン達はそうではない。親達が子供に文字を教えているのだ。ロンワン《王族》やロンワンに近い家系の者はまだ良い。親達が子供の頃に、養育係からきちんと教育を受けているので、我が子にも教えることが出来る。だがそれ以外の家庭の者は、せいぜい文字や簡単な計算を教えられる程度だ。そういう者達は、大人になっても仕事に必要な最低限のことしか学ぼうとしない。進んで書庫へ行き、本を読もうとはしない。それではいけないと思うのだ。シーフォンの子供達には身分の上下に関わらず、広く知識を吸収する機会を与えたい。だが……そういう者達の一部は『建国記』を読んだとしても、誤った解釈で捉えるかもしれぬ……それならばいっそのこと、禁書にしてしまう方が良いように考えたのだ」

「禁書？　それはどういうことですか？」

シャオワンは、初めて聞く言葉に眉根を寄せた。ロウワンは、すぐには答えずにしばらくアルピン達の働きを黙ってみつめていた。

「執務室に戻ろう」

「は、はい」

ロウワンが歩きだしたので、シャオワンは慌てて後を追いかけた。


ロウワンとシャオワンは執務室へ戻り、ソファに向かい合って座った。

「さっきの話だが……禁書というのは、読むことを禁じられた書物ということだ」

ロウワンが重々しい口調でそう述べた。

「読むことを禁じられた書物……ですが父上、先ほど父上は、シーフォン達が自由に本を読むための書庫を作るとおっしゃいました。私は図書室というものがどういうものか分かりませんが……先ほどの部屋での工事をしていた様子や、父上の話から想像するに、今までただ倉庫に保管するだけになっていた本を、あの部屋に作ったたくさんの棚に並べて、読みたい本を手に取りやすくするということですよね？　そして普段は本を読まない者達に利用させると……」

「そうだ」

「なのに禁書にするのですか？　『建国記』と『エルマーン史』をそうするということですよね？」

「そうだ。お前も読んで知っている通り、あの二冊は、ホンロンワン様とルイワン様の、それぞれの時代のエルマーン王国の歴史を綴《つづ》ったものだ。特に『建国記』は、我らが竜だった頃のことも書かれている。シーフォンがかつては竜だったことを忘れないためにも、本来なら皆が読んでおくべきものだろう。だが私は……今の我々が、本当に知るべき知識なのかと疑問に思うようになった」

「どういうことですか？」

シャオワンは、ますます不思議に思って首を傾げた。ロウワンは、厳しい表情をしている。

「我らはもうすでに、人間に近い存在だ。半身の竜を持っているということ以外は、生まれた時から人間と同じように生活をしている。我らにとって『人間』とは、もう違う種族の生き物ではない。違う『民族』の者達だ。他国の者だ。共存する相手であって、竜族の敵ではない。もちろん竜を欲する人間達もいる。だが彼らは、我らが『飼いならしている竜』を欲しがっているだけで、『我らの半身を奪う』などとは思っていない。我らのことは『竜使いの人間』と思っているのだ。彼らは竜を得るために我が国に敵対して戦争しようとは思っていない。出来れば竜を買いたいが、我らが決して譲《ゆず》らないので、諦めきれない者達が強硬手段で盗もうとするだけだ。だから我々はそういう一部の人間達を警戒するだけで、他の人間達とは外交をして、上手く付き合っていこうとしている。竜だった頃の我々と人間達との関係とはもう違うのだ。だがシーフォンの皆が、それをきちんと理解出来るのだろうか？」

ロウワンは疑問を問いかける形で言ったが、それはシャオワンだけでなく、自身にも投げかけているように思えて、シャオワンは一瞬答えに躊躇《ちゅうちょ》した。それは『竜王』への問いかけに感じて、シャオワンは一度言いかけた言葉を飲み込み、深く考えを巡らせた。

「高度な……教育を受けていない者には、難しいかもしれません」

シャオワンは、ロウワンはどんな答えを求めているのだろうと考え、慎重に答えた。それは正解だったようで、ロウワンは深く頷き返す。

「少なくとも今は皆に読ませるべき状態ではない。書庫を造り替えて、皆が本を自由に読み学べる場所にして、下位の者も等しく学問に取り組める環境を整えたいのだ。字が書けて読めるというだけでは、城勤めをしている一部のアルピンと変わらないではないか。我が国や人間達の歴史を学び、詩を読み、算術を習わなければならない。それらの知識はすべて本に書かれている。人間達は実に面白い。我々はまだまだ見習うべきことが多い」

シャオワンは驚いたように何度か目を瞬いて、じっとロウワンをみつめた。嬉しそうな表情を微《かす》かに浮かべたロウワンが、不思議に思えたのだ。

「父上は人間がお好きなのですか？」

そう問われて今度はロウワンが驚いたような顔をした。

「お前は人間が嫌いなのか？」

逆に問い返されて、シャオワンは慌てた。頬を上気させて、ぐるぐると思考を巡らせる。

「嫌いではありません。ただ……私にはまだよく分からないことが多いのです」

「それは私も同じだ。本を読めば読むほど謎が深まる。人間が書き残した本の中には、とても高度な知識を必要とするものも多い。美しい絵をまとめた本や、たくさんの植物を解説している図鑑などもある。そうかと思えば愚かな王が自分を英雄に見せるために、荒唐無稽《こうとうむけい》な寓話《ぐうわ》を作らせて書き記した自伝がある。だがどちらにしても、本はこの世界や人間達を知ることの出来る素晴らしい存在だ。私は……我々シーフォンは人間を好きにならなければならないと思う。だから我々が神より受けた罰を忘れず贖罪《しょくざい》するためにも、過去を知り伝承を続けなければならないとは思うが、誤解を招きかねない真実は包み隠す必要もあると思う」

「禁書……」

シャオワンは難しい顔で呟いた。父の言うことは理解出来る。シャオワン自身も初めて『建国記』を読んだ時は、とても衝撃を受けた。竜を殺す武器を持ち、私利私欲のために竜を殺していた人間と戦い続けた竜の歴史。竜が人間を滅ぼしかけたため、人間は竜を殺す武器を失ってしまったが、再びその武器を手にすることはないのだろうか？　人間は弱い生き物だと侮《あなど》っていただけに、衝撃は大きかった。

しかし養育係のムーライが『我らが神より受けた罰を真摯《しんし》に受け止めて人間の敵にならない限り、人間もまた竜を殺す武器を作ろうなどとは思わないでしょう』と諭《さと》してくれて、なんとか自分が悟るべきことを理解した。

ロウワンが言っていることはそういうことだ。正しくその意味を教えてくれる養育係を持たない下位のシーフォンが、その衝撃のままに人間を憎んでしまうことはあり得ない話ではない。

だけど禁書にしてしまうのは、本当に正しいのだろうか？　ホンロンワン様が『建国記』を記したのは、後世まで贖罪を忘れないためではないのだろうか？　そんな思いが頭をよぎっていた。

「だから今は、伝えても良いと思う部分だけを編纂して作った歴史書を、シーフォン達に必ず読むようにと定めて、原本である「建国記」と「エルマーン史」は封印する。いつか禁書を解いても良いと考える竜王が現れれば、その者の判断に任せればいい。だがそれまでは二冊を禁書として、我ら竜王だけが読むものとすべきだと思う。いや……竜王が即位する時に必ず読むことにしたいと思う。しかしその判断は、お前に任せるつもりだ。シャオワン」

ロウワンは、真っ直ぐにシャオワンをみつめた。

「シャオワン、次の竜王はお前だ。お前の世で、禁書を解いても良いと判断すれば、そのようにしてもかまわない。お前の世継ぎに、どのように引き継ぐかは、お前が考えればいい。私には父から受け継いだものと、自分で新しく決めたものがある。だからお前もそうすればいい」

シャオワンは、一瞬突き放されてしまったような気持ちになった。だがロウワンの眼差しと対峙《たいじ》しているうちに、そうではないことが分かってきた。

『私の世……』

なんだかまだひどく遠いもののように思えるが、眠りにつくまで残された時間は僅かだ。そして眠りから目が覚めた時は、いやでも自分が竜王となる日なのだ。

「分かりました。父上」

シャオワンは真剣な顔で頷いた。

「シャオワン、私は先ほどシーフォンは人間を好きにならなければならないと言ったが、最も人間を好きになるべきなのは我々竜王だ。シャオワン、お前は人間を嫌いではないが、良く分からないと言ったな。それではいけない。お前は誰よりも人間を好きになりなさい」

「誰よりも……」

ひどくその言葉が重く感じられた。禁書を竜王だけが読むことになるというのに、誰よりも人間を好きにならなければいけないなんて、竜王に課せられた責任は、なんて重いのだろうと思った。

「リューセーは人間なのだぞ?」

ロウワンのその一言で、シャオワンははっとした。

「リューセーは異世界から来る人間だ。この世界の人間を好きになれない竜王が、異世界の人間を好きになれるのか?」

ロウワンの口ぶりは、決して責めるようなものではなかった。むしろ迷っているシャオワンの心を宥めるような、優しい韻が含まれている。

「そう……ですね。そうでした。人間を好きになります」

シャオワンは力強く宣言をした。


「……とは言ってもなぁ」

シャオワンは、王の私室の居間で、末弟のシャイールと遊んでいた。窓際で床に胡坐《あぐら》をかいて座り、ちょろちょろとその周りを走り回るシャイールを眺めていた。外見は三、四歳ほどの幼い弟は、大好きな兄に遊んでもらえるのが嬉しくて仕方がない様子で、何度も飽きることなく手毬を投げたり投げ返したりしている。

「シャイールとの遊びは、そんな難しい顔になってしまうほど大変ですか?」

ふいに母である龍聖が、ひょいっと顔を覗き込んできたので、シャオワンはとても驚いて「わぁっ!」と言いながら後ろに仰《の》け反《ぞ》った。その様子を見て、シャイールがきゃっきゃっと笑う。

龍聖が片手で口元を押さえながら、クスクスと笑っている。シャオワンは我に返り「もう」と小さく呟いた。

「母上、脅かさないでください」

「だって難しい顔をしているものですから……」

龍聖は笑いながら、両手でシャオワンの両頰をつねった。

「母上……母上は加減なしにつねるから痛いのですよ？」

されるがままの状態で、シャオワンが眉間にしわを寄せて抗議したが、龍聖はクスクスと笑ってつねる手を緩めない。

「あなたは小さな頃から、頬がとても柔らかくて気持ちいいから、ついついつねりたくなるのです。竜王であるあなたにこんなことが出来るのは、私ぐらいですね」

「ならば父上になさってください」

「ロウワンの頬はそんなに柔らかくないのです」

龍聖は、ふふっと笑ってようやく手を離してくれた。シャオワンは頬をさすりながら溜息をつく。

「まだ何か悩んでいるのですか？」

「……悩みというほどではありませんが……自分の気持ちに整理がつかないというか、すっきりしないのです」

シャオワンはそう言って、転がってきた手毬を取ると、軽くシャイールに向かって放ってやった。

龍聖はシャオワンの隣に正座をして、微笑みながら話を聞いている。

「一人で解決出来そうになければ、私でもロウワンでもムーライでも構いません。誰かに打ち明けるべきですよ。一人で抱え込む必要はありません。竜王ならばこそ……ですよ」

「竜王ならばこそ？」

シャオワンが不思議そうに首を傾げたので、龍聖はニッコリと笑って頷いた。

「竜王は、人間の王様と比べても、抱えるものが多すぎます。でも竜王にはリューセーがいるでしょう？　私は王妃というよりもリューセーという役職なのだと思っています」

「リューセーという役職？」

「私は龍神様にお仕《つか》えするように言われて育ちました。家臣か……いえ、どちらかというと側仕《そばづか》えのように、身の回りのお世話をするものだと思っていました。でもこちらの世界に来て、竜王の伴侶になれと言われて、王様の伴侶ですから立場は王妃なのだと言われました。私は農民の生まれです。貴族や武士の生まれではありませんから、君主の妻とは……妃とはどうあるべきかなど、まったく分かりません。でも竜王にはリューセーが必要で、それはこの世でお前だけなのだと言われて……ならば私は『リューセー』としての務めを精いっぱいやろうと思ったのです。ロウワンのお側にいて、竜王というものを知るうちに、あまりにも抱えているものが多すぎることに気づきました。それは普通の君主が担《にな》う重責とはまったく異なるもの……そしてシーフォンの誰も……兄弟さえも、竜王の責務を肩代わりすることが出来ない。どんなに助けたくても竜王が拒否すれば、それに逆らうことが誰も出来ないのです。立場の問題ではなく、竜王の絶対的な力に抗《あらが》えない。でもリューセーだけは違うのです。唯一、竜王の力が効かない存在なのです」

龍聖はそこまで言って、いたずらっこのような眼差しで、クスリと笑って「私はこう見えて強いのですよ」と小さな声で言った。シャオワンは驚きつつも、少し赤くなってつられるように笑みを浮かべた。

「竜王が一人で責任を抱え込んでしまわないように、私が竜王の支えになる。それがリューセーの務め……でも出来れば、竜王には一人で抱え込まずに、周囲に重荷を分けてほしいのです。周りは貴方を案じても、強く言うことは出来ない。だから貴方の方から、周りに頼りなさい。竜王ならばこそ、それが自然と出来るようになってほしいのです。一人では国は造れませんよ？」

「母上……」

シャオワンが感動していると、龍聖がニッと笑って今度は片手で軽くシャオワンの右頬をつねった。

「言ったでしょう？　竜王にこんなことが出来るのは、リューセーだけなのです」

龍聖は楽しそうに目を細めて言った。シャオワンは、口を少し尖らせて、そんな龍聖を恨めしそうにみつめた。

「せっかく感動していたのに……でもありがとうございます。少しばかり気持ちが解れました。それほど思い悩むことではないんです。私がすっきりしなかったのは、ただ……父上から誰よりも人間を好きになれと言われて……人間のことは嫌いではないですけど、万人を好きになるのは簡単なことではないでしょう？　我が国の民であるアルピン達ならば、皆好きですけど、他国の者まで無条件に好きになることは出来ません。いや、すみません。できませんと断言まではしません……でも……」

「なんだ……そんなことですか」

龍聖は甘えるように抱きついてきたシャイールを、膝の上に抱き上げながら、溜息交じりにそう言った。

「え？」

「シャオワン、他の誰でもなく貴方ですよ？　貴方ほど人懐っこくて、朗《ほが》らかな人が誰かを好きにならないなんてことはないでしょう？　貴方は『竜王』という大きな権力の前で、翻弄《ほんろう》されすぎているのですよ」

「え、ええ？」

シャオワンは戸惑うように、情けない声を出した。

「竜王が……万人が……なんて大きすぎるでしょう？　別にあなたが竜王だからと言って、全世界の人々を愛せよって話ではありませんよ。貴方がこれから先関わり合う人間のことを、好きになりなさいというだけです。そしてそれは貴方ならば容易《たやす》いことのはずです。ロウワンも貴方ならば容易いと思うから、そう言ったのです。真面目に考えすぎですよ。まったく……変なところばかり父上に似るのですね」

龍聖にからかうように笑われて、シャオワンは赤い顔でふてくされて口を引き結んだ。そんなシャオワンの頭を、龍聖が優しく撫でた。

「シャオワン、貴方とこうして一緒にいられる時間は、もうそんなに残されていないのですよ。私は貴方の小難しい顔よりも、笑顔をずっと見ていたいのです」

「母上」

シャオワンは優しい眼差しの龍聖をみつめ返して、頭を撫でるその手の温もりをしみじみと感じながら微笑んだ。

「すみません、母上」

父や母の言葉に、改めて色々なことを気づかされたシャオワンは、竜王としての政務を必死で覚えつつ、家族との残された時間を大切にして、眠りにつくまでの残りの日々を過ごした。

第1章

青い空に風を切りながら静かに舞う一頭の竜の姿があった。その背中には、藍色《あいいろ》の長い髪を靡《なび》かせた男が立っている。

その竜はしばらくの間エルマーン王国の上空を、ゆっくり旋回《せんかい》し続けていた。随分長い時間旋回を繰り返していたが、やがて高度を下げて赤い岩山の北にある古い城へと向かった。

竜はゆっくりと翼を羽ばたかせながら、北の城の頂《いただき》に舞い降りた。藍色の髪の男は、竜の背から岩場の上へ飛び降りると、そのまま身軽な動作で、岩場を降りていった。

岩山の中腹にある少し開けた場所まで降りて、そこに続く城の入り口の前まで歩み寄った。鉄製の古く頑丈な扉には、大きな錠前がかけられている。

男は懐《ふところ》から大きな鍵を取り出して、しばらく考え込むようにみつめていた。やがて小さな溜息をひとつつくと、錠前を手に取り鍵を開けた。

重い扉を半分ほど開けたところで手を止めて、腰のベルトに引っかけていたランプに火を灯《とも》した。ランプを掲げて中へと入っていく。暗い廊下をしばらく歩くと、突然大きな広間に出た。ランプの小さな明かりでは、周囲を照らすのがやっとのことで、広間の全貌を照らすことは出来ない。だが男は特に気にする様子もなく、広間を突っ切るように真っ直ぐ歩き続けた。

城の中に男の足音だけが響き渡る。空気はひんやりと少し冷たい。普段誰も入ることが許されない北の城。このエルマーン王国が、建国された時に初代竜王ホンロンワンが築いた城だ。

男は少し緊張した面持ちで歩いていた。彼自身、この城の中に入るのはこれが初めてだ。そのため緊張しているということもあったが、それだけが理由ではない。

彼の名はシャイール。エルマーン王国四代目竜王ロウワンの第二王子である。年は百六十四歳、人間で言えば三十歳を少し過ぎたぐらいに当たる。

彼はとても重大な役目を負って、この北の城へ来ていた。

広間を通り抜け、長い廊下をひたすら進み、最奥まで辿《たど》り着いた。そこには大きな鉄の扉があった。城の入り口の扉よりも、もっと大きく頑丈そうな扉だ。

シャイールは、じっと扉をみつめたまま立ち尽くしていた。手に持つ鍵を使えずにいる。

彼がここに来たのは、新しき竜王が間もなく目覚めるので、その確認と身の回りの世話をするためだ。父である先の竜王ロウワンが崩御《ほうぎょ》して一年以上経《た》っていた。ロウワンには四人の子がいたが、王子は世継ぎである皇太子シャオワンと、末弟のシャイールの二人だけだ。

世継ぎのシャオワンは、百歳になると慣例により、北の城にある竜王の間で永い眠りにつき、自分の世が来るのを待つ。

シャイールは残された唯一の王子であるため、将来シャオワンの治世を迎えた時に片腕として支える役目を負っている。父が崩御してから今までの一年余りの間、竜王不在の中で政務を代行してきた。彼にとってそれは大役だったが、無我夢中でなんとか務めてきた。だが王の代理を務めるよりも、今のこの役目の方がシャイールにとってはひどく荷が重く感じていた。

兄であるシャオワンとは年が離れていた。シャオワンが眠りについた時、シャイールはまだ幼かった。だから彼の記憶に兄はいない。

初対面の新王に会いに行く……そんな感じなのだ。緊張するのも無理はない。

姉達から散々シャオワンの話を聞かされてきたが、それでも会ったことのない兄に……それも百歳のまま眠りについた兄に会うのは、なんとも表現しがたい気持ちだ。本来ならば、再会を喜び合うべきだが、どんな顔をして会えばいいのかも分からない。

「お久しぶりです。兄上」

シャイールは独り言のように小さな声で呟いてみた。だがそれも違うなと苦笑する。覚えていない相手に、それはおかしいような気がしたからだ。だが初めましてと言うわけにもいかない。

シャイールは深い溜息をついた。

いつまでもこうしてぐずぐずとしてはいられない。父から竜王の指環を託されたのはシャイールだ。新王に引き継ぐべき大役を任されている。これは他の誰でもなく、ロンワン《王族》直系の男子にのみ託される役目だ。

シャイールはそっと胸元を押さえた。懐に大切に仕舞《しま》ってある指環の存在を確認すると、また大きく溜息をついて、諦めたように扉の鍵を開けた。重い扉を開けると、隙間から眩《まばゆ》い光が溢《あふ》れ出てくる。

シャイールは中に入ると、驚いたようにしばらく立ち尽くしていた。

床も壁も半透明の白い石で出来ており、高い天井からは煌々と光が降り注いでいる。明るさに目が慣れるのに少しばかり時間がかかった。

シャイールは目を細めていたが、やがて目が慣れてきたので、まじまじと部屋の中を見回す。広い部屋の中央には石造りの大きな丸いテーブルと椅子があった。部屋の左右の壁際には、背の低い緑の木々が生い茂っており、その側には水路が掘られていて、澄んだ水が小川のように流れていた。

話には聞いていたが、まるで別世界のようなその部屋に、シャイールはただ言葉もなく、物珍しそうに見回すしかなかった。

初代竜王ホンロンワンが、その強大な魔力を使って作ったという部屋。床や壁や天井に使われている半透明の石のような素材は、すべて石化した竜の亡骸で出来ている。天井から降り注ぐ光は、埋め込まれている竜の玉による光だ。

ここは竜王を守るための部屋。聖地なのだ。

シャイールはゆっくりとした足取りで、広間を通り抜け奥まで進んだ。竜王の間の最奥にふたつの扉があった。その右側の扉の前に立つと、懐から指環を取り出した。深呼吸をすると、その指環を扉の窪みに押し入れた。ガチャリと音をたてて封印が解かれた。この扉は竜王の指環でなければ開けることは出来ない。どんなに力ずくでこじ開けようとしても、決して開けることの出来ない扉だ。

僅かに開いた隙間を確認すると、取っ手を摑んでゆっくりと引いた。すると石の擦れ合う音がして、重い扉が開かれた。

中を覗き込むと、淡く赤い光が部屋の中に灯っていた。大きなベッドがひとつ部屋の真ん中にあるだけで、他には何もない簡素な部屋だった。

ベッドには一人横たわる男性の姿がある。

シャイールは恐る恐る中へ入った。ベッドの側に歩み寄ると、横たわる人物の顔をまじまじとみつめた。そして細く長い息をゆっくりと吐いた。それは安堵とも感嘆ともとれる吐息だ。

『兄上だ……』

シャイールは心の中でそう呟いた。

そこに横たわっているのは、シャイールの兄シャオワンだ。百五十年近く眠り続けている。正確にはすべての生体機能を止めているので、仮死状態に近い。だから眠りについた時のまま、まったく年を取らない。百歳の若い青年のままだ。

だがその顔を見て、覚えていないはずなのに、シャイールは兄だと確信して嬉しくなった。不安になどなる必要はなかったのだ。一目見て分かった。父に似ているというだけではない。血がそうさせるのか、本能で心から目の前のその人を崇拝《すうはい》するような気持ちに囚われた。この世でただ一人の竜王その人に間違いなかった。

恐る恐る頬に触れてみた。ほんのりと温かさを感じて安堵の息を漏らす。

その頬が硬く冷たいままであれば、まだ目覚めないということだ。柔らかく温かさを感じれば、目覚めが近い証拠である。

シャイールはそれを確認して、しばらくみつめた後静かに部屋を出て再び扉を固く閉ざした。

今日は新しき竜王の様子を確かめに来ただけだ。目覚めが近いことを確認したので、着替えなどの用意をしてから再び来ることにして、今日のところは引き上げる。

来るときの不安や緊張とはまったく違い、ひどく高揚《こうよう》した気持ちで帰路に就く。外に待たせていた竜ガイウォンの背に飛び乗ると、急ぎ城へと戻っていった。

「シャイール!」

「シャイール、兄上はいかがでした?」

城に戻ったシャイールの下に、美しい二人の女性が駆け寄ってきた。シャイールの姉のアイファとミンランだ。

「生気が戻っておりました。間もなくお目覚めになると思います」

シャイールが微笑みながら答えると二人の姉は頬を上気させながら「きゃあ」と喜びの声を上げた。

「ああ、早く会いたいわ！　兄上がお戻りになれば、この城はまた活気づくわ！」

「ええ、シャオワンの明るい笑い声が、懐かしいわ」

「まあ、そう慌てずにまだ数日はかかるでしょうから……」

「そんなに待てないわ！」

姉達がはしゃぐ様子を、シャイールは苦笑しながらも嬉しそうにみつめていた。両親が亡くなり、ずっと沈みきっていた城内が、ようやく明るくなったのは喜ばしいことだ。シャオワンの半身である竜が卵から孵《かえ》ったと、兵士から知らせを聞いた時は、皆が一気に喜びに沸いた。その時シャイール一人だけは、その盛り上がりに参加することが出来なかった。

父の名代《みょうだい》として、必死に政務を行っていて余裕がなかったというだけではない。記憶にない兄との再会に、正直なところ喜びの感情が湧かなかったのだ。

だが今は、皆と同じように気持ちが高揚していた。早く目を覚ましてほしい。そう思えた。会いたい……会って話がしたい。兄はどんな声で話し、どんな声で笑うのだろうか？

とても朗らかで快活な人柄だと、周りの人々は口々にそう語った。兄とはどんな感じなのだろう？　いつも想像してみるが、どうにもピンとこない。

物心ついた頃から二人の姉しかいなかった。男の兄弟がいないので『兄』という存在がどんなものなのか分からない。周りの男兄弟を眺めては、ただ想像するしかなかった。

目覚めた兄は、自分よりもずっと若く年下ということになる。では兄ではなく弟みたいなものなのだろうか？　そんなことを、ずっと考えていた。

だが今日、初めて本人をこの目で見て、『紛れもなく兄上だ』と思った。若いとかそんなことは気にならなかった。きっと彼が目覚めて、言葉を交わすことになったら、自然と「兄上」と呼ぶことが出来るだろう。そう思うだけで、ひどく胸が弾んだ。

「兄上の部屋の準備を急がないといけないな」

シャイールは独り言を呟きながら、意気揚々《ようよう》と歩き出した。

「あ、シャイール！　待ちなさい！」

アイファ達は慌てて後を追った。


それからシャイールは、一日おきに北の城の竜王の間を訪ねて、シャオワンの体を拭いたり、服を着替えさせたり、手足をマッサージしたりと、甲斐甲斐《かいがい》しく世話をした。

シャオワンは今にも目を覚ますのではないかという様子だったが、なかなか目を覚まさず、シャイールは毎回がっかりしながら帰っていった。

それから十日ほど経ったある日、シャイールがいつものように竜王の間を訪ね、シャオワンの眠る部屋の扉を開けた時だった。こちらに顔を向けているシャオワンと目が合ったので、シャイールは入り口から入りかけた状態のまま固まったように動きを止めてしまった。

じっと目を逸《そ》らせずにみつめていると、金色の瞳が揺れて笑みを作った。

「その髪の……色は……シャイール……かな？」

掠《かす》れた声でシャオワンがそう呼びかけた。初めて聞く兄の声に、シャイールはすぐに返事が出来ずに、ごくりと唾を飲み込んだ。心臓が跳ね上がる。

「あ……あっ……はい、はいそうです。あ、兄上……シャオワン兄上！」

動揺しながら慌てて答えると、シャオワンが嬉しそうに笑った。

「兄上！」

シャイールが思わず駆け寄ると、シャオワンは寝たままの状態で首だけ動かし頷いてみせた。

「そうか……あの小さかったシャイールが……立派になったな」

「お、お目覚めになるのをずっとお待ちしていました！」

シャイールは頬を上気させながら、息を弾ませて興奮気味にそう言った。

「いつ……いつお目覚めになったのですか？　一昨日伺《うかが》った時はまだ……」

「いや、もう何日も前から……目を覚ましていたんだよ。でも最初は本当にぼんやりとしていて……起きているのか……眠っているのかも分からなくて……何度か……誰かが私の手足を擦ったり……揉んだりしてくれていることには気がついていた……君だったんだね？」

シャオワンは上手く声が出ないのか、時折眉根を寄せながら、ゆっくりと掠れる声で話をした。

「はい、はい兄上……ああ、良かった。このままお目覚めにならなかったらどうしようかと思っていました」

シャイールは大きく安堵の息を吐くと、シャオワンの手を強く握った。

「今日はなんだか頭もはっきりした状態で目が覚めたから……もしかしたら誰か来るかもと思って待っていたんだ。体はまだよく動かないけれど……」

シャオワンはそう言って手を動かしてみせたが、微かに肘から先が持ち上がったくらいで、少し辛《つら》そうに顔を歪めた。

「百五十年以上眠っていたのです。動かないのも当然です。少しずつ体を元に戻してまいりましょう」

シャイールがそう言って、シャオワンの腕を擦ると、シャオワンは目を丸くしながら、クッと喉を鳴らして笑った。

「そんなに経ってしまったのか……そうだな、君がこんなに立派になったのだから当然か……私が眠りにつく時、君はまだよちよちと歩く幼子だった。私のことは覚えていないだろう？」

「はい、実は何も覚えておりません。申し訳ありません。ですがこの部屋に来て、初めて兄上を拝見した時、とても懐かしい気持ちがいたしました。自分では覚えていないと思っていましたが、体のどこかで記憶していたのだと思います」

シャイールが恥ずかしそうに頬を染めて言うと、シャオワンが大きな声で笑いだしたので、シャイールは驚いて目を丸くした。だがシャオワンは、すぐに何度か咳き込んでしまい苦笑した。

「ああ……久しぶりに大声を出して笑ったら、喉と腹が痛くなってしまったよ……でも気持ちいいね……生きていることを実感するよ……シャイール、ありがとう。いきなりたくさん話したら少し疲れてしまった」

「も、申し訳ありません。水をお飲みください」

シャイールはそう言って、シャオワンに水を飲ませると、シャオワンは数口飲んで、ほうっと息を吐いた。

「ありがとう」

「顔と体をお拭きします。それが済んだらお休みください」

「ああ、そうしよう」

シャイールは甲斐甲斐しくシャオワンの顔や体を拭いて、新しい衣に着替えさせた。

「また明日参ります。兄上、何か必要なものがあればお申しつけください」

「そうだね……まだ起き上がることさえままならないから、今のところは何も必要ないよ。君が訪ねてくるのを楽しみに待つことにしよう」

笑顔でシャオワンがそう言ったので、シャイールは嬉しそうに頷くと、一礼をして部屋を出た。

城に戻ったシャイールが、シャオワンと会話を交わしたことを皆に報告すると、ますます皆が盛り上がった。姉達は地団太を踏みながら、早く会いたいと連呼したので、シャイールは上機嫌になっていた。自分だけが兄を独り占め出来る優越感のようなものだ。

シャイールは以前よりもなお一層政務に力を注ぎ、シャオワンが復帰した時に、恙《つつが》なく引き継ぐことが出来るように気を配った。そしてそれまで二日に一度だった訪問を、毎日するようになった。

最初のうちは、シャオワンがすぐに疲れてしまうので、短い時間で用事を済ませるようにしていたが、次第にシャオワンが元気を取り戻し、体を起こすことが出来るようになると、体を解したり動かす練習につきあったりした。その間は、現在の国の様子や他国との関係についても、少しずつ話して聞かせ、失っている兄の時間を取り戻す手助けをした。

シャオワンは姉達から聞いていた通りの人だと、シャイールはしみじみと思った。明るくて快活で大らかな人柄だ。とても人好きする魅力的な人物だと思った。話をしていると、自分よりも年下だということを忘れてしまう。彼の魅力にすっかり夢中になっていた。

ひと月が経ち、シャオワンが「そろそろ城へ戻ろうか」と言い出した時は、むしろがっかりしてしまった。もちろん表面には出さないように気をつけたが、「そうですね」と即答は出来なかった。

「大丈夫ですか？」

シャイールは心配そうに尋ねた。シャオワンは笑顔で頷く。

「シャイールのおかげで、こうして一人で歩けるまでに回復したし……いつまでもここにいるわけにはいかないだろう。ここにいれば、確かに体の負担は軽減されるから楽ではあるけれど、それに甘えてずるずると今の状態を続けてしまいそうだ。多少無理してでも、一日も早く普通の生活に戻った方がいいし、何より竜王の不在を長引かせることは、皆のためにならないだろう。私が姿を見せるだけでも、シーフォンは安心するだろうし、アルピン達だってそうだ……君が目覚めた私を見た時に見せた安堵の笑顔が何よりの証拠だ。皆にもそんな顔をさせたい」

シャオワンの言葉に、シャイールは同意するしかなかった。

「それとも皆は私のことを待ちわびていないのかな？」

シャオワンが自嘲気味に笑って言ったので、シャイールは飛び上がるほど驚いて大きく首を振った。

「まさか！　そんなことがあるはずないでしょう！　皆がどれほど兄上のお戻りを待ちわびていることか……私などは毎日姉上達から責め立てられるのですよ？　シャイールばかりが毎日兄上に会ってずるいと」

とても焦った様子でシャイールが捲《まく》し立てるように言うので、シャオワンは声を上げて笑った。

「ありがとうシャイール。私が城に戻ろうかと言ったら、君が顔色を変えて……とても暗い表情をするものだから、歓迎されていないのかと思ったんだけど、そこまで言ってくれるのならば嘘ではないのだろう」

「あっ、そ、それは……私が……私が個人的にがっかりしてしまったのです。もう兄上を独り占め出来ないのだと思ってしまって……いい年をして恥ずかしいです。申し訳ありません」

シャイールが真っ赤になって弁明すると、シャオワンはさらに楽しそうに笑った。

「そういう君を見ると、子供の頃いつも私に甘えていたのを思い出すよ。本当に君は正直者だね。誰に似たのだろう……真面目だからやはり父上だろうか？」

くすくすと笑いながらそう言われて、シャイールはますます顔を赤らめて困ったように目を伏せた。

「からかわないでください」

「すまない……私も正直に打ち明けると、少しばかり焦ってしまっているんだよ。思った以上に体がいうことを聞かないし、時間ばかりが過ぎてしまって……君や他の者達に国のことを任せっぱなしだ。こんな風では、竜王として失格なのではないかってね」

シャオワンが苦笑しながら言ったので、シャイールはとても驚いて目を丸くした。兄がそんな風に思っていたなんて思いもしなかったからだ。

「そんな……」

「シャイール、君は私を兄と呼んでくれるけれど、私はまだ百歳の若輩者だ。竜王というだけで、君に比べたら人生経験も浅い……何も知らないし、何も出来ないだろう。君や他の要職に就いている者達の助けがなければ、私は王としての務めを果たすことなど出来ないだろう。それは十分に分かっている。眠る前、父上からもそのことを言われた。皆、竜王はそうやって、同胞の力を借りて国を築いていくのだと……分かってはいてもいざとなると不安になるし、焦りもする。私にとっては、いつものように一晩眠っていただけで、父上達と話をしたのも昨日のことのように思っている。たとえ話ではなく、本当に昨日のことのようだと……でも実際は百五十年以上の年月が経っていて、父上も母上ももうこの世にはいないし、幼子だった君はこんなに立派な男に育っている。何もかもが変わってしまっていて、私の知っているエルマーン王国ではないんだ。この部屋を一歩外に出たら……そう思うと怖いんだけど……でも一日でも早く慣れなければと……王としての務めを果たさなければと……焦っているんだよ」

「兄上……」

「情けないだろう？　幻滅したかい？」

自嘲気味に笑うシャオワンに、シャイールは激しく首を振って見せた。

「とんでもありません。むしろ……感動しています。やはり兄上はすごいと……。私が百歳の頃、そんな風に思慮深くあっただろうか？　と思うと、兄上の足下にも及びません。以前にも申し上げましたが、私はこの部屋に来るのが不安でした。兄上のことなど何も覚えていないのに、こんな大役を任されてしまい……どんな顔をしてこの部屋の鍵を開けて、兄上に会えばいいのだろうと……本当に怖くて扉の前で足が竦んでしまいました。百六十四歳にもなって……結婚して子供までいるというのに……情けない。それに比べたら兄上は……やはりそもそもの資質が違うのです。兄上は紛れもない竜王。兄弟ではあっても、私とは根本的に違うのです。そんな風に、ご自分の立場を客観的に言えること自体が私とは違うのです。どうぞ兄上は、そのままで……焦らず変わらずそのままでいてください」

シャイールは、頬を上気させながら真剣な眼差しでシャオワンをみつめてそう言った。シャオワンは一瞬驚いたような表情をしたが、すぐに真面目な顔で頷いた。

「分かった……ありがとう」

シャイールは、シャオワンに城に戻るのは明日にしましょうと提案した。城での準備も必要だし、シャオワンの外出着も明日用意するからと説明して、今日のところは我慢してもらうことにした。

「では明日、お迎えに上がります」

シャイールはそう言って帰っていった。

城に戻ったシャイールが、シャオワンが明日戻ってくることを話すと、皆は大喜びしたが、それと同時に大騒ぎになった。皆がそれぞれにシャオワンを出迎える準備を慌ただしく始めた。

シャイールは、すでに模様替えを済ませている王の私室と執務室を再点検して回った。その日は遅くまで城中が落ち着かない空気を漂わせていた。そして翌朝もそわそわとした雰囲気に包まれている。

シャイールは、シャオワンの着替えを持って北の城へ向かった。

シャイールが竜王の間の大きな扉を開くと、真っ白な広間の中央にシャオワンが立って待っていた。

「兄上」

「すまない。待ちきれなくて」

シャオワンが頭を掻きながら笑って言ったので、シャイールもつられて笑った。

「城の皆もそうですよ。昨日から大変でした。皆そわそわとしてしまって……首を長くして待っています。さあ、支度を整えて城へ帰りましょう」

シャイールは笑顔でそう言って、持ってきた着替えをシャオワンに渡した。

シャイールの竜に同乗して、シャオワンは城へ向かった。竜を乗り降りするための塔の上には、たくさんの出迎えの人々の姿が見える。

「兄上、ほら真ん中にいる二人の女性が見えますか？　アイファ姉上とミンラン姉上です。二人ともこの日を本当に心待ちにしていましたから、もしかしたらもうすでに泣いているかもしれませんよ」

シャイールが指さしながら楽しそうに説明するのを、シャオワンは首を伸ばして眼下をみつめながら聞いていた。当たり前だが、そこに見える人々は大人ばかりだ。少女の姿の妹はいない。シャオワンにとっては、つい昨日会ったばかりだと思っていても、百五十年近い月日は間違いなく経っている。

北の城を発つ前は、ほんの少しばかり不安な気持ちでいた。それでもシャイールを弟として受け入れられたのだから大丈夫……そう自分に言い聞かせた。

だがこうして目の前に出迎える人々がいるのを見て、胸が高鳴る。不安など一瞬にしてなくなってしまった。早く会いたいという気持ちで、ひどく心が騒ぐ。

シャイールの竜はゆっくり旋回しながら、塔の屋上に舞い降りた。人々の間から喜びの声が上がる。

シャイールに手を貸されて、シャオワンが竜から降りると、下で待っていた中年の男性が、シャオワンに手を貸した。

「おかえり、シャオワン」

親し気にそう声をかけられて、シャオワンはその男性の顔をじっとみつめた。

「……ライエン？」

少しばかり自信なさげにシャオワンが名を呼ぶと、その男性は破顔《はがん》して頭を掻いた。

「なんだ？　その顔は……友の顔を忘れたか？　それとも変わりすぎてて驚いたか？」

「ライエン！」

シャオワンは満面の笑顔で、ぎゅっと抱きついた。ライエンも嬉しそうに抱きしめ返す。ライエンは、シャオワンの従兄《いとこ》で親友でもあった。老けてはいても、確かにライエンだと認識して、シャオワンはとても喜んだ。

「いや、すまない……ライエン、君に間違いないよ。叔父上にそっくりだから、一瞬戸惑っただけだ。元気そうで何よりだ」

「それはこっちの台詞《せりふ》だ。お前が変わらぬ姿で、元気にこうして戻ってきてくれて、どれほど嬉しいか……会いたかったよ」

二人は再会の喜びを分かち合った。

「ライエン様、ずるいですわよ？　私達姉妹を差し置いて、先に再会を喜び合うなんて」

そう言って上品な笑みを浮かべた若草色の髪の美しい貴婦人が、二人の前に進み出てきた。その隣では深緑の髪の貴婦人が、頬を上気させて目に涙を浮かべながらこちらをみつめている。

「アイファ姉上、ミンラン……二人とも見違えたよ。なんて美しくなっているのだい？　ああ、二人とも元気そうでよかった。会いたかったよ」

「シャオワン」

「シャオワン兄上」

二人の貴婦人は感極まったように涙を浮かべて、両手を広げてシャオワンに抱きついた。

周囲から歓喜の声と拍手が沸き起こった。

暗く沈んでいたエルマーン王国に、久しぶりに太陽の光が降り注いだようで、皆が大いに喜び合った。それはシーフォンだけではない。その場に控えていたアルピンの兵士達も、満面の笑顔で喜び合った。

今日から皆が待ち望んでいた新しいエルマーン王国の時代が始まるのだ。


シャオワンは執務室に籠り、机の上にたくさんの書類を山積みにして、真面目な顔でひとつひとつじっくりと読み込んでいた。

扉が叩かれて、シャオワンが返事をすると、シャイールが入ってきた。シャイールはシャオワンの様子を見て溜息をついた。

「兄上、またそんな……無理をなさらず、少しずつゆっくりいたしましょうと言ったばかりではありませんか！　朝からずっと読んでいらっしゃるのですか？」

両手を腰に当てて、眉間にしわを寄せながらシャイールが咎めるように言うと、シャオワンは苦笑しながら読んでいた書類を机の上に置いた。

「そんなに無理をしているつもりはないんだが……少しずつゆっくりと言っても百五十年分の政務資

料だ。本当にゆっくり読んでいたら百五十年経ってしまうよ」

シャオワンの言葉にシャイールはまた溜息をついた。

「ですがすべてに目を通す必要はないでしょう。それほど重要ではないものも多く含まれています。そういうものは読み飛ばしてください」

「まあ、そうだね……でも一応目は通すよ。どんな些細な事でも、それは確かに起きた出来事でもあるのだし、我が国に直接関係のないようなことだって、頭の隅に置いておいた方が良いこともある。例えば……かつて我が国と国交のあったイスタンテ国は、百四年前に滅んでいる。百年も経てばもうその国の民だった者達も誰一人残っておらず、そんな国があったことも人々の記憶から消えてしまっているかもしれない。だからこれからの我が国の政治には、まったく関係のないことかもしれない。それでも……私は知っておく必要がある。少なくとも……私は眠る前……皇太子時代にイスタンテ国の大臣に会ったことがあるし、贈り物をいただいたこともある。私は確かにその国が存在していたことを知っている。だからなぜ滅びたのか、その後どうなったのか、事実を記憶しておく必要はあると思うんだ。それが我々、人間よりも長く生きる者の務めだと思うよ」

シャオワンが穏やかな表情でそう言ったので、シャイールは絶句してしまった。そんな風に考えたことがなかった。イスタンテ国が滅んだことなど、今聞くまですっかり忘れていたし、当時もそれほど気にも留めていなかった。

イスタンテ国は、滅びる前から二十年の長きに渡り、隣国と戦争を続けていた。戦争と言っても、小競り合いに近いようなものだったので、エルマーン王国からも何度か仲裁に入ったり、諍《いさか》いを止めるように忠告したりしていたが、ずるずると長引いた小競り合いは、国民を疲弊《ひへい》させ、やがて国王への信頼を失わせ、民は国を捨て、自然消滅するように国が滅んでしまった。

愚かな人間の国がひとつなくなった。その程度の出来事だった。そしてそれはよくある出来事だ。小さな国であれば、特別な理由はなくても、自然消滅のように滅びることは珍しくない。人間は短命だ。王政の国であっても、百年経てば孫の代になり、国柄も変わる。千年続く王家などはごく稀《まれ》だ。

エルマーン王国は、たくさんの国と国交を結んできたが、それは「手広く」という意味ではなく、たくさんの国が滅び、たくさんの国が新しく築かれたからだ。

シャイールも、父王の側で政務を手伝ううちに、そのことに慣れてしまっていた。だからシャオワンのその考え方は、とても新鮮に感じてしまって、驚きを隠せない。

「長く生きる者の務め……」

シャイールはシャオワンの言葉を反芻《はんすう》した。その様子に、シャオワンがニッコリと微笑む。

「我らは人間達からたくさんのことを学んで、今こうして王国を築いている。すでにあらゆる知識を得た我らは、国を閉ざして自給自足で暮らそうと思えば、暮らしていけるのかもしれない。我らが他国と国交を結ぶ理由は、かつてとは違うんだ。竜を持ち、長く生きる我々が、普通の人間ではないことは、もう他国に知れ渡っているし、我らを不老不死と思う人間達から、その秘密を得ようと狙われているし、竜を欲する者達も跡を絶たない。国交を結び国を開くことは、すでに我らにとっては不利益でしかなくなっている。国交を断絶しようという声がないわけではない。だが父王は外交を続けたし、私も続けるつもりだ。国を閉ざしてしまうことは、エルマーン王国にとって決して良いことにはならないと思っている」

とても深刻な内容の話を、明るい表情で語るシャオワンを、シャイールは不思議そうにみつめていた。シャオワンは気にする様子もなく話を続けた。

「何を言っているんだって顔だね？　もちろん『長く生きる者の務め』についての話をしているんだよ」

「え？」

驚いた反応をするシャイールに、シャオワンはクスクスと笑った。

「我らは自身が人ではないことを自覚しながら、人の世界で生きている。不戦の誓いは平和を愛するからではない。戦うことが出来ないからだ。だけどそれを人間に知られたら、我らは滅びることになる。人の世界で生きていくために、我らは上手に嘘をつくことを覚えた。不戦の誓いを掲げ、平和主義を謳《うた》い、人間達を騙《だま》して生きている。竜も魔力も持たず、短い寿命の彼らを哀れにさえ思っている。でも同時に、知恵があり、繁殖能力が強く、どんな土地でも生きる術をみつける逞《たくま》しさに、畏怖《いふ》の念を抱いている。我らは長命だというのに、常に絶滅するかもしれないという恐れを抱いて生きていて、一方人間達は短命で何度も国が滅びても強くしぶとく生き続けている。そして何度も同じ過《あやま》ちを繰り返す。我らはそんな人間達を手本としなければならない。良いことも、悪いことも……良いことはもちろん真似たいし、悪いことは反面教師にしたい。そうすることで、エルマーン王国が繁栄していく糧になると思うんだ。人間達が滅びた国と共に失う歴史や文化がある。我々はそれを記憶していく……それが長く生きる者の務めだ」

明るい表情のままで、淡々と語るシャオワンを、シャイールは言葉もなくただみつめていた。

「兄上は以前からそんなことを考えていらしたのですか？　それとも父上からそう教わったのですか？」

シャイールが驚愕の表情のままで、恐る恐るというように尋ねた。シャオワンはニッコリと笑った。

「君も知っている通り、父上は尋ねてもすぐに答えはくれない。まず自分で考えなさいと言われる。そして出来る限り調べなさいと言われる。そうやってどうしても自力で答えを見つけられない時は、教えてくれるけれど、教えてくれる代わりに新たな質問をされたりする。私はそうやって父上との問答を繰り返すうちに、そんなことを考えるようになったんだよ。シャイールは驚いているけど、そんなに私は変なことを言っているかい？」

シャオワンはそう言ってまたクスクスと笑った。シャイールはまだ唖然としたままだ。

そもそもシャイールは、父とそんな風に問答をしたことはない。確かに父ロウワンは、とても生真面目な人物で、尋ねてもすぐに答えをくれる人ではなかった。考えなさいと言われるが、シャイールは結局すぐに答えを貰っていた。自分と兄の違いは何なのだろう？　やはり兄が竜王を継ぐ者だから厳しくしていたのだろうか？　そんな風に一瞬思ったが、きっと違うと思い直した。

おそらく、兄と自分では疑問に思う部分が違うのだ。視点が違うのだ。『人間達と共に生きる必要はなかった』なんてそんなこと考えたこともない。でも確かに言われてみれば、魔術師や獣人など、我らと同じように人ならざる者達が、今もこの世界のどこかで生きているのだと、教わったことがある。ホンロンワン様の残した書物に『古き者』と記された者達だ。

今、人間の世界にいる呪術を使う『魔術師』を名乗る者達ではなく、魔力を持った本物の魔術師。それから人間達の寓話で『妖精』などと呼ばれている半獣、半妖の獣人。それらはシーフォンがまだ竜だった頃、この世界に存在していた。

数を増やし武器を得た人間達が、竜を狩ろうとしたように、魔術師や獣人達も人間に棲み処を追われ、いつしか姿を消してしまった。その古き者達は、人間達から隔絶した世界を作り、そこで静かに暮らしていると聞く。

そういう道もあったのだと考えた上で、それでも王国を築いた今の暮らしが正しかったのだと結論づけた兄に、シャイールはただ畏敬の念を抱くしかなかった。

まだ百歳の若者だ。眠りにつく前に、すでにそのようなことを考えていた若者は、一体どんな王になるのだろうと、シャイールは呆然としてしまった。

「どうしたんだい？　まだそんな顔して……まいったなぁ……」

シャオワンが苦笑しながら溜息をついたので、シャイールは慌てて気を引きしめた。

「申し訳ありません。兄上のお考えの深さに、ただただ感心するばかりで……決して兄上が変なことを言っていると、思っているわけではないのです。私には到底考えも及ばないような……素晴らしい考え方です。むしろもっとお考えをお聞かせいただきたい。兄上はこの国をどうしたいとお思いですか？　他国との関係をどうしていけば良いとお考えですか？」

シャイールが少しばかり興奮した様子で尋ねると、シャオワンは微笑んで頷いた。

「それならば座ってじっくり話をしないかい？　私も君とそういう話をしたかったんだ。私一人では国を統治することなど出来ない。君の力がなければ何も出来ない。だから君とよく話し合って、君の考えも聞きたいんだ。お互いの考え方を理解しなければ、共に国を造ることは出来ないだろう？」

シャオワンはそう言って立ち上がると、部屋の中央に置かれた大きなソファまで移動した。片側に腰を下ろすと、向かいにシャイールを座らせる。侍女を呼んでお茶の用意もさせた。

「さて何から話せばいいだろうか……君は感心したと言ったが、私の話のどこに感心したんだい？」

「人間達の生き方すべてが、我ら長く生きる者の手本となると言われました。それは国を滅ぼす姿も……ということですよね？　良いことも悪いことも手本だと」

「そうだよ。人間はたくさんいる。一度は我らのせいで、絶滅しかけたというのに、あっという間にまた数を増やした。たくさんの町や村が出来て、たくさんの国が築かれた。そしてまたいくつもの国が滅びたが、それは国という形が滅びるだけで、そこに住んでいた人々が死に絶えたわけではない。いずれまた人々が集まり別の新しい国が生まれる。これは実に興味深いと思わないか？　我らはそういうわけにはいかない。竜族が絶えないように、神々の罰を受けながらも必死に生きている。二度と同じ過ちを繰り返さないように……。だが人間はどうだ？　国が変わっても人間達は変わらない。争いがなくなることはない。でも争いたくはないとも思っている。彼らだって平和を望んでいる。面白い生き物だと思わないかい？」

「面白いかもしれませんが、それが手本になるのですか？」

シャイールは不可解だというように首をひねる。

「少なくともどんなことが原因で、国が滅びてしまうのか……いくつもの例を見ることが出来る」

「それは悪い手本ですね」

シャイールは皮肉のように感じて苦笑した。だがシャオワンの表情には、そういう意図が見られないので、すぐに苦笑していた口元を手で隠した。

「悪い手本だ。だが我らにとっては良い教えになることもある」

「それは滅びる原因を知って、回避する術を得るということですか？」

「そうだね。簡単に言えばそういうことかな」

「ですがそもそも人間達と我々では違うことが多すぎます。まず我らは戦争をしない。人間を殺《あや》めない。争いは人間の国が滅びる一番の原因ではありませんか？　それを我々はしないのですから手本にはなりません」

シャイールの言葉を、とても興味深いという表情で聞きながら、シャオワンは何度も頷いた。

「確かにそうだが、ではなぜ人間は戦争をする？　そのきっかけが我々には絶対ありえないことだと思うかい？　戦争のきっかけはひとつではない。十の戦争があれば、十のきっかけがある。人間達だって好きで戦争をしているわけではない。なんとか戦争を回避しようと画策もする。我らに仲裁を求めてくるのだって、戦争を回避したいからだろう。よほど愚かな君主か、狂った君主でもない限り、喜び勇んで戦争をする者はいない」

シャイールはなんとか言い返そうと考え込んだ。シャイールにとっては、人間は戦争をする愚かな生き物だとしか思えなかった。どんな理由があろうとも、戦争をすること自体があってはいけないと思う。エルマーン王国はずっと平和主義を通してきた。内情は『人間を殺せない』というものではあるが、もちろんそんなことは他国の者は誰も知らない。それで千年以上平和を保ってきた。

絶対に戦わない。そういう強い意志を国の掟《おきて》として持てば、人間達も戦争をしなくていいのではないかと思う。結局人間達は戦争が好きなのだ。そんなことを兄に訴えたかったが、なんだか説得出来ない気がして、なんとか上手い言い方はないかと考え込んでいる。

真剣な顔で腕組みをして、何やら考えているシャイールを、シャオワンはとても穏やかな顔で眺めていた。シャイールはふと兄の視線に気づき目を合わせたが、その穏やかな……というより気が抜けそうなくらいに、にこやかな表情をしている兄に、少しばかり眉根を寄せた。

兄はいつも笑顔だ。もちろん仕事中は真剣な表情もするが、基本はいつも笑顔だ。姉達から「朗らかな人よ」と聞いてはいたが、朗らかな性格といつも笑顔というのは別の話のような気がする。第一、今は真面目な話をしているはずなのに、なぜそんな笑顔でいるのか分からない。

「兄上……何を笑っておいでなのですか？」

「いや、そういえば私もこうして、父上と向かい合って色々な話をしていたなと、懐かしく思い出していたんだ。どうしても納得がいかなくて、父上に食い下がって意見したこともある。そうだ。父上が作った書庫は、皆に利用されているのかい？」

急に違う話をされて、シャイールは戸惑いながらも頷いた。

「若いシーフォン達の学びの場になっています。下位の者達にも、等しく学問の機会が与えられるようにと、書庫には数人の学者を置いて、書庫の管理と共にシーフォンの子供達に、勉強を教えさせているのです」

シャイールの話を聞いて、シャオワンは嬉しそうに瞳を輝かせた。

「それは素晴らしい。さすが父上、きちんと理想通りに書庫を造ったのだね……父上は本が大好きで、本は人間が作り出した最も素晴らしいものだと日ごろから言っていた。我が国でも本を作りたいと言っていたが、それはどうなっただろうか？」

シャオワンが期待の眼差しで尋ねるので、シャイールは苦笑しながら頷いた。

「はい、エルマーン王国の歴史書をすでに何冊か作っています。ホンロンワン様やルイワン様、スウワン様が残された資料を基に、各治世の詳細な歴史書をまとめ上げました。今後も代々続けるようにと言われています」

シャオワンはそれを聞いて、禁書のことを思い出した。神殿に預けると聞いていたが、写しの編纂がどのようにされたのか気になる。

「その歴史書を見てみたい。これから書庫に行こう」

シャオワンがいきなり立ち上がったので、シャイールは唖然としてシャオワンを見上げた。

「さあ、一緒に行こう」

「は、はい」

促されて慌てて立ち上がると、先に歩き出したシャオワンを追って執務室を出た。

『さっきまで話していた、人間との関係についての話はどうなったのだろう？』

シャイールはせっかく真剣に色々と考えていたのに、話の腰を折られてしまったと思って、なんだか少しばかり不満だった。

書庫に到着すると、シャオワンは嬉しそうに部屋の中を見回した。突然の竜王の登場に、学者達はひどくうろたえている。学びに来ていた子供達も、驚いてぽかんと口を開けて、シャオワンをみつめていた。

「皆、勉強をしているのかい？　感心だな。どうか私にかまわず続けてくれ……それにしても、随分本が増えているね。例の歴史書はどれだい？」

シャオワンは落ち着きなく書庫の中をうろうろと見て回った。壁一面の本棚には、たくさんの本が入っていた。それを興味津々という顔で、見回していた。

「兄上、エルマーンの歴史書は、そこの棚です」

シャイールがひとつの棚を指し示した。

「その中央にある茶色い革の表紙の本がそうです」

教えられた本を、シャオワンは嬉しそうに手に取った。

「すごいな。随分立派な装丁だ。これは……ホンロンワン様の時代だね」

表紙に書かれた文字を、指でなぞりながら読み上げる。ぱらりと本を開いて、中に目を通した。

それまで笑顔だったシャオワンが、急に真面目な顔で本を読み始めたので、シャイールは黙って見守ることにした。真剣な様子だが、ページをめくる手は早いので、流し読みをしているのだろうと思われる。

何か問題でもあるのだろうか？　と、シャオワンの態度の変化を、シャイールは不思議に思った。

「なるほど」

数ページを見たところで、シャオワンは小さくそう呟いた。

「どうかなさいましたか？」

「いや……シャイールは、これの元になった資料のことは知っているのかい？」

シャオワンはパタリと本を閉じて尋ねた。

「はい、ホンロンワン様の時代のものは、『建国記』という書物だと聞いています。ホンロンワン様が口述されたことを、初代リューセー様が書き留められていて、ルイワン様が『エルマーン史』をまとめられた時に、一緒に製本されたと伺っています。とても古いものだし、貴重なものだから今は神殿で大切に保管されていると……これはその写しなのですよね？」

シャイールの話を聞いて、シャオワンは頷きながら少し考え込んだ。

父ロウワンは、シャイールに禁書のことは話さなかったのだと知ったからだ。そして今手にしている編纂された歴史書は、竜だった頃の人間との戦いについては、かなり省かれて簡潔にまとめられている。

「兄上?」

何も言わないシャオワンの様子を、シャイールが不安そうな顔でみつめていることに気づいて、シャオワンはニッコリと笑ってみせた。

「ああ、すまない。私が眠りにつく前に、父上からエルマーンの歴史書を作りたいという話を聞いていたから、なんだか感慨深くてね……」

「そうだったのですか」

シャオワンは手にした本を棚に戻した。そして二代目、三代目、四代目と続いて並ぶ歴史書の背を、そっと指でなぞる。

「父上の歴史書がもうあるんだね」

「はい、ご存命の折から並行して作っておりました。まだ途中なので、完成している本はそれだけですが、じきに全巻が揃うと思います」

他の代よりもまだ冊数の少ない四代目の書をみつめてシャイールが答えた。背表紙の革の色が真新しい四代目の歴史書に触れながら、シャオワンはしばらくの間黙って考え込むように佇《たたず》んでいた。

シャイールは、そんな兄を静かに見守る。

「国が滅びる原因は、争いだけとは限らない。とても良い国王が治める平和な国でも、ある日突然滅びることもある。世継ぎがいない、疫病が蔓延《まんえん》、災害に見舞われる……原因は様々だ」

急にシャオワンが話を始めたので、シャイールは驚いた。さっきの話の続きだったからだ。すっかり忘れられたと思っていたが、そういうわけではなかったようだ。シャイールは表情を引きしめた。

「我々は長生きだから、随分長くこの国が続いているような気がしているけれど、私でまだ五代目だ。人間の国で、五代以上続いている国は、いくつかある。決して人間の国が、すぐに滅びているわけでもないし、我が国が長く安泰を保っているわけでもない。勘違いしてはいけないのは、人間の国は滅びても、人間が絶滅するわけではないということだ。我が国が滅びる時は、竜族が滅びる時だ。どちらが生物として優秀なのか分かるかい？」

シャイールは、はっとした顔でシャオワンを見た。シャオワンは微笑んで頷く。

「父上は私に、人間を好きになれと言われた。私はいまだにその真意を見いだせずにいる。本が好きだった父上は、人間のことが大好きだったのだと思う。資料を見ている限りでは、随分国交のある友好国が増えている。おじい様の……スウワン様の治世で、一度国交のある国を整理して、かなり減らしたはずだった。増やした方が良いのか、減らした方が良いのか……それぞれの王が考えたことだから、私がどうすればいいのかは改めて考えなければならないと思っている」

シャオワンはそこまで言って、じっとシャイールをみつめた。

「一緒に考えてくれないか？」

シャオワンからそう言われて、シャイールは高揚した気分で「はい」と力強く答えた。

第2章

江戸時代前期の加賀藩《かがはん》城下。

学問所で、師範《しはん》と向かい合う一人の青年がいた。正座をして両手を膝前につき、深く頭を下げる。

「先生、大変お世話になりました。こちらで教わりましたことは、これからの私の指針になるでしょう。本当にありがとうございました」

青年の前には、二人の年配の男性が座っていた。二人ともとても残念そうにしている。

「実家に戻るのか……実に惜しいな」

「もっとここで学んでほしかったよ」

「ありがとうございます。読み書き算術だけでなく、地理や歴史書、儒学書や往来書簡の書き方まで、様々な学問を教えていただき、とても楽しかったです」

晴れ晴れとした顔に、二人の師範はそれ以上引き留めることを諦めた。学問所では類を見ない神童であったのだが、父の跡を継いで村の名主にならなければならないと言われては仕方ない。

「城下へ来ることがあれば、またいつでも立ち寄りなさい」

「はい、先生方もお達者で」

別れのあいさつを終えた青年が、学問所の外に出るとそこには三人の若者が待ち構えていた。

「みんな……」

青年はとても驚いた顔で彼らを見た。

「守屋《もりや》、これから道場へ行くんだろう？　一緒に行こうと思って待っていたんだ」

待っていた青年の一人がそう言ったので、守屋と呼ばれた青年は困ったように苦笑した。

「みんな、すまない。実は道場へはもう行かないんだ。師範には昨夜のうちにあいさつを済ませている。私はもう道場をやめてしまったんだよ」

「なんだって!?」

三人はその言葉に衝撃を受けた。

「お前が道場をやめるという話は本当だったのか！」

「そんな噂を聞いたから、我らはこれから道場に行く道すがら問いただそうと思っていたところだ」

「我らに内緒で去るつもりだったのか？」

三人から次々と問われて、彼は小さく溜息をついた。

「こんな風になると思ったから、皆に内緒でやめることにしたんだよ」

彼はそう呟いて、三人を見回した。

彼、守屋龍聖《りゅうせい》は、剣術道場の人気者だった。彼が六年前初めて道場に来た頃は、「百姓のくせに」と武家の子息達から蔑《さげす》まれていた。しかし剣術の腕がみるみる上達し、瞬く間に道場内の誰も敵《かな》わないほど抜きんでると、今度は妬《ねた》みに変わった。

妬みから彼を虐《いじ》めようとする者もいたが、学問にも秀でていた彼はとても聡明で、自分の立場をわきまえ、武家の子息達を立てる姿勢や、その真面目で誠実な人柄に、いつしか皆が一目置くようになっていた。

何よりその美しい容姿は、男も女も振り返らずにはいられないほどで、高貴な気品さえも感じられ、知らない者が見たら、ここにいる若者の誰よりも家柄の良い武家の子のように見えた。

一度、隣町の道場の若者達とひと悶着《もんちゃく》起きたことがあった。決着は試合で付けることになり、こちらの道場が勝利した。だが不満に思った隣町の道場の者達が、卑怯《ひきょう》にも待ち伏せをして襲いかかってきた。その時、一番勇敢に戦ったのが守屋龍聖で、その上騒動の後、武家の子息がこのような卑怯な騒動を起こしたとあっては、家名に傷がつくだろうと、自分が騒動の張本人だと皆を庇《かば》って役人に名乗り出た。

それを知った仲間と、隣町の道場の者達が、親に正直に事情を説明して、守屋龍聖を助けてほしいと嘆願した。双方の道場主も責任者として名乗り出て、守屋龍聖は「関わりなし」として放免された。

そんなこともあって、皆が彼を慕っていたのだ。

龍聖は実家に戻り、家の仕事を継ぐのだと彼らに告げた。そして皆に黙って道場をやめてしまったことを謝罪し、皆から引き留められるのが辛いから黙っていたのだと内情を打ち明けた。

「当然だ！　引き留めないはずはないだろう！」

「武士でもない私を、仲間と思ってくれてありがとう。皆のことは一生忘れないよ」

凛《りん》とした表情でそう告げる龍聖に、青年達は止めても無理なのだと悟って、悔しそうに顔を歪めた。

龍聖の家が村の名主であることは知っている。彼は跡取りであるため、いずれは村に帰り、親の仕事を手伝うのだと聞いていた。武士の息子である彼らとは、住む世界が違う。守屋龍聖はどんなに剣の腕が優れていても、武士になることはおろか剣術師範になることも出来ない。

「お前は我らの誰よりも武士らしく、男らしいよ」

皆の言葉を、龍聖は嬉しそうに聞いている。

「だけど村に戻っても一年もしたら、ふらりとまた帰ってきそうだよな」

「そうだな！　守屋、また戻ってこいよ」

青年達はそう言って笑った。

龍聖は城下町にある親戚の下に身を寄せていたが、六年間ずっと城下町にいたわけではなかった。一年毎に城下町と故郷の村を行き来していた。そのため、今回もまた一年後には戻ってくるように思えて、本当にやめるとは誰も信じられなかった。いや、信じたくないというのが本心だったが、目の前にいる龍聖の様子から、今回ばかりは違うのだと察せられた。

「元気でな！」

「ああ、皆も元気で」

仲間に見送られて、龍聖は去っていった。

そのまま世話になっていた親戚の家には戻らず、故郷の二尾《ふたお》村を目指した。城下町から二尾村までは、歩いて半日の距離だ。日が暮れかけた頃、家に辿り着いた。

「ただいま戻りました」

龍聖の帰宅のあいさつに、守屋家の家人達が出迎えに現れた。

「龍聖！」

「兄様！」

祖父母、両親、弟妹、使用人、家中の者達の出迎えに、龍聖は苦笑した。

「なんですか？　みんなして」

驚いた顔をしていたのは、龍聖ではなく家族の方だった。龍聖の帰宅は数日先だと皆が思っていたのだ。突然帰宅した、いつもと変わらぬ龍聖の様子に、皆は戸惑ったように顔を見合わせていた。

「私が帰ってきてはいけなかったのかな？」

「あ、いや……そんなことはないよ、おかえり」

「さあさあ、疲れただろう。上がりなさい」

使用人の女が、慌てて桶《おけ》に入れた水を運んできた。玄関に腰を下ろした龍聖が草履《ぞうり》を脱ぐのを手伝って、足を丁寧に洗う。

「帰るという文は届いていませんでしたか？」

「届いたよ。だが学問所や剣術道場をやめてくるから、あいさつ回りでしばらくかかると思っていたんだよ」

「お前は友人が多いだろうから、あいさつ回りだけでも大変だろうって、皆で話していたんだ」

龍聖が足を洗っている間、祖父や父がそんな風に話したので、龍聖は明るく笑った。

「別れにそんな時間はかかりませんよ」

足を洗い終わった龍聖に、皆が口々に労《ねぎら》いの言葉をかけて、家の中へ招き入れた。

「夕餉《ゆうげ》はまだだろう？　私達もちょうどこれからなんだ。一緒に食べよう」

「道中疲れただろう。駕籠《かご》を使えばよかったのに」

そう言って通された部屋には全員分の膳が並べてあった。もちろんすでに龍聖の膳が用意されていた。その日は急遽宴会のようになった。久しぶりに帰ってきた龍聖を、家族全員が喜んで労った。

食事がほぼ終わった頃、箸を置いた龍聖が、改めて姿勢を正したので、皆がびくりと動きを止めた。

龍聖は心の中で溜息をつくと、隣に座る父を見た。

「父様、私は明日、龍成寺《りゅうじょうじ》へ行き、儀式を行います」

その言葉に、その場の空気が凍りついた。誰かが箸《はし》を落とした音がする。悲鳴のような小さな声も聞こえた。龍聖は落ち着いた様子で、父の答えを待っていた。父は絶句したように、龍聖をみつめ返している。

「な、何もそんなに急がずとも……」

ようやく父がそう言いかけた時、母がわっと声を上げて泣き始めた。父は眉根を寄せながら、泣いている妻へ一度視線を送り、動揺した様子でまた龍聖をみつめた。

「帰ってきたばかりではないか。別に儀式の日取りが決まっているわけではない。せめてもう数日、家でゆっくり家族と過ごさないか？」

父が平静を装いながらそう言った。

「いいえ、長く留まるほど別れがたくなります。本来なら年の変わった一月に行かねばならなかったところを、私の我が儘を聞いていただき、こうして春まで延ばしてもらったおかげで、城下の学問所と道場で、楽しい思い出を作り、友と別れることが出来ました。ですが家族とは、共に過ごすほどに別れがたくなるだけです。明日、儀式を行います」

龍聖はとても落ち着いた様子でそう述べた。それを聞いて父までもが両目に涙を浮かべた。弟妹も泣いている。

「おじい様、おばあ様、どうか長生きをなさってください。龍直《たつなお》、お前はこの家の跡取りなのだから、私の代わりにしっかりこの家を守るのだよ。泰寅《やすとら》、いつまでも泣き虫はいけないよ。兄様の言うことを聞いて兄弟仲良くね。お芙美《ふみ》、お前は気立ての良い娘だから、嫁に欲しいとたくさん言ってもらえるだろう。幸せになるんだよ……父様、母様、今まで育てていただきありがとうございました」

龍聖は家族一人一人に声をかけて、最後に深々と頭を下げた。


翌朝、龍聖はまだ暗いうちから起き出して、井戸の水を汲《く》んで、台所のカメに水をいっぱい溜めた。竈《かまど》に火を入れて、玄米を丁寧に洗って鍋に入れてご飯を炊く。ご飯が炊き上がるまでの間、井戸で大根を洗い、葉は細かく切って、昆布で丁寧に出汁《だし》を取ったみそ汁の具にする。出汁を取った後の昆布は、大根と一緒に醤油で煮た。

一汁一菜。家族のことを考えながら、心を込めて料理をする。

そんな風に龍聖が一人で朝餉《あさげ》の支度をしていると、使用人が起きてきた。

「りゅ、龍聖様！　それは私らの仕事です！」

慌てる使用人に、龍聖は笑顔で優しく声をかける。

「これは皆と食べる最後の食事だから、私に作らせておくれ。お前達には本当に世話になったね。これからも守屋の家を頼むよ」

龍聖が使用人達一人一人に別れを告げた。使用人達は皆、大好きな坊ちゃんとの別れを惜しんで泣いた。

やがて家族も起きてきた。

「今朝は私が心を込めて、朝餉の支度をしました。皆で一緒に食べましょう」

龍聖は家族にそう言って、使用人達にも一緒に朝餉を食べようと言って全員分の膳を座敷に並べた。

使用人達は普段、家人と同じものは食べない。残り物の玄米に大根の葉や稗《ひえ》などを混ぜて、粥《かゆ》にして食べる。だから家人と同じ膳を前に、皆緊張していた。

皆がしんみりとして静かに朝餉を食べて、その後それぞれが最後の別れをして、龍聖は父と後継ぎになる弟の龍直と共に、守屋家の菩提寺である龍成寺へ向かった。

「父様、申し訳ありませんが、村を一周回ってもいいですか？　遠回りですけど……」

寺の前までついていくという家族達を宥めて、家の門前で別れを告げた。皆が泣きながら見送るのを背に、龍聖がそんなことを言い出した。父は「もちろんだ」と即答して、弟の龍直も喜んで後をついていった。

雪深い山間の村も、ようやく雪が解けて春の景色に変わっていた。田んぼには雑草の新芽が生えて、明るい若葉の色に染まっている。土が肥えている証《あかし》だ。もう少ししたら、村人総出で田んぼの準備が始まるだろう。雑草の新芽は、耕《たがや》して土に混ざれば良い肥料になる。

家々の前には、農具の手入れをする男達の姿が見えた。汚れた着物をいっぱいに詰めた籠を、軽々と肩に担いだ女達が、頼もしい足取りで歩いている。川に洗濯をしに行くところだ。

「龍聖様だ！」

龍聖に気づいた子供達が、喜びの声を上げて駆けてくる。それを聞いた大人達も、仕事の手を休めて立ち上がり、龍聖に向かって頭を下げる。

「龍聖様！　おかえりなさい！」

「いつ帰ってきたの？」

あっという間に子供達に囲まれた。龍聖はニコニコと笑いながら、子供達一人一人の頭を撫でる。

「みんなよい子だね。とうちゃんやかあちゃんの手伝いを、さぼらずにちゃんとするんだよ」

「子守してたんだ」

一番大きな女の子が、背中に赤子を背負いながらそう言った。

「おタケはいつも偉いな」

龍聖がその女の子を褒めてやると、頬を染めながらとても嬉しそうに笑った。

「おらは魚を釣りに行くだ！」

「おらも！」

男の子達が負けじとそう言った。

「たくさん釣って、夕餉のおかずにするんだぞ？　かあちゃんが喜ぶ」

龍聖にそう励まされて、男の子達は奮起《ふんき》している。

龍聖の父と弟は、邪魔にならないように少し離れて後ろを歩いていた。村人に慕われる龍聖を、父は複雑な思いで見つめる。

守屋家の長男として生まれて、学問にも剣術にも秀でて、村人達の信頼も厚い。これほど理想的な後継ぎが他にいるだろうか？　いや、こんな小さな村の名主にするには、惜しいくらいだ。武家に生まれていれば、重宝《ちょうほう》されただろう。

だが龍聖は、武士でも名主でもなく、龍神様に望まれている。なぜこの子なのだと運命を恨んだが、龍神様に望まれたから、すべてに恵まれているのだろうと思い当たって諦めた。

何よりも龍聖本人が、すべてを受け入れている。

龍聖は楽しそうに子供達と話をしながら、村の中を一周した。子供達と別れて、龍成寺のある山へと向かう。なだらかな山道をゆっくり登り、やがて寺の山門へ続く階段に辿り着いたところで、龍聖が足を止めてくるりと振り返った。

「ああ、綺麗ですね」

そこからは二尾村が一望出来た。龍聖はその景色を目に焼きつけているように、じっと佇んでいる。

「龍聖……」

「なんですか？　父様」

父は言いかけた言葉を飲み込んだ。本当は、儀式をするのが嫌だとか、怖いとか、少しでもお前がそんな風に思うならば、やらなくてもいいのだよ。と言うつもりだった。

龍の証を持って生まれた男子には『龍聖』と名付けて、十八歳になったら龍神様に捧げなければならない。龍神様にお仕えするために、儀式が行われる。それが守屋家に代々伝わるしきたりだ。

先祖が龍神様と交わした約束だ。その約束が守られているこの村は、龍神様のご加護を賜《たまわ》り、飢饉《ききん》に喘ぐことはなくなった。田畑はいつも豊かに実り、商売をすれば成功し、守屋家は財を成していた。絶対に龍神様との約束を違《たが》えぬようにと、儀式の伝承を守るために先祖は山に寺を建立《こんりゅう》した。それがただの『言い伝え』ではない証だ。

守屋家の跡取りとして生まれた者は元服《げんぷく》前に龍成寺の住職からその教えを受ける。龍聖の父も、例外なく教えを受けた。正直なところ『龍神様？　それはただの生贄《いけにえ》ではないのか？』と訝《いぶか》しく思った。

まさかそんな自分の息子が『龍聖』として生まれてくるとは思わなかった。そしてそんな我が子を哀れに思っていた。

『哀れ？　誰が哀れなのだろう……生贄となる龍聖か？　それとも優秀な我が子を失う私か？』

父は澄んだ目で、真っ直ぐにみつめてくる龍聖に、はっと我に返りながらそんなことを思った。

「父様？　どうかなさいましたか？」

もう一度龍聖に尋ねられて、父は真剣な表情に変わり深く頭を下げた。

「龍聖、私の息子として生まれてくれてありがとう。お前と過ごした日々は、幸せだったよ」

父はそう言って、龍聖の手をぎゅっと握りしめた。

「父様……私も幸せでした。でもこれからも幸せになるつもりです。ここで終わりではありませんよ？　私は龍神様の下へ行くのですから」

龍聖が微笑みながらそう言った。その顔が、まるで菩薩《ぼさつ》のように見えて、父は手を合わせたくなった。弟の龍直が後ろで鼻をすすっている。

「さあ、参りましょう」

先祖が龍神様と約束した儀式を行うために……。


その日シャイールは、朝から竜に乗って周辺の見回りに出ていた。竜達がひどく落ち着きがなかったので、何か異変が起きたのかと思ったからだ。シャイールの竜も落ち着きがない。どうしたのかと尋ねても、竜自身も特に何があるというわけではなさそうだ。

エルマーン王国を取り囲む岩山の周辺もくまなく見て回り、特に異常は見当たらないことを確認して、城へ戻った。

みっつの塔のひとつは、シーフォン達が竜に乗り降りするための場所だった。一度に四頭が待機できるほどの広さがある。シャイールは着地するために、塔の上空をゆっくり高度を下げながら旋回していた。塔には二頭の竜がいて、これから羽ばたこうとしている様子だった。

その時突然塔の上で、カッと強い光が発せられた。何かが破裂したのかと思うような強い発光だった。その場にいた竜も、周辺を飛んでいた竜も、とても驚いてギャアギャアと大きな声を上げた。

シャイールもシャイールの竜ガイウォンも目が眩《くら》んだのと驚きで、一瞬失速しそうになったが、なんとか塔の上に着地することが出来た。落ちるように着地した反動で、シャイールはガイウォンの背中から弾き飛ばされて、石造りの床に転がり落ちた。

「いてて……一体……何が起きたというんだ」

シャイールは打ちつけた腰を擦りながら、体を起こして辺りを見回した。何人かのシーフォンが、シャイールと同じように床に投げ出されていた。驚いた様子の竜達が、興奮して翼をばたつかせたり、吠えたりしながら騒いでいる。

まだ光の残影が残っていることに気づき、シャイールは立ち上がって、その方をみつめた。塔の中央に光源がある。大きな光の玉が、どんどん小さく縮んでいき、やがて光が消えてなくなった。その代わり、光の消え去った場所に、一人の人物が現れた。

白い不思議な衣服を着た黒髪の人物。正座して両手を合わせて、祈るような姿をしていた。それを見た瞬間、シャイールはハッとしたように顔色を変えた。

「リューセー様！」

思わず叫んでいた。すると名を呼ばれた人物が、目を開けて辺りを見回した。それと同時に驚いたように大きく目を見開き、恐怖と驚愕の表情に変わる。

「うわぁ!!」

その人物は悲鳴を上げて、腰を抜かしたのか仰け反るように座ったまま後ろに倒れ込んだ。

その者の悲鳴と同時だった。その場にいた竜達が咆哮《ほうこう》を上げた。

「まずい！」

シャイールは顔色を変えて、勢いよく立ち上がり、ダッと駆け出した。

「リューセー様！　立てますか？　城の中へお逃げください！」

その人物の下に駆けより声をかけた。

「え？　あっ……え？」

彼は今目の前で何が起きているのか分からずに、混乱してしまっているようだった。顔を真っ青にして、大きく目を見開いたまま動けずにいる。それもそうだ。突然目の前で、見たこともない巨大な獣が、大きな声で吠えながら暴れているのだ。誰だって恐怖で動けなくなるだろう。

「お前達！　竜に塔から離れるように命じろ！」

その場にいたシーフォン達に向かって、シャイールが怒鳴った。

「だ、ダメです！　まったく言うことを聞きません！」

シーフォン達は慌てた様子で、自分の竜を押さえようとしているが、竜達は混乱した様子で、羽ばたきながら尻尾を振り回し、咆哮を上げて暴れている。

突然現れた『リューセー』に、竜達は興奮すると共に、混乱してしまっているのだ。制御が利かない。竜自体は決してリューセーに危害を加えるつもりはないのだが、混乱した竜がその大きな体で暴れては、翼や尻尾でリューセーを傷つけかねない。

リューセーには、早く城の中に入ってもらった方が良いのだが、今の様子では腰を抜かして動けなくなってしまっているようだ。

シャイールは、リューセーを守ろうと、盾になるようにリューセーの前に立った。本当ならば抱き起こして城の中へ連れていくのが早い。それは分かっているが、シャイールにはそれが出来ない。なぜならこれ以上リューセーに近づけば、リューセーの香りで理性を失いかねないからだ。

竜王の伴侶であるリューセー。竜の聖人であるその者は、新しき竜王が目覚めると、異世界から竜王のために降臨する。竜王はリューセーが持つ『魂精』を貰わなければ、命を保つことが出来ない。それは他の人間やシーフォンでは代わりになれないこの世で唯一の存在だった。

そしてリューセーは、その体から不思議な『香り』を放ち、竜王を誘惑するという。その『香り』は、他のシーフォンまでも誘惑してしまうような危険なものだった。

なぜ『香り』がするのか、理由は定かではない。異界から降臨するその者が、確かにリューセーであると、竜王やシーフォンに知らせるためではないかとも言われている。

間違って誘惑されることがないように、シーフォン達は降臨したばかりのリューセーには決して近づいてはならないという掟《おきて》が、代々語り継がれていた。

「誰か！　兵士を呼んできてくれ！」

シャイールは必死に助けを呼んだ。アルピンの兵士であれば、リューセーに触れることが出来る。シーフォン以外の普通の人間には、リューセーの香りはまったく感じられないのだ。

騒動に驚いて立ち竦んでいるシーフォンが、シャイールの言葉に我に返ると、慌てて出入り口へと駆けていく。それを横目で見ながら、シャイールがホッと少しばかり気を抜いた時だった。

「危ない！」

リューセーの声に、シャイールがハッとして前を見ると、一頭の竜の尻尾の先が、ぶんっと空気を唸らせながら、シャイールの目の前を横切った。シャイールはすんでのところでかわしたが、ほんの僅かばかり右の肩を掠めた。

竜の表皮は、とても硬い鱗《うろこ》で覆われている。剣も槍も通さない鉄よりも硬い鱗だ。大きな竜の尻尾が、空気を唸らせるほどの勢いで振られたのだ。その先が僅かに掠めただけでも、人の体には脅威だ。

シャイールは床に叩きつけられるように弾き飛ばされた。

「ああ！　大丈夫ですか！」

リューセーは、倒れたシャイールの下に這うようにして近づいた。

「うっ……くうっ」

苦悶《くもん》の表情を浮かべるシャイールの右肩は、服が破れて血が滲《にじ》んでいた。

「シャイール！」

駆けつけたシャオワンが扉を開けて塔の上に出てきたのは、ちょうどシャイールが弾き飛ばされた時だった。その側に、黒髪の人物の姿も確認した。

『リューセーだ……』

シャオワンはすぐに分かって、駆け寄りたかったが、我に返るとこの場を鎮《しず》めることを優先した。

「竜達よ！　鎮まれ！」

シャオワンが両手を上げて叫んだ。長い深紅の髪が、逆立つようにぶわりと宙に浮かび上がり、シャオワンの体から発する大きな気の波動が辺りに広がった。まるで時が止まったように、竜達が沈黙し動きを止めた。

「貴方……大丈夫ですか？」

リューセーが、倒れているシャイールの顔を覗き込みながら声をかけた。

「んっ……」

シャイールは痛みで顔を歪めながら、うっすらと目を開けた。目の前に黒髪の美しい顔がぼんやりと見える。

「リューセー様……私にかまわずお逃げください……」

「そんな！　あなたを置いて逃げるなど出来ません」

リューセーがそう言って、シャイールを抱き起こそうと、無傷な方の肩を掴んだ。するとふわりととても良い匂いが、シャイールの鼻腔をくすぐった。頭を打って朦朧《もうろう》としているシャイールは、香りから逃れることが出来なかった。それを嗅《か》いではだめだという意識さえもない。

「リューセー様……」

がしっとシャイールの両手が、リューセーの両腕を掴んだので、リューセーは少しばかり驚いた。傷を負って倒れている男の意識が戻ったのかと勘違いしたリューセーは、シャイールの表情の変化には気づかなかった。

「だ、大丈夫ですか？」

シャオワンは、竜達が大人しくなりゆっくりと塔から離れていくのを見届けて、ようやく張っていた気を緩めた。視線をリューセーの方へ向けて、異変に気づいた。

「シャイール！　いけない！」

シャオワンが見た時、倒れているシャイールを介抱しようと近づいたリューセーの腕を、シャイールが摑んでぐいっと引き寄せ、無理やり唇を重ねているところだった。

リューセーはいきなり唇を合わせられ、とても驚いて、逃れようとしたがだめだった。

「んっ！」

リューセーは眉間にしわを寄せて顔を歪める。ひどく鼻につくような強い香りがする。鳥肌が立つような嫌悪感さえ覚えた。

リューセーは渾身《こんしん》の力で、シャイールから体を離すと、摑まれている腕を振り解こうともがいた。

「リューセー！」

シャオワンは叫びながら駆け寄ろうとしたが、数歩で足を止めた。

『契《ちぎ》りの時までリューセーに近づいてはならない』という掟が脳裏を掠めたからだ。だが今はそんなことを言っている場合ではない。しかし自分も近づけば、リューセーの香りに囚われてしまうのではないだろうか？　そんな様々な思いが頭の中をぐるぐると駆けまわる。

シャオワンが躊躇《ちゅうちょ》したのは、本当に一瞬のことではあった。

「ぐわぁっっ！」

その一瞬の間を突き動かすような事態が起きた。突然、シャイールが叫んだのだ。

シャオワンがはっと我に返って見ると、倒れているシャイールが、苦悶の表情を浮かべて叫びながら、両手で首や胸を掻きむしっている。それと同時に、少し離れた所にいたシャイールの竜が、悲鳴のような咆哮を上げて、ドサリとその場に倒れてしまった。

「シャイール!?」

一体何が起きたのか分からなかった。

リューセーが驚いて、突然苦しみ始めた目の前の男を、固まったまま見つめていた。

「うわわわぁぁっ……ぐっううっ……あああぁぁっ！」

シャイールは苦しみもがきながら叫び続け、その顔はみるみる土色に変わり口から泡を吹き始めた。

「シャイール！　シャイール！」

シャオワンが慌てて駆け寄ると、シャイールの体を抱き上げた。

「リューセーを城の中へ！　早く！　バハルを呼べ！」

シャオワンは驚いて立ち竦んでいる兵士達に、怒鳴りつけるようにそう命じた。兵士達は慌てて駆け寄り、顔面蒼白になって震えているリューセーを、全員で抱えるようにして立ち上がらせて、城の中へと連れていった。

「シャイール！　シャイール！　しっかりしろ！」

シャオワンが懸命に呼びかけたが、シャイールは白目をむいて、がくがくと体を痙攣《けいれん》させている。

「死ぬな！　シャイール！」

シャオワンはシャイールを担いで、兵士に医師を呼ぶように命じながら、城の中へ入っていった。


「リューセー様、リューセー様」

何度も名前を呼ばれて、肩を触られて、びくりと驚いた。顔を上げると、一人の男性がとても心配そうな顔をして、龍聖を覗き込んでいる。

「お水を飲まれますか？」

そう言って差し出された透明の不思議な器を、龍聖は怯えたようにじっとみつめた。

たくさんの人々に、抱えられるようにして建物の中に連れ込まれた。階段を下りたり、通路を歩いたりしたはずだが、何がどうなったのか覚えていない。一室に連れ込まれ、椅子に座らされて、やがて誰もいなくなった。それらはすべて遠くで起きていることのような気がしていた。

今初めて我に返ったところだ。

「リューセー様……おかわいそうに……ひどい目に遭われて……もう大丈夫ですよ。ここには私しかいません。リューセー様……申し遅れましたが、私はリューセー様の側近のバハルと申します」

彼はその場に膝をつき、椅子に座る龍聖よりも、低い位置から見上げるようにして、穏やかな口調で話しかけた。怯えている龍聖を宥めるように、囁くような声でゆっくりと話を続けた。

「ここはリューセー様のいた世界とは別の場所……リューセー様は龍神様との契約通り、龍神様の下に参られたのですよね？」

「は……はい……あっ……ではここは、龍神様のいらっしゃる所ですか？」

『龍神様』という耳慣れた言葉で、ようやく龍聖は理性を取り戻した。

「はい、ここは龍神様のいる世界です」

バハルが優しく微笑みながら頷いた。龍聖の表情からようやく怯えが消えたので、バハルは安堵しながら再び水の入ったコップを差し出した。

「お水です」

バハルがそう言ったので、龍聖はおずおずと手を出してそれを受け取った。龍聖は初めて見る『コップ』に不思議そうな顔をしながらも、口を付けて水を飲んだ。ゴクリと飲んでようやく正気に返れたような気持ちになった。

「私はバハルと申します。これからずっとリューセー様のお側に仕えて、お守りいたします。もう二度と先ほどのような怖い思いはさせません」

バハルにそう言われて、龍聖は先ほどのことを思い出して顔色を変えた。

「あ、あの……さっきの怪物はなんですか？　それにあの男の人……突然……苦しみだして……」

龍聖が顔色を変えて震え始めたので、バハルは龍聖の両手をぎゅっと包むように握りしめた。

「暴れていた大きな生き物は竜です。リューセー様の世界の竜とは形が違うかもしれませんが、あれは竜ですよ。普段はとても大人しくて従順です。決してリューセー様に危害を加えるようなことはありません」

「竜!?　あれが？　では……先ほどの方が龍神様？」

「この国のシーフォンの男性は皆さん竜をお持ちです。龍神様は……赤い髪の男性がいらしたのを覚えていらっしゃいますか？」

「赤い髪……」

言われて龍聖は思い出そうとした。あの恐ろしい混乱の中、龍聖の名を呼び、助けようとしてくれた人の姿を思い出した。倒れたあの男性の下に、必死の形相《ぎょうそう》で駆け寄った人……目の前に深紅の色だけが鮮明に映った。あの時は混乱していて、誰がそこにいたのかも覚えていない。自分がどうやってあの場からここまで来たのかも分からない。

だから姿や顔は思い出せないが、真っ赤な色が突然そこに現れたことは覚えている。

「赤い髪の方が龍神様です。この国の王、竜王シャオワン様です」

「竜王……シャオワン様……」

龍聖はその名を繰り返し呟いた。

「倒れた男性は、シャイール様といって、シャオワン様の弟君です」

「龍神様の弟？」

少し驚いたような反応の龍聖に、バハルは頷いてみせた。

「あの方は大丈夫なのですか？　一体なぜ……突然あのような苦しみ方……」

「お命は取りとめていらっしゃいますが、なぜあのようになられたのかは……私も見ていた者達から聞いただけですので、詳しいことは……」

バハルが表情を曇らせたので、龍聖も眉根を寄せて視線を落とす。

「あの方は、私を竜から守ろうとしてくださいました。一番に私の所に駆け寄り、盾になってくださいました。私のせいでこんなことになってしまって……申し訳ありません」

龍聖は深々と頭を下げた。

「リューセー様のせいではありません。降臨なさった場所が悪かっただけです。なぜあんな場所に……神の気まぐれとしか思えません。リューセー様こそ、あんな怖い思いをされて、本当にお気の毒でなりません。どうか一日も早くお忘れになってください。そしてこの国で、心静かに過ごされますように……」

バハルは、龍聖の手を握ったまま、祈るように頭を下げてそう言った。龍聖は握られている手がとても温かで、安心することが出来た。思い出すとまだ怖いが、随分落ち着いてきたと思う。

「本当はこの国のことや、リューセー様の役割など、たくさんお話ししたいことがありますが、今日のところはもうお休みになってください」

バハルは龍聖を立ち上がらせると、隣室へ連れていった。そこには台座の上に布団が敷かれている寝台のようなものが置かれていた。そこに横になるように言われて、龍聖は大人しく従った。

「心が落ち着く香を焚《た》きますね」

バハルがそう言って、側の棚の上に置かれた器に火を入れた。しばらくしてとても柔らかな香りの煙が、立ち上り始めた。春の山の中を歩いている時のような涼やかな香りで、龍聖は気持ちが静まるのが分かった。

「私はずっと側におりますので、安心してお休みください」

龍聖は言われるままに目を閉じた。先ほどのことを早く忘れたかったせいもあった。眠ってしまえば……朝になれば変わっているかもしれない。すべて夢だったとわかるかもしれない。そんな淡い期待を抱きながら、いつしか眠りに落ちていた。

「どうにかしてやれないのか！」

シャオワンが珍しく声を荒らげていた。

「何が原因でこのような状態になられているのか分かりませんので……手の施しようがありません」

医師が困惑した様子でそう答えた。

「こんなに苦しんでいるのだぞ!?」

シャオワンが、ベッドを指して言った。ベッドには、呻《うめ》き声を上げながら苦しんでいるシャイールが横たわっている。顔色は青黒く変わっていた。ベッドの側で、シャイールの妻のスルファが泣き伏している。

「申し訳ございません」

医師は頭を下げて謝るほかなかった。

「肩の傷は関係あるのか？」

「いえ、肩の傷はただの切り傷です。毒が入ったというわけでもありません」

シャオワンはそれを聞いて項垂《うなだ》れた。なぜこんなことになってしまったのか……たった一人の弟をこのまま失ってしまうのだろうか？　シャオワンは唇を噛んだ。

「リューセー様は……」

医師がリューセーの名前を呟いたので、シャオワンは不思議そうに顔を上げて医師を見た。医師は気まずそうに顔を歪めて、上目遣いでシャオワンをみつめた。

「リューセー様はその……何かご存じではないのですか？　シャイール様に唯一触れられたのはリューセー様です」

「何が言いたいんだ」

「その……リューセー様が……毒を盛ったとは考えられませんか？」

「なに!?」

シャオワンがとても険しい顔で睨みつけたので、医師はぶるりと震え上がった。いつも笑顔を絶やさない朗らかな竜王が、こんな険しい顔をするのを初めて見た。

「今、なんと申した？」

シャオワンが低い声で唸るように尋ねる。医師は真っ青な顔になり、言葉を飲み込んだ。

「今、なんと申した？　もう一度言ってみよ」

「い、いえ……私はただ……ただ考えうる原因のひとつを言っただけです……べ、別にリューセー様がどうという話ではなく……このような状態は、毒でも盛られない限りは考えられません。そしてこのような状態になった時に、シャイール様の側にいた者が、その原因であることは、普通ならば疑うべきかと……可能性のひとつとして言ったまででございます」

「なぜリューセーが毒など盛る必要がある⁉」

シャオワンが激高《げっこう》して怒鳴ったので、医師は恐怖のあまりその場に腰を抜かして座り込んでしまった。

「契約を切りたいと思う者が、リューセー様を使って毒を盛ったのかもしれませぬ！」

悲痛な叫びと共にそう言ったのは、スルファだった。シャオワンが驚いて振り向くと、スルファは涙に濡れた顔を上げて、唇を震わせながらシャオワンをみつめていた。

「異世界の人間が考えることは分かりませぬ！　リューセー様はともかく……龍神様との契約を切りたいと思う者がいれば、毒を盛るかもしれないではありませんか！」

「な……ん……だって？」

シャオワンはひどくショックを受けたような顔で、言葉を失い、ただ呆然とスルファをみつめた。

泣きながら言いつのるスルファの目には怒りに似たものが宿っていた。

「陛下は信じすぎているのです。この世界の人間だって、すべてを信じられるわけではないのに、ましてや異世界の人間です。陛下は彼らが何を考えているのかお分かりなのですか？　彼らが私達の味方だと信じているのですか？　どうして絶対毒を盛られることがないと言いきれるのですか？　ならばなぜ……私の夫はこんなに苦しまねばならないのですか!?」

それは怒りに満ちた彼女の心の叫びだった。スルファは、わっと再び泣き伏してしまった。

シャオワンは何も言えずに、愕然《がくぜん》としたまま立ち尽くしていた。やがて両手の拳をぎゅっと握りしめると、ふるふると肩を震わせ始めた。

「何が……分かるというのだ……」

それは地の底から響くような声だった。体の奥から振り絞るような、呻き声のようなその呟きに、医師が真っ青になりガタガタと体を震わせた。

「へ、陛下……」

医師は恐怖に震えていた。

「何が分かるというのだ……お前達にリューセーの何が分かるというのだ!!」

シャオワンが叫んだ時、空気が激しく震えた。大きな爆発が起きたかのように、空気が唸りを上げ、部屋のすべての窓ガラスが勢いよく割れた。

「あに……うえ……」

シャイールの口から、微かな声が漏れた。その声に、シャオワンはハッと我に返る。辺りを見ると、医師とスルファが床に倒れていた。シャオワンの覇気《はき》を受けて気を失ってしまったのだ。

「あっ……」

シャオワンはサーッと血の気が引いた。慌てて扉まで駆け寄ると、勢いよく開いた。廊下に立っていたはずの兵士も倒れている。

廊下の向こうから、ただならぬ異変に数人のシーフォン達が駆けてくる。

「陛下！　陛下！　いかがされましたか！」

「誰か！　誰か医師を連れてきてくれ！」

シャオワンがうろたえた様子で叫んだので、さらに何事かと皆が血相を変えて走ってきた。

「陛下！　どうされたのですか！」

「ライエン……」

一番に駆けつけた壮年の男と顔を合わせると、シャオワンは少しばかり安堵したように表情を崩した。

「助けてくれ……」

シャオワンが小さく呟いたので、ライエンはただ事ではないと険しい表情で部屋の中を見た。

「これは……」

ライエンは絶句した。窓ガラスがすべて割れ、床には医師とスルファが倒れている。普通であれば賊《ぞく》が入ったのかと思うところだが、遠くからでも竜王の波動を感じたので、ここで何が起こったかを察した。

力なく項垂れるシャオワンの肩をしっかりと支えながら、後から来た者達に次々と指示を出した。

「医師を呼んでこい。お前達はシャイール様を別の部屋に運び出せ、お前達はスルファ様を……」

てきぱきと指示を出すと、最後にシャオワンを抱えるようにして、その場を離れた。

王の執務室まで連れていくとソファにシャオワンを座らせて、侍女に酒を持ってくるように伝えた。

「シャオワン……シャオワン……」

ライエンはシャオワンの隣に座り、がくりと項垂れて放心しているシャオワンの肩を揺すりながら、何度か名前を呼んだ。

「シャオワン、気つけだ……飲め」

小さなグラスに注がれた酒を、シャオワンに勧めた。シャオワンは大人しく受け取ると、勢いよく飲み干して、大きな溜息をついた。そして両手で頭を抱え込む。

「私は……なんということをしてしまったのだ……竜王失格だ」

苦しげな声で呻くようにそう一言吐き出す。それをライエンは黙ってみつめていた。

「失格だろうと、なんだろうと、竜王は君しかいない。代わりはいないんだ。しっかりしろ」

しばらくの沈黙の後、シャオワンの様子を窺いながら、ライエンが強い口調でそう言って、もう一杯酒を勧めた。シャオワンはそれを受け取って、今度は飲まずに、じっとみつめていた。

「何があった？」

静かにライエンが尋ねた。するとようやくシャオワンが顔を上げた。

「なんだその顔は」

シャオワンが今にも泣くのではないかというような、心細そうな表情をしているので、ライエンがわざとからかうように笑って言う。それを受けて、シャオワンも少しだけ表情を緩めた。

ライエンは、国内警備長官をしている武人だ。そしてシャオワンの従兄でもあり、幼馴染《おさななじ》みでもある。父ロウワンの末の弟、シャイガンの息子で、シャオワンより少し年上だが、従兄の中では一番年が近くて、気も合った。

唯一なんでも話せる親友だ。

シャオワンは、先ほど起きたことをすべて隠さず話した。シャオワンが話している間、ライエンは一切口を挟まなかった。相槌《あいづち》さえも打たない。こういう時は、いつも公正な立場で話を聞いてくれる。真理が分かるまでは、シャオワンの味方さえもしないのだ。だからなんでも話せた。

話が終わると、ライエンは腕組みをして、じっくりと考え込んだ。シャオワンも人に話したら、気持ちの整理がついたようで、ようやく落ち着きを取り戻した。

「まあ……スルファが感情的になってしまったのも無理はない。本気で言っているわけではないのだ。許してやれ」

「分かっている。だけど……だからこそ、それが本音なのかもしれない。悪い意味で言っているんじゃない。彼女を責めるつもりもない。だけど……そういう時こそ本音が出るものだ。そして彼女だけではなく、他のシーフォンの中にも同じように思っている者はいるのだろう。人間を信じていない者がいるのは確かだ。誰しも『分からないもの』は怖い。人間が我々を恐れるのと同じだ」

シャオワンはそう言って溜息をつくと、持っていたグラスの酒を飲み干した。

「そんな不満を持たせてしまったのもすべて私が未熟だからだ。私が悪い。リューセーに怖い思いをさせてしまったのも、私のせいだ」

淡々と自分を責め続けるシャオワンに、ライエンは苦笑しながらポンッと背中を叩いた。

「何もそんなにすべてを自分のせいにすることはない。リューセー様があんな場所に降臨してしまったのは、不運としか言いようがないが……お前のせいではない」

ライエンは落ち着いた口調で、シャオワンを宥めるように言った。だがシャオワンは、眉間にしわを寄せながら、苦悶の表情で首を振る。

「いや……神にはすべてお見通しなのだ。未熟者が王位に就くと、それを試すためにリューセーを困難な場所に降臨させる。きっとそうだ」

ライエンはそれを聞いて、クッと口の端を上げたが何も言わなかった。自分もグラスに一杯の酒を飲んで、少しばかり考えるように首を傾げた。

「それで？　リューセー様が怖い目に遭ったことのショックと、シャイールがあんなことになったショックと、スルファの非難の言葉で、お前は正気を失ったのか？」

ライエンは皮肉っぽく言った。シャオワンは苦笑する。

「大方《おおかた》当たっているけど……でもやはり、リューセーを悪者のように言われたのが一番堪《こた》えた」

「だがそれは……」

「分かってる」

擁護の言葉を言いかけたライエンを制した。

「分かってる。さっきも言ったが……彼女達が言ったのは、リューセーのことではなくて、人間に対する不信感から来るものだ。だがそれでもリューセーのことを……僅かでもそのように思ったのだとしたら……私はどうしても許せなかったんだ」

辛そうにシャオワンが言うので、ライエンは驚いたような顔をした。

「君はまだほとんどリューセー様と顔を合わせていないだろう？　あの混乱の中、姿を見ただけだ。

なのにもうそこまでリューセー様に心を寄せているのかい？」

ライエンが首を竦めながら言ったので、シャオワンは首を振った。

「私が言っているのはあの人のことではない……いや、確かにあの人のことでもあるのだけど……私が言っているのは『リューセー』という存在そのものの話だ。母や先代もすべて含めて……私は『リューセー』という存在を、最も尊ぶべき存在だと思っている」

「それはオレだって、リューセー様を尊んでいるつもりだよ。リューセー様は竜の聖人だ。シーフォンでリューセー様を嫌いな者などいない。みんなだ。それに竜王にとってのリューセーが特別だということも分かっているつもりだよ」

ライエンの言葉を聞いて、シャオワンは何か思い出しているというような表情で黙って目を閉じた。

「私はよく母から、異世界の話を聞いていた。母の子供の頃の話や、家族の話、村や大和の国の話……何度もせがんで聞いたものだ。聞けば聞くほど、私は大和の人々に魅了される。彼らの神への信仰心は素晴らしい。龍神様を本当に心から敬《うやま》っている。彼らの清い信仰心があるからこそ、彼らとの契約が成り立っていると思うんだ。普通の人間……少なくともこの世界の人間の中に、そこまで誠実な気持ちで信仰心を持っている者はいないと思う。だから分からないんだ。どうやったら『契約を切りたくて毒を盛る者がいる』なんて発想が生まれるのか」

シャオワンは大きな溜息をついた。

「シャオワン、だがそれはお前だからそう考えるのだ。普通のシーフォンは、リューセー様と直接話をする機会などない。大和の国の話など聞いたこともない。だから大和の人々が、誠実で信仰心の厚い人々だとは知らないだろう。それを責めてはならない」

ライエンは苦笑しながらシャオワンを説き伏せるように言った。しかしシャオワンは強く首を振る。

「ライエン、考えてみてくれ。君は遙か昔の先祖が、龍神様なんて名乗る得体の知れない者と交わした契約を、代々真面目に守り続け、儀式を行い愛する息子を生贄に差し出すなんて……そんなこと信じられるかい？　富と繁栄を約束されたというだけで、そんな自分は会ったこともない遙か昔の先祖の言葉を信じるかい？　そして物心ついた頃から、『お前は十八歳になったら龍神様の下に生贄として行かなければならないよ』と言われ続けて、それを本気で信じて、龍神様に気に入ってもらうために、学問や武術を懸命に習い鍛えるかい？　リューセーが、代々竜王のために降臨してくれるのは、奇跡でしかないのだと……皆はそう考えたことがないか？」

シャオワンは、口調は淡々としているが、その瞳には熱が感じられた。ライエンも、真面目な顔で話を聞く。

「龍神様との契約を切りたければ、リューセーを差し出さなければ良いだけだ。契約を切りたい理由は何だ？　あるとすれば、愛する息子を差し出したくないという理由以外にないだろう。ならば差し出さなければ良い。愛する息子を差し出して、毒を盛らせるなんて……普通に考えたらありえない話だ。リューセーが……代々のリューセーが、どんな思いを抱いて、竜王の下に来てくれるのか……誰も知らないのだ。誰も考えようとしないんだ」

「ああ、そうだな。オレも知らなかった。考えたこともなかった」

ライエンは驚きながら相槌を打った。そして溜息をつく。

「シャオワン、これだけは聞いてくれ。みんな君のことが大好きだ。みんな君を傷つけるつもりはなかった。リューセー様のこともだ。だから許してやってくれ」

ライエンは皆を代表して謝罪した。それをシャオワンは、困ったように顔を歪めて苦笑しながら聞いている。

「謝るのは私の方だ。私は取り返しのつかないことをしてしまった。私の愛する同胞を傷つけた。一時の感情で……スルファや医師のウェインやアルピンの兵士達も巻き添えにしてしまった。……そしてシャイールも……私はこれからどうすればいい？」

顔を上げたライエンと目が合う。ライエンは笑顔で首を振った。

「優先順位は、まずシャイール様が無事に回復するのを祈ることだ。スルファもウェインも今頃は意識を取り戻して、自分達が言いすぎたと後悔しているだろう。アルピン達も大丈夫だ。シャオワン。最初にも言ったが、竜王の代わりはいない。竜王は君だ。だが竜王とて一個人だ。先代ロウワン様と君はまったく違う人物であり、違う個性を持っている。そして竜王はすべて良き王であらねばならないというわけではない。もちろん良き王であってくれれば幸いだが……歴代の竜王は皆素晴らしき王であったが、皆が完璧な王だったわけではないと思うよ。皆それぞれに苦悩があったはずだ。オレはずっと側で君を見てきたから分かる。竜王と言っても、君はオレ達と少しも変わらない。笑うし、怒るし、泣くし、拗《す》ねたり甘えたりもする。失敗もするし後悔もする。ただ唯一オレ達と違うのは、自分が竜王であるという宿命を、物心ついた頃からすでに受け入れているということだ。シャオワン、それがどれほど辛く苦しいことかオレには到底想像もつかない。だから君が竜王であるだけで、十分なんだよ。君の行いを否とする者は、この国には一人もいない。シャオワン。だからいつもの君に戻ってくれ。下を向かず、常に前向きな明るい君に戻ってくれ」

真剣な顔でそう訴えるライエンに、シャオワンはようやく生気が戻ったように、表情が緩み、頬に赤みが差してきた。

「そうだな。起きてしまったことは、いくら後悔しても仕方ない。取り返しのつかないことを、いつまでもくよくよと悩むのは私らしくない。自分の犯した過ちをすべて受け入れて、二度としないと誓おう。スルファとウェインには誠意をもって謝罪する。そして……シャイールの回復を祈ろう。……リューセーとの婚姻の儀式だが、少し先延ばしにしようと思う。あのような目に遭って、リューセーも傷ついたはずだ。今はバハルに任せるしかないが……リューセーが心穏やかに、この世界で過ごせるようになるまで、儀式を行わずにいようと思う」

穏やかな表情でしっかりとそう語るシャオワンをみつめながら、ライエンは安堵の表情を浮かべた。

「リューセー様の部屋の護衛を強化しよう。オレが全力で、君とリューセー様を守る！」

ライエンは、シャオワンの背中を叩いて、力強くそう言った。


龍聖は目を開けた。とても安らかな目覚めだった。夢を見ていたはずだが、それも忘れるくらい何も考えずすっきりとした気持ちで朝を迎えていた。

目を開けてそこに見える景色が、初めて見るようなものだったので一瞬驚いたが、すぐに『龍神様の下へ来たのだった』と思い出した。起き上がり、辺りを見回す。

とても広い部屋だ。寝ていた寝具は、柔らかくて寝心地が良かった。二人分の布団を敷いているくらいに大きくて、一人で寝るのが申し訳ないくらいだ。

寝具から降りると、床に柔らかな布のようなものが敷いてあることに驚いた。裸足にとても心地いい。ゆっくりと歩いて部屋を横切り、うっすらと明かりが映る布が、天井付近からかけられている場所まで来た。布で出来た御簾《みす》のようなものだろうか？　と思いながら、その布をめくってみた。

するとと外の日差しが差し込んできて、眩《まぶ》しさに目が眩み、思わずぎゅっと目を閉じた。恐る恐る目を開けると、目の前に青空が見えた。その景色は、想像と違っていたので驚いた。普通ならば、庭とか樹々とかが見えるはずなのに、そういうものが何も見えず、ただ真っ青な空が見えた。次に遠くの赤い岩山が見えた。その空や山の色合いの美しさに目を奪われる。

「あれ？」

そっと手を出して、目の前のものに触れた。外の景色が見えるのに、風を感じないので、目の前に透明な壁があることに気づいたのだ。触るとひやりとした冷たさがあるが、氷というほどの冷たさではない。トントンと指先でつついて、硬いものだと思った。

不思議そうにみつめていると、ふいにふわりと目の前を大きな黒い影が通り過ぎた。ギョッと驚いて大きく目を見開く。それは竜だった。大きな茶色い竜が離れた先を通過した。

「わあ！」

思わず悲鳴を上げて、後ろに飛び退いた。

「リューセー様!?」

すぐに扉が開いて、バハルが部屋の中に飛び込んできた。龍聖の悲鳴を聞いて慌てて来たらしい。部屋に姿が見えないと思ったが、彼が言っていたように近くに控えていたようだ。

「いかがなさいましたか？」

　バハルを見て龍聖は我に返り、少し赤くなってもじもじとする。

「あ、あの、変な声を上げて申し訳ありません。その……外を見たら竜が近くに来たので……つい……」

「ああ、それは驚かれましたね。申し訳ありません……もう起きられて大丈夫ですか？」

　バハルは微笑みながらとても優しく話しかけた。

「はい、おかげ様でよく眠れました。ありがとうございました」

　龍聖が深々と頭を下げると、バハルは首を振った。

「リューセー様、私はリューセー様にお仕えする身、そのように礼を言う必要はございません。これからも何か困ったこと、不便に思うことがあれば、遠慮なくなんなりとお申しつけください」

　バハルが丁寧にお辞儀をして言ったので、龍聖は少しばかり戸惑った様子でみつめた。

　最初に会った時は、気が動転していたので気をつけて見ていなかったが、バハルと名乗る男性は、異国の人のような姿をしていた。顔立ちは面長で彫りが深く、すっきりとした目鼻立ちをしている。栗毛馬の鬣《たてがみ》みたいな明るい色の髪は、背中に届くほど長くて後ろで一つに縛っている。背は龍聖よりも少し高い。

『異人さんを近くで見るのは初めてだ』

　龍聖はそう思って、思わずまじまじと見つめた。驚きと好奇心で、胸が高鳴った。

『あれ？　だけど龍神様がお住まいの世界の方だから異人さんではないかも……天界の方？　え？この方も神様？』

　龍聖は思わず両手で口を押さえた。変な悲鳴を上げそうになったからだ。

「リューセー様？　どうかなさいましたか？」

「あ、あの……貴方様も神様なのですか？」

恐る恐る尋ねると、バハルも驚いて目を丸くした。

「私が……ですか？」

バハルは困惑している様子で聞き返した。

「はい、だってここは……ここは龍神様がお住まいの世界なのですよね？　だとしたら神々がお住まいの天界なのかと思ったのですが……」

リューセーの意外な言葉に、バハルは思わず吹き出した。しかしすぐに慌てて口を押さえて笑いをこらえると、コホンと咳払いをする。

「大変失礼をいたしました。ここは天界ではありませんし、私は神様ではありません。確かに龍神様は……この世界では竜王様と呼びますが……美しいお姿をしていて、不思議な力をお持ちですし、大きな金色の竜と体を分けていらっしゃいますから、神様と言っても過言ではないと思います。でも私はただの人間で、リューセー様にお仕えする側近のようなものです」

「でも……でもとてもお綺麗なお顔立ちをしていらっしゃいますし……」

「私がですか？　お褒めいただけるのはありがたいことですが、きっとリューセー様が初めて見る異国の人間なので、そう思われるだけです。我々アルピンという民族は、痩せていて小柄、顔立ちは淡泊で、茶色の髪と茶色の瞳の……特に目立った外見ではありません。それに比べて竜王様やシーフォンの方々は、とても美しくて神様と言われれば確かにそうだと思わされます。それにリューセー様の美しさも、我々の比ではありません」

バハルはそう言ってクスクスと笑った。

龍聖はまだ納得がいかないという顔で、首を傾げながら自分の顔を両手でさすった。

『痩せていて小柄で淡泊な顔だなんて、それは我々大和民族のことではありませんか……』

体が大きくて、顔立ちのはっきりした異人のことを思い出して、そんなことを考えていた。

「でも安心いたしました。そのような明るい表情になられて……少しは落ち着かれたようですね」

バハルが安堵の息を吐きながらそう言った。龍聖は心配をかけてしまっていたのだと、改めて分かって申し訳ない気持ちになった。それと同時に見知らぬこの者の優しさに、ほっと気持ちが緩んだ。

「昨夜はそのままの方が、寛げるのかと思いましたので、着替えていただきませんでしたが、もしもよろしければこの国の衣服にお着替えになりませんか？」

「あ、はい、もちろんです」

龍聖は、ハッとして少し頬を染めながら頷いた。

「かしこまりました」

バハルは一礼して、部屋に置かれた簞笥《たんす》の引き出しを開いて、中から衣装を取り出した。龍聖の下に戻ってくると、足下にひざまずいた。

「恐れ入りますが、お召し物を脱いでいただけますか？　大和のお着物については、私は不慣れなので上手く脱ぐお手伝いが出来そうにありませんので……」

「は、はい」

龍聖は慌てて着ていた白装束を脱ぎ始めた。帯を解き、着物を脱ぎ、褌《ふんどし》ひとつの姿になった。

「リューセー様、こちらの世界では、褌はつけません。代わりにこのズボンを穿《は》いていただきます」

「ずぼん？」

「こちらの世界の袴《はかま》のようなものです」

バハルがそう言って、白い布で作られた下穿き用の衣服を広げて見せたので、龍聖はなるほどと頷いて、躊躇しながらも大人しく褌を外した。両足をズボンに入れると、バハルが穿かせてくれて、腰紐を結び、踝《くるぶし》の所で軽く裾を縛った。柔らかな木綿のような肌触りの薄い生地だった。

「苦しくありませんか？」

「はい、大丈夫です」

「次にこれをお羽織りください」

バハルがそう言って、立ち上がりながら手に持っていた衣を広げて見せた。促されるままに、袖に両手を通した。バハルが前を合わせてボタンをひとつずつ留めていく。それはズボンと同じような薄い柔らかな生地で作られていて、胴回りはゆったりとした余裕がある。足首まで隠れるほどに裾が長く、袖は着物の袖とは違い筒袖だが、幅広でゆったりとしている。

「この上下が、下着の代わりです。眠る時はこの姿でお休みになるのが普通です。いかがですか？」

「はい、とても軽くて肌触りが良くて気持ちいいです」

龍聖は両手を上げ下げしたりしながら、身軽な衣服に少し驚いていた。

「この上から何枚か衣を羽織ります」

そう言って、バハルがてきぱきと手際よく、龍聖に服を着せていった。二枚の衣を上から重ね着させられたが、どちらも薄く柔らかな生地の衣で、ゆったりとした形のため、着込んでいるという感じがしなかった。日本の着物を羽織っているような感覚がする。

一番上に羽織っている衣は、淡い藤色の生地で、袖口や襟や裾に銀糸で刺繍《ししゅう》が施されていた。派手ではないがとても上質な着物だと分かる。こんなに贅沢《ぜいたく》な衣装を着せてもらってもいいのだろうかと、少しばかり戸惑った。

そもそも木綿の着物なんて贅沢品は、晴れ着くらいでしか着ることはない。

「宴などの公《おおやけ》の場では正装を着ていただきますが、普段着はこのような感じです。この国は年中暑い気候ですので、体を締めつけないゆったりとした衣服を好んで着ます。肌を出さないのは日差しが強いからです。窓を少し開ければいつも風が吹き込んできますので、暑いということはありませんよ」

バハルからそう言われて、龍聖はとても驚いた。

「こんなに質の良い木綿の着物が、普段着なのですか？」

思わず声高に言ってしまって、龍聖は恥ずかしそうに目を伏せた。

「木綿……そうですね。これはパンポックという綿のような実のなる植物から作った物です。この国の特産で、二代目のリューセー様が、布を織ることを考案されたものなのです。とても上質なので、他国では高級品のように扱われていると聞きますが、国内ではたくさん流通していますから、別に高級ではないのですよ。我々アルピンも着ていますから……どうぞご心配なく」

バハルに説明をされて、龍聖はなんとか納得した。手足を動かして、初めて着る衣服の着心地を確認していると、目の端に先ほどの大きな窓が映って、何かを思い出したように窓の方を見た。

「あの……この部屋は少し高い所にあるのですか？　地面とか樹々が見えないのですが」

「ええ、この城は高い岩山の中腹辺りをくり貫《ぬ》いて、そこに嵌《は》め込まれているかのように建っています。この部屋は城の最上階にありますので、とても高い場所にあります。テラスに出てみますか？

その窓の外に出ることが出来ますよ？」

　バハルの説明を、とても興味深く聞いていた龍聖だったが、外に出るかと問われて、びくりと体を震わせると、激しく首を振った。先ほど見た竜のことを思い出したのだ。

　バハルはその反応を見て、すぐに察した。

「では窓越しにもう一度ご覧になりますか？　私が側におりますから大丈夫ですよ」

　バハルが宥めるように優しくそう促すと、龍聖は少し躊躇しながらも窓の側までゆっくりと歩いていった。バハルがカーテンを大きく開け放った。すると部屋の中に日差しが入り、とても明るくなる。

「あの……これは何ですか？　透明で……まるで氷みたいです」

「これはガラスです。私も詳しい製造方法は知りませんが……砂や灰などを熱して作るようです。我が国では作れないので、他国から輸入しております」

「がらす……え？　これはガラスなのですか？」

「ご存じですか？」

「はい、でも私の知っているガラスは、器や花瓶になっているもので……私も作り方は知りませんが、異国からの輸入品だと聞きました。とても壊れやすくて……こんなに透き通ってはいません」

　龍聖は不思議そうに、指先で何度も触った。

「龍神様の国には不思議な物がたくさんあるのですね」

　龍聖は頬を少し染めて、その大きくて黒い瞳を輝かせた。

「青空と山の赤が映《は》えてとても綺麗ですね」

「雨季以外はずっとこのように晴れています。雨季はひと月ほぼ毎日のように雨が降り続いて、一年分の雨のような感じです。土砂降りというほどではないので、水害はありません。作物や動物にとっては大切な雨です。色々なことは、これからゆっくりお教えいたします。まずは朝ご飯を召し上がってください」

「は……はい」

龍聖は素直に頷いた。

「バハル……よく来てくれた。リューセーの様子はどうだ？」

バハルは龍聖が朝食をとっている間、シャオワンに面会するため、王の私室にある控えの間に来ていた。

「はい、昨夜はよくお休みいただけたようで、今朝はとても穏やかに落ち着いていらっしゃいます。今、朝食を召し上がっておられます」

「そうか……昨日、あんな怖い目に遭って、どうしているかと案じていたんだ」

シャオワンは心から安堵したように、大きく息を吐いた。

「さすがに竜を恐れておいでで、テラスに出ることは躊躇されましたが、それ以外はとても落ち着いていらっしゃいます。時間が経てば大丈夫かと……」

「うん……そのことなんだが、シャイールの件もあるし、婚姻の儀式は少し先延ばしにしようと思うんだ。どれくらい先になるか分からないが……シャイールが回復することを信じて……それ次第になると思う」

「かしこまりました」

　バハルは深く頭を下げながら、少しばかり表情を曇らせた。昨夜の間に、色々な方面から情報を聞いた。塔の上で何が起こったのか……竜王シャオワンが取り乱した話も聞いた。自分に出来ることは、ただリューセーを守ることだけだ。ここでもしもシャオワンが、予定通り婚姻の儀式を行うと言っていたら、断固として反対するつもりだった。しかし今、王の顔を見たらその気持ちが少しばかり変わった。たった一晩で、随分面《おも》やつれしてしまっている。昨夜は一睡もしていないのだろう。リューセーのことも心配しているのだろうが、シャイールの体が心配だろう。あんなにいつも笑顔を絶やさない明朗快活な王が、こんなにも憔悴《しょうすい》しきっているなんて、バハルは思いもしなかった。だからむしろリューセーと早く添った方が、互いのためにもなるのではないかと思ったのだ。

「ライエンが警備を強化してくれるそうだ。君はリューセーのことだけを考えてくれればいい」

「恐れながら陛下……婚姻の儀式の延期はともかくとして……一度リューセー様とご面会なさってはいかがですか？　もちろんすぐというわけではありませんが、このままいつになるか分からぬまま、一度も会わないというのもどうかと思います。リューセー様も心細く思われるでしょう」

「そうだな。確かにそうだと思うが……すまない。今は考える余裕がない。もう少し時間をくれないか？　出来るだけ早く返事をする」

「はい、よろしくお願いいたします」

　バハルは一礼すると去っていった。

バハルが部屋に戻ると、ちょうど食事が終わったのか、侍女達がテーブルの上を片づけているところだった。

「席を外して申し訳ありません。お食事はいかがでしたか？　お口に合いましたか？」

バハルが優しく話しかけながら近づいていくと、龍聖はとても安心したような表情をした。

「はい、とても美味しかったです。朝からこんなにご馳走《ちそう》をいただくなんて、なんだか申し訳ありません」

「美味しいと言っていただけて良かったです。我が国の一般的な料理ですが、味付けなどは大和の方が好まれるようにしてあります。さあ、あちらでお茶でも飲んでお寛ぎください。少しお話をいたしましょう」

バハルは龍聖を促して、部屋の中央にある大きなソファまで連れていくと座らせた。バハルは茶器を運んできて、優雅な手つきでお茶を淹《い》れ始めた。龍聖にとっては茶器も初めて見るものなのか、とても不思議そうにみつめている。

「リューセー様の世界のお茶とは少し違うかもしれませんが……前のリューセー様がお気に入りだったお茶ですので、お口に合うと思います」

「前のリューセー様……あ、私の前の龍聖をご存じなのですか？」

龍聖が驚いたように尋ねると、バハルは微笑みながら、湯気の立つカップを龍聖の前に置いた。

「子供の頃に一度だけお会いいたしました。とても美しくてお優しい方です」

「でも私の前の龍聖は、五十年近く前の方ですが……」

「この世界とリューセー様の世界では時の流れる速さが違うのです。そしてシーフォンという龍神様の種族の方々はとても長命で、三百年以上生きるのですよ」

「さ、三百年！」

龍聖は驚いて大きな声を出してしまい、慌てて手で口を塞いだ。

「も、申し訳ありません」

「この部屋はリューセー様のお部屋です。どうぞ周りを気になさらず、自由にお寛ぎください。大きな声を出しても構わないのですよ」

バハルがクスクスと笑ってそう言ってくれたので、龍聖は安心して少し赤くなりながら、口を押さえていた手を離した。

「前のリューセー様は五年前に身罷《みまか》られました。前の竜王は三年前に……それで新しい王として世継ぎであるシャオワン様が即位され、リューセー様がいらっしゃるのをお待ちしていたのです」

「私……ですか？」

「はい」

龍聖は真面目な顔でしばらく考え込んだ。やがて視線を上げて、向かいに座るバハルをみつめた。

「お尋ねしてもよろしいですか？　あの、いくつかあるのですが……」

「はい、いくらでもお尋ねください」

「あの……ここは龍神様の国で、私のいた所とは別の世界とおっしゃいましたが、それはどういうことですか？　国が離れているということですか？」

「いいえ、どう申せば良いのか……リューセー様のいた大和の国の言い方で言えば『あの世』と『この世』くらいに違うということです。つまりもう二度とリューセー様は大和の国には帰れません。陸続きの同じ世界ではないのです」

龍聖は真剣な顔で聞いている。だが特に驚いた様子はなかった。龍神様……つまり神の下に来たのだと思っていたからだろう。

「でも死んだわけではないのですよね」

「リューセー様は、死んでもそんなに元気に食事をなさいますか?」

バハルがくすりと笑って言ったので、龍聖も頬を染めながら笑顔に変わった。

「あの……それとさっき気づいたのですが、バハル様は私と同じ言葉をお話しになりますが、食事の時に世話をしてくださった女人の方々は言葉が通じませんでした。ここでは異国のように違う言葉を話されるのですか?」

「そうです。私はリューセー様の側近ですので、大和の国の言葉を学びました。ですがこの国の人々は違う言葉を話します。シャオワン様やそのご姉弟も、前のリューセー様から教わっておいでなので、大和の言葉をお話しになれます。先々にはこの国の言葉を覚えていただきますが、話せなくても不自由はいたしません」

龍聖はそれを聞いて感心したように頷いた。

「不自由はしないと言っても、龍神様のお側仕えの皆様と話が出来ないのは寂しいですから、早くこちらの国の言葉を覚えたいですね」

龍聖が側に控える侍女をちらりと見ながら、微笑みを浮かべてそう言ったので、バハルは嬉しそうに頷いた。

「そう言っていただけると嬉しいです。それからリューセー様、私に敬称は不要です。バハルとお呼

びになってください。私はリューセー様の側近……家臣なのですから、呼び捨てになさってくださ
い」
「そ、それを聞きたかったのです！」
龍聖が興奮気味に、頬を上気させながら少し声高に言ったので、バハルは目を丸くした。
「私はずっとそれが気にかかっていて……バハルさ……あ、貴方や他の方々の態度や、食事や諸々
……私をとてももてなしてくださる様子を拝見して……なんだかおかしいと思ってしまって……私は
龍神様にお仕えするために参ったはずです。本当は……命を捧げるつもりで……つまり儀式をしたら
死ぬのだろうと思っていて、死んで神様の下に行くと思っていて……でもまさか生きたまま龍神様の
世界に来るとは思わなかったので、とても戸惑っていますが……私が龍神様にお仕えするのだとした
ら、私はもてなされる立場ではないと思うのですが……」
一生懸命に訴えるように話す龍聖の様子を、バハルはとても微笑ましくみつめていた。その様子か
らは、良く見せようなどと作ったところはなく、本当に素直で純粋な性格なのだろうということが窺
えたからだ。
「リューセー様は大切な御方《おかた》なのですから、私達は誠意をもってお世話をするのです。龍神様にお仕
えすると言っても、リューセー様の役割は家臣としてのそれではございません。リューセー様は竜王
の伴侶としてお側に仕えていただくのです。申し訳ありません。分かりやすくお伝えするために『仕
える』と申しましたが、伴侶ですから本当は相応《ふさわ》しい言葉ではありません」
「はんりょ……はんりょとは……伴侶ということですよね？　私の国では夫婦《めおと》という意味になります
が……」

「そうです。夫婦です。竜王はこの国の王ですから、リューセー様は王妃ということになります。妃です」

龍聖はとても驚いたようで、大きな目をさらに大きく見開いて、絶句してしまっている。

「ずっとシャオワン様と仲良く、いつまでもお側にいていただきたいのです」

「わ、私は……男ですが……」

「はい、存じ上げております。性別は関係ありません。もちろんこの世界でもリューセー様の世界と同じく男女が夫婦になりますが、竜王だけは特別なのです。男女ということではなく、この世でリューセー様しか伴侶になれないのです。遙か昔、初代竜王ホンロンワン様が、この世界を探し尽くし、異世界にまで行き探して探して、ようやく自分の伴侶となる者をみつけ出したのが、初代のリューセー様でした。ですから未来永劫、竜王の伴侶としてリューセーを差し出すようにと契約を交わしたのです。そして貴方様が、シャオワン様のリューセーとして降臨なされた……皆が待ち望んでいたのですよ。もちろんシャオワン様も」

龍聖はまだ驚いた表情のままだ。

「なぜリューセー様が伴侶なのか、これからお話しいたします。少し長くなりますがよろしいですか?」

バハルにそう言われて、龍聖はこくりと頷いた。バハルはゆっくりと語り始めた。エルマーン王国創成の歴史を……。

「お分かりいただけましたか？」

バハルは話し終わると、じっと聞いていた龍聖に問いかけた。最初のうちは驚いた様子で目を丸くして聞いていたが、次第にとても真剣な表情になり、最後はすべてを悟ったかのような眼差しをしていた。バハルは話しながら、その龍聖の様子に、とても心強いものを感じていた。

やはりこの方は『リューセー』なのだ。たとえあのような恐ろしい目に遭ったとしても、きちんとすべてを受け入れてくれる。普通の人間ならば、夢物語だと一笑にふしてしまいそうな『竜』の話を、真剣に聞きすべてを理解してくれる。バハルの不安など、一瞬にして消え去ってしまった。

「龍神様は……いえ、竜王様はそんな苦労の果てに、龍成《たつなり》様を見つけられたのですね……そして今までのすべての龍聖が、竜王を助けてこの国を築いてきた……。私にそのような大それたことが出来るかどうかは分かりませんが、少なくとも私が持っているという『魂精』というものを、竜王様に差し上げることは出来ると思います。それだけでもお役に立てれば嬉しゅうございます」

龍聖は凛とした様子で、きっぱりと告げた。それを見て、とても美しく凛々しいとバハルは感じた。

「竜を恐ろしいとは思われませんか？」

バハルにそう言われて、龍聖は一瞬言葉を詰まらせた。だが真っ直ぐにバハルをみつめ返すと口を開いた。

「正直に申せば怖いです。昨日のことですから、目を瞑《つむ》れば、あの時のことが鮮明に思い浮かぶし、恐怖も思い出します。ですが今の話を伺って……。あの大きな怪物はただの怪物などではなく、龍神様と同じ竜で、私を助けてくださった勇敢なあの方の竜もあそこにいたのでしょう。あの暴れていた竜にも同じように、命を分け合う人の身がある……そう思えば怖くなくなってきます。きっと私が突然現れたので驚いたのでしょう。私が驚いたのと同じように、あそこにいた皆様も驚かれたのです。無理もありません。すべては私のせいなのです。……あ、思い出しました。確かあの時……私を呼ぶ声がして、赤い髪の大きな体の男性……あの方が龍神様……倒れた弟君の側に駆け寄られて……その前に私が……」

龍聖は言いかけてハッとした様子で、手を口元に当てた。

『あの人に口吸いをされた……』

龍聖は思い出していた。確かにあの時、肩に傷を負い倒れた男の側に寄った龍聖に、その男が無理やり腕を掴んで引き寄せ、口吸いをしたのだ。

『龍神様に見られたかもしれない』

龍聖はそう思った瞬間、みるみる血の気が引いていった。

「リューセー様?」

突然様子がおかしくなった龍聖を見て、バハルは心配そうに声をかけた。

「リューセー様?　どうかなさいましたか?」

「な……なんでもありません」

龍聖は首を振った。とてもなんでもないとは思えない様子だったが、何かまた恐ろしい記憶を思い出してしまったのではないかと思い、バハルはそれ以上聞き出せなかった。

「少し横になられますか?」

「はい……申し訳ありません」

青白い顔で俯きながら龍聖が答えたので、バハルは付き添いながら寝室へ向かった。ベッドに横になるように促されて、龍聖は大人しく従った。

「髪は結んだままで大丈夫ですか？　昨夜はそのままにいたしましたが……」

「あ……この国では皆さんどうなさっているのですか？　貴方のようにゆるく髪を縛るのが普通ですか？」

龍聖がバハルをみつめながら問い返した。

「それは様々です。長い髪を下ろされている方もいれば、結んでいる方も、短く切られている方もいます」

龍聖は結《ゆ》っていた紐をほどいた。パサリと髪が肩にかかる。

「では下ろします」

龍聖はそう答えて、そのままベッドに横になった。

「私は隣の部屋に控えておりますので、何かあれば遠慮なく声をおかけください」

「ありがとうございます」

バハルは一礼して去っていった。静かに扉が閉められる。

龍聖は目を閉じた。眉根を寄せる。

『龍神様にお仕えする身でありながら、他の男と口吸いをしてしまった。それを龍神様に見られてしまうなんて……。あの人はなぜいきなりあんなことをしたのだろうか？　何か意味があるのだろうか？　それとも私の国の口吸いとは、別の意味があるのだろうか？　もしも同じ意味だとしたら、私は不義を働いたことになるのだろうか？　でもまだ何も言われていない。バハル様も何も言わなかった……どうしよう……私はどうしたらいいのだろうか？』

龍聖はそのことで頭がいっぱいになり、とても静かに寝ていられなかった。隠し事をしているような罪悪感に苛《さいな》まれる。しばらく横になったまま悶々と悩み続けていたが、やがてたまらず体を起こした。

「バハルさん！　バハルさん！」

大きな声で呼ぶと、すぐに扉が開いてバハルが飛び込んできた。

「どうかなさいましたか？」

血相を変えたバハルの様子に、龍聖は今にも泣きそうな顔をして眉根を寄せた。

「助けてください……」

ぎゅっと胸元を手で押さえながらそう呟いた。

「リューセー様……」

バハルは駆け寄ると、ベッドの脇に膝をついた。

「何かお悩みがありますか？」

バハルが優しく尋ねる。龍聖は唇を噛んだ。

「昨日……あの騒ぎの時……私を庇ってあの方が……竜王様の弟君が肩に傷を負われました。床に倒れたので……私は心配になり側に行ったのです。大丈夫かと声をかけて顔を覗き込んだら……傷が痛むのか顔を歪められていて……そしたら……急に私の腕を摑み……その……私の口を……吸われたのです」

龍聖は苦し気に顔を歪めてそう言った。バハルが驚いたような顔をしたので、それを見てさらに顔を歪めた。

「決して……決して私は……竜王様以外の方と……それも男の方と口吸いなど……しようと思ったわけではありません。信じてください！　あの方がなぜ突然そんなことをなさったのか分からなくて……でもそれを竜王様に見られてしまったのかもしれなくて……私はどうしたらいいのか……それを思い出したら、急に怖くなって……だって貴方から、私の役目を聞いたから……私は竜王様の伴侶となる身……それなのに別の人と口吸いをするなんて……これは不義になるのでしょうか？」

龍聖は震えながら、なんとか涙をこらえて懸命に訴えた。バハルは驚いたが、気を取り直して平静を装い、龍聖を宥めるように尋ねた。

「それ以外に何かされましたか？」

「いいえ、いいえ！　一度だけ……吸われただけです。私はとても驚いて……付き飛ばすように逃れたので……それにその後急にあの方が、ひどくもがき苦しみだしたので……」

「リューセー様に口づけ……口吸いをなさって、その後に苦しみだしたのですか？」

龍聖は問われて何度も頷いてみせた。

「竜王様はお怒りになっているでしょうか？　私を不義の者と思われたでしょうか？」

バハルは思うところがあって、何かを考え込んでいた。龍聖の必死の問いかけに、我に返ると龍聖の手をぎゅっと握りしめた。

「リューセー様、それでは私がこれからシャオワン様に伺ってまいります。怒っていらっしゃるかどうか……。私は怒ってないと思いますよ。一度の口づけぐらいで、お怒りになるような方ではありません。第一、怒っているようなら昨日のうちに何か言われるでしょう。でもリューセー様がそのように不安に思われるのでしたら、私が聞いてまいります。すぐに戻りますから、ここでお待ちになっていてください」

バハルはそう言うと立ち上がり、龍聖に微笑みかけて寝室を出ていった。

残された龍聖は、不安な気持ちでそれを見送るしかなかった。


バハルは、王の私室を訪ねた。そこにはシャオワンはいなかった。侍女に居場所を尋ねて、執務室へと向かった。

執務室に辿り着くと、扉の前に立つ兵士に、王への面会を申し入れた。兵士が扉を開け、中にいた従者に伺いを立てている。しばらくして許可が下りて、バハルは執務室の中へ通された。

「いかがした？　リューセーに何かあったのか？」

バハルが突然来訪したので、龍聖に何かあったのかと、シャオワンは不安になっていた。立ち上がり、入り口近くに立つバハルの下まで駆け寄ってきた。

「陛下、恐れながらお尋ねします。昨日、塔の上に陛下が駆けつけられた時、何をご覧になりましたか？」

真剣な顔でバハルがそう尋ねるので、その問いの真意が分からず、シャオワンは不思議そうに首を傾げた。

「何……とは、何のことだ？　私が見たものだと？」

「はい、シャイール様がリューセー様を庇って傷を負われたところはご覧になりましたか？」

「ああ、私がちょうど、塔の上に辿り着いた時、竜の尾に弾き飛ばされたシャイールが、床に倒れたところで……側にいたリューセーが、シャイールの身を案じて近づき顔を覗き込んだので……私はリューセーの香りのことを思い出して、いけないと叫んだんだ」

シャオワンは思い出しながらそう答えた。

「それでどうなりましたか？」

「え？」

「シャイール様はどうなりましたか？」

なおも尋ねるバハルに、シャオワンは眉根を寄せて怪訝そうにみつめながら、問いに答えた。

「シャイールの様子が少しおかしくなって……リューセーの腕を掴んで引き寄せて……口づけを……したように見えた。だがリューセーがそれを拒んで、なんとか逃れたので、私も安堵しながら駆け寄ろうとしたんだ。そしたら……」

「陛下、そのことですが……シャイール様の病の原因は、リューセー様との口づけではないかと思うのです」

「え？」

「その直後に突然苦しみ始められた……リューセー様との口づけが原因だと思うのです」

真剣な顔でバハルがそう言ったので、シャオワンは顔色を変えた。それは失望したような表情だった。

「バハル……お前まで……リューセーが毒を盛ったとでもいうのか？」

「え？　いいえ、そんなまさか……とんでもありません！　リューセー様が毒を盛るなんて！　そんなことがあるはずがありません」

逆にバハルは驚いて、反論した。

「ではどういうつもりでそんなことを言うのだ？」

シャオワンは、バハルが憤慨《ふんがい》したので、さらに怪訝そうな眼差しを向けて尋ねた。

「リューセー様ご自身が毒なのです」

「は？　なんと申した？」

「ですから……リューセー様ご自身が毒なのです」

「バハル……お前は……」

シャオワンの表情が険しくなったので、バハルはその場にひざまずいた。

「陛下、どうぞ最後まで私の話をお聞きください。その上で許されぬということでしたら、いかようにも処罰なさってください」

バハルの覚悟を決めた様子に、シャオワンは怒りを静めた。

「分かった。申してみよ」

「ありがとうございます」

バハルは一礼して、一度深呼吸をすると、ひざまずいたまま落ち着いた口調で話し始めた。

「実は、私は以前よりずっと疑問に感じていたことがありました。リューセー様の香りのことです。シーフォンだけが感じる香り……私達アルピンには一切感じられません。竜王とリューセー様が互いに惹かれ合うように、とても馨《かぐわ》しい香りだと聞きました。でも竜王だけではなく、なぜ他のシーフォンも香りを感じるのでしょうか？　明確な理由は分かっておりません。仮説としては、降臨したリューセー様を見つけ出すために……その人物がリューセー様であるという証拠として香るのではないかと考えられてきました。香りを感じるだけではなく、シーフォンも竜王と同じようにリューセー様の香りに誘惑されてしまう。だからホンロンワン様の時代から、リューセー様が降臨したら、竜王の証がつけられるまで、決してシーフォンはリューセー様に近づいてはならないと、掟として定められてきました。でも掟だけでは不確かです。絶対に誰もリューセー様に近づかないとは言いきれない。今回のように、やむを得ない事故ということもあります。もしもうっかり、他のシーフォンがリューセー様の香りの誘惑に負けて間違いを犯してしまったら……どうなってしまうのだろうと思っていました」

「それで……シャイールのようになると？」

「はい」

シャオワンは少しばかり狼狽しているように見えた。顔を強張らせて考え込んでいる。

「リューセー様には、竜王以外の香りは不快に感じると聞きました。他のシーフォンに迫られても、リューセー様は嫌悪を感じて逃げると……普通はそれで回避できるはずです。でも……それでももしもシーフォンの方が強引にリューセー様に迫ったら……口づけだけであのような苦しみに遭えば、それ以上の間違いは犯さずに済みます」

バハルの話に、シャオワンは頷きながらもまだ動揺しているようだった。

「だが……それならば、シーフォンもリューセーの香りを不快に感じればいいのに……」

「それはあまり良くないのではありませんか？　シーフォンにとってリューセー様は聖人でなければなりません。人間を同胞として認めるのです。好感が持てなければなりません。まあ……これはあくまでも私の推察です。香りの本当の意味については、分かりません。でもリューセー様がシーフォンにとって毒というのは、確かなように思います。正確には、リューセー様の魂精がシーフォンには毒なのだと思います。香りを放つ間だけだと思いますが……」

「確かに……それならば今回のことも納得できる」

シャオワンは眉根を寄せながらも、納得したように頷いた。

「陛下、もしもそうだと仮定するならば、シャイール様は助かるかもしれません。シーフォンの聖人であるべきリューセー様が、シーフォンを死に至らしめるほどの毒になるとは考えられません」

「そ、そうだな。それもそうだ」

急にシャオワンが安堵したような表情をして頷いた。そして大きく溜息をついた。

「バハル……私が最も恐れているのは、シャイールが、リューセーのせいで命を落としてしまうことなのだ。たとえリューセーにはまったく悪気はなくとも……故意ではなくとも、リューセーが原因で、シャイールが死ぬことになったら……私はどうすればいいのだろうと、そればかり悩んでいたのだ。だがシャイールが助かってさえくれれば、リューセーが毒だろうと何だろうと構わない。それも神が我らに与えた枷なのだ。甘んじて受けるしかない。これからは、竜王の証を付ける前のリューセーは、シーフォンには毒なのだから決して近づいてはならないと、前よりいっそう強く言い聞かせればいいだけの話だ」

「はい」

シャオワンの言葉に、バハルも強く頷いた。

その時、執務室の扉が叩かれ、兵士が顔を覗かせた。

「陛下、医師のドーレンが参っております」

「通せ」

シャオワンが許可すると、扉が大きく開かれて、ドーレンが入って来た。一度深く礼をする。

「いかがした？」

「シャイール様の容態が少しばかり持ち直しました。顔色は悪く、意識はまだ戻りませんが、苦しみが和らいだようで、呻き声もなくなり、呼吸も穏やかに落ち着いております」

「ああ、そうか……良かった……良かった」

シャオワンは溜息と共に、何度もそう呟いた。笑みが零《こぼ》れる。

「引き続き、看病を頼む」

「かしこまりました」

ドーレンは一礼して、部屋を後にした。

シャオワンはふらふらとした足取りで、ソファの側まで歩いていくと、どさりと腰を下ろした。大きく溜息をつきながら、両手で顔を覆った。

「バハル……君の言う通りのようだ……良かった……シャイールが助かる……良かった」

「陛下、ところでリューセー様がシャイール様と口づけをされたことをどのように思われますか？」

すっかり安心して気が抜けた様子のシャオワンに、バハルが一番聞いておかなければならないと思うことを尋ねた。

「え？　その質問はどういう意図があるんだい？」

「つまり……自分の妻が他の男性と口づけをしたということについて、どんな気持ちでいらっしゃるのかということです」

バハルが言い直した言葉を聞いて、シャオワンは急に気の抜けたような表情になり、溜息と共に苦笑した。

「だってあれは事故だから……リューセーが嫌がっていたのは見ているし……シャイールも香りに惑わされただけだ。他意はない。だからあれを『口づけ』などとは思わない」

「陛下はなんとも思っていないということですね？」

「もちろんだ。嫉妬《しっと》でもするというのかい？」

「嫉妬ならばいいのですが……陛下、リューセー様はそのことをとても気に病んでおられます。陛下以外の者と口づけをしたと……そしてそれを陛下に見られてしまったと……陛下が、リューセー様を不義の者と思って怒っているのではないかと、とても案じて……床《とこ》に臥してしまうほど悩まれておいでです」

「なんだって!?」

シャオワンは驚いて思わず立ち上がった。

「とんでもない！　私はそんなこと思っていないし、怒ってもいない！　リューセーの身を案じているだけだ」

「では……リューセー様ご本人にそう言っていただけませんか？　顔を見て、一言そう言っていただけるだけで、とても安心なさいます。今はまだ私からは婚礼が延期になったことを伝えていません。リューセー様の役目についてお教えしただけです。ですが婚礼が延期になった上に、このまま何日も陛下が会わずにいると、リューセー様は不安をつのらせるばかりだと思います。どうか声をかけて差し上げてください」

バハルが深々と頭を下げて頼んだので、シャオワンは目を丸くしている。戸惑いつつも、納得したようで頷いた。

「もちろんだ……リューセーがそれで安心するのならば、会いに行こう……案内してくれ」

「リューセー様」

バハルが寝室に入ると、龍聖は不安そうな顔で、ベッドの上に座って待っていた。バハルの姿を見て、少しだけ表情を緩めた。

「バハルさん……」

「リューセー様、陛下をお連れしました。陛下がぜひリューセー様に会いたいとおっしゃったので……お通ししてよろしいですよね？」

「え!?　あ……あの……」

龍聖は飛び上がるほど驚いた。まさかここに来るとは思っていなかったので、心の準備が出来ていなかった。だが断ることは出来ない。慌ててベッドから降りようとしたので、バハルがそれを制した。

「どうぞそのままで」

「だけどこれでは不敬にあたります」

「大丈夫です。どうぞそのままで」

バハルはそう言いながら、扉の方へ視線を向けた。龍聖がつられて見ると、すでにそこには赤い髪の男が立っていた。龍聖は言葉を失くして、ぽかんとした表情で、シャオワンをみつめた。

こうしてきちんとその姿を見るのは初めてだ。目に眩いほどの深紅の髪は、豊かで腰よりも長い。背がとても高く、その顔は神々しいほどに美しかった。龍成寺のご本尊とされる仏像の顔のように、彫りが深くて、鼻筋が通っていて高く、両目は涼し気で切れ長だ。後光が差しているように気高く美しいと思った。こんな人は見たことがない。いや、神なのだから当然かもしれないが、とにかく龍聖は見惚れてしまって息を呑んだ。

「リューセー」

シャオワンが名前を呼んだ。低く艶のある声だ。

「辛い思いをさせてしまって申し訳ない。竜達は決して君に乱暴しようと暴れたわけではないのだ。君は竜達にとっては聖人だ。興奮して訳が分からなくなってしまったのだ。どうか許してほしい」

「は、はい」

「わ、私はどこも傷を負っておりません。ですから許すも何も……皆様を驚かせてしまったのは私の方です。申し訳ありませんでした」

龍聖はベッドの上に正座をしていた。そのまま両手をついて深く頭を下げる。

「それから弟のシャイールのことも許してほしい。君にとても失礼なことをしてしまった。君の馨しい香りを嗅いで、きっと正気ではなくなっていたのだ。口づけのことは事故だよ。君が気に病むことではない。私は君が無事ならばそれでいいのだ。あれを不義だなどとは思っていないよ。どうかもう気にしないでおくれ」

「あの方は……シャイール様は大丈夫なのですか？」

龍聖がハッとした様子で尋ねたので、シャオワンは微笑んでみせた。

「まだ起き上がれないが回復している。心配ない。大丈夫だよ」

「そうですか……良かった……竜王様も私を許してくださると言っていただけて……その深いお慈悲に感謝いたします」

龍聖はそう言って、また深々と頭を下げた。

「リューセー……許すだなんて……私は最初から怒ってなどいないし、気にもしていない。だから君ももう気にしないでくれ」

シャオワンは、龍聖がとてもかわいそうになって、思わず駆け寄り抱きしめて慰めたくなったが、それは我慢した。改めて近くで見た龍聖はとても美しい。目も心も奪われるようだ。シャオワンはそう思っていた。

「バハルから聞いていると思うが、君は私の伴侶となる身だ。婚礼は少し先になるが、それまでバハルから色々と教わると良いよ。まだ分からないことばかりだろうけど……」

「大丈夫です。竜王様のお役に立てるように、たくさん学ばせていただきます。不束者《ふつつかもの》ですが、竜王様の伴侶としてどうぞ末永くお側にお置きください」

龍聖が深く頭を下げたままそう言ったので、シャオワンは思わず、きゅっと胸が痛くなった。心臓が跳ね上がるような気持ちになった。思わず赤くなって、何と返事をすればいいか躊躇していると、返事がないので不安そうに龍聖が少し顔を上げてシャオワンを見た。目が合って、シャオワンは慌てて頷いた。

「もちろんだよ。君は私の伴侶だ。必ず君を幸せにするよ」

シャオワンの返事に、今度は龍聖が驚いて赤くなった。

『幸せにする』などと言われるとは思っていなかったのだ。

「君が私の伴侶になることを受け入れてくれて嬉しく思う。本当によく来てくれた。ありがとう」

シャオワンが次々と、龍聖が言われるとは思ってもいなかった言葉を言うので、龍聖は翻弄されたようにぼんやりとしてしまった。頬がひどく熱い。

「では私はそろそろ行くよ……また会いに来る」

シャオワンはそう言って去っていった。龍聖は放心したように、シャオワンの立っていた扉の方をしばらくみつめていた。

「リューセー様、いかがですか？　私が申し上げた通り、陛下は怒ってなどいなかったでしょう？」

バハルがそう声をかけると、龍聖はこくりと頷いて、はあと溜息をついて肩を落とした。ぐったりとした様子に、バハルが驚いて駆け寄る。

「大丈夫ですか？」

「あ、す、すみません……なんだか緊張と驚きで、気が張っていたのです。今どっと気が抜けてしまいました」

龍聖の言葉に、バハルは思わずクスリと笑った。

「安心なさいましたか？」

バハルが尋ねると、龍聖は頬を染めて頷いた。

「竜王様の慈悲深い御心に感動しました。それと同時に、あんなにうろたえてしまった自分が恥ずかしくて……ご心配をおかけして申し訳ありませんでした」

赤い顔で恥ずかしそうにそう言って頭を下げる龍聖を、バハルは微笑みながら嬉しそうにみつめた。

『私などに頭を下げないでください』と言いたかったが、今はその言葉を飲み込んだ。とても優しく素直な龍聖の人柄に感動して、嬉しかったからだ。

「リューセー様、私には心配をかけても構わないのですよ。私はそのためにいるのですから」

バハルの言葉に、龍聖も嬉しそうに微笑んだ。


事件から三日目の午後、シャイールの意識が戻った。知らせはすぐにシャオワンの下に届いたが、シャオワンはすぐには見舞いに行かなかった。スルファに遠慮したのだ。

その翌日に、シャイールの下を訪れた。

「シャイール」

「あ……兄上」

シャイールがしゃべったので、シャオワンはとても喜んだ。ベッドの脇に置かれた椅子に座ると、シャイールをみつめた。まだ顔色は悪いが、先日までの土気色に比べたら、ずっとましになった。こうして見てようやく心から安堵する。

「大分顔色も良くなったな」

「まだ体が動きません。寝たままで申し訳ありません」

「何を言う、君が死ぬのではないかと思ったのだぞ。君は覚えていないだろうけど、どれほど苦しんでいたと思うんだい」

シャオワンが笑みを浮かべながらも咎めるように言うと、シャイールは目だけ細めて笑みを作った。

「リューセー様はご無事ですか？」

「ああ、君のおかげで無事だよ」

「良かった」

シャイールは安堵の息を漏らす。

「君がなぜこんなことになったか覚えているか？」

シャオワンは、シャイールを気遣いながらも尋ねた。

「はい……竜の尾を避け損ねて弾き飛ばされました。その時に腰と頭を打って……頭がくらくらしていたせいで、リューセー様の香りを判断出来なかったのです。気づいた時には、もう香りに惑わされていて……私は兄上に申し訳ないことをしてしまった……何と言って詫びればいいか分かりません」

「口づけのことを言っているのか？　それならば私は別に気にしていないよ。もっとも君が個人的な欲望で、リューセーに口づけたというのならば許せないけどね」

「まさか！　とんでもありません」

シャイールはとても驚いて大きな声を上げた。

「ははは、分かっている。冗談だ。それよりシャイール、ひとつ聞きたいのだが、リューセーに口づけた後何があった？　なぜそれほど苦しんだと思う？」

「あの時……リューセー様の唇に触れた時、何かが体の中に一気に入ってくるような感覚がしました。……それこそ溶岩を飲んでしまったような……喉や胸が焼けるような激しい激痛に襲われて、もがき苦しんで……あとはもう覚えていません」

「やはりそうか……」

シャオワンは確信したように頷いた。

「何ですか？」

「シャイール、それは多分魂精だ。私以外の者が、まだ契りを交わしていないリューセーから魂精を貰うと、毒のようになるのだと思う。バハルがそうではないかと推察したんだ。君の話を聞いて、間違いないと思った」

「そうか……確かにそうですね」

シャイールも納得して頷く。

「これで今後、婚礼の儀式を行うまでは、決してリューセーに近づいてはならないという掟を、強固に言い伝えることが出来るようになる。君には悪いが、君がひどく苦しんでいたところを、何人ものシーフォン達が見ている。皆がひどくショックを受けていた。掟の意味がこれで明確に皆に知れ渡るだろう」

シャイールはそれを聞いて苦笑した。

「私が身を挺《てい》した甲斐があるというものですね……理由が分かって少しばかり安堵しました」

「スルファはどうしている？　一度きちんと謝罪したいと思って、会いたいと言《こと》づけたのだが、謝罪には及ばないと断られたんだ。嫌われてしまっただろうね」

シャオワンが顔を曇らせてそう言うと、シャイールは慌てて首を何度も振った。

「兄上、そのようなことは決してありません。妻は陛下に失礼なことを言ってしまい傷つけたと、とても後悔しています。気が動転していて、心にもないことを口走ってしまったと……私は覚えていないのですが、何があったのかは聞いています。どうか妻をお許しください」

シャイールからそう謝罪されて、シャオワンは困ったように顔を曇らせた。

「シャイール、違うんだよ。謝るのは私の方だ。スルファは何も悪くない。誤解があるようだ。……出来れば本当は直接会って謝罪したいのだけど……それが叶わないのならば……無事に婚礼の儀式が終わった後、互いの夫婦同士で茶会でも開いて仲直りをしよう」

シャオワンがそう提案すると、「それはいいですね」とシャイールが微笑んだ。

「そうだ。兄上、それよりも今日か明日には婚礼の儀式ではないのですか？」

「いや、婚礼の儀式は延期した」

シャイールはそれを聞いてとても驚いた。

「え？　いつに延期したのですか？」

「まだ決めていない。君が元気になったら行うつもりだ」

「わ、私ですか!?」

シャイールはますます驚いた。

「ああ、君のあの様子を何人もの者達に見られて、その話はすでに皆に知れ渡っている。だからこそ、君が回復して、婚礼の儀式に立ち会い祝ってくれねば、皆がリューセーに対して不信感を持つことになってしまう。君を利用するようで申し訳ないが、どうしても君の助けが必要なんだ」

「そういうことならば、一刻も早く元気にならなければなりませんね」

シャイールが笑みを浮かべてそう言ったので、シャオワンも笑顔になった。

それから十日が過ぎた。シャイールもすっかり回復し、支えなしで歩けるようにまでなった。

シャオワンは、婚礼の儀式を三日後に設定した。

龍聖はそれまでの間、バハルから色々なことを学んでいた。この世界のことも、竜達やシーフォンのことも、アルピンのことも、色々な話を聞かされた。

自分の役目は魂精を与えるだけではなく、竜王の子を産むことだとも教わった。

龍聖は衆道について、知識としては知っていたし、それほどの驚きはなかった。ただ自分がちゃんとその行為を出来るのか、竜王を満足させることが出来るのかが心配だった。

そして龍聖の心配はそれだけではなかった。

「バハル、どうか教えてください。シャイール様があのようにもがき苦しんだのは、私のせいなのでしょう？　原因を教えてください」

それはもう何度もバハルに尋ねていることだった。だがいつもはぐらかされて、真相を教えてもらえない。

バハルは、龍聖が真相を知れば余計に傷つくと思って言うことが出来なかった。だがあまりにもしつこく龍聖が聞いてくるので、どうすればいいかとても困っていた。

「リューセー様、シャイール様は元気になられたのです。もうそのことは忘れましょう」

「バハル……私は今でも時々あの時のことを夢に見ます。何が原因だったのか分からないままでは、私はあの件に折り合いをつけることが出来ません。どうかお願いです。真実を教えてください」

龍聖が真っ直ぐな眼差しでバハルをみつめて、心を込めて頭を下げた。バハルは観念した。これ以上誤魔化せない。

「リューセー様……リューセー様の香りについては以前お話ししましたね」

「はい、私が竜王と契りを交わし、竜王のものであるという証をいただくまでは、香りを放ち続けるのですよね。竜王にはとても魅惑的な香りで、竜王を誘惑すると……そしてこの香りはシーフォン達も誘惑してしまうので、部屋から出ることが出来ないと……あの時、シャイール様も私の香りを嗅いで、おかしくなってしまったのですよね？」

「そうです。それでシャイール様の意志とは違う行動をしてしまった……リューセー様に口づけてしまったのです」

「はい」

「竜王以外のシーフォンが、リューセー様に口づけたらどうなるか……。そもそも竜王はリューセー様と接触することで魂精を貰います。手を繋ぐだけでも貰えますが、口づけや性交などの方が、より強くたくさんの魂精を貰うことが出来ます。ですから……シャイール様はリューセー様と口づけて、魂精をたくさん貰ってしまったのです」

バハルの話をそこまで聞いて、龍聖は顔色を変えた。すでに察してしまったようだ。

「私の魂精が原因なのですね？」

龍聖は顔を強張らせてそう言った。

「ですがリューセー様、それはたぶん竜王以外のシーフォンが、過ちを犯さぬために神がそのようにしたのです。リューセー様は何も悪くありませんし……死に至るほどのものではありません。シャイール様はもうすっかり元通りに回復されましたし……間もなく婚礼の儀式を行います。もう二度と、あのようなことは起きませんので、どうぞもうこれでお忘れになってください」

バハルは懸命に宥めようとした。龍聖は眉根を寄せて辛そうに顔を歪めながら俯いている。

「リューセー様」

龍聖がふうっと長く息を吐いた。そして顔を上げると、いつもの凜とした表情に戻っていたので、バハルは驚いた。目が合うと、龍聖はこくりと頷く。

「大丈夫です。気持ちの整理はつきました。あれは事故だし、私にもシャイール様にもどうすることも出来なかった。でも原因が分かってすっきりしました。私のせいなのかなと思ってはいても、はっきりしないともっと悪い方に考えてしまいます。でも私の魂精が原因で起きた事故で、婚礼の儀式を行えばそれもすべて解決するのだと分かって安心しました。あとは婚礼の儀式までの三日間、私がしっかりと気をつけて、バハルの言うことを聞いて、この部屋で静かに過ごし誰にも会わなければ、何も問題はないのですよね」

「はい、その通りです」

「教えていただきありがとうございました」

龍聖が明るい表情で言ったので、バハルはようやく安堵した。

「婚礼の儀式の方は大丈夫ですか?」

「それはまだ……正直なところ少し心配です」

龍聖が自嘲気味に笑って言ったので、深刻なものではないなとバハルは思って頷いた。

「何が心配なのですか?」

「その……性交が……どのようなことをするのかは分かっていますが……上手く出来るかどうか……」

「それは陛下にお任せすればよろしいのですよ」

「でも……恥ずかしいのですが、私は竜王様の前だとやはりとても緊張してしまうので、硬くなって何か失敗してしまいそうです」

「それは慣れていただくしかありませんね……陛下はとても明るくて優しい御方です。きっとすぐに親しみを持てますよ」

「もちろん……もちろん竜王様がとても慈悲深くてお優しい方だということは分かっています。この前、私を慰めにいらした時……私は本当に感激しました。親しみどころか……私は竜王様のことが好きです。でも緊張してしまうのは、どうしようもありません」

困ったように龍聖が目を伏せたので、バハルは何度も頷いた。

「リューセー様が陛下のことをそのように思われているのでしたら、私も安心しました。それならばもう何も心配はいりませんね」

バハルは優しくそう言ったが、龍聖は赤くなってもじもじとしている。

「あの……変なことを聞いてもいいですか？」

「何ですか？」

「その……本当に……入るのでしょうか？　……あの……つまり……マラが……」

龍聖が真っ赤になって、とても言いにくそうにそこまで言うと、バハルは「あっ」と言って頷いた。

「大丈夫ですよ。それも陛下にお任せになれば……ちゃんと皆様出来ていらっしゃいますから、心配はいりません」

「私も……よく聞くことがあったので分かってはいるのです。金沢《かなざわ》の城下でも衆道が人気だったし……村でも、祭りの夜は皆がやっていると……女人とする前に、筆おろしに兄者衆《あにじゃしゅう》から教わる者も多いと……聞いていたので、やり方も知識として分かっているのです。でも私が本当にちゃんとやれるだろうかと考えたら、心配になってしまって……竜王様のお手を煩《わずら》わせてはいけないと思って……」

「そんなに心配でしたら、陛下にそう申し上げたら良いでしょう」

「え？」

「性交をする前に、正直に言えば良いのです。リューセー様はその真っ直ぐなご気性がとても良いと思いますから、陛下もお気に召しますよ」

「馬鹿だと思われないでしょうか？」

「そんなことはありません」

バハルは励ますように言った。

「分かりました……正直に言います」

龍聖は赤くなりながらも、決意したようにぐっと拳を握りしめてそう言った。

「リューセー様……陛下の伴侶となることに抵抗はありませんか？」

「抵抗……ですか？」

「ないならばいいのです。ほとんど知らない相手と、それも男性と婚礼をあげることに、もしも少しでも抵抗があるようならば、今のうちに言っていただければと思ったのです」

バハルは龍聖を心配してそう言っていた。本当ならば、そんなことは言うべきではないと分かっていたが、普通ではない形でこの世界に来た龍聖を不憫《ふびん》に思ったのだ。最初からあまりにも波乱がありすぎた。

「知らない相手と婚礼をするのはごく当たり前のことです。私の村でも当たり前でした。見知った相手と夫婦になる方が珍しいくらいです。だから抵抗はありません」

龍聖がさらりとそう言ったので、バハルは安堵した。

「では、また少しお勉強をいたしましょう」

「はい」

龍聖は素直に頷いた。


城の中の神殿で、婚礼の儀式が厳《おごそ》かに行われていた。

龍聖が部屋から出て、城の中を歩いたのはこれが初めてだった。婚礼衣装に身を包み、バハルと兵士に守られて、長い廊下を歩き神殿まで来た。

同じく婚礼衣装を着たシャオワンと並んで立つと、緊張して手が震えた。

前もってバハルから教わった通りに、儀式が進む。龍聖がすることは特にない。ただ黙ってシャオワンの隣に立ち、神殿長が祈りの言葉を唱えるのを聞いていた。

緊張のせいで頭がぼんやりしてしまう。微かにシャオワンの方から良い香りがしたが、考えが回らず体を強張らせたまま俯いていた。

「リューセー、手を」

シャオワンに言われて我に返った。どうやら何度か呼びかけられていたらしい。龍聖は恥ずかしくなって、赤い顔でシャオワンを見上げて左手を差し出した。その指に指輪が嵌められる。

「この指輪をすれば、香りを出さなくなるし、相手の香りも感じなくなるんだ。こんなに近くにいても、もう私の香りはしないだろう？」

シャオワンが小さな声で、龍聖にそう耳打ちした。龍聖はそれでは先ほどまでほんのりと香っていたのはシャオワンの香りだったのかと思って我に返った。緊張のあまりぼんやりしていたから気がつかなかった。でもあれがシャオワンの香りならば、とても気持ちのいい香りだと思った。シャイールの時に感じた香りとはまったく違う。

「ここに王の指輪と后の指輪が揃った。二人の心が真《まこと》であれば竜神が祝福されるでしょう」

神殿長がそう高らかに言うと、シャオワンが龍聖の手を握った。

「さあ、参ろう」

くるりと振り返り歩き出した。龍聖は驚いたように手を引かれるままに歩き出す。

「兄上、リューセー様、おめでとうございます」

「シャイール、立ち合いをありがとう」

シャオワンが礼を言うと、そこで龍聖は初めてシャイールがこの場にいたことに気がついて驚いた。

シャイールは、龍聖と目が合うと、優しく微笑んでうなずいた。

「あっ……」

龍聖が何か言いかけたが、シャオワンが歩きだしたので、シャイールに何も言えずにそのまま神殿を後にした。

しばらく廊下を歩いた後、螺旋《らせん》状の階段を上り始めた。途中でシャオワンが足を止める。

「リューセー、目を閉じなさい」

「は、はい」

龍聖は言われるままに目を閉じた。すると体がふわりと浮いたので、驚いて思わず目を開けた。シャオワンが龍聖を抱き上げていたのだ。

「シャ……シャオワン様！」

「こら！　目を閉じなさいと言っただろう？　これから私が良いと言うまで、決して目を開けてはならない。絶対だ。守れるかい？」

「は、はい、分かりました」

龍聖は頷くと、ぎゅっと強く目を閉じた。シャオワンはそれを確認すると再び階段を上り始めた。最上階まで上がり広い部屋に着いた。中央に巨大な金色の竜が座っている。シャオワンが目配せをすると、金色の竜は何も言わずに頭を下げた。

シャオワンは頭の上に乗り、そのまま首を伝って背中まで上る。シャオワンが乗ったのを確認すると、竜は翼を大きく広げて、塔の上から空へと飛び立った。

龍聖はびくりと震えて、シャオワンの服をぎゅっと摑んだ。懸命に目を閉じている。強い風が体に吹きつけてくる。外に出たのだと分かったが、それでも我慢して目を閉じていた。

薄々、今の状況は分かっていた。シャオワンがなぜ目を閉じろと言ったのかも分かった。龍聖が竜を見たら怖がると思ったのだろう。龍聖も自分で怖いだろうと思ったので、目を開けなかった。

しばらくしてどこかに着いたようだ。シャオワンに抱かれたまま竜の背から降りる。シャオワンはそのまま歩きだした。重い扉が開く音がした。建物の中に入ったのが分かった。シャオワンの足音だけが聞こえる。

どれくらい歩いたのか、ようやく足が止まり、鍵を開ける音がした。再び重い扉が開く音がして、目を瞑っていても、光の眩しさを感じた。

「もう目を開けても良いよ」

シャオワンが優しく囁くように言ったので、龍聖は恐る恐る目を開けた。

「わあ……」

そこはすべてが真っ白な世界だった。光が溢れていて眩しい。シャオワンがそっと下に降ろしてくれたので、龍聖はその場に立ったまま辺りをきょろきょろと見回した。

真っ白な床、真っ白な壁、真っ白な天井。天井はそこにたくさんのお天道様《てんとうさま》があるかのように眩しく光っている。よく見るとすべてが真っ白というわけではなく、緑の樹々もいくつか生えていた。樹々の側には小川のような水の流れがあり、広い部屋の中央には大きな丸いテーブルといくつかの椅子が置かれていた。とても部屋の中とは思えないような光景だった。

「ここは……」

「ここは北の城の竜王の間だよ。ここで夫婦の契りを交わすんだ。私達しかいない。何も気にしなくていいよ」

シャオワンはそう言うと歩きだしたので、龍聖は慌てて後を追った。

広間の一番奥まで行くと、ふたつの扉があった。シャオワンは左の扉の前に立った。

「リューセー、左手を出して」

言われて素直に左手を差し出した。シャオワンはその手を取ると、扉の窪みに、龍聖の手に嵌められた指輪を押しつけて、自分の指輪ももうひとつの窪みに押しつけた。するとカチャリと音がして、扉が少し動いた。

シャオワンが取っ手を引いて開けると、中には大きな台座のような物がひとつあるだけだった。それは『ベッド』という寝台だと分かった。

「リューセー、ベッドを作るから少し手伝ってくれないか?」

シャオワンがそう声をかけたので、龍聖は慌てて後についていった。シャオワンは丸テーブルの上に置かれた敷布の束を抱えると、再び先ほどの部屋に向かって歩きだす。

「わ、私も持ちます」

「持つのは良いよ。敷くのを手伝ってくれ」

シャオワンはなんだか楽しそうに笑いながらそう言った。龍聖はまだ緊張した様子でいる。

部屋の中に入ると、そこは赤くて淡い光に満ちている不思議な部屋だった。大きな台座の上に敷布を広げて、龍聖に端を引っ張るように頼んだ。二人がかりで四苦八苦しながら、なんとか寝具を整えた。

「向こうの広間までは、誰でも入れるけれど、この部屋には我々しか入れないんだ、だから寝る場所は自分で整えなければならない。不便だけど許しておくれ」

シャオワンが嬉しそうに笑って言った。龍聖はその笑顔を不思議そうにみつめていた。竜王がまるで普通の青年のように屈託なく笑うのを、不思議だと思った。

「さてと……リューセー、ちょっと座ろうか」

シャオワンがそう言って、ベッドに腰かけたので、龍聖は少しだけ離れて腰かけた。

「そんなに離れなくても良いだろう」

「も、申し訳ありません」

龍聖は慌ててシャオワンに身を寄せた。もちろんぴったりと寄せる勇気はなくて、少しだけ近づいた。それを見てシャオワンはクスリと笑う。

「リューセー、まずは私の伴侶になってくれてありがとう……礼を言うよ」

「え、あ、いえ……そんな……竜王様……」

「シャオワンと呼んでおくれ。夫婦なのに竜王様はおかしいだろう?」

「あ、はい。シャオワン……」

恥ずかしそうに龍聖が名前を言うと、シャオワンは満足そうに頷いた。

「それでまだ私達は完全な夫婦ではない。これからここでやらなければならないことは分かるよね?」

「はい……あのっ……あの、シャ、シャオワン、実は私……まったく何もしたことがないので、上手く性交が出来るか自信がありません」

龍聖が思いっきりそう言ったので、シャオワンは驚いたように目を大きく見開いて、何も言えずに龍聖をみつめた。龍聖は真っ赤な顔で、しかし真面目な様子でシャオワンをみつめている。シャオワンはみるみる困ったなぁというような表情をして苦笑した。

「随分元気に言ったね」

「申し訳ありません」

「そうかぁ……でも大丈夫だよ。私も初めてで、正直なところ上手く出来るか自信がない」

シャオワンもそう言って、ははは と高らかに笑った。それには龍聖も驚いて目を丸くした。その様子に、シャオワンはさらに笑いだした。

「やり方は知っているんだよ。知っているというか……まあ知識として、どんなことをするかってことだけどね」

「わ、私もです」

「じゃあ、おあいこだね。そうか……ちょっと安心した」

「え？」

「二人とも自信がないのだから、失敗しても当然だよね。そう思ったら少し気が楽になった」

ニコニコと笑いながらシャオワンがそう言ったので、龍聖はまた驚いている。竜王がこんな人だとは思わなかった。決して悪い意味ではない。龍神様……神様だから、もっと人間離れしていて、近寄りがたく、威厳に満ちて、少し怖い人ではないかと思っていた。

一度会いに来てくれた時に、とても優しく声をかけてくれたので、その時は嬉しくて感動したが、高貴な人の慈悲深い優しさという印象だった。

でも今は、自分や道場の青年達と何も変わらない、朗らかな普通の青年がそこにいると思った。

そう思ったら、龍聖も力が抜けて、クスリと笑っていた。

「やっと緊張が解けたみたいだね」

シャオワンが腕を伸ばしてきて、龍聖の頭を撫でた。

「私のことが怖かった？」

「い、いえ、そういうわけではありません。ただ竜王様の前でしくじってはいけないと思うと緊張してしまって……」

「ふふ……別にしくじっても私は怒らないよ。むしろ君のしくじりってどんなことをするのか知りたいくらいだ」

シャオワンはからかうような言い方をしながらも、何度も優しく龍聖の頭を撫でる。龍聖は困ったように俯いていた。

「でももっと側に来てほしいな。そんなに離れていたら、性交が出来ないよ？」

「はっ、はい」

龍聖はおずおずとシャオワンの体に触れるほど近づいた。

「また緊張したね」

シャオワンが優しくそう言って龍聖の頭を撫でた。龍聖は赤くなりながらどうしようと考えていた。シャオワンに気を遣わせてしまっていると思ったのだ。緊張している自分を気遣って、優しくしてくれている。竜王様に気を遣わせるなんてだめだろうと思った。

龍聖はおもむろに立ち上がった。

「リューセー？」

龍聖はいきなりその場で服を脱ぎ始めた。婚礼衣装は、真っ白でとても綺麗だが、それほど重ね着していないし、脱ぐのは難しくない。ボタンの外し方も練習したので、以前よりは上手く外せると思った。

一生懸命服を脱ぎ始めた龍聖を、シャオワンは驚いてみつめていた。覚束ない手つきだが、それでも着々と脱いでいく。ようやく下着だけになったと思ったら、それも脱ぎ始めた。

「リューセー」

上も下も脱いで、完全に一糸まとわぬ裸体になった。

龍聖は顔から火が出るほど恥ずかしかったが、何も出来ないからこれくらいはしなければと思った。

「シャ……シャオワン様……あの……よろしくお願いいたします」

龍聖がシャオワンの方を向いて、真っ赤な顔でそう言った。隠すことなく、背筋を伸ばして立っている。真っ直ぐに伸びた手足、体は引きしまっていて、胸や腹に薄く筋肉の形が浮かんでいる。体毛は薄く、性器の上の茂みもそれほど多くない。

シャオワンは上から下までみつめた。そしてとても美しいと思った。人間の体を見て、そんな風に感じたことはない。もちろん自分以外の人の裸体など、こんな風に見たことはないのだが……と、シャオワンは内心思って苦笑する。

「リューセー、こっちにおいで」

シャオワンが手を伸ばしたので、龍聖は少しだけシャオワンに近づいた。すると両手を握られて引っ張られた。そのままシャオワンの膝の上に座らされる。

「綺麗な体だね」

「そ、そんなことはありません」

龍聖は耳まで赤くなった。

「鍛えているね？　何かしていたのかい？」

「剣術を習っていました」

「そう、強かった？」

「は、はい」

「それはすごいね」

シャオワンは龍聖を膝の上に載せて、話しかけながら、両手で龍聖の手足を撫でるように触った。

「胸も腹もちゃんと筋肉がついて引きしまっているね」

シャオワンの手が胸や腹を撫でた。龍聖はぞくりと体が震えて、身を捩《よじ》らせた。

「くすぐったい？」

「は、はい」

「でも私達はこれから性交をするのだから、くすぐったいのは我慢しないといけないね。こんな風に私は君の体を触りたいんだ。だってこうするものだろう？　違ったっけ？」

「い、いえ……たぶん……そうだと思います」

龍聖は羞恥でどうにかなりそうだった。シャオワンの手が体中を撫でるので、体の奥がざわざわする。こんな感じは初めてだ。

「リューセー、私はなんだか少し興奮してきたよ。指輪を外さなくても出来そうだね」

「え？」

龍聖が聞き返そうとしたが、次の瞬間、項《うなじ》をちゅうっと強く吸われて、びくりと体が震えた。

「あぁっ」

思わず声が漏れる。

「かわいい……リューセー、今の君の声はとてもかわいいよ」

「え？　あっ……ひゃぁっ！」

龍聖は思わず声が裏返って止まった。なぜならシャオワンの手が、龍聖の性器を包み込むように握ったからだ。シャオワンの大きな手は、片手ですっぽりと性器を握り込み、やんわりと手を動かして揉み始めた。

「あっあっあぁっやぁっ……あぁ」

そんなところを人に触られるのは初めてで、いや、触られるというか揉まれるのは初めてで、その刺激で口から変な声が出続けてしまう。龍聖は逃れたかったが、体が上手く動かなかった。嫌なわけではない。ただ体が痺れて、握られている性器が熱くなってきて、息も乱れてきて、こんなことは初めてで、少し怖くなったのだ。

龍聖の性器はすぐに硬くなった。

「あっあっあぁっだめっだめっ……小水が……小水が出る……あぁぁっあぁぁっ」

龍聖の体がぶるぶるっと震えて、シャオワンの手の中に射精してしまった。龍聖は、はあはあと荒く息をしながら、涙目になって自分の股間をみつめた。シャオワンが握っていた手を開くと、白い液体で濡れていた。

「あっ……」

「リューセー、射精したのは初めてかい？」

「射精……」

「小水が出ると思った？」

龍聖はなんだか分からず、ぼんやりとした顔でこくりと頷いた。

「これは小水ではなくて精液だよ。白いだろう？　初めてだったんだ」

龍聖はまたこくりと頷いた。

「も、申し訳ありません」

小さく呟くように謝罪の言葉を言っていた。自分が今どんなことになっているのか、まだよく分からない。ただとても厭《いや》らしいことになっているのは分かった。

「かわいい……リューセーはかわいいね」

シャオワンはそう囁きながら、龍聖の項や耳の裏を吸った。

「あぁっはぁっ」

そのたびに龍聖の口から喘ぎが漏れる。

シャオワンは再び龍聖の性器を弄《いじ》り始めた。揉んだり擦ったり扱《しご》いたり、そのたびに龍聖がかわいい声で喘ぐのを聞いて、目を細める。

「あぁぁあっやあぁっ……また……また出る……あぁぁあっんっんんっあああぁぁあっ」

びくびくと腰が跳ねて、再び龍聖が射精した。

「ほら、今度はさっきよりもたくさん精液が出たよ」

「申し訳ありません……お許しください」

「謝らなくてもいいんだよ。私は嬉しいのだから……かわいいリューセー」

シャオワンは耳元でそう囁いて、耳たぶを甘く噛んだ。龍聖の精液で濡れた手を、龍聖の股の間から尻の方へと這わせた。指先で探って、窪みを探す。後孔を見つけると、そこに精液を塗り込むように撫で回した。人差し指の腹で、孔《あな》の入り口をぐいぐいと押しながら、やがてツプリと中に差し入れる。

「あぁっ……シャ……シャオワン様……そこは……」

「リューセー、性交の仕方は知っているのだろう？　ここに私の性器を入れるのではなかったかい？」

「そ、そうです」

「ならばここをよく解さなければならない。私はそう教わったんだよ。そうしないと君を傷つけてしまう」

人差し指を孔の中に出し入れして、中をゆっくり解していった。出し入れするのに抵抗がなくなると、中指も添えて二本で孔を解す。

「あっあぁぁっ……んっあああっぁ」

「痛い？」

「いいえ……あぁっあっ……痛く……ありません……ああっ」

「リューセー……かわいいよ……リューセー」

シャオワンの息遣いも荒くなっていた。右手で龍聖の後孔を解しながら、左手で龍聖の体をぎゅっと強く抱きしめて、後ろから首筋を吸ったり、項を吸ったりしていたが、次第に苦し気な表情をし始めた。

「リューセー、すまない……私ももう限界だっ……うっううっくぅっ」

シャオワンの腰がガクガクと震えた。膝の上に抱いている龍聖の腰の辺りに股間を擦りつけるようにして、ぶるぶると体を震わせた。シャオワンも射精してしまっていた。龍聖の肩口で、はあはあと熱い息を吐いている。

「シャオワン様……」

「ああっ……治まらない……リューセー……すまない……すまない……」

シャオワンがなおも股間を擦りつけるように、腰を揺すり続けていた。布越しに硬い塊《かたまり》が、龍聖の腰から尻の辺りに当たっているのを感じる。

「シャオワン様……私にお入れください……」

「ダメだっ……うっ……まだ君の孔を解しきれていない……まだ指が二本しか入らないのだよ？」

「でも……シャオワン様が……」

腰に当たるシャオワンの昂《たかぶ》りを感じて、龍聖はひどく興奮してきた。恥ずかしいという気持ちと同じくらいに、今まで感じたことのないような厭らしい感情が、体の奥から湧き上がる。

シャオワンが、ゆっくりと三本目の指を入れて、後孔を広げるように解していく。

「あっあんっあっ……うっんっんぁっ……シャオワン様っ……あぁっ」

「リューセー……リューセー……ううっあっあっくっ」

シャオワンが腰を跳ね上げた。再び射精したのだ。何度も腰を揺らして、やがて少し熱が治まった。

龍聖の体をぎゅっと強く抱きしめながら、荒い息遣いで何度も首筋に口づける。

「リューセー……すまない……繋がってもいいかい？」

「はい……シャオワン様……」

シャオワンは、龍聖の返事を聞くと、腕に抱いたまま立ち上がり、ベッドへと上がった。真ん中に龍聖をうつ伏せに寝かせると、膝立ちで龍聖を跨《また》いだ。上着を脱ぎ、ズボンの紐をほどいてズルリと下に降ろした。ズボンの中は精液でぐっしょりと濡れてしまっている。

二度射精したはずのシャオワンの男根は、怒張して頭を持ち上げたままだった。余裕がないとはこのことだ。自身の精液で濡れている男根を右手で掴むと、左手で龍聖の細い腰を掴んで尻を持ち上げる。

シャオワンに弄られて少し赤くなっている小さな孔に、亀頭を押し当てた。

「力を抜いてくれ」

「は、はい……」

ぐいぐいと何度か押しつけて、孔を開きながらゆっくりと中へと挿入した。

「あっああっ」

龍聖が小さく声を上げた。

「痛いか？」

「痛くはありません……大丈夫です」

「すまない」

もしも龍聖が痛いと言っても、もう止められないと思った。シャオワンはそのまま龍聖の中へと男根を押し入れていく。熱い肉の襞《ひだ》を擦るように、中へと入っていく。それはシャオワンが今まで経験したことのない極上の快楽だった。

「ああっ」

シャオワンは声を漏らして、動きを止めた。男根はまだ半分しか入っていないが、これ以上動かしたら今にも射精してしまいそうだった。龍聖はか細い声を上げている。シャオワンは何度も大きく呼吸をして、昂る気持ちを諫《いさ》めた。少し落ち着いたところで、挿入を再開する。

「あぁぁっ……はぁぁっんんっ……ぃやっ……あっ」

龍聖が泣くような喘ぎを漏らす。シャオワンは根元まで深く挿入すると、喘ぎを漏らしながら腰をゆさゆさと揺すった。

「ああっ……だめだっまたいくっ」

シャオワンの腰が小刻みに動いて、龍聖の中に勢いよく精を注ぎ込んだ。

「あっああっ……熱い……ああっ……シャオワン様っ」

体の中に注がれる精を感じて、龍聖が震えながら体を反らせて喘ぎを漏らす。

「深い……ああっ……」

「リューセー……ああっ……なんて気持ちいいのだ……リューセー……ああっ……腰が止まらない」

シャオワンはゆさゆさと腰を前後に動かし続けた。初めて交わり、その快楽に夢中になっていた。

「あぁぁっ……やぁっいやぁっ……んっんっ……ああっ……」

龍聖は突き上げられるたびに、絶え間なく厭らしい声が出てしまうのが恥ずかしくて、必死に口を閉じてこらえようとしていた。だがシャオワンの硬く熱い肉塊が、体の奥まで貫き、抽挿《ちゅうそう》されるたびに体の中を掻き回され、じわじわと痺れるような気持ち良さが溢れだしていた。それは自分ではどうすることも出来ないのだ。

次第に頭の中が真っ白になっていき、何も考えられなくなる。シャオワンが、ぎゅっと背後から龍聖を抱きしめて再び精を注ぎ込んだ。


「んっ……」

龍聖が目を開けると、そこは赤い光に照らされた部屋の中だった。ぼんやりとみつめていたが、ようやくすべてを思い出した。

「目が覚めたかい？」

低く優しい声がして、視線を動かすと、隣でうつ伏せに横たわり、こちらをみつめるシャオワンの顔があった。

「シャオワン様」

「体は大丈夫かい？」

「はい……大丈夫だと思います」

龍聖は、はっきりとした口調で答えた。

「私は大失敗をしてしまったよ。恥ずかしい限りだ」

シャオワンがそう言って照れ隠しのように笑った。

「大失敗？」

「ああ、二回もズボンの中に射精してしまった。我慢できなかった。恥ずかしいよ」

笑ってそう言いながら、シャオワンは少し赤い顔をしている。

「君を気持ちよくさせて、私は余裕のあるふりをしていたんだけど、君があんまりかわいいから、我慢が出来なくなったんだ」

「私は別に……かわいくなんてありません」

「かわいいよ……射精が初めてだったんだろう？　お漏らしをすると思って、涙を浮かべていたじゃないか」

龍聖は耳まで赤くなり、両手で顔を覆い隠した。

「それをからかったから、私はばちがあたったんだ。私の方がお漏らしをしてしまったみたいだ。恥ずかしいよ」

そう言ってシャオワンが笑ったので、龍聖もつられて笑った。シャオワンはそんな龍聖の顔を、愛し気な眼差しでみつめて、左手を伸ばして龍聖の前髪を掻き上げた。

「額に私のものになったという印が現れた。これでもう指輪を外しても香りはしないよ。もうシーフォンの誰と会っても大丈夫だ。二度と怖い思いはしなくなる」

優しく髪を撫でながら、シャオワンがそう言ったので、龍聖は頬を染めながら頷いた。

「リューセー……本当のことを言うと、私は少し不安だったんだ。君に嫌われたらどうしようって気持ちと、私が君を見てどう思うだろうという不安とで……。性交どころか、愛も恋も知らないし……。だけど君が異世界からたった一人で、私のために来てくれるんだ。たとえ君が私を好きになってくれなくても、私はすべてを受け入れて、君を優しく包み込めるようにならなければいけないと思って……一生懸命余裕のあるふりをしていたんだ。だから最初にこの部屋で、君が服を脱いだ時は驚いた。君は私の何倍も不安だっただろうに……君は強いんだね」

「シャオワン様……」

龍聖は感激していた。目の前にいるのは、龍神様でも竜王様でもない。シャオワンという自分と同じようなただの青年だった。それもとても優しく慈しみ深い、龍聖をとても大切に思ってくれる青年だ。そう思ったら、胸が熱くなった。

「私はシャオワン様のことが好きです。私もこの気持ちが恋慕なのか、まだよく分かりませんが……でもとても好きです。お慕いしております」

「リューセー」

シャオワンが嬉しそうに笑って、顔を近づけてきた。龍聖はじっとみつめながら『瞳が金色だ』と思った。シャオワンの顔が目の前まで来て、口吸いをされる……頭の隅でそう思った瞬間、泡を吹いてもがき苦しむシャイールの姿が脳裏によみがえった。

「いやっ！」

龍聖は思わず顔を背けて、大きな声で叫んでいた。それと同時にすぐに我に返って、反射的に振り返ると、ショックを受けたような表情のシャオワンの顔があった。

「あ……」

龍聖はぶるぶると震えながら、みるみる両目に涙を溜めた。

「も、申し訳ありません！　違うのです！　私は別に……シャオワン様と口吸い……口づけをするのが嫌なわけではないのです。今のは間違いです！」

龍聖は必死になって弁明した。

「リューセー、リューセー、大丈夫だ、大丈夫だよ。すまない。私が悪かった。決して口づけをするつもりはなかったんだ。君がまだ怖がるだろうってことは分かっていたんだ。絶対に君を怖がらせないようにしようと決心していたのに……つい……気が緩んでいた。私が悪いんだ。だから君がそんなに謝ることはないんだよ。ああ、こんなに震えて……かわいそうに……リューセー」

シャオワンが明るい声音で、一生懸命に龍聖を宥めた。ぎゅっと両手で抱きしめて、背中を何度も擦りながら、優しく「大丈夫だよ」と繰り返す。

龍聖は、シャオワンの胸に顔を埋めながら、ようやくすべてに気がついた。婚礼の儀式での性交について、バハルから事前に教わっていたはずだ。性交が初めてで怖くても、竜王とリューセーは互いに惹かれ合う香りがあるから大丈夫だと。それは媚薬のように、うっとりとするほどいい香りで、不安も何も忘れて、相手のことを好きになる香りだと、だから性交は上手くいくから心配ないと言われた。でもシャオワンは、指輪を外せと言わなかった。シャオワン自身も指輪を外さなかった。きっと龍聖が香りを怖がるかもしれないと、シャオワンが思ったのだろう。

性交を始める時、シャオワンの膝に座らされて、行為をしたのも、後ろ向きならば口吸いをすることがないからだ。向き合ってならば、今のように嫌がることがシャオワンには分かっていたのだ。

ここへ来た時も、たぶん竜の背に乗って空を飛んできたのだ。城の反対側の山の頂に造られているという北の城へは、空を飛んでしか行けないと聞いた。でも竜を見たら龍聖が怖がると、シャオワンは思ったのだろう。だから目を閉じろと言って、ずっと抱いていてくれたのだ。

すべてがシャオワンの思いやりに溢れていた。こんなに優しい王様がいるなんて知らなかった。

それに比べて自分はなんて弱いのだろう。道場で一番強いと、武士の子よりも強いと言われて良い気になっていたのだ。自分は龍神様の生贄になり、死ぬことも恐れていない。何も怖くないと思い上がっていた。

それがどうだろう……竜を恐れて腰を抜かした。守られるばかりで何も出来なかった。シャイール様が倒れた原因を知りたいと言っておきながら、やはり自分のせいだったと分かって、本当はとても衝撃を受けていた。落胆したのだ。平気なふりをしたけれど……。

今、心の底から自分を情けないと思った。恥ずかしい……恥ずかしくて仕方がない。

龍聖はシャオワンの胸に顔を埋めたまま声を押し殺して泣いた。自分が情けなくて悔しかった。

龍聖は泣き疲れて、うつらうつらと浅い眠りの中にあった。時々目を開けて、目の前にシャオワンの逞しい胸板があるのを確認して、添い寝してくれているならば、まだ嫌われていないのだと安堵する。

「私を嫌いにならないでおくれ」

シャオワンがそう小さな声で囁いたのを聞いた。とても小さな声だ。きっと私が眠っていると思ったのだろう……と龍聖は目を閉じて思う。こんなに優しい人が、なぜそんな願いを囁くのだろう。嫌いになどなるわけがないのに……。

「リューセー！　たまには外に出ないか？」

バハルと毎日の日課である語学の勉強をしていたところに、突然シャオワンが部屋に戻ってきて、とても元気にそう言った。龍聖もバハルも目を丸くして顔を見合わせている。

「外って……どちらに行くのですか？」

「中庭だよ。これから剣術の訓練をするのだが、ぜひリューセーにも参加してほしいんだ。リューセーは剣術の名人だろう？」

シャオワンが楽しそうに言ったので、龍聖は困って苦笑する。

「剣術の名人と言っても……この国の剣とは形が違うので、戦い方も違うのでしょう？　私が参加しても、皆様のお役には立てません。それにまだ勉強が途中です」

「勉強は明日もするから良いだろう？　それにリューセーに剣術の先生をやってもらうつもりで誘ったんじゃないんだ。せっかく名人というほどの腕を持っているのに、鍛錬《たんれん》しないのは勿体ないと思って誘ったんだよ。君は君のやり方で自由に鍛錬すればいい。外で体を動かそう」

シャオワンはあっさりと龍聖の断りの言葉を無効化してしまった。

「そうですね。リューセー様、陛下と一緒に行ってらっしゃいませ。勉強は明日にしましょう」

バハルが微笑みながら、机の上の本などを片づけてしまったので、龍聖は仕方なく立ち上がると、シャオワンの下へ歩いていった。

「さあ、参ろう」

シャオワンは龍聖の手を握ると、そのまま部屋を出ていった。

バハルはそれを微笑みながら見送り、小さく溜息をついた。

無事に婚礼の儀式を済ませて、シャオワンと龍聖が戻ってきたのは二十日前だ。二人はとても仲睦まじくしているので、バハルも上手くいったのだと安堵した。

しかし龍聖が時折見せる陰りのようなものが、とても気になっている。何かに悩んでいるのかと、さりげなく聞き出そうとしているが、いつもはぐらかされてしまう。そして聞き出そうとした後は、決まって無理に明るく振る舞うので、やはり何かあるのだろうと思った。

あの事故のことをまだ引きずっているのかとも思ったが、シャイールとは、その後何度か会って話をしたりしている。その様子からは、二人の間に何かしこりが残っているようには見えない。

シャオワンがこうして、龍聖を元気づけようとしているところを見ると、二人の間に何かあるのか、シャオワンが何か知っているのか……バハルはそんなことを考えながら、また溜息をついた。

自分自身もまだ龍聖との間に確固たる信頼関係を築けていない。龍聖がどんな小さなことでも相談してくれるように、そしてどんな小さなことでも自分が気づけるように、もっと頑張らなければならないと思った。


「中庭は初めてだろう？　景色も良いし、気持ちいいよ」

廊下を歩きながら、シャオワンが龍聖に色々と話しかける。二人の後ろには護衛の兵士が六人ついてきている。龍聖はその護衛の兵士を引き連れることに慣れていなくて、歩きながらチラチラと後ろを気にしていた。

「なんだい？　兵士達が気になるのかい？」

シャオワンが立ち止まり、そう言いながら後ろを振り返った。兵士達はキョトンとした顔をしている。

「一応、城の中は安全なのだが、それでももしもの更にもしもの時のために、絶対護衛を付けなければならないと、怖～い顔した国内警備長官が言うんだよ」

シャオワンがふざけて、怖い顔を作ってみせると、兵士達が懸命に笑いをこらえていた。その様子を、龍聖は驚いたように見ていたが、兵士達も和ませるシャオワンの優しさに好感が持てた。

「誰が怖い顔だって？」

不意にそう言われて、兵士達は慌てて背筋を伸ばし、シャオワンが苦笑いをして振り返った。

「やあ、これはライエン殿」

シャオワンが右手を挙げて挨拶をすると、ライエンと呼ばれた壮年の男が、龍聖に向かって恭しく頭を下げた。

「リューセー様、ご機嫌麗《うるわ》しく……国内警備長官のライエンです。婚礼の宴で、少しだけご挨拶をさせていただきましたが、覚えていらっしゃらないですよね」

「いいえ、もちろん覚えています。シャオワンの従兄でしたよね」

「そうです。覚えていただけたなんて嬉しいですね」

「幼馴染みでね」

「腐れ縁でね」

「彼は老けて見えるけど、こう見えてまだ私と同じで成人して間もないんだ」

シャオワンの言葉に、龍聖が驚いて大きく目を見開いて息を呑んだので、ライエンが笑いながら、シャオワンの背中を叩いた。

「リューセー様が信じるじゃないか」

「ははははっ……ごめんごめん、リューセー、彼が私の親友なのは本当で、年も近かったんだけど、私が眠りについている百五十年の間に年の差が出来てしまったんだよ」

シャオワンが説明したので、龍聖はようやく納得したようで、ほっと息を吐きながらクスクスと笑った。

「そうそう、彼だけ若いままでずるいと思いません？」

ライエンがふざけたように言ったので、龍聖はまた笑った。

「それで？　二人で仲良くどちらへ？」

「中庭だよ。これから剣術の訓練をするから、リューセーもたまには体を動かしたらと誘ったんだ」

「リューセー様、彼はこんなことを言っていますが、少しでもリューセー様の側にいたいだけなんですよ」

ライエンがそう言ってウインクをしたので、龍聖は目を丸くした。

「ああ、そうだよ。私がリューセーと少しでも一緒にいたいだけだ。悪いかい？」

シャオワンがニヤリと笑って言い返したので、ライエンはやれやれというように肩を竦めてみせた。

「お二人は仲がよろしいのですね」

龍聖が笑いながら言うと、二人は顔を見合わせた。

「さて、ではそろそろ中庭に行こうか」

「オレも一緒に良いかい？」

「一緒にって、国内警備長官が行かなくてどうするんだい？」

二人は歩きながらふざけ合っている。それを見ながら、龍聖も剣術道場の仲間のことを思い出した。

「リューセー様は、この国の剣術を見たことがありますか？」

「あ、いえ……兵士の方々の剣の形を見て、私の国の剣術とは戦い方が違うのだろうなと思っていましたが、実際には見たことがありません」

「ならばぜひ一度ご覧ください。我々の剣術は、この世界のどの国の剣術とも違うのです。我が国独自の形です」

「彼の父であるシャイガン叔父上が、編み出した剣術なんだよ」

「それは素晴らしいですね」

龍聖が瞳を輝かせて言ったので、ライエンは得意げな顔をした。

「我々シーフォンが人間を傷つけることが出来ないということはご存じですね？　しかしだからといって、黙って攻撃を受けるわけにもいきません。我らは竜王とリューセー様をお守りしなければなりませんから……。それで考え出したのが、相手を戦わせない剣術なのです」

「戦わせない剣術？」

ライエンの話を、瞳を輝かせて興味津々という様子で聞いている龍聖を、シャオワンは嬉しそうにみつめていた。

中庭に続く扉の前に辿り着いた。ライエンが扉を開けて、辺りを確認してからシャオワン達に外に出るように促した。

「わあ……とても広くて綺麗ですね」

龍聖は初めて出る外に、とても嬉しそうだ。短く刈られた草に覆われた中庭は、さしずめ緑のじゅうたんのようだった。日の光に照らされた緑が目に眩い。歩くと柔らかな草の感触が、足の裏にとても心地よかった。

「来てよかっただろう？」

シャオワンが満足そうに言った。

「はい、ありがとうございます」

龍聖はきらきらと輝くような笑顔で礼を述べたので、シャオワンばかりか、ライエンや護衛の兵士まで、うっとりと見惚れてしまった。

「よし！　ここはひとつはりきっていいところを見せよう！」

ライエンが急に大きな声でそう言いながら、大股で歩きだした。

「おい！　誰かオレの相手をしろ」

先に中庭で、剣術の訓練をしていたシーフォンの若者達に、ライエンがそう声をかける。

手練《てだ》れである国内警備長官の相手に、喜んで進み出る者などいない。若者達は、気まずい様子で顔を見合わせている。

「リューセー様の御前《ごぜん》だぞ！　かっこいいところを見せる機会だ！　ほら、誰かいないのか？」

ライエンがしきりに煽《あお》るが、誰も名乗り出なかった。

「かっこいいところを見せたいのはライエンの方だけどね」

シャオワンがクスクスと笑いながら、龍聖にそっと耳打ちをした。

「よし、ならばお前だ」

いつまでも名乗り出ないので、しびれを切らしたライエンが、一人の青年を指名した。指名された青年は、青い顔をして仕方なく前に出る。

「リューセー様、これから模範試合をお見せします。相手を戦わせない剣術とはどういうものか、よくご覧になってください」

ライエンは龍聖に向かって一礼して、相手の青年と向かい合った。腰の剣を抜いて構える。

相手の青年は、すべてを諦めた顔で剣を抜いた。

「さあ、本気でかかってこい！」

ライエンが檄《げき》を飛ばすと、それは本気でやられろということだなと、その場にいる誰もが哀れみの眼差しで青年をみつめた。青年はやけくそになって、剣を振りかぶり挑みかかった。

キィーンという金属音が響き渡り、二人の剣が打ち合った。ライエンは数度剣を交えた後、くるりと手首を回して、自在に自身の剣を操って、あっという間に相手の剣を宙へ飛ばして、間合いを詰めると、青年の喉元に剣の切っ先を突きつけていた。それはあっという間のことで、どうやったのかも見えないほどの素早さだ。

「す、すごい」

龍聖は思わず見入ってしまっていて、頬を上気させながら手を叩いていた。

「ライエン様、お見事です」

龍聖にそう褒めたたえられて、ライエンは満足そうに笑いながら、龍聖の下へ戻ってきた。

「分かりましたか？　相手を戦わせない剣術というのがどういう意味か」

「はい、よく分かりました。剣をこう手首で回しながら、相手の剣を搦《から》め捕《と》り、そのまま弾き上げたのですね？」

「その通りです。さすがリューセー様は目が良い」

「剣さばきは分かりましたが、私にはとても真似出来そうにありません。こちらの世界の剣はとても重いし……両刃で幅広です。簡単には操れないでしょう。それをこうも簡単に……ライエン様は本当にすごいですね」

「シャオワン、聞いたか？」

ライエンがニヤリと笑って言った。シャオワンは面白くなさそうに、眉根を寄せている。

「リューセー、言っておくが、今のは私にも出来るんだぞ？　だが私がやると、皆が私に気遣って手を抜いているように見えるからやらないだけだ」

シャオワンがむきになって言うので、ライエンはニヤニヤと笑う。

「オレは別に相手になってもいいんだよ？　たとえ竜王相手でも手加減するつもりはない」

二人のやり取りを見て、龍聖は楽しそうに明るい声で笑った。


数日後、龍聖は日課の語学勉強の最中だったが、その日は朝から少しばかり物憂《ものう》げで、勉強にも身が入らない様子だった。時折何か他のことを考えているようにぼんやり手を止めることは今までにもあったが、ここまでひどくなったのは初めてで、それだけ龍聖が思いつめているということだろう。バハルはそう思うと、これ以上放ってはおけないと思った。無理やりにでも聞き出そうと決意した。

「リューセー様……」

「バハル」

二人は同時に名前を呼び合っていた。驚いたように顔を見合わせた。

「あ、何ですか？」

龍聖が先に尋ねた。

「リューセー様の御用を先にお伺いします」

バハルはいつものように穏やかにそう返した。すると龍聖は視線を落として躊躇し、すぐには答えられずにいる。

「あの……な、中庭に行きたいなと思って……」

「え？」

思いがけない言葉に、バハルは思わず聞き返した。

「この前……シャオワンに中庭へ連れていっていただいて、シーフォンの方々が剣術の稽古をされているのを見て面白かったんです。それでライエン様がいつでもまた来て良いと言われたので……四と八の付く日にやっているとおっしゃっていたので、今日はやっているかなって……でも今日は朝からシャオワンは、外遊に行ってしまっているし……それでバハルにお願いしたら、連れていってもらえるかと思って……」

龍聖は少し頬を上気させながら微笑んで言った。

バハルには思ってもみないお願いだった。こんなことを龍聖の方から言いだすなんて初めてだ。バハルはとても嬉しくなって、先ほどまでの心配もすべて消え去ってしまった。

物憂げで勉強に身が入らなかったのは、このことを考えていたからなのかと思ったのだ。

「勉強はおしまいにして、今から参りましょう」


二人が中庭に着くと、すでに何人かのシーフォン達が剣を振っていた。龍聖はきょろきょろと辺りを見回して、ライエンの姿を探した。

「ライエン様はいらっしゃいませんね」

「遅れていらっしゃるのでしょうか？」

龍聖は諦めたように、広い中庭の空いている場所を歩き始めた。

「リューセー様は、剣術の稽古はなさらないのですか？」

「ライエン様からこの国の秘術の剣技を教わりたかったのです。相手を傷つけず、相手を戦えなくする剣術……とても面白くて興味を持ちました。でも、この国の剣は私の国の剣とは形が違うので、扱い方が分からない。そんな状態で、一人で剣を振っても仕方ないですから」

龍聖が笑顔でそう言ったので、バハルもニッコリと笑い返した。

「ライエン様の剣術は、私には到底真似出来ませんが、剣の扱い方ならば、私でもお教えすることが出来ますよ？」

「バハルが？　本当ですか？」

「はい、私はリューセー様の側近ですから、剣術も学びました。いざという時、リューセー様の盾になって戦います」

「バハルは本当になんでも出来るのですね」

龍聖が目を丸くして驚きながら、楽しそうに笑ったので、バハルも嬉しそうに笑った。

「でもこうして中庭を散歩するだけでもとても気持ちが良いです。ここは高所ですから風が心地いいし、緑の木々もあって……」

その時、地面にすーっと大きな影が横切った。二人が見上げると、真上を竜が飛び去っていくところだった。

「竜は大丈夫ですか？」

「はい、ああして空を飛ぶ竜はもう怖くありません。私には何もしないことが分かりましたし……近くに来たらちょっと怖いですけど……」

龍聖は足を止めると、緑の草の上にそのまま座った。バハルはその後ろに控えるよう膝をついてしゃがみ込む。

「バハル……心配をおかけして申し訳ありません」

「え？」

「ずっと私の様子がおかしいことに気づいていたのでしょう？　すみません」

バハルは龍聖の言葉に驚いて、何と返していいか分からずにいた。

「私は本当にだめですねぇ」

龍聖はそう言って、両手を上にあげると、うーんと背伸びをして、大きく息を吐いた。

「私は自分のことを、強くて器用で賢くて、一人でなんでも出来ると思っていたんです。傲慢でしょう？」

龍聖はバハルの方を向いて苦笑した。

「強くて器用で賢くならなければいけないって、ずっと思っていたんです。龍神様の生贄として選ばれたからには、神子《みこ》としてふさわしい人間にならなければと……少しくらい学問が出来るくらいでは、龍聖なのだから当然と思われてしまう……当然ではなく、さすがと言われなくてはと……そう思って努力してきたはずなのに、いつしかただの傲慢な若造になっていました。自分をとても恥ずかしく思います」

龍聖は空を見上げながら、独り言のように話し始めた。バハルはそれを黙って聞いた。へたな相槌や慰めは必要ないと思ったからだ。

「それに比べて、シャオワン様は本当に素晴らしい方です。優しくて大らかで寛容で……いつも明るくて人々を和ませるのが上手くて、とても聡明で思慮深い。シャオワン様ご自身は、自分がいつも笑顔なのは、情けないところを見られたくなくて、余裕のあるふりをしているだけだとおっしゃいます。でも本当に情けない人は、余裕のあるふりなんて出来ないし、あんなにいつも人を気遣うことなんて出来ないと思います。私はシャオワンほど心優しくて慈悲深い人を知りません。私はあの方の伴侶で良かった。私はシャオワンのことが好きで好きでたまりません。この気持ちは……こちらの世界では『愛している』というのですよね？　私はいつかシャオワンに、愛していると言いたいと思っています」

龍聖はそう言い終わると、気持ちよさそうに深呼吸をした。

「今は言えないのですか？」

バハルが恐る恐る尋ねると、龍聖はちらりと一度バハルを見て、少しだけ表情を曇らせた。

「今の私には、シャオワンに愛していると言う資格がないのです。でもこれは私が自分で乗り越えなければならない問題……いつまでもシャオワンの優しさに甘えているわけにはいかないのです。本当の意味で、強く器用で賢くならなければ……」

「リューセー様……」

バハルには、龍聖が一体何に悩み何と戦っているのか分からなかったが、今こうして凛とした表情で、自分の弱さを分かって人に言えるのだから、大丈夫なのだろうと思えた。

「リューセー様！」

声をかけられて二人が振り返ると。シャイールが立っていた。

「シャイール様」

二人が立ち上がると、シャイールが歩み寄ってきた。

「こんなところでどうなさったのですか？」

「ライエン様に剣術を教えていただこうと思ってこちらへ参ったのです」

龍聖が答えると、シャイールは眉根を寄せて残念そうな表情をした。

「それは申し訳ない。今回は私が留守番で、ライエンが兄上に付き添って外交に行っているのです。でも夕方には戻りますよ」

「そうですか……それは残念でした。ではまた別の日にお願いすることにします」

「それが良いでしょう。残念ながら、私の剣術の腕はお世辞にも上手いとは言えませんからね」

シャイールはそう言って笑いながら頭を掻いた。龍聖はそんなシャイールをじっとみつめながら、何かを考えているようだった。その変化にバハルは気づいて、様子を見守った。

「あの……シャイール様！　今、お忙しいですか？」

「え？　まあ仕事という意味でしたら、今日は仕事を休みにして、剣術の稽古でもしようと思っていたので、忙しくはありませんよ」

「もしもよろしければ、少しお話をさせていただけませんか？」

龍聖が思いつめたような顔で言うので、シャイールは少し戸惑いながらも承諾した。

「リューセー様、私もご一緒いたしますがよろしいですか？」

「ええ、もちろんです。バハルは私の側近でしょう？」

龍聖はにっこりと笑って頷いた。

龍聖達はシャイールの執務室へと案内された。

ソファに向かい合って座り、龍聖の後ろにバハルが控えるように立った。侍女がお茶を出し終わり去っていくと、龍聖が一度頭を下げた。

「お時間をいただきまして、ありがとうございます」

シャイールは驚きながらも礼を返した。

「こちらこそ……それでお話とは……改まって何でしょうか？」

龍聖はそう尋ねられて、静かに目を閉じて息を吸った。ゆっくりと目を開けると、シャイールを真っ直ぐにみつめる。

「シャイール様が重傷を負われて、元気になられた後、もう何度かお会いしてお話もしました。私はシャイール様にあの時助けていただいたことの礼を申し上げて、シャイール様も私に謝罪してくださった……シャイール様が私に謝罪されるようなことは何もないと思うのですが……。それで……その時もそれ以後も、お互いになんとなく言及を避けていたことがあると思うのです。むしろなかったことにして、このまま忘れた方が良いと……そんな雰囲気になっていたと思うのです。でも私は……このままでは本当に立ち直れないし、前にも進めません。嫌な事から目を逸らすのを止めることにしたのです。これは私の方の勝手な事情で、シャイール様は触れたくないかもしれませんが……どうか……私を助けると思って、話にお付き合いください」

龍聖はそう言って頭を下げた。

「リューセー様」

シャイールはますます驚いている。

「それはあの時のことを言っているのですよね？」

シャイールが確認するかのように尋ねたので、龍聖は頷いた。

「シャイール様が私に口づけをなさったことについての話です」

「リューセー様……ですがそれは……私はそれも含めての意味で、謝罪をしたのです。ですから……」

「シャイール様、違うのです。私は謝罪を求めているのではありません。ただ何が起きたのか事実が知りたいのです。あの時、一体何が起こり、どうしてそうなったのか……それを見ていた人から聞いた話ではなく、当事者同士の事実の話が聞きたいのです。私はあの時、この世界に来てすぐで、竜も見たことがなかった。あの混乱の中、何が起きているのかも分からず、ただただ恐怖に怯えていました。だから記憶も断片しかないのです。だから……」

龍聖はとても思いつめた顔で、そこまで言って急に言葉を止めた。言いにくいことなのか、眉根を寄せて考え込んでいる。やがて決心したように、深く息を吸い込んで視線を上げた。

「だからシャイール様に口づけをされた時も、何をされたのか分からないままで……記憶には気がついたら、口から泡を吹いて苦しむシャイール様の姿しかなくて……だから……そのせいで私は……私はいまだに、シャオワンと口づけが出来ないのです。怖くて……出来ないのです」

その告白は、シャイールにとっても、バハルにとってもとても衝撃的だった。二人は言葉を失っている。

「私は本当に起きたことを知った上で、途切れ途切れになっている記憶を繋げて、その上で忘れたいのです。そしてシャオワンと口づけをしたい……シャオワンに愛していると言いたいのです」

龍聖は必死な様子でそう言うと、深々と頭を下げて「お願いします」と言った。

「リューセー様……」

シャイールは、衝撃を受けていたが、こんな告白をされて、協力しないという選択肢はないと思った。ここまで龍聖が深く傷ついていたとは知らなかった。

「すべてをお話しします」

シャイールはそう言うと、最初から語り始めた。あの日の朝、異変を感じて偵察に向かったところから、覚えている限りのすべてを話した。

「ですから口づけと言っても、唇が少しだけ触れたかどうかというくらいで、それだけで口から私の中に何かとても熱いものが流れ込んできて、喉や胸が激しく焼けるように痛んで、苦しみ続けました。今思うと、天罰が下ったのだと思うのです。私はリューセー様の前で、良い格好をしようとしていたのです。そんなことをせず、さっさとリューセー様の手を引っ張ってでも、城の中に連れていくべきでした。あの時、リューセー様が私を嫌だと突き飛ばしてくださって良かった。リューセー様、覚えていないかもしれませんが、あそこで一番勇敢だったのはリューセー様です。倒れた私を助けようと、庇うように私に覆いかぶさってくださった。まあ……そのせいで、私はリューセー様の魅惑の香りを嗅いでしまったのですが……」

シャイールが、苦笑しながら頭を掻いたので、龍聖は少しばかり表情を緩めた。

「シャイール様、話してくださってありがとうございました」

「大丈夫ですか？」

「はい……ようやくすべてを理解しました」

そう答えた龍聖の顔はとても晴れやかだった。

いつも恐怖の象徴のように脳裏に浮かんでいた恐ろしい形相でもがき苦しむシャイールの姿も、その時の状況やどういう過程で彼が現れて、彼がどういう立場で、リューセーをなぜ命を懸けて守ろうとしたのか、なぜ口づけをすることになったのか……すべてが分かると、もう何も恐ろしくなくなった。

忠実で心優しいシャイールがひどく苦しんでいる……大変だ！　助けないと！　という場面に変化していた。怖くない。

「本当にありがとうございました」

龍聖は嬉しそうに笑っていた。


青空を、金色の竜が優雅に飛んでいた。その隣に、金色の竜よりも遥かに小さな竜が、ゆっくりと近づいてきた。

「シャオワン！　ちょっと休憩しないか？」

その竜の背に乗ったライエンが、大きな声で呼びかける。

「休憩？　このまま飛べばあと二刻ほどでエルマーンに着くだろう」

「いいから！　ちょっと寄り道をしよう！」

ライエンはそう言うと、さっさと滑空《かっくう》していった。眼下に小さな島が見える。そこを目指したようだ。

「仕方ないなぁ……みんなは先にエルマーンに戻っていてくれ、我々もすぐに戻る」

シャオワンは他のシーフォン達に指示をすると、島をめがけて降下していった。


「綺麗だな」

砂浜に立ち、辺りの景色を眺めながら、ライエンが大きく深呼吸をした。

「綺麗だなじゃないよ……まったく……君は年ばかりとって、中身は全然あの頃と変わらないね」

シャオワンが呆れたように苦笑しながら言った。

「まあまあ……たまにはいいじゃないか。お前は昔からそういうところが真面目すぎる。父親そっくりだ」

「父上が真面目だったというのは否定しないよ」

肩を竦めてそう言ったシャオワンを見ながら、ライエンは笑って砂浜に腰を下ろした。美しい遠浅の海を眺める。シャオワンも隣に腰を下ろした。

「一体どうしたんだい？」

「それはこっちの台詞だ」

尋ねたシャオワンに、ライエンが返したので、シャオワンは驚いたように首を竦めた。

「リューセー様と何があった？」

「は？」

「隠すな……何かあるんだろう？」

「なぜ？」

「オレに分からないとでも？　この前いきなり中庭にリューセー様を連れてきて……何もないわけがない。リューセー様は何か悩みでもあるようだが……お前もね」

ライエンがそう言ってニッと笑ったので、シャオワンは目を丸くしてみつめていたが、溜息をつきながら、小石を拾って海に向かって投げた。

「おじさんのくせに」

シャオワンがポツリと呟く。

「ひどい悪口だ」

ライエンが首を竦める。

「……リューセーが……まだあの事件のことを引きずっていて、痛々しくて見ていられないんだ。私ではどうすることも出来ない。どうすれば救ってやれるのか分からない。私はつくづく無力だと思う」

シャオワンの言葉に、ライエンは眉根を寄せた。シャオワンをじっとみつめる。

「どんな風に？　お前達は上手くいっているのだろう？　オレから見ればとても仲睦まじく見える」

「……上手くいっているとは思う……私はもちろんリューセーを愛しているし、リューセーも私のことを愛してくれていると思う。毎日一緒にいて、リューセーの眼差しや言葉の端々に愛情を感じる。とてもぎこちないが……確かに私を慕ってくれている。性交だって……毎日ではないけれど上手くやれているし……」

「それならば時間をかけるしかないのではないか？　嫌なことは時間が忘れさせてくれる」

シャオワンは黙ってしまった。じっと海をみつめている。

ライエンも黙って海をみつめた。

静かだった。波の音だけが聞こえる。

「口づけを拒んだ」

「え？」

「リューセーは、口づけを怖がる……シャイールのことを思い出すみたいで、ひどく怖がる。だから私達は一度も口づけをしたことがない」

ライエンは一度シャオワンの方をみつめていたが、また前に向き直り、何も言わなかった。

「別に口づけをしなくても、愛し合える。抱きしめて、想いを伝えることも出来る……私はそう思っているし、リューセーにもそう言って慰めるのだけど……リューセーはそのことで自分を責めている。私の口づけを拒んだことを……たった一度のそのことをずっと後悔していて、悩んでいるみたいなんだ……私はそれが辛くて、リューセーがかわいそうで仕方ない」

シャオワンが言い終わるとまた沈黙が流れた。

やがてふいに、ライエンがすっくと立ち上がった。

「それはお前が悪い」

そう一言言ったので、シャオワンは驚いて、立っているライエンを見上げた。ライエンが下を向いて、シャオワンと目が合うとニッと笑った。

「お前が悪い」

シャオワンを見下ろして、またそう言った。

「どういう意味だい？」

シャオワンが困ったように眉根を寄せて聞き返す。

「そんなのは決まっているだろう……。お前が無理やり強引に、口づけをすればいいんだ。どんなに嫌がろうと、泣かれようと、無理やり唇を奪え……そして教えてやればいいんだ。シャイールとは違う。口づけで倒れたり苦しんだりしない。むしろ元気になる。幸せになるってね」

シャオワンは大きく目を見開いて、何も言えずにライエンをみつめていた。

ライエンはもう一度ニッと笑うと、歩きだした。

シャオワンが慌てて立ち上がる。

シャオワンが尋ねると、ライエンは振り返らずに歩き続けた。

「どこに行く」

「ライエン！」

もう一度呼ぶと、ライエンは歩きながら振り返った。

「さっさと帰るぞ。こんなところで油を売ってる場合じゃないだろう！　さっさと帰って、朝まで口づけしまくれ！」

ライエンはそう言って笑った。

「くそっ」

シャオワンは舌打ちをして、一瞬泣きそうな顔をしたが走ってライエンを追いかけた。

「おっさんのくせに！」

シャオワンは笑いながらライエンに向かって言った。

「またひどい悪口だ！」

二人は肩を組むと笑い合った。


「戻ったよ」

シャオワンが戻ってきた。

「おかえりなさいませ」

龍聖が笑顔で出迎えると、シャオワンは龍聖をそっと抱きしめた。

「外交はいかがでしたか？」

龍聖が尋ねると、シャオワンは何も答えずに、少し離れたところに立つバハルを見た。

「バハル、少し早い時間だけど、今日はもう下がってくれないか。リューセーと二人きりになりたい」

シャオワンが笑顔でそう言ったので、バハルは一礼をした。

「かしこまりました。それでは今日はこれで失礼いたします」

バハルがそう言って、部屋を出ていくのを見届けると、シャオワンは龍聖を腕に抱いたまま歩きだした。

「シャオワン、どうなさったのですか？」

「リューセー、これから君が嫌がることをするけれど、どうか私を嫌わないでほしい」

シャオワンは部屋の中央で足を止めてそう言った。龍聖が不思議そうな顔でシャオワンを見上げている。

「シャオワン、私は貴方を嫌うことなんて……」

言いかけた龍聖の唇を、無理やり唇で塞いだ。

「んっ……」

龍聖が驚いて少しだけ抵抗するように身を捩ったが、シャオワンは強く抱きしめて龍聖を離さなかった。唇を重ねて深く吸う。そしてゆっくりと唇を離した。

「リューセー……すまない……どうしても君と口づけをしたかった。許してほしい」

シャオワンが謝罪の言葉を述べていると、その唇に、今度は龍聖の方から唇が重ねられた。背伸びをして、口づけをする。それにはシャオワンの方が驚いた。

「リューセー」

唇が離れて、シャオワンが腕の中の龍聖をみつめると、龍聖は頬をほんのりと朱《しゅ》に染めながら、潤んだ黒い瞳でみつめ返している。

「私も……シャオワンと口づけをしたいと思っていました」

「リューセー」

「ごめんなさいシャオワン……私のせいで貴方を傷つけてしまって……でももう大丈夫です。私は……貴方との口づけは怖くないのだと知っています。そして今……貴方との口づけはとても気持ちが良いのだと知りました。だから……」

龍聖の言葉は遮られた。シャオワンが口づけをしたからだ。二人は何度も何度も口づけ合った。

「リューセー、君を抱きたい……このまま抱いても良いだろうか？」

「はい」

龍聖が頬を染めて頷いたので、シャオワンは龍聖を抱き上げると寝室へと運んだ。

「シャオワン」

「なに？」

「もう……後ろからではなく、向き合って私を抱いてください。貴方の顔が見たいのです。そしてたくさん口づけてください」

「ああ……そのつもりだよ」

シャオワンは龍聖をベッドに降ろすと、軽く口づけた。

「朝までたくさんの口づけをしよう」

シャオワンがそう言って微笑むと、龍聖が両手をシャオワンの首に回した。

「シャオワン……愛しています」

「私も愛しているよ」

二人は幸せそうに微笑んで、口づけを交わした。

第3章

白い砂浜に穏やかな波が寄せては返す。その細波《さざなみ》の音を聞きながら、砂浜から少し離れた木陰で、海を眺める二人の姿があった。肩を寄せ合い仲睦まじく座っている。

「リューセー、暑くないか？」

「はい、潮風がとても心地好いです」

エルマーン王国の王シャオワンと伴侶の龍聖だった。

シャオワンが龍聖をみつめると、龍聖は嬉しそうに微笑んだ。その顔が愛らしくて、シャオワンは思わず口づけていた。その口づけを龍聖は受けながら、顔が離れてみつめ合うとまた微笑む。

「海は気に入ったかい？」

「はい、私が海を見たことがないと言っていた話……自分でもいつしたのか覚えていないのに、シャオワンは覚えていてくれたんですね。とても嬉しいです」

「リューセーの住んでいた加賀国は海に面していたのに、結局一度も海を見たことがなかったと聞いた時から、海を見せに連れていきたいとずっと考えていたんだ。連れていくならどの場所が良いかとか、いつ頃連れていこうかとか、色々と計画するのも楽しかったよ」

シャオワンが瞳を輝かせて語るのを、龍聖は笑いながら頷いて聞いている。

「この島に決めたのは、無人島であることと、小さな島であること、それから周囲に人の住んでいる他の島がないからなんだ」

「それは……どういう理由があっての条件なんですか？」

「もちろん安全のためだよ。無人島であることは必須だけど、こんな風にちょっと歩けば島の全体が分かるくらいに小さな島だと、誰かが隠れていてもすぐに見つけられる。近くに人の住む島がないなら、なおさら安全だ……君と二人きりで、こうして静かに過ごしたいからね。安全を保証出来ないと来ることが出来ないだろう？」

「そんなに警戒が必要なのですか？」

龍聖が驚いたように尋ねたので、シャオワンは苦笑しながら肩を竦めてみせた。

「もちろんここまで大袈裟《おおげさ》に警戒はしないよ……普通はね。だっていつもはシャイールやライエンがついてきてくれるし、他にも護衛の者達もいる。彼らをぞろぞろと従えて来たくなかったんだ。二人きりになることを納得させるために、場所選びを慎重にしたんだよ。昨日のうちにシャイールやライエン達が、この周辺をくまなく探索して承諾を得たから、こうして二人で来ることが出来たんだ。まあ……とは言ってもそんなに長い時間はいられないんだけどね」

シャオワンの話を聞いて、龍聖がクスクスと笑い出した。

「私は別に皆様が一緒にいらしても良かったんですよ？」

龍聖の笑顔に癒やされながら、シャオワンが目を細めた。

「私と二人きりじゃない方が良かった？」

「そんなことはありません！」

シャオワンがニッと笑って言うと、龍聖は赤くなって慌てて否定した。

「それなら良かった」

シャオワンは、龍聖の肩を改めて抱き寄せると、頬に口づけた。龍聖はうっとりとした顔で、シャオワンに身をゆだねる。二人の頬を潮風が撫でるように吹きつけていた。波の音を聞きながら、日差しにきらきらと輝く遠い水平線を、ぼんやりと見つめる。

「海は広いですね。水平線まで何もありません」

「ここからは見えないけど、離れたところにいくつかの島はあるんだよ。とても泳げる距離じゃないけど、船があれば行けるだろう。でもこの辺りには航路がないから、人は来ないんだ」

「シャオワンはこの辺りに詳しいのですか？」

「そうだね……父の……ロウワン王の時代から、我々のいる大陸も含めて、周辺の地形は調査をしているんだ。特に海洋調査はマメにしているね」

「海に何かあるのですか？」

「うん……まあ色々とね」

シャオワンが言葉を濁すように言ったので、何か言いたくないことなのかと察して、龍聖はそれ以上聞かなかった。

「海に入ってみても良いですか？」

龍聖は話を逸らすように明るい声で言った。するとシャオワンが嬉しそうに頷いた。

「一緒に行こう」

シャオワンは龍聖に手を貸して一緒に立ち上がった。そのまま手を繋いで、波打ち際まで歩いていくと、二人とも衣の裾をたくし上げて、水の中に入っていった。

「冷たくて気持ちいいですね」

龍聖が嬉しそうに言うので、シャオワンも笑って頷いた。

「時々大きな波が来るから濡れないように気をつけるんだよ」

二人は引く波を追いかけて、寄せる波から逃げてと繰り返し、はしゃいだ。時々大きな波が寄せて、膝まで波がかかり、衣が少し濡れたと二人は笑い合った。

そんな二人の様子を、穏やかな面持ちで、少し離れたところに座って見ていた金色の竜が、グルルルルッと一声鳴いた。二人は驚いたように動きを止めて振り返る。すると金色の竜は、シャオワンをじっとみつめて頷くような仕草をした。

「そうか……分かったよ。仕方ない」

シャオワンは、竜に向かって何度も頷いた。

「どうかなさったのですか？」

龍聖が首を傾げながら尋ねると、シャオワンは苦笑しながら頭を掻いた。

「そろそろ戻らなければいけない時間だ」

「そうですか……分かりました。戻りましょう……シャオワン、連れてきてくださってありがとうございました」

龍聖は心からの笑顔で礼を述べた。

「気に入ったなら、また何度でも来よう」

二人は手を繋いで、金色の竜の下へ歩き始めた。

「ジンヤン様は時間が分かるのですか？」

「そうだね。太陽の位置でなんとなく分かるようだよ。獣の勘みたいなものかな？　それと離れていても他の竜達の様子を察知できるみたいなんだ。さっきジンヤンは、シャイール達の竜の様子を通じて、シャイール達がそろそろ我らの様子を気にし始めていることを知って、早く戻らないと迎えに来るかもしれないって言ったんだよ」

シャオワンの言葉に、龍聖は目を丸くした。

「それならば戻らないと仕方ないですね」

龍聖がそう言うと、シャオワンが頷いた。

「初めての散歩だからね。行儀よくしておかないと、二度目に行かせてもらえなくなりそうだ」

二人は顔を見合わせて笑った。

シャオワンは実際のところ、ここまで龍聖が喜んでくれるとは思っていなかったので、こんなに眩しいほど輝く笑顔が見られるのならば、毎日でも連れてきたいと思った。

「ジンヤン、帰ろうか」

シャオワンが側まで来て声をかけると、金色の竜はゆっくりと頭を下げた。その大きな頭が目の前まで来ても、もう龍聖が怯える様子はない。シャオワンとジンヤンは、何気に目を合わせて安堵の色を浮かべていた。

龍聖を抱き上げて、そのままひらりと頭の上に乗ると、首を伝って背中の上まで一気に駆け上った。

「大丈夫かい?」

龍聖を降ろして声をかけると、龍聖は笑顔で「はい」と答えた。

「ジンヤン、エルマーンに帰るぞ」

シャオワンの言葉に、ジンヤンはグルルッと答えて、翼を大きく広げると、何度か羽ばたいて大地を蹴って飛び上がった。

金色の竜がエルマーンの空に現れると、待ちわびていたシャイール達が中央の塔へ急いで向かった。塔の最上部へゆっくりと舞い降りたジンヤンの背から、シャオワンが龍聖を抱いて降りてくるのを、安堵した表情のシャイール達が出迎える。

「陛下、お早いお戻りでしたね」

ライエンがニヤニヤと笑いながら言ったので、シャオワンは呆れたように肩を竦めた。

「よく言うよ、もう少ししたら様子を見に行きましょうと、シャイール達が言い出していたんじゃないかい？」

シャオワンがそう言ってシャイールを見ると、シャイールはみるみる赤い顔に変わり、焦ったように両手を振った。

「そ、そんなことはありません！　陛下が事前にきちんと周辺調査をして、安全な場所だと証明してくださっていたので、我々は信じていました。それに陛下は約束を守られるので、ほどよい時間でお戻りになると分かっていましたし……」

必死で言い訳をするシャイールを見て、龍聖がたまらず笑い始めたので、つられてシャオワンや他の者達も笑いだした。後ろでジンヤンも、グッグッグッと喉を鳴らしている。

「まあいいよ、おかげでとても楽しい時間を過ごすことが出来た。リューセーも喜んでくれたし……王の我が儘を聞いてくれて感謝しているよ。また行けたら良いなってリューセーと話していたんだ」

「それはもちろん良いですよ。我々は陛下とリューセー様が仲睦まじくなさることが何より嬉しいのですから……そのための助力は惜しみません」

ライエンが代わりに言ったので、シャイールは良いところを取られたと少しショックを受けたような顔をしている。そんな様子に、シャオワンと龍聖はまた笑った。

「皆様お世話になりました。とても楽しませていただきました」

龍聖が笑顔で言ったので、シャイールとライエンは、満足そうに顔を見合わせて頷いた。


シャオワンはそのまま仕事に戻ったので、龍聖だけが王の私室へ戻ってきた。

バハルに着替えを手伝ってもらい、お茶を飲んで一息つくと、島での話を聞かせた。

「それはよろしかったですね」

バハルは微笑みながら何度も頷いて聞いていた。

「バハルは海を見たことがありますか？」

「いいえ、私は見たことがありません……アルピンのほとんどの者が見ていないと思います。ずっと昔の祖先の中に、海辺の国で奴隷にされていた者がいたと聞くくらいです」

バハルから『奴隷』という言葉を聞いて、龍聖の表情が少しばかり曇った。それを察して、バハルがニッコリと笑って話を変えた。

「でも一部のアルピンは漁師の仕事をしているので海を知っています」

「え？　漁師ですか？　ど、どこで？」

龍聖がとても驚いて尋ねたので、バハルは笑みを浮かべて片目を瞑った。

「秘密の漁場です」

「秘密の？」

意外な言葉に龍聖が目をパチパチと瞬かせたので、バハルはふふふっと笑った。

「では今日はその辺りの勉強をいたしましょう」

「はい」

バハルの提案に、龍聖は嬉しそうに頷いた。テーブルの上に、バハルが地図を広げた。

「シーフォンが獣の肉を食べられず、魚しか食べられないのはお教えしましたね」

「はい」

「しかしエルマーン王国は内陸にあるため、国内にある湖で取れる魚しか水産資源がありません。限られた場所のため、いつか捕り尽くしてしまうでしょう。特に最初の頃はシーフォンも二千人近くいましたから……ルイワン王が、大陸の東にある海に面した国と国交を結んで、そことの貿易で魚や魚の加工品を輸入するようになりました」

バハルは地図に描かれた国や海を指さして説明をする。龍聖はとても興味深いと思って、真剣に聞いていた。

「西の方が近いのに、西の国とは国交を結んでいないのですか？」

龍聖が地図を見ながら、大陸の西側を指さした。エルマーン王国は、大陸の中では西寄りにある。距離を考えれば西の海の方が断然近かった。

「以前にもお話ししましたが、この大渓谷を挟んだ西の地は、深い湿地と荒野に覆われた土地のため、人が住みにくいのかあまり国が発展しません。昔は蛮族がたくさんの集落を作って点在していましたが、彼らには船を造り漁をするという知恵はなく、文明を栄えさせることもありませんでした。蛮族は随分数が減りましたが今でもこの地に住んでいて、僅かながらこの海岸線沿いに出来た町や村を襲うため、いまだに国が存続しにくい地域になっています。ここここに小さな港を持つ漁村はありますが、何度も滅びています」

「たしかこの辺りに小さな国がありましたよね」

「はい、それらの国は高い塀を築き、蛮族と戦いながら細々と暮らしています。この辺りでは、比較的恵まれた立地で、畑を作れる平地もあり気候も良いので、蛮族さえいなければ国を築くことが出来るのです。しかし大渓谷が間にあるため内陸の国と交易をする余裕などなく、港も持っていません」

龍聖は説明を聞きながら、地図をじっくりとみつめていた。

「こうしてみると、エルマーンのある場所も荒野で周囲には国がありませんね」

「はい、本来ならばこの土地もとても住みにくいはずですが、エルマーンのあるこの場所だけは、竜王の加護のおかげで緑が豊かなのです。この地は竜族が今の姿にされる前から長く住み続けていて、『竜の巣』と呼ばれる場所でした。ですから遙か昔からたくさんの竜の亡骸が堆積し、その魔力によって、水が湧き、緑に覆われたのだと聞かされています」

「周りが人も住めない荒野だったからこそ、この国が今まで守られていたのですね」

「そうとも言えます」

龍聖は感心したように頷きながら、地図を眺めた。

「話は戻りますが……東の海岸沿いにある国との国交により、魚を得ることが出来るようになったのですが、人間の国は我々エルマーンとは違い永遠に存続するわけではないため、国が滅びたり、国交が途絶えたりするたびに、新しい国との交渉が必要になりました。特にルイワン王の時の戦争や、スウワン王の時の様々な事件などにより、他国に頼るだけでは、安定した魚の供給は難しいのではないかと考えるようになったのです」

「この国の湖で魚の養殖はやらないのですか？」

「もちろんそういう案も出ましたが、今やアルピンの人口も二万人を超えています。すべての国民を養うには無理があります」

「でもアルピンは獣の肉を食べても良いのでしょう？」

龍聖が不思議そうに尋ねたので、バハルは頷いた。

「しかし我々アルピン達は、決して獣の肉を食べないと誓ったのです」

「え？　なぜ？」

「私も最初に誰がそう言いだしたのかは知りません。陛下からそう命じられているわけでもありません。ただアルピン達の間では親子代々そう教えられ続けているのです。どこの家族も皆、魚しか食べません。おそらくですが……もしもアルピンが獣の肉を食べたとして、万が一にもシーフォンの口に入ったらいけないと考えたからかもしれません。シーフォンの食事はすべてアルピンに任されていますから……」

「ではアルピン達が率先して、シーフォンのために肉食を止めたということですか？」

龍聖が感心したように尋ねた。バハルは大きく頷く。

「もっともアルピンはずっと奴隷にされていて、シーフォンに救われるまでまともな食生活ではありませんでした。だから別に肉が食べられなくても平気だったのです。そんなに大した問題ではありませんでした。この国で暮らすようになって、穀物や野菜、果物、魚など食料はいくらでもあります。我々アルピンにとっては、これで十分です。リューセー様も肉を召し上がらないのですよね？」

「はい、私の国では元々四本脚の獣は食べません。鳥は食べますけど……でも私は魚が好きですから、特に不自由はありません。そう言われれば、私もアルピンと同じなのですね」

龍聖が笑顔で答えたので、バハルも微笑み返した。

「あ、また話が逸れてしまいましたが……貿易による魚の供給は、確実なものではないと感じたため、ロウワン王の治世の時に、独自に漁業を営むことを考えました。それで西の海の海洋調査が行われたのです。先ほども申しました通り、西の海岸沿いに大きな国はありませんから、西側の海は手つかずで、航路もない海域が多くありました。そこでその中の島のひとつに、秘密の港を作ったのです」

「秘密の港？」

「はい、他国に公にしていない港です。漁をする船を置くためだけの港ですから、それほど大がかりなものではありません。港を造り、船を造り、漁を行い、獲れた魚をエルマーンに運んでいるのです」

「え？　じゃあ、その島に住んでいる我が国の国民がいるんですか？」

「いいえ、住んではいません。休息するための家は建てていますが、せいぜい一、二泊する程度です。漁をするアルピン達を竜に乗せて連れていき、漁が終わればアルピンと一緒に、獲れた魚も竜で運んで帰ってきます」

バハルの話を、ずっと目を丸くして聞いていた龍聖だったが、聞き終わると大きな溜息をついた。

「知りませんでした……」

「秘密ですから」

バハルは微笑みながらそう言った。

「でもどうして秘密なのですか？　他国に隠さないといけない理由があるのですか？」

龍聖は不思議そうに首を傾げながら尋ねた。その問いに、バハルは少し真面目な表情をした。

「海で獲れる魚も資源ですから、国同士の利権に関わります。西側は先ほども申し上げた通り、争う相手になるような国は確かにありませんが、本来であれば、我が国は海岸に面していない国ですから、海にまで勢力を広げたと誤解されかねません。余計な争いの種になることは避けるようにと、ロウワン王が定めたのです。ですから東の海沿いの国とは、引き続き魚を取り引きしています。いきなりやめてしまったら、それこそ疑われてしまいますから」

「そうなのですね……」

龍聖は、シャオワンがマメに海洋調査をしていると言った意味がようやく分かったと納得して頷いた。だが心に引っかかることがある。あの時シャオワンは少しばかり言葉を濁していた。

その様子は、決して『秘密の港』のせいだけとは思えなかった。もっと悪い意味合いのことを隠しているように感じたのだ。

「バハル……知っているなら教えてほしいことがあるのですが……」

「何でしょうか？」

龍聖は、島でのシャオワンとの話をバハルに説明した。

「私にはシャオワンが、あえて私には聞かせたくなくて隠したと感じられました。シャオワンがそう思ったことを、私が無理に聞く必要はないのかもしれませんが……もしもシャオワンが私を気遣って言わなかっただけならば……今の秘密の港の話と同じように、この国のことを私は知る必要があると思うのです」

龍聖の話を聞いて、バハルはしばらくの間考え込んでいた。

「それは……もしかしたら流刑地《るけいち》のことかもしれません」

「流刑地？」

「はい……シーフォンが人間を傷つけたり殺したり出来ないことはお教えいたしましたよね？」

「はい、神の罰により人間を傷つけたり殺したりしたら、その倍以上の苦しみとして我が身に返り、死んでしまうと教わりました」

龍聖の答えにバハルは大きく頷いた。

「しかしその罰のために、シーフォンはたとえ人間が我々に対してひどいことをしたとしても、罰したり報復したりすることが出来ません。ルイワン王の時の戦争を含め、我が国はたびたび人間達から狙われ続けています。人間達は竜を欲しがり、時にはシーフォン自身を欲しがります。不思議な髪の色と美しい容姿を珍しがってのことなのか、シーフォンが竜を操る特殊な能力を持っていると思ってのことなのか……理由は分かりませんが、シーフォンの子供を攫《さら》おうとする賊がたびたび現れます。そうした我が国の中で重罪を犯した者達をどう処罰すれば良いのか……極刑に近い重い刑罰を考えた末『流刑』としたのです」

「流刑……」

龍聖が深刻な面持ちで呟いた。

「植物もあまり生えていないような岩盤だらけの小さな島まで竜で連れていき、そこに置き去りにするのです。もちろん周囲には泳いで行ける距離に他の島や大陸はありません。死刑に近い刑罰です……たぶん惨《むご》い話だからリューセー様に聞かせたくないと、シャオワン様は思われたのかもしれません」

バハルはそう言いながら、龍聖の様子を窺った。バハルも龍聖がショックを受けているのではないかと、少しばかり心配になっていたのだ。

龍聖は静かに考え込んでいた。特にうろたえている様子はない。

「この国で今まで起こった事件については、いくつか習いましたし、ひどい目に遭っても、耐え続けねばならないのは、本当に辛いことだと思います。私の国でも流刑はありました。でも流刑は命があるだけましな刑罰だと思います。私の国ではもっとひどい罰もたくさんあります。ですからそんなに心配なさらずとも、私は大丈夫ですよ」

龍聖は落ち着いた様子で、バハルに対してそう述べた。

「シャオワンは心配性ですね」

龍聖がそう付け加えて、クスリと笑ったので、バハルはようやく安堵の表情を浮かべた。

「でも色々と教えてくださってありがとうございます。私はずっと考えていたのです。私には何が出来るだろうと……この国の歴史や、シーフォンのこと、アルピンのこと、竜王と龍聖のこと……学べば学ぶほど、私は何か役立つことをしなければならないと強く思うようになりました。もちろん私の役目は、シャオワンに魂精を与えることと、子を産むことです。でもそれだけではなく……今までの龍聖がそうしてきたように、竜王を支えて、この国がより豊かに発展するように、何か力添えをしたい。そう強く思うのです」

「リューセー様……ですがそんなに肩ひじを張らずともよろしいのですよ？」

バハルが気遣うように言ったので、龍聖は笑顔で首を振った。

「別に焦っているとか、無理に頑張ろうとしているわけではないのです。ただ最近本当に強く思うようになって……それは私がとても幸せだからなのです。向こうの世界にいる頃は、まさか儀式の後、本当に龍神様の住む世界に行って、そこで龍神様にお仕えするとは思っていませんでした。もちろんお仕えするために、様々な勉強などはしていましたが、それはあくまでも龍神様に捧げられる者として相応しいように、嗜《たしな》みとして身に着けるもので……龍神様を信じていないというわけではなく、命を捧げることが一番の奉仕だと思っていましたから、儀式の後は死ぬものとばかり思っていたのです。それがこんなにシャオワンに愛されて、大切にされて、シャオワンだけではなく、他の皆様にも……こんなに優しくしていただいて、私は何もしないわけにはいかないと思うようになりました」

龍聖が心からの笑顔で言っているのが分かるので、バハルは嬉しそうに何度も頷いた。

「リューセー様がそう思ってくださるだけでも十分だと思います。今、私が感じているように、リューセー様の思いは、他の者達にも伝わるでしょう。それでもリューセー様が、何か形になることをしたいと思われるのでしたら、一緒に考えてまいりましょう。でもそれは、すぐにどうこうするのではなく、これから長く続く人生の中で、ゆっくりと考えればよろしいのではないでしょうか？」

「はい、よろしくお願いします」

龍聖がかしこまったように深く頭を下げたので、バハルは焦ってやめさせようとした。するとすぐに顔を上げて笑ったので、わざとしたのだと知ってバハルは苦笑した。

その夜、シャオワンが部屋に戻ってきて、夕食の後二人でソファに並んで座り、お茶を飲みながらくつろいだ。

「お疲れではないですか？」

「今日はとても楽しい時間を過ごしたから、なんだかずっと浮かれてしまって、仕事も捗《はかど》ったんだ。だから全然疲れていないよ。君の方こそ初めての遠出で疲れたんじゃないかい？　ジンヤンの背に乗って怖くなかった？」

「はい、怖くはありませんでした。風がとても強くて飛ばされてしまうかと思いましたが、シャオワンがしっかりと抱きしめてくださっていたので安心出来ました」

龍聖の言葉ひとつひとつに、シャオワンはニコニコしながら何度も頷いた。

「実はね、ジンヤンがとても喜んでいたんだよ」

「ジンヤン様が？　何をお喜びになっていたのですか？」

龍聖は首を傾げて尋ねた。

「それはもちろん君を背に乗せて遠くまで飛ぶことが出来たからだよ。君はもう竜を恐れてはいないと言っていたけど、それでも長い時間君を背に乗せて飛んだことがないから、途中で君を怖がらせてしまうのではないかと、前の日なんて眠れないほど心配していたみたいなんだ」

「え？　ジンヤン様がそうおっしゃったのですか？」

龍聖は目を丸くしている。その様子に、シャオワンはクスクスと笑った。

「そうだよ……だけど君は怖がることもなく、島に着いた時も元気だったし、帰りも何事もなかったし……君が楽しかったと言っているのを聞いて、本当に喜んでいたんだ」

「そうだったのですか……では明日、改めてお礼を言いに伺います。あ、私が伺っても大丈夫ですか？　シャオワンと一緒の方がいいですか？」

「もちろん良いよ！　良いに決まっている。ジンヤンが喜ぶよ。君がオレと一緒でないと行きにくいようなら時間を作るけど……もしも君一人でも構わないようなら行ってくれるかな？　もちろんバハルはお供《とも》するだろうけど」

「はい、私は一人でも大丈夫です」

「そう、じゃあよろしく頼むよ。このことはジンヤンには秘密にしておこう。きっと驚くよ」

シャオワンが悪戯を企む少年のような顔で、ニヤリと笑いながら言ったので、龍聖は一瞬驚いて目を見開いたが、すぐに吹き出して楽しそうに笑った。

ひとしきり二人は笑い合い、シャオワンは龍聖の肩を抱き寄せて何度も頬に口づけた。龍聖は少し恥ずかしそうに頬を染めながらも、心から幸せを噛みしめていた。

龍聖はシャオワンがこうしてしょっちゅう抱きしめたり、頬や瞼などに何度も口づけをしたりするのは、魂精を必要としているからなのかと思っていた。そういうわけではなく、シャオワンが龍聖を愛しているからなのだと聞いた時も、所謂《いわゆる》性交に関連するような行為……つまり性的欲求からそういうことをするのだと解釈してしまい、朝でも昼でもそのようなことをされたら、性交に応じなければならないと勘違いしていた。

唇への口づけを拒んでも、龍神様に尽くさなければならないという使命感はあったので、そんなにいつも性交を求められるものなのかと驚きもした。

しかしシャオワンは、そんな時に決して性交を求めない。もちろん夜伽《よとぎ》は求められるが、夜以外では滅多に求められることはない。

それでようやく、抱きしめられたり体を触れ合わせたり、たくさん口づけをされたりするのは、直接的な性欲からのものばかりではなく、愛情表現という意味での行為なのだと理解することが出来た。

そして理解した時、恥ずかしさと共に幸せを感じるようになったのだ。

大和の民である龍聖には、なかなか慣れることはない行為だが、心から嬉しい。言葉で愛情表現をされるのも、本当に幸せなことだと思う。

シャオワンの低く優しい声で「愛している」と囁かれると、胸がきゅっと苦しくなる。シャオワンの愛情を感じるからだ。逞しい腕に抱きしめられるととても安心する。頬に口づけられると笑みが零れる。そして唇への口づけは、とても甘くて優しい。

すべてが愛に満ちていて、愛されていることに疑う余地もない。こんな幸せなことがあるだろうか？　大和の民の夫婦の姿とはまったく異なるが、このような愛情表現の形に慣れてしまったら、もしかしたらそれがないと寂しく感じてしまうのだろうか？

龍聖はシャオワンの顔を間近にみつめながら、そんなことを考えていた。

「何だい？　私の顔に何かついている？　そんなにみつめられたら穴が空いてしまいそうだよ」

シャオワンが微笑みながら龍聖の顔を覗き込んで言ったので、龍聖は我に返って赤くなった。

「あ、いえ、あの……シャオワンがこうして抱きしめてくださったり、口づけてくださったりするのは嬉しいのですが、なかなか慣れなくていつも少し恥ずかしく思ってしまって……だけど慣れてしまったらどうなるのだろうと考えていたのです。寂しくなるのだろうかと……」

龍聖の思いがけない言葉に、シャオワンは嬉しそうに目を細めた。

「君は本当に清々しい気性だね。奥ゆかしさがあるのに、時にはそんな風にはっきりと思ったことをありのままに口にする」

「あ、何か失礼なことを申しましたか？」

龍聖が少しばかり焦っているので、シャオワンはクスクスと笑ってその額に口づけた。

「失礼どころか、とても嬉しいことを君は言ったんだよ」

シャオワンにそう言われて、龍聖は見当がつかないのかきょとんとした顔をしている。

「大和の国では、夫婦がこんな風に愛し合うことはないのかい？」

「ありません！　……たぶん……」

龍聖が赤くなって慌てて言い返したが、すぐに自信がないというように声が小さくなった。

「私自身が向こうにいた頃にそういう経験がありませんから、一概に断言は出来ないのですが、少なくとも私の両親はそんな風にはしていませんでした。そりゃあ……もちろん……子を儲《もう》けていますから、愛し合い睦み合っていたと思いますが……普段は両親が手を握ったところも見たことがありません。他の家だって……夫婦が並んで道を歩くこともありませんし……」

「大和の国は不思議なところなのだね」

シャオワンが驚いたように言ったので、龍聖は困ったように眉根を寄せた。

「私にはこの国の方が不思議です」

龍聖の切り返しに、シャオワンは思わず吹き出すと、大声で笑いだした。

「そ、そんなに笑わなくとも……」

「ああ、ごめんごめん……そうだね、国によって文化や風習が違うのは、この世界だってよくあることだ。大和の国と我が国が違うのは当然だ。それでリューセーは恥ずかしがるのだね」

「はい」

「じゃあ、早く慣れてもらうためにも、もっともっと愛し合わねばならないな」

シャオワンはそう言って、龍聖の唇にそっと口づけた。

「シャオワン」

龍聖が恥ずかしそうに頬を染めたので、今度は深く口づけた。シャオワンにとっても、龍聖にとっても唇での口づけは特別なものだった。

龍聖が降臨した際に起きた事故のせいで、龍聖はしばらくシャオワンの口づけを拒んだことがあった。だからそのトラウマから解放されて、龍聖が唇への口づけを許した時が、シャオワンにとっては自分の愛を心から受け入れてもらった時だと思っていた。そして龍聖もまた、シャオワンと口づけをした時が、本当に夫婦になれた時だと思っている。

シャオワンに口づけられると、龍聖もそれに応えようとして、まだぎこちなくはあるが口づけを返す。二人は深く浅く、何度も唇を重ね合った。

「リューセー……寝室へ行こうか？」

「はい……」

龍聖は小さく頷いた。

龍聖にとってなかなか慣れないのは、性交もそうだった。慣れないと言っても、交わるのが辛いとか痛いとかそういう意味のものではない。

シャオワンは、とても優しく抱いてくれる。決して無理強いはしない。龍聖が気持ち良く交われるようにと、とても気を遣ってくれているのをいつも感じる。毎回がまるで初めての交わりのように、優しく丁寧に龍聖の体を愛《め》でるのだ。

シャオワンの大きな手が、龍聖の体を隅々まで撫でて愛撫する。乳首や脇腹、内腿など龍聖が感じやすい弱い部分を、そっと触れるように口づけて、指先で撫で舌で愛撫する。後孔も丁寧に解し、時間をかけて開いていく。

やがて龍聖の唇から甘い吐息が漏れ、艶やかな喘ぎが零れると、ようやく龍聖の体が準備出来たのだと安堵し、彼の熱い昂りをゆっくりと挿入するのだ。

「あっあぁんっ……シャオワン……あぁ」

龍聖は切ない声を上げた。体の中に熱い塊が、肉を割って入り込んでくる。痛みも不快感もない。ただ得体の知れないじわじわとした快楽が背筋を駆け上り、もっと深い所まで入ってきてほしいという欲望が湧き上がる。

「リューセー……苦しくないかい?」

深く根元近くまで挿入すると必ずシャオワンが優しく尋ねる。龍聖は上気した顔を声もなく振るだけだ。口を開けば「気持ちいい」とあられもない言葉が出てしまいそうで、きゅっと唇を引き締める。

シャオワンが、両手でしっかりと龍聖の腰を摑むと、腰を前後に動かし始めた。

「ああぁっ……んんっんふっ……ああっあぁっ」

シャオワンの腰がゆっくりと動いて前後し、熱い肉塊が抽挿されるたびに、龍聖はせつない声が漏れてしまう。

「リューセー……愛しているよ……」

シャオワンが甘い声で囁いて、腰の動きを速めた。広げられた交わり合う場所が、湿った厭らしい音をたてる。

龍聖は、自分の中を出入りする熱い塊を意識していた。内壁を擦られて、その熱さに体が震えた。性交とは、体を交わらせる行為。体を繋げて、愛を注ぎ込む行為。今自分の中に入り込み、中を掻き回すように抽挿する肉塊は、愛するシャオワンの性器で、欲情して硬く昂っているのだ。やがてその肉塊から、熱い精液が放たれて、龍聖の中に注ぎ込まれる。

性交とは、子を作る行為だが、精液を相手の中に注ぎ込むだけの行為ではない。こうしてシャオワンが愛情を示し、龍聖の体を隅々まで愛おしみ、龍聖がそれを受け止めて喜びを感じる行為だ。

朦朧とする意識の中で、そのことを考えて、喜びに体を震わせた。気持ちいいと思うことは、決して恥ずべきものではない。シャオワンの愛情を感じるから、気持ちいいと思うのだ。

こんなにも愛してくれていることを喜ばない方がおかしい。気持ちいいと素直に感じて良いのだ。

それはなかなか慣れないものだが、頑張って受け入れよう。シャオワンが言うように、子作りだけが目的ではない。愛しているからこそ、体を重ねて共に快楽を求め合いたい。シャオワンに愛されたい。抱きしめられたい。口づけられたい。

「あぁっあっあっ……シャオワンっ……あぁぁぁっ……シャオワン……」

龍聖が体を震わせながら、大きく喘いだ。両手がシャオワンの背中を掻いて、腰が跳ねる。龍聖の性器から無色の愛液が放たれて腹の上に飛び散った。

シャオワンの腰が細かく震えて、龍聖の中に精を注ぎ込む。

『気持ちいい』

龍聖は朦朧とする意識の中でそう思った。

性交は気持ちいい。認めることに羞恥があったが、それでも嘘偽りない感想だ。快楽に満たされる体が気持ちいいのはもちろんだが、性交の後の心も気持ちいいと思った。言葉と行為で、シャオワンが愛情を示してくれるのだ。これ以上に心が満たされることがあるだろうか？

性交の途中で、うっすらと目を開けて見ると、頬を上気させて恍惚《こうこつ》としたシャオワンの表情が見えた。シャオワンもまた『気持ちいい』と思ってくれているのだ。それを知ると、心が喜びでいっぱいになる。

だからなかなか慣れないと言いながらも、性交を求められることは嬉しかった。

いまだ子が出来ないことを気にするべきなのだが、それよりも体を求められることに喜びを感じ、性交の快楽に身を委ねることを期待してしまう。そんな自分は、間違っているのだろうか？

ようやく熱が冷め、乱れた息が整い、快楽の余韻に浸っていると、シャオワンが優しく体を抱きしめてくれた。大きな腕に包み込まれて、龍聖がゆっくりと目を開けると、目の前に金色の眼差しがあった。

「シャオワン」

「大丈夫？　辛い所はない？」

シャオワンの気遣いに、龍聖はそっと口づけを返した。シャオワンがそれを受け止めて、深い口づけを返してくる。舌が絡まり、龍聖は心地よさにうっとりとした。もっと口づけをしたくて求めると、シャオワンが応えるように唇を重ねる。激しく口づけ合って、また息が乱れてしまう。厭らしい気持ちが沸々《ふつふつ》と湧き上がり、体の熱が戻ってくる。

『気持ちいい』

龍聖はまた思った。自分の性器が熱くなっているのを感じる。後孔がひくひくと蠢《うごめ》き、シャオワンの熱い昂りを受け入れたいという欲望が芽生える。

それは恥ずべき衝動なのだろうか？　一瞬そう思ったが、それを打ち消すように、シャオワンが龍聖の腰を抱き、股の間を割って再び昂りを押しつけてきた。

「あぁぁっ……シャオワン」

思わず声が漏れる。

「リューセー……すまない……もう一度だけ……」

シャオワンがそう耳元で囁いて、先ほど以上に大きく膨れ上がった肉塊を、龍聖の中に深く挿入した。すでに解れている後孔は容易にそれを飲み込み、一気に最奥まで深く入ってきた。

「あっあっあっあっ……深いっ……あぁぁっあんっあっ」

龍聖は身を捩らせて喘いだ。もう何も考えられない。恥じる暇もない。足を開き、もっと深い所に受け入れようと腰を揺らす。それに誘われるように、シャオワンが先ほどよりも激しく腰を動かした。突き上げるように大きく腰を前後させる。

「リューセー……リューセー……」

何度も名前を呼ばれて、龍聖は喜びに震えた。

二度目の絶頂に、意識がなくなりそのまま眠りに落ちてしまった。

目を覚ますと辺りは少し明るくなっていた。窓にかけられた遮光幕の隙間から、明るい朝の光が零れている。

龍聖は起き上がりたかったが、まったく身動きが取れない状態だった。なぜならしっかりと抱え込まれるように、シャオワンに抱きしめられていたからだ。

シャオワンは横向きに少し丸くなって眠る癖がある。そして大抵は、龍聖を懐に抱え込むようにして眠るのだ。そのため龍聖はいつも目覚めると、まず目の前にシャオワンの鎖骨を見ることになる。

しかし今日は少しばかり景色が違った。龍聖が寝返りを打ったせいなのか、シャオワンに背中を向ける形で抱え込まれていた。

龍聖はシャオワンの方を向きたくて、もぞもぞと体を動かした。するとそれに反応してか、シャオワンの腕が緩められた。その隙に体の向きを変えて、シャオワンの胸に顔を押し付ける。

「ん……」

シャオワンが小さく唸って、龍聖の体を抱き直すようにぎゅっと抱きしめてきた。龍聖はシャオワンを起こしてしまったかと様子を窺ったが、その後の動きはなく、まだ眠っているようだ。

龍聖は思わず笑みを漏らすと、シャオワンの逞しい胸板に頰をすり寄せた。幸せで嬉しくて笑みが零れる。毎日が幸せに満ちている。

龍聖がこの世界に来て間もなく一年が経つ。一年も経ったなんて信じられないくらいに、あっという間に日々が過ぎた。この世界に来て最初に起きた事件も、普通に話せるくらいに過去のことになった。それはすべてシャオワンのおかげだ。龍聖を全身全霊かけて愛してくれる。包み込んでくれる。いつも笑顔で明るくしてくれる。

『神様なのに』と最初は驚いた。こんなに気さくな神様がいるのかと思った。シャオワンは『私は神様なんかじゃないよ』と言うけれど、髪や目の色などの外見的な部分だけではなく、竜を半身に持ち、男である龍聖の体を子供を産めるように変えてしまうのだから、やはり神様みたいなものだと思う。

でも一年近く住んで、この世界が『あの世』とは違うことは理解した。シーフォン以外の人々、アルピンや他の国の人々は龍聖と同じ普通の人間だ。龍聖のいた世界のように、普通に暮らし、国を造っている。

ただひとつ確かなことは、この世界と龍聖のいた世界はまったく違うものだということ。この世界中をどんなに探しても、日《ひ》ノ本《もと》はないし、加賀国もないのだ。

龍聖が今も生きて、こんなに幸せであることを、守屋家の人達に伝える術《すべ》はない。前の龍聖もその前の龍聖も、みんな同じように、この世界で、エルマーン王国で、竜王に愛されて幸せに生きたということを、守屋家の人々は知らないのだ。

儀式に立ち会えるのは本家の当主と嫡男だけ。彼らは目の前で光と共に忽然《こつぜん》と消えてしまった龍聖をどう思っているだろう？　『神隠し』だと驚いて、龍神様への信仰はさらに深まり、儀式を続けていかなければと改めて思わされただろう。だが消えた龍聖がどうなったのかは分からないから、龍神様の下へ行くというのが、『あの世』へ行くというような解釈になるのかもしれない。

実際のところはっきりとは言わないまでも、そういう言い方で儀式のことを教えられた。だから龍聖も、龍神様の下へ行くというのは『あの世』へ行くということだと思っていた。

龍成寺の和尚様が『龍聖が龍神様の下で幸せに暮らし、お仕えし続ける限り、龍神様は守屋家に加護をもたらしてくださるのだ』と言っていたのも、そういう比喩だと思っていた。

和尚様自身も龍聖のその後を知っているわけではない。龍成寺の初代住職で初代龍成《たつなり》の妹である恵《え》蓮尼《れんに》が『兄は龍神様の世界で幸せに暮らしている。龍神様が兄との暮らしに満足している間は、守屋家に加護をもたらすだろう。だから龍神様との約束通り、次の龍聖が生まれたら必ず儀式を行うように』と告げた言葉を、受け継ぎ続けているだけだ。

なんとかして守屋家の者達に伝える術はないのだろうか？　もしも伝えることが出来れば、きっと次の龍聖は不安に思うことなく儀式を行ってこの世界に来れるのに……。

龍聖がシャオワンの胸に顔をすり寄せながら、ぼんやりと考えていると、ふいに頭を優しく撫でられた。

「シャオワン」

龍聖が顔を上げると、シャオワンが微笑んでいた。

「おはよう」

「おはようございます。あの……申し訳ありません。私のせいで起こしてしまいましたか？」

龍聖がほんのりと頬を染めながら、少し焦って尋ねると、シャオワンはクスクスと笑った。

「そうだね。君が可愛く私の胸に頬ずりするものだから、こそばゆくて目が覚めてしまったよ」

「あっ！　も、申し訳ありません！」

龍聖は思わず飛び起きそうになったが、シャオワンに抱きしめられているので身動きが取れない。耳まで赤くして、必死にシャオワンをみつめながら謝罪の言葉を繰り返した。

「そんなに謝らないでおくれ。私はとても心地よく目覚めたのだから、むしろ嬉しいくらいだ。君の起こし方は、実にかわいい」

「そんなっ！　わ、私は別に起こすつもりはなかったのです。申し訳ありません！」

龍聖は真っ赤になって首を振る。それをシャオワンが笑いながらみつめていた。

「ふふふ……じゃあ……そうだな、君が私の胸に頬をすり寄せながら何を考えていたのか、教えてくれたら許してあげよう」

「え……あ……」

龍聖は言葉に困って目を伏せた。頬が熱くなる。しばらく考えて観念すると、じっとシャオワンをみつめた。

「幸せを噛みしめていました。こんなに愛してもらえて幸せだと思って……向こうにいた頃は、まさかこんな風に生きられるとは思っていなくて……龍神様の生贄になると皆が誤解しているので、私の家の者達にこうして私は幸せに暮らしているのだと伝えることが出来ればいいのにと考えていました」

龍聖は恥ずかしい気持ちをこらえて、シャオワンから視線を逸らさず真っ直ぐな眼差しで語った。

シャオワンはそれを聞いて、大きく目を見開いた後、その目を細めて嬉しそうに笑った。

「そうだね。君がこんな風に幸せだと言って笑ってくれるから、私も幸せな気持ちになれるんだよ。それを君の家族に教えたいね。きっと安心してくれるだろうに」

シャオワンは言い終わると同時に、龍聖に唇を重ねた。啄《ついば》むような軽い口づけの後、頬と瞼と額にも口づけた。

「私のかわいい龍聖……いつまでも幸せだと思ってもらえるように、私も頑張るよ」

シャオワンはぎゅっと龍聖を抱きしめた。


その日の昼食後、龍聖は中央の塔の最上階を目指して、バハルと共に階段を上っていた。龍聖だけでジンヤンに会いに行くのは初めてで、内心ドキドキしていた。しかし怖いという気持ちはまったくない。緊張と好奇心が入り交じったドキドキだった。

あと数歩で最上階というところで、龍聖は一度足を止めて大きく深呼吸をした。

「リューセー様？　大丈夫ですか？」

急に立ち止まって、深呼吸を始めた龍聖の様子に、バハルは心配そうに声をかけた。

「ああ、大丈夫です。ちょっと気持ちを落ち着けようと思って……参りましょう」

龍聖は自分に言い聞かせるように、バハルに答えて力強く最後の数段を上った。

扉をゆっくりと開けて、恐る恐る部屋の中へと入った。そこはとても天井が高い大きな部屋だった。

中央に金色の竜が丸くなって寝ていたが、突然の龍聖の来訪に、驚いたように長い首を持ち上げて体を起こした。

「ジンヤン様、突然伺って申し訳ありません」

龍聖は部屋の中に数歩入ったところで立ち止まり、深々と頭を下げてあいさつをした。

ジンヤンは目を丸くして龍聖をみつめている。

「あの……お礼を言いたくて……昨日のお礼です。ちゃんとジンヤン様に言っていなかったので、どうしてもお伝えしたくて参りました。今、よろしいですか？」

龍聖は少し高揚した表情で、ジンヤンの顔を見上げながら、出来るだけ大きな声でそう述べた。

するとジンヤンが何度か瞬きをした後、グルルルッと鳴いた。それはとても優しい鳴き方で、龍聖を脅かさないようにそっと鳴いたように感じた。

龍聖にはジンヤンの言葉は分からないが、また頭を下げた。

「ありがとうございます。それではあの……お礼の言葉を述べさせていただきます。昨日は遠くまで連れていっていただきありがとうございました。シャオワンが片道一刻ほどの距離だと言っていましたが、私にとっては初めての遠出で、少し緊張していたのです。でもジンヤン様が私を気遣ってあまり体を揺らさないように飛んでくださったので、少しも怖くありませんでしたし、空の上はとても気持ちが良くて楽しかったです。貴重な体験させていただきありがとうございました」

龍聖は一生懸命に礼の言葉を言って、何度も頭を下げた。

ジンヤンは、頬を染めながら一生懸命に大きな声で話し、ぺこぺこと何度も頭を下げる龍聖が、とてもかわいいと思い目を細めながら聞いていた。

「それでまたあの島に行きたいと思うので、その時は乗せていただいてもよろしいですか？」

龍聖が尋ねると、ジンヤンは目を細めたままでグルルッグルルッと優しく鳴いて頷いた。言葉は分からないが明らかに承知してくれているのが分かったので、龍聖は満面の笑顔でジンヤンを見つめた。

「ジンヤン様、ありがとうございます。ああ、良かった」

龍聖が後ろに控えて立つバハルの方を振り返り笑うと、バハルも微笑みながら頷き返した。

「今日は突然伺って失礼いたしました。私はジンヤン様の言葉が分からないので、一方的に話してしまって申し訳ありません。でもどうしてもお礼が言いたかったので来てしまいました。次はシャオワンと一緒に来て、通訳をしていただきますね」

龍聖がそう言うと、ジンヤンがグッグッと言いながら頷いた。確かに龍聖の言葉は通じているのだと分かり、嬉しくて、もう一度丁寧にお辞儀をした。

「それではまた参ります。失礼いたしました」

別れのあいさつをすると、龍聖は達成感に満ちあふれて部屋を後にした。

「よろしかったですね」

階段を降りながらバハルがそう声をかけたので、先を降りていた龍聖は「はい」と返事をした。

「やはりジンヤン様はシャオワンの半身ですね。話をしていてなんだかシャオワンと話をしているような気持ちになりました」

「そうですか？」

「はい！」

意外な言葉にバハルが少し驚いたように聞き返すと、龍聖は笑顔で力強く頷いた。

「とても優しくて寛容なお方です。ジンヤン様は」

龍聖はそう言って、ふふふと笑った。

バハルはそんな龍聖の様子に、心から安堵していた。もう本当にあの事件による心の傷は癒えたのだと確信したからだ。シャオワンとの仲も、皆が羨むほどに仲睦まじい。バハルは本当に良かったとつくづく思った。

「あ、バハル、部屋に戻ったら相談したいことがあるので良いですか？」

龍聖が歩きながらふいにそう言ったので、バハルは「かしこまりました」と答えた。

「今までのリューセー様が行ったことをすべて洗い直す？　と申しますと……」

部屋に戻り、龍聖が相談したいこととして語った言葉に、バハルは不思議そうに首を傾げた。

「私はリューセーとして、この国のためになることを何か出来ないかと考えました。でも私は今までの龍聖様のような改革は出来ません。エルマーンの歴史を学べば学ぶほど、本当に歴代の龍聖様は、とても素晴らしい改革をご提案なさり、それを実践してこられたと思います。この国をさらに発展させるために、他に何をすればいいかと考えても、新しい発想がまったく浮かびません。機織《はたお》りや木工技術の発展、町の整備、新しき農作物の栽培、医師の育成や薬草研究……どれも本当に素晴らしいです。今のエルマーンがあるのはすべてこれら歴代の龍聖様が行った改革のおかげだと思います」

龍聖が真面目な顔で説明するのを、バハルは頷きながら聞いていた。

「エルマーンは豊かな国になっています。アルピンの人口も今は二万人まで増えて安定しています。ですがこの国の広さを考えればまだまだ少ないと思います。この世界の他の国と比較しても少ない方だと聞きました。シーフォンは子供が出来にくいと聞きましたから、人口増加にはまだ様々な問題があるかもしれませんが、アルピンは多産な種族ですよね。それなのに大幅に増加しないのは、まだ何か問題があるのではないかと思いました」

龍聖の話が想像を超えていたのか、バハルは目を丸くしている。

「この国が出来たばかりの頃、アルピンは二千人ほどしかいませんでした。それが十倍にも増えたのですから、私はてっきり今が一番安定して問題なく栄えているのだと思っていました。どうしてリューセー様は少ないと思われるのですか？　先ほどこの国の広さに対してとおっしゃいましたが、人の住む町があり、田畑があり、森や草原が広がるのは国が豊かでいいのではないですか？　別にすべての空いている土地いっぱいに人が住む必要もないでしょう？」

　バハルが疑問を龍聖に投げかけた。

「もちろんみっしりと人が住む必要はありません。ですが、テラスから見える景色で判断しただけでも、この国の中で人が住んでいる地域は全体の一割もないと思います。城下町にしても町の広さはともかく、家々が密集して建っているわけではありませんから、まだ余裕がありますよね。私が住んでいた加賀国は、日ノ本の中の一国にすぎませんでしたが、もっとたくさんの民が住んでいました。加賀国全部の人の数は知りませんが、金沢という城下町だけでも十万人ほどが住んでいました」

「城下町だけで十万人ですか⁉」

　バハルがとても驚いたので、龍聖は不思議そうに首を傾げた。

「でもこの世界にだってそれくらいの民がいる国はいくつもあるでしょう？」

「確かに……十万や二十万人いる国はいくつかありますが……一国での話です。リューセー様のいらした加賀国の城下町だけで十万人なのでしょう？　それも加賀国とは日ノ本の中の一国……大和の民は一体何人いるのですか？」

「さあ……分かりませんが、将軍様……日ノ本を治める王のようなものですが……将軍様がお住まいの江戸という町は、金沢の何倍も人がいます」

「金沢の何倍も？　では五十万人とかもっといるかもしれないということですか？」

「はい」

バハルは驚きすぎて絶句してしまっていた。龍聖は困ったように少し考えてから、我に返り慌てて首を振る。

「バハル、待ってください。今はその話ではなくて……私は何もそこまで増やすべきとも思っていません。そういうことではなく……この国の広さに対してと申し上げたのには理由があるのです。国の広さに対して人口が少ないと、国政上で支障が出るのではないかと思ったのです」

「支障ですか？」

「はい」

バハルも気を取り直したように、改めて龍聖の話を聞いた。

「私はバハルから習ったこの国の歴史や内政、シャオワンから聞いたことなどから、勝手に想像して話をしているだけですが……」

龍聖はバハルに誤解をされないようにと前置きをした。

「人手が足りないのではないかと思ったのです」

「人手……」

「この国の働き手のほとんどがアルピンです。シーフォンは四百人ほどしかいませんから、国政の様々な役回りの長として働くことで手一杯ですよね。兵士は何人ほどいますか？」

「……千五百人ほどだと思います」

「アルピンの一割ほどですよね。我が国は他国と絶対に戦争をしませんから、兵士は国内の防衛のためだけにいる。ですからそんなにたくさんは必要ありません。それでも城内と国全体を警備するには少ないと思います。侍女達や工房で働く人々、農民の人々……二万人の中で働き手は何人ほどですか？　老人や子供を除けば、おそらく半分……一万人ほどですよね？　すべての仕事に割り振ると、とても手が足りないのではないですか？　我が国の貿易品となっているエルマーン織の布は、諸外国からとても人気があり、国交を結んでいるすべての国と取り引きするには全然足りないと聞きました。木工家具もそうです。機織りの手も足りない上に、材料であるパンポックを栽培する畑も足りないそうですね」

龍聖の言うことは、すべて当たっていた。しかしエルマーン王国としては、それを深刻には考えていなかった。長い年月をかけて、少しずつアルピンの人口は増えてきた。貿易も盛んに行われ、国が豊かになったと思う。

それよりもシーフォンの数が増えないことの方が深刻で、代々の竜王が頭を悩ませてきた問題だ。

「それに最初のバハルの質問に話は戻りますが、二千人のアルピンが十倍の二万人に増えたのだから安定していると言いましたが……豊かな土地があり、衣食住には困ることなく、貧富の差もなく、戦争もなく、医師もいる。これほど恵まれた環境にいれば、人口が増えるのは当然です。でも建国から千年余り経って、まだ十倍というのは少なすぎるのです。シーフォンではなく、アルピンですよ？　多産の種族で、母親は平均四人の子を産むというのに……私の生まれ育った二尾村は、龍神様のご加護のおかげで、作物に恵まれていたので、周辺の村に比べれば豊かでしたが、疫病が流行《はや》れば、老人や子供はそれなりに亡くなっていました。それでも人が増えて……土地が限られていたので、増えすぎると村では養えません。ですから出稼ぎに出したり女は外に嫁に出したりしていました。増えすぎて困るくらいだったのです。ですからこの国は……アルピンの人口がもっと増えても良いはずなのです」

龍聖が真剣な様子で語るので、バハルも真剣な顔でしばらく考え込んだ。だが答えは見つからないようで、困ったように首を傾げた。

「リューセー様、確かにおっしゃる通りですが……ではリューセー様はそれをどうすればいいとお思いですか？」

「分かりません」

龍聖があっさりとそう答えたので、バハルはどう反応して良いか分からず戸惑った。そんなバハルの様子を見つめながら、龍聖は落ち着いて話を続けた。

「最初に言った通り、私にはその問題を解決するための新しい改革は思いつきません。でも歴代の龍聖様が様々な試みをして、それなりの成果を上げているにも関わらず、多産であるアルピン達が大きく増加しないのは、きっと何か問題があるからだと思うのです。少なくとも私は今の倍の人数は、この国に必要だと思っています。アルピンが増えれば国が潤い、生活ももっと楽になるはずです。そうすればシーフォンの人口も増えるかもしれません」

「本当ですか⁉」

バハルが思わず身を乗り出したので、龍聖は苦笑して首を振った。

「バハル、さっき言った通り、これは私が勝手に想像して話しているだけです。あくまでも仮説です。私としてはとにかく出来ることをひとつずつやるしかありません。それぞれの龍聖達の行いは今もこの国で守られ引き継がれています。でもすべては昔のまま……機織りも、木工細工も、農耕も、町の整備も、その時代のままです。機織りを広めたのは二代目龍聖様ですよね？　あれから千年近くが経っていますが、機織りの機械は改良されているのでしょうか？　伝統として守り受け継いでいくことは大事ですが、千年前と今では国交を結んでいる国の数も違いますし、エルマーン織の価値も変わっています。もっと効率よく布を織れるように、機械を改良する必要はないでしょうか？　町の整備を行ったのは三代目龍聖様ですね。今もその時の手法に倣《なら》って家を建て替えているようですが、もっとアルピン達が住みやすい家にできないでしょうか？　今の家で本当に問題ありませんか？　そういうことをひとつひとつ洗い出して、調査して、研究して、考える必要があるのではないかと思いました。それが私に出来ることだと思います」

龍聖は最後まで落ち着いた口調で説明することが出来た。こういう話は感情的に言っては駄目だと思っていた。自分がかつて龍神様に対して強い信仰心を持っていたように、この国の者達が龍聖に対して同じような思いを持っていると知った。だから下手な話の持っていき方で、歴代の龍聖の行いを否定するように勘違いされてしまったら、最後まで話を聞いてもらえなくなる。事実のみを淡々と語ることにした。龍聖は話し終えて、大丈夫だろうかとバハルを見つめた。バハルは大きく目を見開いたまま固まっている。

「バハル？」

龍聖が声を掛けると、はっとしたように我に返り、少し高揚した表情で龍聖を見つめ返した。

「リューセー様……とてもすばらしいお考えです。いつからそのようなことを考えていたのですか？私は感動で胸がいっぱいです」

バハルはそういって、両手を胸に当てた。

「大袈裟ですよ……でも私の話を分かっていただけて嬉しいです」

龍聖は少し緊張が解けたのか、ニッコリと笑みを零した。

「時間がかかることですが、手伝ってくれますか？」

改めてバハルに尋ねると、バハルは大きく頷いた。

「もちろんです。私に出来ることでしたら、なんでもお手伝いいたします」

「ありがとうございます。時間はたっぷりありますから、焦らずに頑張りましょう」

そう言った龍聖の言葉に、バハルは内心驚いていた。本当はバハルが言うべきセリフだったからだ。

バハルは龍聖の側近になるための教育の中で、龍聖の精神面について様々な教えを受けていた。大和の民はとても真面目で勤勉で責任感が強い。もちろん龍聖以外の大和の民を知らないが、歴代の龍聖から受ける印象はそのようなものだ。

そしてそういう性格だからこそ、自身の役目について、とても強く責任を感じ、また悩んでも一人ですべてを抱え込んでしまうところがある。そのため側近は、常に龍聖の精神状態に気を配らなければならないと教えられた。特に年月の流れの感覚についての違いを、教え込む必要があった。

真面目で勤勉な龍聖は、何事も早く結果を出さなければならないと焦り、時間がかかってしまうことにひどく責任を感じて、自身を無能だと悲観する傾向にある。

しかしシーフォンは長命であるため、普通の人間とは時間の感覚が違っている。ひと月程度で結果を求めるのではなく、一年二年と、年単位で長く待つのも当たり前のことだった。

それを龍聖に理解させ宥める必要がある。そう教えられていた。

だから今のような話になった時、これまでの龍聖であれば、早く結果を出そうと焦るはずだから、側近の方から『時間はたっぷりありますよ』と宥めなければならないはずだった。

「どうかしましたか？　バハル」

「あ、いえ……私が言うつもりだった言葉をリューセー様がおっしゃったので少し驚いておりました」

「バハルが言うつもりだった言葉？」

龍聖が聞き返したので、バハルは言うべきかどうか考えて一瞬躊躇した。じっと龍聖をみつめてから、言ってしまおうと口を開いた。

「実はこのような時……つまりリューセー様が、ご自身の役目について考え込まれたりなさった時、リューセー様はとても責任感が強い真面目な方なので、早く結果を出さなければと焦って思いつめてしまいがちだと、私は側近としての教育の中で教わりました。大和の民はそういう性質の者が多いのだろうと……たぶん歴代のリューセー様が、皆様そうだったからだろうと思います。でもリューセー様はシーフォンと同じように、長い年月を生きられる。だから慌てて結果を出そうとせず、時間はたっぷりあるのだと言い聞かせなさいと……そう教わりました。でも貴方様は、ご自身で『時間はたっぷりある』とおっしゃった……驚きましたが、とても感激しています」

「ああ……」

バハルの説明を聞いて、龍聖は困ったように頬を掻いた。

「私は昔からこうなのです。私は才能に秀でているものはなにもなく、龍聖として生まれながらとても凡庸な人間です。学問も武術も並の結果は出せますが、それでは龍聖としてだめなのだと……期待されるような結果を出さなければならなかったので、粛々《しゅくしゅく》とひたすら努力してきました。そうしたら、凡庸な私でも時間をかけて努力すれば人並み以上の結果が出せることが分かったのです。ですから焦らず、諦めず、努力することが身についてしまいました。この提案もそういうところから始まっているのです。言ったでしょう？　私は歴代の龍聖達のような改革は出来ないって……だから……」

「リューセー様！　それは違います！」

急にバハルが大きな声をあげたので、龍聖は驚いた。バハルが怒っているように見える。

「バハル……」

「リューセー様、本当に凡庸な者は、どんなに努力しても人並み以上の結果など出せません。リューセー様には生まれ持っての才能があるのです。でもそれを即座に発揮できないのは、リューセー様の性格のせいではないのでしょうか？　どこか悠長でおっとりとしたところがあるので、自分の納得がいくまで、考えたり動いたりなさるのでしょう。ある意味でいうと誰よりも慎重なのかもしれません。でも決断力は大胆なほどあるし、勇気もお持ちです。初めてこの世界に降臨なさった時、あんなに怖い目に遭ったのに、いつまでも怯えているわけではなく、ご自身でそれを乗り越え、すべてを受け入れ、シャイール様に事実を確かめる行動を起こされた。そして今は完全に立ち直っていらっしゃる……リューセー様はやはりすごいお方です」

バハルに褒められて、龍聖は困ったように笑った。

「ただ鈍感なだけかもしれません」

肩を竦めながら自嘲気味に言うので、バハルは首を振って溜息をついた。

「そんなこと……」

「バハル、こんな話のついでですが……私がこの世界に来て一年になりますから、そろそろ赤子を望む声があるのではありませんか？」

「え？」

突然そんなことを聞かれて、バハルは戸惑った。

「誰かに何か言われたのですか？」

バハルが酷く焦ったように言うので、龍聖はクスクスと笑った。

「いいえ、私には誰も言いませんが、もしかしたらそろそろそんなことを言う人がいるのではないかと思ったものですから」

「いいえ、いいえ、まだ誰もそんなことは申しておりません。シーフォンは子供が出来にくいのです。それはシーフォン自身が一番よく分かっていること。今までの龍聖様もそんなに早く身籠もられてはいませんから、たった一年くらいでそんなことを言う者などおりません」

「そうですか、それならばいいです。いえ、私はバハルから、今バハルが言ったようなことを教わっていましたから、最初からすぐには身籠もらないと思っていました。でも王の世継ぎを早く見たいと望むのは、どこの世界も同じはずです。私の里でも、長男の嫁は毎日のように言われていました。でもシーフォンは子が出来にくいと言われたので……。確かにこの一年、毎日ではありませんが、シャオワンはたくさん私を愛でてくださいました。子種もたくさんいただきました。竜王のお力をしても身籠もらないので、やはりそうなのだなと思っていたのです。ですからもしも赤子を早く見たいと言われたら、十年待ってくださいと言うつもりなのです」

「十年！」

「はい、シーフォンは長命で、ゆっくり歳を取ると教わりました。だから時間の流れが、普通の人間とは違うのだと……聞く話から想像するに、普通の人間の一年は、シーフォンにとっては四、五年くらいに当たるのではないかと思ったのです。ですから十年……十年経っても身籠もらなかったら、それはすべて私のせいです。その時はいかように、責められても仕方ないと思います」

龍聖がそう言い終わると、驚いて目を丸くしていたバハルが、何度か瞬きをした後、吹き出して盛大に笑いだした。

「リュ……リューセー様……貴方という方は……大丈夫です……十年経たずともいずれ良き時に、子宝に恵まれますよ」

ひとしきり笑った後、バハルがそう言ったので、龍聖は微笑みながら頷いた。

バハルはしみじみと、この方はシャオワン様とお似合いだと思った。そしてこの国を、きっともっと豊かにしてくれると確信していた。


それから龍聖《りゅうせい》は、バハルと共に歴代の龍聖が関わってきたあらゆる政策について調べ始めた。

機織《はたお》り、木工製作、城下町の整備、農作物、医術、薬草園……それぞれが現在どのようになっているか、資料を集めるだけでも大変な作業だった。バハルが書庫から借りてきたエルマーン王国歴代の歴史書から、龍聖の関わった政策に関する部分を抜き出していく。龍聖はそれをひとつひとつ丁寧に調べ、資料をまとめることに専念した。

「私の一生をかけた仕事にするつもりです」

龍聖がそう宣言したので、バハルもそれにつきあう覚悟をした。

もちろんそれらは、すべてシャオワンにも報告していた。シャオワンも最初に聞いた時は、とても驚いていたが、龍聖の強い意志を感じてすべてを任せることにした。

「君の好きにすると良いよ。困ったことがあればいつでも言ってくれ、なんでも協力するから」

シャオワンがにっこりと笑ってそう言ったので、龍聖は安堵《あんど》した。

龍聖は、一通り資料をまとめ終わると、まずは機織りから取りかかることにした。機織りに従事しているアルピン一人一人と面談をし、機織り機を使う上で不便に思っていることや、こんな風に出来ればいいのにと思うことがないかを尋《たず》ねた。

龍聖は話を聞くだけではなく工房にも見学をしに行った。この世界の機織りに興味があったからだ。龍聖はバハルと一緒に工房を訪れて、機織り工房長に案内を頼んだ。工房長が女性で、その上ライエンの妻だったので、そうとは知らなかった龍聖は、とても驚くと共に興味を持った。

「シーフォンの女性も働いていらっしゃるのですね」

「ええ、もちろんですよ。男性だけでは手が足りませんし、ここは女性だけの職場です。男性に長は務まりませんから」

ライエンの妻エイリィが、上品な笑みを浮かべながら、さらりとそう言い切った。瞳を輝かせて聞いていた龍聖が、好奇心で質問を続ける。

「男性には務まらないというのはどういうことですか？　エイリィ様は若い頃からずっと工房長を務めていらっしゃるのですか？」

「織物はとても繊細なものです。織り手の体調や心情の変化ひとつで、仕上がりが変わることもあります。女性達のそういう変化に気を配れるような男性は、そうそういませんし……特にシーフォンの男性は、威張《いば》っている者が多いですから、アルピンの女性達を怖がらせてしまいます」

エイリィは澄まし顔で、クスリと鼻で笑ってそう言った。

「工房長は代々子育てを終えた者が引き継いでいます。シーフォンの女性は、結婚をしたら子作りと子育てを優先するように言われますから、若いうちはなかなか働くことが出来ないのです。私は十二年前から、工房長を務めています」

龍聖は頬を上気させながら、少しばかり興奮して話を聞いていた。美しい女性が、毅然《きぜん》とした態度で自分の意見をはっきり述べるなんて、とてもかっこいいと思った。シーフォンの女性達は、皆とても上品で控えめだと思っていたので、少しばかり印象が変わった。

龍聖の世界での貴族のお姫様みたいなものかと思っていたが、商家の御内儀《ごないぎ》みたいだと思って、叔母のことを思い出していた。

龍聖は勉学のため金沢《かなざわ》城下にいる間、分家に世話になっていた。分家は呉服商を営《いとな》む大店《おおだな》だった。店の中のことを切り盛りする叔母は、上品だがいつもきびきびと働いていて、とても粋《いき》な人だった。

エイリィと叔母が重なって見える。

「これが機織り機ですか？」

龍聖は置いてある機械を見た。

「すごい……初めて見る形です」

龍聖はとても興味を持って、機織りの機械をつぶさに観察した。

「少し動かしていただいても良いですか？　なるほど……これは……足は使わないのですね？」

「リューセー様は機織りの機械のことが分かるのですか？」

エイリィも、龍聖の様子を興味深げに見つめる。

「専門的なことは分かりませんが、私の生まれた村でも、女達が機織りをしていました。私も習って少しは布を織ることが出来ます」

龍聖はニッコリと笑って答えた。

その後織り手の女性達に話を聞いた。

龍聖に直接話を聞かれて、アルピン達は皆とても緊張した様子だったが、尋ねられたことには真剣に答えようとしてくれた。機織りに従事する七十人のアルピン達との面談だけで二月を費《つい》やし、その意見をまとめて検討し、機織り機の改良を研究するのには一年余り費やした。

熱心に取り組む龍聖の姿に、一部のシーフォンから不安視する声がシャオワンに届けられた。

「リューセー様が国のために心血を注がれるのはありがたいことではありますが、機織りのことだけでもすでに一年も費やしていらっしゃる。失礼ながらリューセー様にはもっと熱心にするべきことが他にあるのではありませんか？」

重臣達との会議の後、皆がそれぞれ会議の間から出ていく中、一人の壮年のシーフォンがシャオワンにそう言ってきた。シャオワンは不思議そうに首を傾げる。

「他にすべきこととは？　そう遠回しに言わずにはっきりと言ってくれ」

「それではははっきりと申し上げますが、今一番必要なのはお世継ぎです。もちろん陛下とリューセー様が仲睦まじくしていらっしゃることは承知していますし、子作りを疎《おろそ》かになさっているとは思っていませんが、リューセー様があまりにお仕事に根《こん》を詰められますと、お体に障《さわ》り子も出来ないのではないかと案じているのです」

同じ意見を持っていた者達も足を止めて、彼の言葉に同意するように頷《うなず》いている。シャオワンは、特に驚くでもなく、怒るでもなく、その場で頷いている者達を見回した。

「そうだな、君達の心配は分かる……リューセーの体のことを心配してくれているのは、ありがたいと思う。でも側近のバハルがしっかりと管理しているし、私から見てもリューセーは健康そのものだから心配はいらないよ。仕事に熱中しているけれど、やり甲斐《がい》を持って進めていてむしろ生き生きしている。私はそんなリューセーを応援しているんだ」

シャオワンが飄々《ひょうひょう》とした物言いでそう言ったので、はぐらかされたと思ったのか、進言した男がさらに口を開こうとした。しかしシャオワンがそれを遮るように言葉を続けた。

「子供のことだが、とりあえず十年は待ってもらえないか？」

「じゅ、十年ですか!?」

「そうだよ。私もそれなりに努力している。私とリューセーの仲は円満だし、むしろあまり励みすぎて、リューセーを疲れさせてはいけないと、少しばかり自制しているくらいだ。だから結婚して二年以上経ってもまだ子が出来ないのは、リューセーが仕事に励んでいるせいではないよ。何も問題がなくても出来ないものは出来ないんだ。むしろ私は、そういう周りの焦《あせ》りやおせっかいが、リューセーの耳に入ってしまうことの方が心配だ。私は十年くらい出来なくても、まったく焦る必要はないと考えてる。だから皆もそのつもりでいてほしい。私もリューセーもまだまだ若いんだ。十年経ったところで私はまだ百十歳だよ？　なぜ焦る必要がある？」

あっけらかんとした様子でシャオワンが言ったので、皆は何も言えなくなってしまった。そして『十年』と言われてしまったことに戸惑いを見せている。

「ハハハ……これは一本とられましたな？　年寄りのお節介はほどほどになさった方がいい。ご自分のことを思い返しなさい。初めての子は、結婚して何年目に出来ましたか？　オレが結婚したのは百三十歳の時で、子が出来たのは四年目だった。でも遅いとは思ってない。シーフォンとしては早い方だろう。あなたはいかがでした？」

微妙な雰囲気になってしまったところへ、国内警備長官のライエンが助け舟を出した。

「私は別に……」

進言した男が、少し赤くなって言い訳をしようとしたが、ライエンが笑いながらその肩をポンポンと叩いた。

「いやいや、大丈夫ですよ。陛下もお分かりです。単純に、早く陛下の御子《おこ》を見たいだけでしょ？オレもそうですよ……ですがまあ、陛下がそういうおつもりでしたら仕方ありませんね。我らはのんびりと待つことにいたしましょう」

ライエンはそう言ってその場を収めると、皆に解散を言い渡した。

「陛下、ご相談したいことがありますので、これから執務室へ行ってもよろしいですか？」

「あ、ああ、もちろんだ」

シャオワンは頷いて、ライエンと共に会議室を後にした。


「ライエン、助かったよ」

執務室に戻るなり、ほっとした様子でシャオワンが口を開いた。

「いや、別にたいしたことは言ってないよ」

ライエンは肩を竦めながら、ソファにどかりと座った。

「じゃあお礼代わりに、ちょっとここでサボらせてもらおうかな」

「え？　相談があるんじゃないのかい？」

「分かってるだろう？」

ライエンがニヤリと笑ったので、シャオワンは一瞬唖然《あぜん》としたが、すぐに笑いだした。侍女を呼んでお茶の用意を頼むと、ライエンの向かいに腰を下ろす。

「重ね重ね礼を言うよ。好きなだけサボっていってくれ」

ライエンは返事の代わりに、笑いながら背伸びをした。

「それでさっきの話だけど、リューセー様には言ってあるのかい？」

「さっきの話？」

「十年って話だよ」

「ああ……いや、言ってないよ。リューセーが子供のことを気にし始めたら言うつもりでいたんだ。最初からそう考えていたわけじゃないけどね。子供なんていつ出来るか分からないだろう？　皆は知らないけど、私とリューセーの間には最初に障害があったからね……もちろん口づけを拒まれても、性交は拒まれなかったから、それなりに上手くやってはいたけれど、なんというか……分かるだろう？」

シャオワンが苦笑したので、ライエンは頷いた。

「そうだな。たかが口づけひとつなんて言って片づけられない。お互いに精神的な枷《かせ》になっていただろう。本当に心から結ばれた気にはなれない」

ライエンがシャオワンの心情を代弁したので、シャオワンは肩を竦めて頷いた。

「そうなんだ。リューセーが自分を責めて苦しんでいるのが分かるだけに、結ばれて幸せだという気持ちにもなれず……お互いにそんな風では、子供は出来ないだろうと思っていたんだ。だからリューセーが困難を自ら乗り越えて、口づけが出来るようになって、初めて本当の夫婦になれた気がして……私はその時に、このままでもいいとさえ思ったんだ。リューセーが幸せだと言ってくれるならば、今のままで十分だと……だからもしも周りが子を望むようになったら……再びリューセーを苦しめるようなことになったら全力で守りたい。だってそうだろう？　子供が出来なくてもそれはリューセーのせいではない。むしろ私に原因があるかもしれないんだ。だけど皆の気持ちも分かるから、そこで変に言い争いはしたくなくて、十年というのを考えたんだ。まあ何も問題なければ、十年あれば子は出来るだろうって思って」

シャオワンはそう言って笑った。

「お前らしいよ」

ライエンが微笑みながら、腕組みをして少しばかり考えるように首を傾げた。

「それで……リューセー様は、子供のことを気にし始めているのかい？」

ライエンの問いに、シャオワンは緩く首を振る。

「まだそんな様子は感じられないんだ。仕事に夢中で考える暇もないのかもしれないけれど……それならそれで良いと思ってる。別に根を詰めてはいないようだし……バハルの話では、夕方には仕事を終わらせるようにしていて、昼食の時にも一刻以上のんびり休んでいるようだ。私が夜に戻る頃には、食事も風呂も済ませてくつろいでいるし、むしろリューセーにその日の話を聞かない限りは、そんなに仕事に専念しているのかい？　と思うほどなんだ。たぶんリューセーも分かっていて、私に心配かけないように自制しているんだと思う」

シャオワンがとても優しい顔で、龍聖の話をするので、ライエンは何も聞かずとも二人が互いに想い合い、愛し合っているのだと分かった。

「似合いの夫婦だな」

ライエンがニッと笑って言うと、シャオワンは照れくさそうに頭を掻いた。


ライエンが仕事に戻っていった後、シャオワンは執務室にバハルを呼んだ。先ほどの一件で少し気にかかったので、バハルに龍聖の様子を聞こうと思ったのだ。

「御子についてですか?」

突然シャオワンに呼ばれて何事かと思っていたバハルは、いきなりそんなことを聞かれてギョッとしてしまった。そんなバハルの様子に、シャオワンは穏やかな口調で宥《なだ》めるように続けた。

「何もないなら良いんだ。ただ今日、私の方に言ってきた者がいてね。リューセーが熱心に政務に携わっているので、子作りを疎かにしているのではと案じたようなんだ。だから、リューセーが色々な人と会う中で、そんな言葉を投げかけられたりしていないかと、少し心配になってね」

「今のところは特にそのようなことはありません……ですが……リューセー様が政務に携わることを、良く思っていない方々がいらっしゃるのでしょうか?」

バハルは深刻な顔で尋ねた。しかしシャオワンは、穏やかな表情のままで首を振る。

「そういうわけではないよ。私からもちゃんと説明しているし、何よりアルピン達が喜んで協力しているんだ。国のためになることを悪く言う者などいない。子供のことにしたって、軽く聞き流せば良いだけなんだが、もしもリューセーが気に病んでしまったらと思ってね。私からは、十年くらい待ってくれって言ったんだ」

「え!?」

バハルは、シャオワンの言葉にとても驚いた。

「私もリューセーもまだ若いのだし、別に子作りをしていないわけでもない。子供がいつ出来るかなんて分からないが、十年くらいは出来なくても騒がないでほしいと思ってね。皆にはそう言ってあるから、もしもリューセーが気に病むようなことがあればバハルからもそう言ってやってほしいんだ」

バハルは目を丸くして、シャオワンの話を聞いている。それをシャオワンは不思議そうな顔でみつめた。

「バハル？　そんな顔をしてどうしたんだい？」

「あ、し、失礼いたしました。その……陛下はそのことについてリューセー様と話をしたことはないのですね？」

「ああ、私の方からは特に子供の話はしていないよ。変に気にされたら困るからね」

その言葉に、バハルは安堵の息を漏らした。

「陛下、実はリューセー様もまったく同じことをおっしゃっておいでなのです」

「え？」

「リューセー様は、もしも子供はまだかと尋ねる者がいたら『十年待ってください』と言うつもりだそうです。ですから陛下が同じことをおっしゃったので驚いたのです」

「リューセーがそんなことを?」

シャオワンも驚き、すぐにクスクスと笑いだした。

「まさかと思ったけど、でもリューセーらしいね。私はどうやらリューセーに感化されてしまっているらしい。自分では気持ちの大きな男でいるつもりだったが、私よりもリューセーの方がずっと大らかで気持ちの大きなところがある。ライエンから『似合いの夫婦だ』と言われたが、存外『似たもの夫婦』なのかもしれないね」

シャオワンが嬉しそうに笑うので、バハルもつられるように微笑んだ。


「シャオワン……」

甘える声で名前を呼ばれた。白い両腕がシャオワンの首に回されて口づけを強請《ねだ》る。シャオワンは誘われるままに、龍聖の唇を強く吸った。乱れる息に長く口づけを続けられずに唇を離すが、息継ぎをすると再び唇を重ねる。深く浅く何度も口づけを交わした。

「抜くよ」

口づけの合間にシャオワンが囁いた。

「まだ……まだこのままで……いてください」

龍聖が小さな声で、すがるように言った。

「だが……このままでは、君の中が心地よくて、また大きくなってしまいそうだ」

シャオワンが困ったように笑う。龍聖は耳まで赤く上気させて、潤んだ瞳でじっとシャオワンをみつめた。

「時々……私は時々とても厭《いや》らしくなってしまうのです……シャオワンに何度も抱いてほしいと思ってしまうのです……申し訳ありません」

「なぜ謝る……そんなにかわいいことを言われて、私が怒るとでも？」

「はしたないと軽蔑なさいませんか？」

「まさか！　とんでもない……私が喜んでいるのは隠せないよ。だってほらもう君の中でまた……」

「あっああっ」

龍聖は思わず喘ぎ声を漏らした。龍聖の中に入ったままのシャオワンの昂《たかぶ》りが、みるみる質量を増して、龍聖の下腹部をいっぱいにしていくのを感じたからだ。

「本当に大丈夫かい？　今夜はすでに二度も射精しているけど……君の体は辛くない？」

「気持ち良くて……もっとしてほしいのです……なんだか今日は……とても気持ち良くて……もっと奥までシャオワンが欲しいのです」

龍聖の甘い言葉に、シャオワンの雄が煽《あお》られた。体中の熱が性器に集まるようで、思わず身震いをした。一度噛みつくような勢いで、龍聖の唇を食《は》み、舌を差し入れて口内を愛撫すると、顔を上げて体勢を立て直し、龍聖の腰を摑んだまま激しく突き上げた。

「あっああっあっあぁぁっ……んっんっ……あぁぁぁっあぁぁぁっ！」

突き上げるたびに龍聖が喘いで、顔を反らせて身震いをする。後孔が収縮して、シャオワンの太い肉塊を締めつける。

シャオワンは額に汗を滲《にじ》ませながら、前後に激しく腰を動かし続けた。快楽の頂点を目指すように、龍聖の中を凌辱《りょうじょく》し、腰を揺さぶり、やがて爆発するように精を吐き出した。

龍聖は声もなく、ただ腰を痙攣《けいれん》させて荒く息をしている。

シャオワンは長く続く射精感が治まるまで待ち、ゆっくりと龍聖の中から男根を引き抜いた。

「ああ……」

切ない声を漏らす龍聖の体を抱きしめながら、シャオワンは隣に体を横たえた。

二人の息遣いが次第に静かになり、熱も引いてくる頃、余韻を味わうように、龍聖の髪を撫で、額や頰に口づけた。

「大丈夫かい？」

シャオワンが優しく尋ねると、龍聖は無言で頷いた。

くいっと顎《あご》に指をかけて顔を上げさせると、上気した顔の龍聖がシャオワンを一度みつめて、恥ずかしそうに目を伏せた。

「申し訳ありません……はしたないことを申しました」

「そんなことはないと言っただろう？　そりゃあ……君からあんなことを言われるなんて思わなかったから、少し驚いたけれど、それは嬉しい驚きだよ。いつも私ばかりが欲情して、君に無理をさせているのではないかと案じていたからね。君が気持ちいいと思ってくれているならば、これ以上に嬉しいことはない」

「実は……時々無性に厭らしい気持ちになることがあるのです。すごく性交をしたくなるような……気持ち良さに溺《おぼ》れたくなるような……そんな淫乱な妻は、貴方に相応《ふさわ》しくないといつも我慢していました」

「リューセー……確かに君は私の伴侶で、夫婦という形の上では君は妻だし、王妃だ。だからと言って、君は女になる必要はない。君は君のまま、男性のままで良いんだ。私は女性の気持ちはまったく分からないけれど、男の気持ちは分かるよ。同じ男なのだから、無性に欲情することはよくあることだ。全然はしたないなんてことはないし、淫乱でもないよ」

シャオワンが宥めるように言ったので、龍聖は困ったように少しだけ微笑んだ。

「では本当に気持ちいいんだね？　辛くないんだね？」

「はい、辛くはありません……気持ちいいです」

「君の中に私の性器を挿入しても痛かったりしないんだね？」

「はい」

「入れられるのは気持ちいいのかい？」

「はい……気持ちいいです」

「私が腰を動かして、性器が君の中で動くのも辛くはないんだね？」

「はい……」

「さっきみたいに激しく動かしても大丈夫なのかい？　根元まで深く入れても大丈夫？」

「シャオワン！　もうお許しください」

龍聖はたまらず、両手で顔を隠してしまった。次々と矢継ぎ早に質問をされて、その勢いのままに答えていたが、次第に羞恥で耐えられなくなったのだ。シャオワンは困ったように頭を掻いた。龍聖がかわいくてたまらない。

「すまない……少し調子に乗ってしまった。今まで聞けなかったから……本当のところが知りたかったんだ。さっきも言ったように、私ばかりが欲情して、自分本位で性交をしていたのではないかってね……もちろん少しでも君に気持ち良くなってほしいから、首筋や胸や脇など、君が感じるところを優しく撫でたりしていたんだけど……でもやはり君の中に挿入するのは、辛いのではないかと心配していたんだ。君は痛くないって前から言ってくれているけれど……たとえ痛くなくても、私ばかりが気持ちいい行為ならば、負担をかけるばかりではないかと思ってね」

シャオワンが一生懸命に弁明をしたので、龍聖は少しだけ両手をずらして目だけを見せた。シャオワンの困った顔を見て、龍聖は目を細めて笑っている。

「さあリューセー、私達は夫婦なんだから隠し事はなしだ。むしろこういう話こそ、夫婦でしか出来ないだろう？　いい機会だからきちんと話そう。いつも性交をしたい時は私から誘っているけど、したくないと思ったことはないかい？　体調とか気分とかで嫌な日もあるだろう？　私だって疲れている時はやる気になれないし、そういう時ではなくても、まったく欲情しない日だってある。ただ君を抱きしめて眠るだけで満足出来るんだ。君と性交をしない日はたいていそんな日で、誘う時は私が欲情している日なんだよ。でも考えてみたら、君だって同じようなことがあるはずだ。今君が厭らしい気持ちになる時があると言ったように……だから嫌な時は嫌だと言っても良いんだよ？　むしろ今後はそうしてほしい。どうだろう？」

シャオワンの話を、両手で顔を覆い目だけを出して聞いていた龍聖だったが、しばらくの沈黙の後ゆっくりと顔を隠していた手を下げた。

「私は今まで、嫌だと思った日はございませんでした。シャオワンは毎日性交を求めるわけではありませんでしたし……それは私のことを気遣ってくださっているのだと思っていました。私もそんな風に……シャオワンが言われたように、ただ抱きしめられるだけで満足することもありますし、今日のようにたくさん抱いてほしいと思う日もあります。それがちょうど……シャオワンがそう思う時と合っていたのだと思います。シャオワンが私に性交を求めてくる時は、いつも嬉しく思っていました」

最後の方は恥ずかしさで頬を染めながら、それでも視線を逸らさずにがんばって正直に話したので、シャオワンは嬉しそうに何度も頷いた。

「リューセー、君は子供が出来なくても十年は待ってほしいと思っているそうだね？　バハルから聞いたんだ。実は今まで言わずにいたのだけど、私もまったく同じことを思っていたから、とても驚いたんだよ」

「え？」

龍聖が思わず声を上げた。目を大きく見開いて、何度か瞬きをする。

「私も家臣からもしも子供はまだかと尋ねられたら、そう言うつもりでいたんだ。十年は待ってくれと……だって私も君もまだ若いんだし……我らシーフォンは長命なのだから、十年くらい待っても良いんじゃないかと思ってね。君が同じように思っていたと知って、本当に驚いたんだけど、これは私達の相性がいいという証《あかし》だね。似たもの夫婦ということだろう？」

シャオワンの話を聞いている間、龍聖はずっと両手で口を押さえていた。聞き終わって信じられないというように激しく瞬きをして頬を上気させながら、口元を押さえていた両手をぐっと握りしめた。

「本当ですか？　本当に同じことを思っていらしたのですか？」

龍聖はとうとう我慢が出来ずに、興奮気味の声で尋ねていた。

「ああ、本当だよ」

シャオワンは思わず笑って答えた。

「ああ……」

龍聖はなおも信じられないという様子で、感嘆の息を漏らした。

「私達は現にこうやって愛し合っているんだ。人にとやかく言われる筋合いはない。子が出来ようと出来まいと、そんなの関係なく、私はリューセーに欲情すれば抱く」

シャオワンはそう言って、龍聖の腰を抱き寄せて頬に口づけて、唇を重ねた。やんわりと食むように唇を吸う。龍聖は目を閉じて、うっとりとその口づけに応えた。

「今日は君の中に三回も射精した。それも君の中から溢《あふ》れ出すほどたっぷりだ。それでも子が出来ないなら仕方ない。頼まれなくても、私は何度でもリューセーを抱くし、何度でも精を注ぎ込む」

シャオワンは龍聖の唇を啄《ついば》むように吸いながらそう囁いた。

「だって私はリューセーに夢中なんだ。十年経っても二十年経っても、私はずっとリューセーに夢中でいられる自信がある」

「シャオワン、シャオワン、もうおやめください！　恥ずかしいです」

龍聖がたまらずシャオワンを止めた。

シャオワンはいたずらっ子のように、瞳を輝かせて笑っている。

「愛しているよ、リューセー」

シャオワンは、ぎゅっと龍聖を抱きしめて言った。

「愛しています、シャオワン」

龍聖は諦めたように溜息をついて、しかしとても幸せそうな顔で答えた。

一年にも及ぶ調査と研究によって、新しく改良された機織り機が作られて、試作も上手くいった。その結果を受けて工房で使用する機織り機五十台が作られることになった。

そのため木工工房は、機織り機制作に専念し、一年間木工家具の製作を中止することになった。これを機に、木工工房の職人とも、龍聖は一人一人面談し、調査研究が同時進行で行われた。

輸出品の要である織物と木工家具を、約一年間製作停止することを、不安視する声もあったが、シャオワンの協力により、皆を説得することが出来た。

新しく改良された機織り機は、今まで一反《いったん》の製作に二ヶ月かかっていたところを、半分の一ヶ月で作れるようになった。また柄織も以前よりも楽に作ることが可能になった。

生産性と機能性が高くなった機織り機は、織り手であるアルピン達だけではなく、工房を任されていた工房長のエイリィにも大変喜ばれた。この成功により、木工家具工房の改革に、皆がとても積極的に協力してくれるようになり、龍聖の仕事が捗《はかど》った。

「リューセー様、本日は面会希望の者が一人来ておりますが、いかがなさいますか？」

「面会？　どなたですか？」

龍聖は朝食の後、今日も木工工房へ行く準備をしていたが、バハルからそう声をかけられて、不思議そうに首を傾げた。

龍聖の下に面会依頼などは滅多《めった》に来ない。時々、シャオワンの姉妹であるアイファやミンランから、茶会の誘いはあるが、その時は数日前に招待状が届く。

「書庫学士のカチュランです」

「書庫学士?」

龍聖は初めて聞く役職に首を傾げた。

「書庫で働く学者です。正確には学士は学者より階級が下になりますが……学者長、学者、学士という順番になります」

「その書庫学士さんが、私に面会を?」

「はい」

龍聖の瞳が輝いた。好奇心に満ちた表情だと、バハルはすぐに分かった。

「バハルが問題ないと思うのでしたら、私はかまいません」

「かしこまりました。では面会を許可いたします」

バハルは頷いて、側《そば》にいた侍女に何かを指示した。侍女はすぐに部屋を出ていった。

「ちょうど工房に行くために、お召し替えなさっていますから、そのままでも良いですね」

バハルは一度龍聖を振り返り、上から下まで視線を送りながらそう言った。龍聖は何も言わずに微笑み返す。

何かあるたびに、着替えをしなければならないことに、ようやく慣れてきた。来賓《らいひん》との面会や茶会に呼ばれた時などに、正装に近い洒落《しゃれ》た装いをしなければならないということは、なんとなく分かる。

だけど工房への見学や、中庭の散歩などちょっとそこまでという用事でも、私室から一歩外に出るためには、着替えが必要だということに、最初のうちは戸惑った。

普段着ている衣装も、龍聖にとっては『普段着』とは言いがたいほど、良質の衣で宝飾品までつけているのに、着替えなんて必要なのだろうか？

高貴な立場だから仕方ないと言われてしまえばそれまでなのだが……。

「リューセー様、それでは参りましょうか？」

ぼんやり考え事をしていたら、バハルにそう声をかけられた。

「え？　どちらにですか？」

「隣室の貴賓室《きひんしつ》です。今、カチュランと面会する……と承諾されましたでしょう？」

「あっ……」

龍聖はようやく理解して、慌てて立ち上がった。てっきりここへ来ると思っていたので、気を抜いていた。王の私室の中には限られた者しか入ることが出来ない。

他のシーフォンとの面会は、隣の貴賓室で行われるのだ。

「そんなに慌てなくても大丈夫ですよ」

バハルが思わずクスリと笑って言った。龍聖は恥ずかしそうに目を伏せて、ゆっくりと歩いてバハルの後についていった。

王の私室の居間を出て、隣室の貴賓室へ入ると、ソファの横に一人の女性が立っていた。龍聖を見て、優雅な仕草《しぐさ》で一礼をする。

「リューセー様、お時間を賜《たまわ》りありがとうございます」

女性は頭を下げたまま、そうあいさつをした。美しい紫色の髪を、きっちりと編み込んで結《ゆ》い上げている。年の頃は成人して間もないくらいに若く見える。

龍聖はとても驚いた顔で、何も言えずに立ち尽くしていた。

「リューセー様」

後ろからそっとバハルが耳打ちをしたので、はっと我に返った。

「あ、貴女がカチュランさんですか？」

「はい、初めてお目にかかります。ファーレンの玄孫《やしゃご》のカチュランと申します。書庫学士をしております」

カチュランはもう一度丁寧にあいさつをした。

「どうぞおかけになってください」

龍聖に促されてカチュランは一度姿勢を正し、龍聖が先に座るのを見届けて向かいに腰を下ろした。

「初対面ですか？　婚礼の宴《うたげ》の時には、お会いしていませんか？」

龍聖が少し思い出すような素振りをしながらそう言うと、カチュランは頬を上気させて首を振った。

「私は昨年成人いたしましたので、残念ながら婚礼の宴には出席出来ませんでした。あと一年早く生まれていればと悔やまれます」

カチュランが悔しそうな顔でそう言ったので、龍聖は思わず笑みを零《こぼ》した。そういう素直な言い方から、本当にまだ成人して間もないのだなと思ったからだ。

「ファーレンの玄孫と申されましたね？　ファーレン様とは……三代目竜王スウワン様の弟君のこと

ですか？」

「はい！　そうです！」

「では貴女もロンワン《王族》なのですね。存じ上げずに申し訳ありませんでした」

龍聖がそう言うと、後ろに控えていたバハルが、コホンッと咳払いをした。

バハルのそれが、カチュランを窘《たしな》める合図だったようで、カチュランはさっと顔色を変えて、ひどく慌てた様子で首を振った。

「あ、いえ、私はロンワンではありません！　誤解を招くような言い方をして申し訳ありません！」

耳まで赤くして頭を下げるカチュランを、龍聖は不思議そうにみつめた。後ろを振り返り、バハルに説明を求める視線を投げる。

「ロンワンを名乗れるのは、直系の二親等……孫までです。玄孫は名乗れません。それに貴女はファーレン様の娘のひ孫、直系でもありませんよ」

「申し訳ありません！」

カチュランは、さらに真っ赤な顔で謝罪した。

「でもファーレン様の血筋だというのは、我が家の誇りなのです。お許しください」

カチュランは、気の強そうな少し釣り目がちの灰色の瞳に涙を浮かべて、そう言い訳をした。その様子がかわいらしくて、龍聖は思わず笑いだした。

「バハル、良いではありませんか。たとえ遠縁だとしても、私はそういう縁続きがあるのだと知れて、とても親しみを覚えました。カチュラン、お会い出来て嬉しいです」

龍聖の優しい笑顔に、カチュランは感動してまた涙を浮かべた。

「そんなことを言っていたら、シーフォンの半分は遠縁ということになってしまいますよ」

バハルが呆《あき》れたように、溜息交じりに呟《つぶや》いたので、龍聖は後ろを振り返り「めっ」と小さく咎《とが》めた。

「それでカチュランさん、ご用件は何ですか？」

「あ、は、はい……実はシャオワン王の歴史書を綴《つづ》る編纂団《へんさんだん》の一員に任命されまして……現在リューセー様が指揮をとられている改革について、調査をさせていただけないかというお願いに参りました」

カチュランは気を取り直して姿勢を正すと、真剣な顔でそう述べた。

「歴史書？　編纂団？　調査？」

龍聖は驚きながら、分からない言葉を復唱した。

「はい、歴代竜王の治世を詳細に記録して歴史書として残すようにと、先代ロウワン様が命じられまして、すでにロウワン様の専属編纂団が、歴史書を書き上げようとしているところです。並行してシャオワン様の専属編纂団が書庫学者、学士の中から任命されて、今まさに調査に取りかかっているのです。私はリューセー様について書きたいと名乗りを上げましたので、こうして許可をいただきに参った次第です」

カチュランは説明をしながら、持ってきたロウワンの歴史書第一巻を、テーブルの上にそっと置いた。それを見て、ようやく龍聖は、すべてを悟ったようで「ああっ！」と声を上げて、ぽんっと手を叩いた。

「この本は、エルマーン王国の歴史を学ぶ際に読みました。初代ホンロンワン様の頃から代々ある歴史書ですね！　ああ……シャオワンの歴史書も作るのですね……え？　それに私のことも書かれるのですか？」

「もちろんです！」

カチュランが鼻息も荒く言ったので、龍聖は目を丸くした。

「シャオワン様の歴史書に、リューセー様のことも綴るのは当然です！」

「そ、そうですか……でも歴史書を編纂するのは、国で決められたことですから、何も私に許可など求めなくても良いですよ？　どうぞご自由になさってください」

「いいえ、ですがこういうことはきちんとご説明をしておかなければと思いまして……リューセー様の行いを書き留めなければなりませんから、例えば今のように、リューセー様が改革の指揮をとったり、政務や国の情勢に関わったりすれば、必然的に詳しい調査をした上で、歴史書に書かなければなりません。ですから機織り工房や木工工房にたびたび足を運んで、調査をするつもりです。そうなると、時にはリューセー様と鉢合わせしてしまうこともあるかもしれませんから……怪しい者と思われないためにも、龍聖様の許可が必要なのです」

「そうですか……そういうことでしたら承知しました。大変だとは思いますが、がんばってください。それにしても……書庫学士が女性の方だったので驚きました。男性が多い仕事だと思ったので……」

龍聖の言葉に、カチュランは高揚《こうよう》して、胸の前で、ぐっと拳《こぶし》を握りしめた。

「はい！　私は歴史書の編纂団に加わりたくて、書庫学士を目指したのです！　それもリューセー様の専属になりたくて！　そもそも私は……」

「カチュラン、用件はそれだけですか？」

バハルがよく通る声で、興奮気味のカチュランを窘めるように、無理やり話を遮った。

「あ、も、申し訳ありません」

カチュランは、顔色を失って深々と頭を下げた。

「良いですよ。がんばってくださいね。それでは私はこれから工房へ向かいますから、失礼させていただきます」

龍聖はクスクスと笑いながら立ち上がった。

「は、はい……ありがとうございます」

カチュランは、もう一度深々と頭を下げて礼を言った。


龍聖はカチュランとの面会の後、木工工房へ向かった。職人との面談を行うためだ。すでに半数以上の者達と話をしている。最初の頃は、龍聖からの質問に相槌《あいづち》を打つばかりで、あまり自分の意見を言ってくれなかったが、今では進んで新しい家具の立案などをしてくれるようになった。

龍聖は、毎日工房に通うのが楽しくて仕方がなかった。

「リューセー様、よろしゅうございましたね」

バハルが自分のことのように喜ぶので、龍聖も満足そうに頷いた。

「はい、皆様が前向きに協力してくださるようになったので、私も嬉しくて張りきってしまいます」

龍聖が頬を上気させながら、弾んだ声で答えるので、バハルが笑顔で頷いた。

しかし頬が熱いのは高揚した気持ちのせいだけではないと、自分の体の変化に龍聖は気づいていた。

その日は朝からひどく体が熱く、熱があるようだと思ったが、周囲を心配させてはいけないと、平静を装いながらその日の面談を続けていた。

「リューセー様、今日の面談は以上になります。部屋に戻って一旦休憩いたしましょう」

バハルが龍聖に声をかけると、龍聖は「はい」と返事をして、職人の意見を書き留めた紙を集めた。

「リューセー様？　いかがされました？」

龍聖の様子がおかしいことにバハルが気づいた。なんとか誤魔化《ごまか》そうと、龍聖は笑顔を作った。

「大丈夫です。さすがに少し疲れましたね。部屋に戻って休憩すれば大丈夫です」

そう言って立ち上がろうとしたが、眩暈《めまい》を覚えてよろめいた。

「リューセー様！」

バハルが慌てて龍聖の体を支えた。肩を摑んだだけで、ひどく龍聖の体が熱いことに気づいた。バハルは咄嗟《とっさ》に龍聖の額に手を添える。すでに尋常ではないほど熱がある。

「リューセー様！　ひどい熱ですよ！」

「大丈夫です。本当に大丈夫ですから」

「大丈夫ではありません！」

バハルは龍聖を抱き上げた。慌てた様子で龍聖を抱えたまま歩き出すと、侍女達に医者を呼ぶように指示を出した。

「バハルは、意外と力持ちなのですね」

龍聖が熱に浮かされた顔で笑みを浮かべながらそう言うと、バハルは眉根を寄せて腕の中の龍聖をみつめた。

「冗談が言えるようでしたら、まだ大丈夫ですね。リューセー様、なぜもっと早く不調を教えてくださらなかったのですか？　迷惑をかけるとお思いでしたら、むしろ早めに言ってください」

バハルに叱られて、龍聖は苦笑した。

王の私室に到着すると、そのまま寝室へと運ばれた。

龍聖はベッドに寝かされると、ほっとしたように大きく息を吐いた。

「リューセー様、左腕を拝見させていただきます」

バハルはそう言って、龍聖の左腕を手に取ると、服の袖をめくり上げた。すると左腕にあった青い刺青《いれずみ》のような文様が、赤い色に変わっていた。

「ああ……」

それを見たバハルが感嘆の声を漏らした。

「リューセー様、ご覧ください。文様の色が変わっています」

「え？　どうしてですか？」

龍聖はバハルに促されて、ぼんやりとした顔で自分の腕をみつめながら、不思議そうに首を傾げた。

「赤く……変わっていますね」

「これはご懐妊の兆候《ちょうこう》なのです」

「ご懐妊の兆候……って……え？」

驚いた龍聖が、バハルをじっとみつめた。バハルは嬉しそうに頷く。

「おめでとうございます。リューセー様、ご懐妊です。お子様を身籠《みごも》られたのですよ」

「子供……私が子供を身籠っているのですか？」

龍聖は熱に浮かされ朦朧《もうろう》としていたが、その言葉にはっと目を見開いた。

「はい、間違いないと思います」

バハルはとても嬉しそうで、目にうっすらと涙を浮かべている。それを見て、ようやく実感が湧いたのか、龍聖も目に涙を浮かべた。

「失礼いたします。リューセー様がお倒れになったと聞きましたが」

そこへ血相を変えた医師が駆け込んできた。

「あ、先生、たぶんご懐妊だと思います。診《み》ていただけますか？」

バハルは医師にそう告げて、ベッドから少し離れた。

「リューセー様、失礼いたします」

医師は龍聖の側に立つと、まずバハルと同じように左腕の文様を確かめた。次に額に手を当てて、目と口の中と首筋を確認した。

「そうですね、左腕の文様の変化以外に、体に異変は現れていませんから、ご懐妊で間違いないでしょう。体の痛みを和《やわ》らげる薬を飲んでいただきますが、このまま明日まで高熱が続くようであれば、お世継ぎの可能性も高いです。夜までに熱が少し下がるようでしたら、姫君の可能性が高くなります」

医師は龍聖とバハルにそう説明をすると、持ってきたカバンの中から、粉末にした薬草を出してバハルに渡した。

「これをお湯で煎《せん》じて飲ませてください」

「他に何かすることはありますか？」

バハルが医師に尋ねた。

「卵が生まれるまで四、五日ほどかかります。それまでの間ずっと熱が続きますので、濡れた布で額を冷やしてください。熱のせいで頭や体の節々が痛むと思いますが、朝と夜にその薬を煎じた薬湯を飲ませてください。リューセー様はひどい睡魔に襲われて、懐妊中はほとんどずっと眠られたままになると思います。ですからお目覚めになった時には、必ず水を飲ませて、食べられるようならばスープなどを召し上がっていただいてください。懐妊中の症状は、人それぞれのようで、すべてのリューセー様が同じではないようです。熱や痛みがあまりない場合もありますが……重い症状になることはないようですから、ご心配なさらず……私も毎日参りますし、何かあればいつでもお呼びください」

医師はバハルに丁寧に説明をすると、一礼をして去っていった。

バハルは侍女に、熱を冷ますための水の用意と、薬湯を作るように指示をした。

「リューセー様、お辛いですか？」

バハルは龍聖の顔を覗き込み、額に手をそっと置いた。

「バハルの手が冷たくて気持ちいいです」

龍聖は赤く上気した顔で、笑みを浮かべて答えた。

「すぐにお薬を用意いたしますから、もう少しご辛抱なさってください」

バハルは優しく宥めるように言った。

そこへ慌ただしい足音がして、シャオワンが飛び込むような勢いで寝室に入ってきた。

「リューセーが懐妊したというのは本当か!?」

「陛下、どうかお静かに」

バハルに即座に窘められて、ベッドに寝ている龍聖の姿を見たシャオワンは、はっと我に返り小さく「すまん」と言った。

「シャオワン」

龍聖が名前を呼ぶと、シャオワンは逸《はや》る気持ちを抑えながら、ゆっくりとした足取りで龍聖の側まで歩み寄った。ベッドの端に腰を下ろし、龍聖の顔を覗き込んで微笑んだ。

「リューセー、大丈夫かい？　懐妊したと聞いて飛んできたんだ」

「はい……どうやらそのようです」

龍聖も微笑み返した。

「このまま高熱が続くようでしたらお世継ぎの可能性が高いと医師が申しておりました」

バハルが横からそう補足したので、シャオワンは驚いたようにバハルを振り返り、再び龍聖の顔をみつめた。

「世継ぎならばもちろん嬉しいが、私はどちらでもいいんだ。君が無事で、子供も無事に生まれてくれればそれ以外に何もいらない」

シャオワンは、龍聖の額に手を置き、そっと前髪を掻き上げるように撫でながら優しく言った。

「陛下、失礼いたします。リューセー様にお薬を差し上げますので……」

バハルが申し訳なさそうに言うと、シャオワンは素早く立ち上がりその場を明け渡した。

「リューセー様、お薬をお飲みください」

バハルが吸い口を手に、ベッドの側に膝をついて龍聖に声をかけた。龍聖にゆっくりと薬湯を飲ませる。

「バハル、リューセーは大丈夫なのかい？」

「はい、大丈夫ですよ。懐妊中はずっと眠られているので、私が付き添いますが、夜の間は陛下にお任せしてもよろしいですか？　特に看病の必要はないと思いますが、もしもリューセー様が目を覚まされた時は水を飲ませていただきたいのです」

「分かった。私が責任をもって看《み》るよ」

「ですが陛下も眠ってくださいね」

バハルは薬湯を飲ませ終わると、シャオワンに席を譲った。

シャオワンは再び、ベッドの端に腰を下ろして、龍聖の顔を覗き込んだ。龍聖は今にも眠ってしまいそうな顔をしている。

「リューセー、君が眠ってしまう前に言わせておくれ……ありがとう。私の子を身籠ってくれてありがとう。本当に嬉しいよ」

「私も……」

龍聖はシャオワンの言葉に嬉しそうに微笑み何か言おうとしたが、そのまま眠りに落ちてしまった。

シャオワンはしばらくの間、愛しそうに何度も龍聖の髪を撫でたり、頬を撫でたりしていた。

やがて立ち上がるとバハルと向かい合った。

「嬉しくて浮かれてしまっているが、今はそんなことをしている場合じゃないね。卵の部屋の準備と、護衛官の選定をしなければならない。忙しくなるな……リューセーを頼むよ」

「はい、かしこまりました」

バハルは丁重に頭を下げた。


龍聖懐妊の知らせは、あっという間に国中に広まった。城の中は喜びに沸き、城下町も祭りのような賑《にぎ》わいになった。竜達は喜びの歌を歌っている。

シャオワンは、早速卵の護衛官の選定に取りかかった。

「ライエン、君の一番下の弟のオウランを卵の護衛官に任命したいんだがどうだろう？　今後も私の子供が何人か生まれると考えて、ずっと続けて欲しいから、ロンワンの中でも若い者に頼みたいんだ」

ライエンには二人の弟がいる。一番下の弟とは年が離れていて、まだ百六十歳（外見年齢三十二歳）を少し超えたくらいだ。

「ああ、光栄だと喜ぶと思うよ。今はシャイールの下で働いているから、シャイールにも聞いた方が良いだろう」

「あれ？　オウランは君の下で働いていなかったかい？」

「ああ、以前は……だがシャイールが倒れた時に、オウランがシャイールの代役で外交を手伝ったんだ。二人は仲が良い友人だからね。それでシャイールが元気になってからも、手伝いを続けてそのまま外交官見習いをやっている」

「そうだったのか大臣や長官の任命は私がやるけれど、それより下はそれぞれの長に任せているから、すべての人事を把握していないんだ。すまない」

「別に謝る必要はないだろう。王様は他にたくさん重要な仕事があるんだ。下のことは我らに任せろ」

ライエンは笑いながら、シャオワンの肩をポンポンと叩いた。

「それじゃあ、ちょっとシャイールに言ってくるよ」

シャオワンがそう言って去ろうとしたが、その背中にライエンが声をかけた。

「楽しみだな！　お父さん！」

ライエンの呼びかけに、シャオワンは照れくさそうに笑って、手を振りながら去っていった。


「シャイール」

シャイールの執務室に、シャオワンが訪ねてきたので、シャイールはとても驚いて転がるような勢いで椅子から立ち上がった。

「陛下！　御用がおありならば言ってください！　私の方が伺います！」

「いや、いいんだ。なんだか落ち着かなくてね……勝手にうろうろとしているんだ」

シャオワンが困ったように笑いながらそう言ったので、シャイールは姿勢を正して深々と頭を下げた。

「陛下……いや、兄上、このたびはリューセー様ご懐妊、おめでとうございます」

「ありがとう……私が言うより先に、あっという間に皆に広まっていて驚いているよ。私がリューセーに会ってきてからまだ一刻しか経っていないというのに、会う者すべてから『おめでとう』と言われるんだからね」

「それは当然でしょう。こんなに喜ばしい知らせはありませんから、兄上の執務室にその知らせを伝えに来た従者の言葉を、周りで聞いていた者達が、一斉に周囲に知らせて回ったのです……私の所にその知らせが届いたのは、たぶん兄上が、リューセー様の下に駆けつけたのと同じくらいだと思いますよ。兵士や侍女達も一斉にその話をしているし、すでに城下町にまで話は届いているようです」

シャイールが楽しそうに話すのを聞きながら、シャオワンはやれやれという様子で肩を竦めて、ソファに腰を下ろした。シャイールは侍女にお茶の用意を指示した。

「それでどうなさったのですか？　落ち着かなくてここにいらしたわけではないでしょう？」

「なぜそう思う？」

「特に用がなければ、ずっとリューセー様の側にいらっしゃりたいのではないですか？」

シャイールは向かいに座りながらそう言った。

「まあ……それもそうなんだが、私がいたところで何もしてやれないからね……バハルに任せた方が良い。それよりも君が言う通り、用があって来たんだ。実は今君の下でオウランが働いていると聞いてね」

「オウランに何か？」

「卵の護衛官に任命したいと思っているんだ。大事な君の片腕だと思うが、一年間貸してもらえないか？」

「ええ!?」

シャイールが意外なほどに驚いたので、シャオワンは目を丸くした。

「オウランが卵の護衛官ですか？　なぜ私を任命してくださらないのです！」

続けて言ったシャイールの言葉に、シャオワンは思わず苦笑して溜息をついた。

「シャイール……君に護衛官をさせるわけにはいかないよ」

「なぜですか？　卵の護衛は近親者が行うものでしょう？」

「だが私の弟は君だけだ。他に弟がいるならばともかく……たった一人の弟を任命することは出来ないよ。シャイール、君は外務大臣という重要な役目を負っているだけではない。私の弟なのだから宰相という役割もしてもらわなければならないんだ。分かるかい？　今は重要な場合以外の外遊を、すべて君に代行してもらっている。だが私に世継ぎが生まれれば、今後は私も頻繁に外遊に出るようになるだろう。そうなれば次は逆に、君が国に残って私の代わりに留守番をしてもらわなければならないんだ。だから卵の護衛官をしている暇はないんだよ」

シャオワンに説得されて、シャイールは少しばかり不満そうだが納得した。

「しかし外遊は今まで通り私が行けば良いのではないですか？」

「友好国との関係は大切にしなければならないよ。それぞれの国の祝いの席に国賓として招かれたら、やはり国の代表として私が行くべきだ。王弟である君が行くことは決して非礼にはならないけれど、それなりの関係性を保ちたい相手国には、ふさわしい礼を尽くす必要がある。王が訪問するということは、それだけその国を信頼しているということだ。どんな祝いの品を並べるよりも、相手国に対して最上の礼を尽くすことになる。父上からそう習わなかったかい？」

シャイールはもちろん分かっていることではあるが、承服しかねる部分もあり複雑そうな顔で頷く。

「それに私は授《さず》かれるものならば、これから何人でも子を儲けたいと思っている。だから卵の護衛官には、今後も生まれるたびに同じ者になってほしいんだ。今回だけシャイールというわけにはいかないよ」

気持ちを見透かされたように、痛いところを突かれてシャイールは大きな溜息をついた。

「分かりました。護衛官は諦めます……どうぞオウランをお使いください」

シャイールが納得してくれて、シャオワンは安堵したようにニッコリと笑った。

「だけどなんでそんなに護衛官になりたいんだい？」

「それは……やはり兄上の大切な世継ぎである卵を守り育てるのは、大変名誉な役目だからに決まっているではありませんか……誰でも出来る仕事ではありません。でも……まあ……兄上がオウランを選ばれたのは決して誤りではないと思います。オウランは責任感の強い男ですから、必ず役目を全《まっと》うするでしょう」

「君のお墨付きがあるのならば、なおさら安心だな」

シャオワンにそう言われて、シャイールは満更《まんざら》でもないという顔でお茶を飲んだ。


オウランは、正式に卵の護衛官に任命され、早速準備に取りかかった。

そして龍聖もまた無事に世継ぎである皇太子の卵を産み落とした。

世継ぎ誕生の知らせは、エルマーン王国中を喜びに沸かせた。城下町の家々は祝福の意を表すため、戸や窓を花で飾り立てた。

「見てごらんリューセー、城下町が花で溢れているよ。すべては君と皇太子のためのものだ」

シャオワンが龍聖を抱きかかえてテラスに立ち、眼下の景色を見せながら言った。

「すごいですね。時折風に乗って、花の香りがします」

「ああ、みんな喜んでくれているよ」

二人は見つめ合い微笑み合った。

「名前は決まりましたか?」

「ああ、ヨンワンと名付けようと思う」

「ヨンワン……何か意味があるのですか？」

「ヨンというのは『豊かな』という意味があるから、感情豊かな子に育ってほしいと思ったんだ。君のように人の心の痛みの分かる優しき王になってほしい」

シャオワンの言葉に、龍聖は嬉しそうに微笑んだ。

「貴方のように前向きな明るい子になってほしいです」

シャオワンは龍聖の額に口づけた。

「不思議だね。今までは子は授かりものだから、焦らずいつでも良いなんて思っていたのに、いざ生まれるとどんな子になるだろうかと、色々想像してしまって、早く卵が孵《かえ》らないかと待ち遠しいよ」

「それは私もです」

二人はふふふと笑い合った。

シャオワンは龍聖を抱いたまま部屋の中へと入っていった。そのまま寝室まで運ぶと、ベッドの上にそっと龍聖を下ろした。

「もう歩いても平気なのに……」

「君はずっと熱に浮かされていたんだよ。そして昨日卵を出産したばかりだ。もう二、三日はゆっくりと体を休めないと駄目だよ」

「甘やかしすぎですね」

ベッドの上に座る龍聖に並ぶように、シャオワンもベッドに腰を下ろした。

「甘やかすさ、こういう時くらい甘やかさせておくれ。君はいつも全然甘えてくれないからね」

シャオワンはそう言って、龍聖に軽く口づけた。龍聖は幸せそうに笑う。

「でも不思議です……本当に私が卵を産むなんて……それにあんなに綺麗《きれい》な卵は見たことがありません。まるで宝石のようです。よく子供のことを宝と表現しますが、本当に宝のようですね」

龍聖はそう言って、ベッドの傍《かたわ》らに用意された小さな赤ちゃん用のベッドに入っている卵をみつめた。

真珠色に輝くその卵には、赤い不思議な模様が入っている。見ようによっては竜の頭のような模様は、世継ぎである卵にしかついていないらしい。握り拳よりもう一回りほど大きな卵だ。

「これから毎日君が卵に魂精《こんせい》を与えて育てるんだ。明日、一緒に卵の部屋へ連れていこう。今日までは君に安静にしていてほしいから、卵はここに置いているけれど、卵の部屋の方が安全なんだ」

「卵の部屋……バハルから話は聞いていますが、とてもとても警備が厳重だそうですね」

「ああ、この城の中で最も警備が厳重な場所だ。たぶん宝物庫よりも厳重だよ」

「そんなに？」

龍聖はまだよく分からないというように首を傾げた。

「この王の私室の隣に作られている小さな部屋だけど、壁は三重になっていて、この部屋と同じ漆喰《しっくい》の壁に石壁を二重合わせにしていて、その壁の間に竜の鱗《うろこ》を敷きつめているんだ。だからどんな火薬を使っても、鉄器を使っても壊すことは出来ない。扉は中から施錠するので、外からの鍵穴はない。部屋の中はとても狭くて、大人が四人も入れば身動きが出来ないほどだ。卵を保管する入れ物が中央にあり、それ以外は何も置いていない。折り畳みの簡易椅子があるだけだ。部屋を狭くしたのは、余計なものを置く場所をなくし、誰もそこに隠れることを出来なくするためだ。卵の部屋の外には、本来の部屋の……廊下と繋がる普通の扉があり、扉の前には兵士が見張りとして常駐している。普段使用していない時は、その扉を施錠しているんだけどね。そういう使用していない時に、中に忍び込まれて何か仕掛けられては困るだろう？」

「すごいですね」

龍聖は驚いて目を丸くした。

「昔、一度だけ卵が攫《さら》われた事件があったことは知っているだろう？」

「はい、スウワン王の時ですね」

「そうだ。その事件以降、試行錯誤して作られた部屋なんだ。君が寝込んでいる間に、護衛官に任命したオウランが、卵の部屋を綿密に調べて異常がないかを確認しているし、すでにいつでも卵を預けられるように準備を整えているんだ」

龍聖は腕組みをして少しばかり考え込んだ。

「中から施錠ということは、卵が入っている限りは、常に誰かが中に一緒にいるということなのですよね？」

「そうだ。それが護衛官の仕事だ」

「え!?　ずーっと護衛官が中にいるのですか？　一年間も？」

「まあ……基本的にはそうなんだが、護衛官を補佐するための侍女が三人ついていて、卵の容器の水替えや、温石《おんじゃく》の取り換え、護衛官の食事の世話などをしている。明日行けば分かるけど、廊下から中に入ると、ちょっとした小部屋のような空間があって、そこには椅子やテーブルや簡易ベッドがあるから、食事や休憩は出来るんだよ。侍女はそこで待機している。護衛官が休憩を取る間は、侍女の誰かが代わりに卵の部屋に入って施錠するんだ。だがオウランはたぶん侍女と交代はしないつもりのようなんだ」

シャオワンはそう言って困ったというように頭を掻いた。

「どういうことですか？」

「侍女達を信じていないわけではないが、やはり中から施錠させることに抵抗があるらしい。それで私の方からバハルに、昼と夜に一刻ほど、オウランと交代してほしいと頼んであるんだ。卵の部屋に入れる者は限られているからね。私と君とシャイール、そして君の側近と護衛官と護衛官付きの侍女だけだ。他の者はどのような理由があっても中に入ることは出来ない」

「本当に警備が厳重なのですね」

龍聖は感心したように呟いた。そしてまた腕組みをして考え込む。

「私が卵を抱きに行く時に、オウラン様には休んでいただきましょう。バハルも一緒ですから、オウラン様も納得しやすいでしょうし……一年間お任せするのですから、そんなに籠りきりでは体を壊してしまいます。本当はもっと長い時間きちんと眠ってほしいのですけど……オウラン様が駄々《だだ》をこねても、私が休めと強く命令いたします」

龍聖が決意したように強く頷いて言ったので、シャオワンは思わず吹き出した。

「まったく……君という人は本当に頼もしいね」

シャオワンはそう言ってクスクスと笑いながら、龍聖に口づけた。


翌日、朝から龍聖はシャオワンと共に、隣にある卵の部屋へと向かった。廊下には二人の兵士が見張りとして立っていた。

兵士達は姿勢を正して、シャオワン達に敬礼したので、シャオワンと龍聖も兵士に「おはよう」と挨拶をすると、扉を開けて中に入った。

扉の中は、昨日シャオワンが説明した通り、小さな部屋になっていて、テーブルと椅子があり、侍女が三人立っていた。シャオワン達に深々と礼をする。

「皆さん、これから一年間よろしくお願いしますね」

龍聖が侍女達に声をかけると、皆緊張から舞い上がってしまい言葉もなくただ何度も頭を下げていた。

「リューセー、ここが卵の部屋だよ」

言われた先には、強固な石の壁があった。中央に人が一人通れる程度の小さな扉がある。扉の中央上部に小さな窓のようなものが付いていた。だが中から蓋のようなもので閉じられていて、窓から部屋の中を見ることは出来ない。扉の横の壁に金属の輪っかが付いていた。

シャオワンは扉の前に立つと、横にある鉄の輪っかを持って、カンカンカンと壁に当てて音を鳴らした。すると扉についていた小さな窓が中から開き、誰かがこちらを覗き見ているのだけが見えた。パタンと窓は閉じられ、ガチャッガチャッと中から錠が外される音がして、ギギッと扉が中から押し開くように開けられた。

「陛下、リューセー様、お待ちしておりました」

オウランが恭《うやうや》しく二人を出迎えた。

「リューセー、とりあえず中に入ろう」

シャオワンは龍聖に中に入るように促し、後に続いて入った。シャオワンが中に入ると、オウランがすぐに扉を閉めてガチャリガチャリと施錠する。その音に驚いて龍聖が振り返ると、扉には上と下にとても頑丈そうな錠前が付いていた。

「狭くて驚かれたでしょう？」

驚いた様子で辺りを見回している龍聖に、オウランが声をかけた。龍聖は我に返り恥ずかしそうに苦笑して、会釈《えしゃく》をした。

「オウラン様、このたびは大変な任務を引き受けていただきありがとうございます」

「いいえ、むしろこちらがお礼を申し上げたいところです。このような大役を仰せつかり、光栄に思うと共に私の一生の仕事であると身の引きしまる思いです。命に代えましても、必ず卵をお守りいたします」

オウランの強い思いに、龍聖は圧倒されてしまった。確かに王の世継ぎを預かるのだから、とても重大な任務だと思う。しかしこのような密閉された空間に一人で一年間も、卵を守り続けるなど、よほど強い精神力の持ち主でなければ無理ではないかと思った。

こんなところで寝起きするつもりなのだろうか？　見たところ小さな折り畳み椅子以外は何もない。床に直接横になって寝るのだろうか？　龍聖は部屋の中をちらちらと見ながらそんなことを考えた。

「リューセー様、こちらの容器が普段卵を保管するものになります。この透明な器は、結晶化した竜の骸《むくろ》を研磨《けんま》したものです。ですから鉄槌で叩いても割れることはありません。中には城の地下にある湧き水を汲《く》んできております。この水は毎日取り換えます。この下に温石が置かれていて、常に水を人肌ほどのぬるま湯に保っています。この中に卵を入れれば水の中に浮いた状態になり、傷つけることなく保管することが出来ます」

龍聖はオウランの説明を聞きながら、興味深げに目の前の透明な容器を眺めた。

「容器は下の土台にしっかりと固定しておりますので、転がることもありません」

「よく考えて作られているのですね」

「三代目竜王スウワン陛下の弟であるファーレン殿下が、研究と構想を含めて二年がかりで造られた部屋です」

「そうなのですね……卵への愛情を感じます」

龍聖はしみじみと呟いて、腕に抱えている籠《かご》の中の卵をみつめた。

「私も卵がこんなに柔らかいとは思わなくて、確かにその辺に置いておくものではないと思いました。私達の部屋からここまでほんの僅《わず》かな距離だというのに、私は卵を直に抱くのが怖くて、こうして籠に入れて抱えてきたのです」

「それも両手で抱き込むようにして抱えるものだから、そんなに命懸けで抱えなくても良いんだよって言いながら来たんだよ」

シャオワンが笑いながらオウランに言ったので、龍聖は頬を染めながら俯《うつむ》いた。

「卵を容器の中に入れますか？　その前に一度抱いて魂精を与えますか？」

オウランが優しく尋ねたので、龍聖は戸惑ったようにシャオワンをみつめた。

「君がやりたいようにしていいんだよ？」

シャオワンも優しく言ったが、龍聖はまだ困った顔をしている。

「どうしたんだい？　リューセー」

「その……魂精はさっき抱いてあげたので大丈夫だと思うのですが……私もまだ慣れていなくて、卵を抱くのが怖くて……容器に入れるのを手伝っていただいても良いですか？　シャオワンの手の方が大きいから、きっと安全な気がして……」

シャオワンは、はっとしたように大きく目を見開き、それで困った顔をしていたのかと思わず笑みを零した。

「いいよ、私が容器の中に卵を入れよう」

シャオワンはそう言って、籠の中の卵を両手でそっと持ち上げた。

オウランが容器の蓋を開けたので、シャオワンは卵をそのまま容器の中へと入れて、水に浸からせたところでそっと手を離した。卵はゆらゆらと水に浮かんでいる。

シャオワンが龍聖を見て「ね？」というように笑ってみせると、龍聖も安堵したのか大きな息を吐いた。

「リューセー様、卵は柔らかいですが意外と表皮が厚く弾力性があるので、ちょっとしたことでは傷もつかないそうです。例えば爪で少し引っかいたり、軽く叩いたりするくらいでは割れません。ご安心ください」

「じきに慣れるよ。そんなに緊張しないで」

オウランとシャオワンに励まされて、龍聖は赤くなった。

「申し訳ありません……命を預かるのだと思うと緊張してしまって……」

「これから毎日やるのだから、いやでも慣れるよ。私が立ち会える時は協力するし、バハルが一緒の時はきっと任せて大丈夫だろう」

「はい、あの……オウラン様もあまり無理はなさらないでください。休める時は休んでいただかないと、オウラン様が倒れられたら元も子もありませんから」

「リューセー様、お優しいお言葉ありがとうございます。肝《きも》に銘《めい》じます」

オウランは恭しく頭を下げた。


龍聖は毎朝バハルと共に、卵の部屋へ行くことを日課にした。そしてオウランに一刻ほど外で休憩してくるように命じた。

最初のうちはオウランも渋っていたが、龍聖が断固たる意志で強制したので従わざるを得なかった。

その日課に次第に慣れてくると、「二刻ほど休んでください」と命じて、絶対に扉を開けないという強硬手段までとった。

強引な龍聖のやり方に、オウランは困惑したが、やはり従わざるを得なかった。

やがて半年も経つ頃には、龍聖も卵の扱いに慣れ、オウランも休憩を素直に取るようになっていた。

そして一年が過ぎ、皆が心待ちにしている時が訪れた。

シャオワンと龍聖は、息を呑んでじっと見守っていた。

パリッと音がして、卵の殻が割れて小さな穴が空くと、誰からともなく感嘆の声が漏れた。

「リューセー様、陛下、殻を割る手伝いをして差し上げてください」

後方で様子を窺《うかが》っていた医師が告げると、シャオワンと龍聖は顔を見合わせて、恐る恐る小さな穴から殻を割り広げていった。中に殻の欠片《かけら》が落ちないように気を付けながら、慎重に卵を割る作業を続けた。

「あ、ああ……シャオワン……ほら、ご覧ください」

龍聖が小さな声で呟いた。

三分の一ほど殻が取れると、卵の中が見えてきたのだ。中には小さな赤子が丸まるように入っている。頭には柔らかそうな赤い産毛が生えていた。

「赤い髪ですね」

龍聖が感嘆の息と共に囁いた。

「そうだな、私と同じ赤い髪だ」

「ああ……」

龍聖は嬉しくて、殻を割る手の動きが、無意識に速くなっていた。

殻が半分になると、完全に赤子の姿がはっきりと現れた。赤子は薄目を開けて眩《まぶ》しそうにしている。

「抱いても……良いのですか？」

龍聖は振り返り、医師の反応を窺った。医師が大きく頷くと、嬉しそうに赤子を覗き込んで、両手を殻の中に差し入れた。

「ああ、重い……丸々と肥えた赤子です」

龍聖はそう言って笑いながら、赤子を腕の中に抱き上げた。すると赤子は顔をくしゃりと歪めて、今にも泣きだしそうに顔を真っ赤にする。

「何か手に持っています」

龍聖がシャオワンにそう言うと、シャオワンは満面の笑みで赤子を見つめながら頷いた。

「それは半身の卵だよ。竜王はすぐには孵らないんだ。これはしばらくの間ジンヤンに預けなければいけない」

シャオワンはそう言って、赤子が胸に抱いていた金色の卵を、すっと取り上げた。すると今までぎりぎり泣かずにいた赤子が、堰《せき》を切ったように大きな声で泣き始めた。

それにはその場にいた者達も思わず笑いを漏らす。廊下で様子を窺っていた者達も、元気な赤子の泣き声に、誰もが喜びの声を上げた。

「リューセー様、御子の体を洗いますので、お預かりしてもよろしいですか？」

医師に言われて、龍聖は抱いていた赤子を渡した。

「赤子を抱き慣れているんだね」

シャオワンが感心したように言うと、龍聖は笑いながら頷いた。

「よく子守をしていましたから」

龍聖はそう話しながら、シャオワンと共に、産湯《うぶゆ》で綺麗に洗われながら、体のあちこちを診断されている我が子を、愛しむようにみつめていた。

しばらくして綺麗な白い布に包まれた赤子が、龍聖の下に戻った。髪がより一層ふわふわになっている。

「シャオワンも抱いてあげてください」

「私が？　なんだか怖いな」

シャオワンは困ったように苦笑して、龍聖から渡された赤子を腕に抱いた。

「卵の時は上手に抱いていたではありませんか」

「あの時とは少し勝手が違うよ」

シャオワンが恐る恐る抱くので、緊張が伝わったのかせっかく泣き止んでいた赤子が、また大きな声で泣き始めた。

「お二人ともここは狭いですから、王の私室へ戻りましょう」

卵の部屋の外にいたバハルが声をかける。

「そうですよ、ここは卵の部屋です。卵から孵った王子は、もうこの部屋から巣立たなければなりません。寂しいですが私もお役御免《ごめん》です」

後ろに控えていたオウランの言葉に、龍聖は頷いて深く頭を下げた。

「オウラン様、本当にお疲れ様でした。貴方のおかげでこうしてヨンワンは卵から孵ることが出来ました。今までお守りくださりありがとうございました」

「オウラン、私からも礼を言うよ。ここまで勤め上げてくれて本当にありがとう」

シャオワンと龍聖の二人から礼を言われて、オウランは面映《おもは》ゆそうに笑みを浮かべたが、その両目にはうっすらと涙が浮かんでいた。

決して楽な仕事ではなかった。最初のうちはろくに眠ることも出来ず、疲労困憊《こんぱい》状態に陥《おちい》った。

だが龍聖の心遣いと、バハルの協力で上手に休息を取れるようになり、夜間は卵の部屋の中で床にうずくまり眠れるようになっていた。そういう辛い状況でも、日々龍聖が卵に愛情をかける姿を見て、自分の為すべきことに自信が持てるようになったのだ。

そして今、改めて礼を言われて達成感に心が満たされていた。

「皇太子殿下のお誕生を心からお祝い申し上げます」

オウランは深々と頭を下げた。

「見てごらん、なんと愛らしいのだろう……目元は君に似ているね」

「そうですか？　眉の形も額の形も……口元もシャオワンにそっくりですよ？」

王の私室に戻った二人は、飽きることなくヨンワンを眺めた。龍聖に抱かれるヨンワンは、ご機嫌も良く泣かずにいたので、龍聖とシャオワンは、愛しそうに我が子をみつめていた。

「リューセー様、こちらの二人がヨンワン様の乳母として、今日からこちらで働きます」

バハルが新しい侍女を連れてきて、龍聖に紹介した。

「二人が交代でヨンワン様のお世話をいたします。基本的には、リューセー様はヨンワン様に今まで通り、毎日魂精を与えるだけで、それ以外はすべて乳母にお任せいただいても構いませんが、いかがなさいますか？」

バハルに問われて、龍聖は戸惑ったようにバハルと乳母達を交互に見た。

「それは……私がどれくらいヨンワンの世話をするかということですか？」

「そうです。すべての世話をリューセー様がやりたいということであれば、そのような態勢で、乳母達もお手伝いいたします」

龍聖は腕の中のヨンワンをじっとみつめて考えた。そして再びバハルと乳母達に向き直る。

「私はよその子の子守はしたことはありますが、子育てと子守は違うと思います。シーフォンの子は成長が遅いと聞きました。この子はこれから四、五年は、赤子の状態が続くでしょう。私一人では、きっと育て上げることは難しいです。ましてや私はまだ中途にしてしまっている仕事があります。乳母のお二人の力をお借りして、ヨンワンをお任せしてもよろしいですか？」

「もちろんですよ」

バハルは笑顔で頷き、乳母の二人も頭を下げた。

龍聖はそれから、ヨンワンの世話を乳母に一任し、日中のほとんどの世話を任せた。その代わり、夜は寝室に子供用のベッドを置き、龍聖が面倒を見ることにした。

シャオワンは、それらのことには一切口出しをせず、龍聖のやりたいようにさせていた。

龍聖は日中はヨンワンを乳母に預けて、中途になっていた仕事に再び戻った。

改良された新しい機織り機五十台は完成していた。再び全稼働し始めた機織り工房は、生産性が倍にまで向上していた。

また木工家具の工房では、作業工程の見直しや、工具の改良などにより、高級家具の生産性が向上した。それによって作業時間が短縮されて余裕の出た時間を、新たな家具の製作に費やすことにした。それは装飾をなくし実用性を重視した家具だ。だが見た目にも決して簡素ではなく、華美な装飾や複雑な彫刻はなくても、部屋に置いて機能的で美しいと思える家具を作り出した。

その家具は、アルピン達のために考案された家具で、従来の『支給品』としてではなく、城下町に家具店を開き、自由に売買させようと龍聖が提案した。押しつけられたものではなく、アルピン達それぞれが必要だと思う物を選択させることで、生活が豊かになると考えたのだ。

また家具店で売買することで、旅の商人達が買いつけてくれれば、外貨の獲得にもなる。貿易とは別に、アルピン達自身が商売を行うことも必要だと考えた。

「職人達の技術は間違いありませんから、見事な細工の高級家具だけではなく、安価で機能的な家具も、他国の商人から見たらとても魅力的なはずです。他国の商人にはアルピン達に売る倍の値段で取り引きすれば良いと思います」

「リューセー様、そのような知恵はどうやって得られたのですか？」

シャイールが驚いて尋ねた。

「私の家は村の名主で、農業を営《いとな》む村のまとめ役でしたが、分家が城下町でとても大きな商店を営んでいました。私は学問を学ぶため城下町の分家に居《い》候《そうろう》させてもらっていたので、そこで商売の様子も見ていたのです。金沢の城下町には、様々な商売の店がたくさんあり、とても活気がありました。この国は国民皆が平等で貧富の差はありません。生活に必要なものは国から支給品として与えられるし、国へは労働で支払われ、税を課せられることはありません。国民は守られているかもしれませんが、最低限の生活が保障されているだけで、決してそれ以上の豊かな暮らしにはならないと思います」

「豊かな暮らし……」

シャイールは不思議そうに呟いた。龍聖は頷く。

「アルピンに貧富の差はありませんが、対外的に見た時に、シーフォンとアルピンには貧富の差があるように見えると思うのです。シーフォンは城の中に住み、豪奢《ごうしゃ》な家具に囲まれ、贅沢《ぜいたく》な暮らしをしています。もちろんこの国を治めているのはシーフォンなのですから、それでも構わないと思いますし、アルピン達には欲はないし、シーフォンと同じだけの能力はありませんから、このように住み分けるのも仕方ないと思います。そしてアルピン達の中に貧富の差が生まれてしまうのは良くないとも思います。だから今のままのエルマーン王国は、きっと理想郷だと思いますが、アルピン達の暮らしを全体的に向上させることも、新しい発展に繋がるのではないかと思うのです」

シャイールは腕組みをして考え込んだ。

「それがリューセー様の言っていた城下町の整備ということなのですか？」

「そうです。アルピン達がもっと広い家に住むのは贅沢ですか？　自由に家の中を飾ったり、お洒落な服を着たりするのは贅沢ですか？　いえ、そもそもアルピン達が贅沢をするのは駄目なことですか？」

龍聖に問われて、シャイールは戸惑いつつも首を振った。

「いえ……別にそういうことはないと思います。初代竜王ホンロンワン様が、アルピンは奴隷ではなく同じエルマーンの国民だと周知させ、三代目竜王スウワン様が、アルピンとシーフォンは互いに助け合い守り合う関係であることを宣言した。シーフォンの中にはいまだに人間を蔑視する者がいますが、アルピンは他の人間達とは違うということを、代々の竜王が教え守らせてきています。ですからアルピンには自由を許しているのです。ですがアルピンにはアルピン達の中で、昔から決めごとがあるらしく……」

シャイールの言葉に、龍聖は頷いた。

「それは少しだけ聞きました。肉を絶対に食べないとか、シーフォンと同じ服を着ないとか、何か独自の決まりごとがあるらしいです。アルピン達はシーフォンに対して、神に近い畏怖《いふ》の念を抱いています。だから彼らが、シーフォン達が使う豪奢な家具や、美しい衣装を作る技術を持っていても、それを自分達のために生かそうなどとはまったく考えていません。彼ら自身に元々欲がないという性質もあると思います。そしてシーフォンを敬《うやま》っているからこそ、シーフォンに仕えて働くことに、一切の不満を感じないのだと思います。それはきっと、この国が平和であり続けるために必要なことで、無理に壊すことはないと思います」

シャイールは「うーん」と唸《うな》って、腕組みをしながら首を傾げた。

「結局アルピンは贅沢をしないということですか？」

混乱してしまった様子のシャイールを見て、龍聖は微笑んで頷いた。

「はい、彼らが贅沢を好まないのであれば必要ないと思います。でも贅沢をすることと、生活を豊かにすることは、決して同じことではありません。例えば五人家族が、五つ部屋のある家に暮らすことは、決して贅沢ではないと思うのです。部屋の中を好きな家具で飾ることは贅沢ではないと思うのです。そういうことをやりたいと思います」

「それでアルピンの人口が増えますか？」

「おそらく増えると思います」

龍聖の言葉に、シャイールは答えた。

「分かりました。頑張りましょう……ですが今までの機織り機や木工などの工房の改革とは、規模が異なります。一年や二年で出来ることではありませんよ」

「はい、まずは十年を目標にどこまで出来るかやってみましょう」

龍聖も笑顔で宣言した。

第4章

遠浅の美しい海を、肩を寄せ合って眺めていた。

「本当に久しぶりですね」

龍聖が嬉しそうに呟いた。

「何年ぶりだろう？」

シャオワンも嬉しそうに呟いた。

「……十二年ぶりだと思います」

龍聖が指折り数えて答えた。シャオワンが龍聖のその手をぎゅっと握って笑う。

「君が忙しすぎるから、無理やり連れてきたんだよ」

「私は何もしていませんよ」

「城下町の整備事業にすっかり嵌まっているじゃないか。それにヨンワンの育児もある」

「確かに……城下町の整備は楽しいですが、私は現場の報告を聞いたり、どのような家を作るか提案したり考えたり……部屋の中で偉そうに指示するだけです。ヨンワンの育児にしても、すべて乳母がやってくれますから、私は何も……」

「それが忙しすぎるというのだ。他国の王妃が毎日何をしているか知っているかい？　庭園を散歩して花を愛《め》でたり、一日中お茶とおしゃべりを楽しんだり、新しいドレスを選んだりしているんだよ」

「……それは忙しそうですね」

「そういうとぼける者にはお仕置きが必要だな」

シャオワンはそう言って、龍聖を押し倒すと、脇をこちょこちょとくすぐった。

「あははは……お許しください……あはははは」

龍聖が大声で笑いながら、くすぐったさに身悶《みもだ》えていると、シャオワンは笑いながらくすぐるのをやめて、唇を重ねた。

「たまには私とだけ一日過ごしておくれ」

「お忙しいのはシャオワンも同じでしょう？　私はシャオワンが一日過ごしたいとおっしゃるならばいつでもおつきあいいたします。今日だって……ここに一日はいられないでしょう？」

「それが今日は一日いられるんだ」

シャオワンがニッと口の端を上げた。

「え？　ほどほどで戻らないと、シャイール様が心配して迎えに来るのではないのですか？」

「いや、今日は一日良いと言われた。まあ説得もしたけどね」

シャオワンはそう言って再び唇を重ねた。深く浅く口づけをする。龍聖はうっとりとした表情で、口づけを受けた。

龍聖の顔に、島特有の木の大きな葉の影と隙間から零れる陽の光が差してキラキラと輝いて見えた。

「君は美しい」

口づけの合間にシャオワンが囁いた。

「貴方の赤い髪が青空に映《は》えて綺麗です」

龍聖も囁いた。

シャオワンの右手が、龍聖の下半身に伸びて、ズボンの紐を解きゆっくりと布地をずり下げていく。

「欲情しました？」

「私はいつも君に欲情しているよ」

シャオワンの囁きに、龍聖は赤くなって目を伏せた。

何度も口づけながら、右手は龍聖の下半身を撫で回し、後孔を弄《まさぐ》った。龍聖の息が次第に乱れ始める。

「シャオワン……こんなところで……恥ずかしいです」

「誰もいないよ」

「でも……」

「少しだけ」

「あっ……ああっ」

シャオワンの指が、後孔にゆっくりと挿入して中を掻き回し始めると、龍聖はたまらず喘ぎ声を漏らした。

「シャオワン……だめ……です」

「もう止められそうにないよ」

シャオワンは体を起こすと、龍聖の体を軽々と抱き上げ、うつ伏せにひっくり返した。

「あっ……シャオワン……」

その上に覆いかぶさり、衣の裾をめくり上げると、ズボンを膝まで下ろされた龍聖の白い双丘が露《あらわ》になった。シャオワンに弄られたせいで、後孔は朱《しゅ》に色づき口を開いている。

シャオワンは龍聖の腰を抱えて上げさせると、背後からゆっくりと挿入した。

「ああっああっあぁぁ……シャオワン……あっあっあっ」

シャオワンは、深く根元まで挿入すると、ゆさゆさと腰を揺すった。

龍聖は砂の上に敷かれたシャオワンのマントに額をつけて、きゅっと両手で布を握りしめた。揺さぶられるたびに喘ぎが漏れる。深く挿入された熱い昂りが、体の奥を執拗《しつよう》に刺激した。

「あっ……あっあっ……シャオワン……あっ……あぁっあっ」

次第に揺さぶる腰の動きが速くなり、やがて熱い迸《ほとばし》りが放たれた。

「あーっ……あぁぁっあっ……」

龍聖も恍惚《こうこつ》とした表情でぶるりと身震いをした。

シャオワンは残滓《ざんし》まで注ぎ込み、ゆっくりと男根を引き抜くと、龍聖の体を抱き起こし、そのまま砂浜に座り込んだ。龍聖の頬や瞼に何度も口づける。

「リューセー……今日は厭らしい気持ちにはならない？」

「貴方のせいで……厭らしい気持ちになりました」

龍聖が耳まで赤くなってそう呟いた。その唇を深く吸うと、シャオワンは龍聖の着ている服を脱がせ始めた。


何度も交わり合い、気がつくと辺りは茜色《あかねいろ》に染まっていた。

龍聖はシャオワンの腕に抱かれながら、ぼんやりと茜色の空を見上げていた。

『ジンヤン様が歌を歌っている』

そう気がついた。

「シャオワン……そろそろ帰らないといけないのではありませんか？」

「そうだね……残念だけど」

シャオワンはそう言って起き上がり溜息をついた。

龍聖も体を起こして辺りを見回した。水平線に大きな夕日が沈もうとしている。海も真っ赤に染まっていた。隣に視線を送ると、シャオワンの赤い髪が、夕日に映えて燃えるように輝いていた。

「綺麗……」

龍聖は思わず呟いた。

「夕日が綺麗だね」

シャオワンも頷きながら呟いた。

夕日よりもシャオワンの髪が綺麗だと、龍聖は思ったがあえて口には出さなかった。

「今度久しぶりに外遊に出るつもりだ。ウィラン王国に行ってくる。近くだからその日の夕方には戻るよ」

「分かりました。お気をつけていってていらしてください」

シャオワンは頷く代わりに、軽く口づけをした。

シャオワンは、ライエンと若いシーフォン達を連れてウィラン王国に向かった。

ウィラン王国は、建国して間もない若い国で、エルマーン王国と国交を結んでからまだ十年ほどしか経っていなかった。昨年国王が崩御《ほうぎょ》し、新王が戴冠した。その祝いを兼ねての訪問だった。

「確か新王はまだ若かったな」

シャオワンはそう思いながら、眼下に見えてきたウィラン王国に向かって降下を始めた。近づいていくと、たくさんの人々が綺麗に整列しているのが見えた。城門から少しばかり離れた広い平地に、赤い絨毯《じゅうたん》が敷かれている。それを目標に着地した。

シャオワンがジンヤンの背から降りると、出迎えの隊列の中から、一人の青年が進み出てきた。ふわふわと柔らかそうな薄い色の茶色の髪が、風に揺れて王冠にかかっている。宝石がちりばめられ、見事な細工《さいく》の施された王冠は、まだ彼の頭に馴染《なじ》んでいないようだ。十七、八歳の若き王は、緊張した面持ちでシャオワンの前まで来ると、少し腰を落として丁寧な礼をした。

「シャオワン王、我がウィラン王国にお越しいただきありがとうございます。代替わりしても変わらぬ縁を結べることを嬉しく思います」

「アンベール王、ご即位おめでとうございます」

シャオワンも丁重に頭を下げた。

シャオワン達は、用意された馬車に乗り、ウィラン王国の王城へ招かれた。

城に到着すると、広い貴賓室へ通された。中央に大きなソファが並んでいる。そこへ座るように促されて、シャオワンはアンベール王と向かい合って座った。シャオワンの後ろにはライエン達が控えて立ち、アンベール王の後ろにも家臣達が並んだ。

「改めてご来訪いただきありがとうございます。父が亡くなった際にも、過分なお心遣いを賜りまして、ありがとうございました」

「随分急なことだったようですね。私も即位して間もないですし、お互いに似た境遇《きょうぐう》ですから、何かあれば助け合いましょう」

シャオワンがニッコリと笑って言ったので、アンベール王は少しばかり安堵したのか、表情を和らげた。

「我が国は建国してそれほど月日も経っていません。周辺国には、まだ顔が利きませんし……それなのに頼りにしていた父が亡くなり、私のような若輩者では心許《こころもと》ないと思われているのでしょう。国交を断ってくる国がいくつかあって……国内もまだ落ち着きを取り戻しておりません」

アンベール王は、不安そうな表情で苦しい胸の内を明かした。アンベール王の後ろに控える家臣達の表情が険しい。他国の王に、そのような苦しい国の内情を吐露《とろ》するなど、ありえないと焦っていることだろう。家臣達はシャオワンと視線が合うと、気まずい表情で視線を逸らした。

「我が国もそれほど状況は変わりませんよ。代替わりすれば、どこの国も多かれ少なかれそうなるものです。特に我々のような若い者が王位に就けば、あの国は大丈夫なのかと陰口を叩かれます。私は父からそういう言葉に惑わされるなと言われました。こういう時こそ、相手の真価が分かる時だと……王が替わったくらいで、簡単に国交を絶つような国は、上辺《うわべ》のつきあいだけで国交を結んでいた国なのだ。そんな国とは早々に縁を切った方が良い、国難に遭った時に裏切られることになる。そう言われました」

シャオワンが穏やかな表情で、アンベール王を気遣うように優しく話す。アンベール王は真剣な顔で聞き入っていた。

「ウィラン王国は、建国してからはまだ二十年しか経っていない若い国ですが、王家は建国前は自治領として、代々領主を務められてきた古いお家柄だ。その領主としての信頼があって、皆が建国に力を貸した。きっとこの国の民ならば貴方を支えて、これからの王国のために働いてくれるはずです。家臣を信じなさい」

「シャオワン王……」

シャオワンはそう言って、アンベール王の後ろに控える家臣達を再び見た。つられるようにアンベール王も振り返る。宰相を務める中年の男が、シャオワンに対して無言で頭を下げた。

「我が国は建国して千年以上が経ちますが、いまだに我らのことを異形《いぎょう》の化け物だと揶揄《やゆ》する者も多い。気持ち悪くて国交など結べるものかと言われることもたびたびあります。そんな我らをこうして手厚くもてなしてくださるのですから、我らもありがたく思っているのです」

「化け物だなどとそんな……私は父から、貴方がたはこの地に人間が住むよりももっと昔から、生きてきた古い民族なのだと聞きました。神の使いである竜を従える彼らは、神に認められた唯一の民だと……だから人知を超えた美しい容姿と、長い命を貰ったのだと……私はいつもその話を聞いて憧《あこが》れていました。私が子供の頃に、一度だけ先王ロウワン陛下が来訪された時に、遠くからですが雄々しい竜の姿を見て……そんな方々と親交がある父を誇りに思っていました。ですから……即位した私のために、こうしてシャオワン王が来訪してくださったのは大変光栄で、初めて王として認めてもらえたような……そんな気持ちでいるのです」

頬を上気させて夢見るような表情で語るアンベール王をみつめながら、シャオワンは内心複雑な思いでいた。『神に認められた唯一の民』とは真逆の立場であるシーフォンにとっては、皮肉にほかならないと思ったからだ。

だがそんな心情は表には出さずに、頼りなげな若き王を優しく微笑んでみつめた。

「それではアンベール王、改めて新しき王として、国交継続の調印を交わしていただきたい」

「はい、もちろんです」

アンベール王の返事を聞いて、シャオワンは後ろに控えるライエンに合図を送った。ライエンが進み出て、二人の間にあるテーブルの上に、二通の契約書を置いた。綴られている条約の条件を互いに確認し合い、二通共に署名を書き込む。二通の契約書それぞれに二人の署名があることを、互いの家臣に確認してもらった。

「それではこれで契約更新いたしました。これからも末永く親交を深めてまいりましょう」

「ありがとうございます」

シャオワンとアンベール王は、互いに頭を下げ合った。

「友好の証と、新王即位の祝いの品として、エルマーン織りの反物《たんもの》を五十反お持ちいたしました。どうかお納めください」

シャオワンの言葉に、アンベール王と家臣達がどよめいた。エルマーン織りは、諸外国で大変な人気があり、市場ではかなりの高値で取り引きされている。国交のある国であっても、一度に取り引きしてもらえる数は限られている。ウィラン王国程度の貿易規模では、取り引きしてもらえるのは十から十五反程度だった。製糸から、染め、織りまでとても手がかけられており、一反が織り上がるまでに数ヶ月を要すると言われていた。そのため流通量も少なく、貴重品として扱われているのだ。

それが五十反とは、皆が動揺するのも無理はなかった。

若いシーフォンが、三反をアンベール王に渡した。アルベール王は動揺しながらもそれを受け取った。

「残りは今運び入れている最中だと思います。のちほどご確認ください」

「シャオワン王……ありがとうございます」

アンベール王は、とても感動した様子で何度も礼を述べた。

「陛下」

そこでウィラン王国の家臣が、アンベール王に耳打ちをした。するとアンベール王は笑顔で頷く。

「シャオワン王、宴の準備が整いました。どうぞお帰りになる前に、些少ではありますが我が国の料理をお召し上がりください」

「ありがとうございます。それではありがたくちょうだいいたします」


ウィラン王国の宴は、たくさんの踊り子を用意するなどの派手なものではなかった。だが楽師達が美しい音色を奏でて、テーブルには花々が飾りつけられていて、たくさんの料理が並んでいて、精いっぱいもてなしたいという想いが感じられた。

グラスに酒が注がれて、皆で乾杯をすると、ようやく家臣達の緊張が解れて、ウィラン王国側が和やかな雰囲気になった。アンベール王の隣に座る宰相のサロモンも、穏やかな表情に変わっている。

「シャオワン陛下、このぶどう酒は、我が国が建国した折に作った物です。よい塩梅《あんばい》に醗酵《はっこう》しております」

サロモンがそう言って勧めた酒を、従者が一礼してシャオワンのグラスに注いだ。華やかな香りが鼻腔をくすぐった。

「これはよい香りですね」

「私もいただいてよろしいですか？」

シャオワンが目を細めて、ぶどう酒の香りを嗅いでいると、隣に座るライエンが嬉しそうにグラスを掲げたので、従者がそれにも注いだ。

「ほう……美しい色ですね」

ライエンがグラスに注がれたぶどう酒の色を眺めながら感心して呟いた。

その隙に、シャオワンはちらりとテーブルの上の料理に視線を向けた。スープと、クリームのかかった煮物のようなものがある。どれも具材は野菜だった。一瞬でそれを判断して、表情には出さずにそっとスプーンを手に取った。

ロウワンが何度も外遊に連れていってくれたおかげで、宴の席にも慣れた。会話を途切《とぎ》れさせないように、にこやかに談笑しながら常に料理の具材を確認する。慣れてしまえばたいしたことではない。

会話の途切れた隙に、そっと料理を口に運ぶのが、美しい作法だ。シャオワンは、会話の合間にスープを飲もうとスプーンを動かす。

「シャオワン王」

アンベール王に声をかけられて、シャオワンはすぐに顔を上げた。

「陛下、今のは……」

サロモンが、眉間を寄せながらそっとアンベール王に耳打ちをした。アンベールははっとした顔で、シャオワンを見て、みるみる赤くなる。

「も、も、申し訳ありません。お食事の邪魔を……」

「いいえ、大丈夫ですよ。いかがなさいましたか?」

間の悪いところは、昔の自分を見ているようだと、シャオワンは微笑ましく思った。スプーンをそっと置く。

「いえ、たいした話ではないのです。ただ……お帰りの際に、私が門外までお見送りしてもよろしいでしょうか?」

赤い顔でアンベール王が、恐る恐る尋ねた。確かにたいした話ではない。シャオワンは少しばかり驚いた様子で、答えに困ってしまった。門外までの見送りを、国王がするなどあまりない。

「よろしいかどうかと言われましても……」

シャオワンが困った顔で、ライエンと視線を交わした。

「シャオワン陛下、不躾《ぶしつけ》に申し訳ありません。我が王はもう一度竜を見てみたいだけなのです。陛下、そのような子供みたいなことを申されてはなりません。竜をご覧になりたいのでしたら、城のバルコニーからお見送りなさい」

サロモンが、子供を宥めるようにそう言ったので、途端《とたん》に周囲からどっと笑いが起こった。シャオワンとライエンも顔を見合わせて、思わず吹き出していた。アンベール王だけが、赤い顔で恥ずかしそうに俯いている。

そんな和やかな宴の席に、突然ガシャンという異音が響き渡った。

「ぐっうぐぅっ」

突然、シーフォンの若者が二人、口を押さえて苦悶の声を上げながら、椅子から転げ落ちた。

「サハラン！　ダンシェル！」

他のシーフォン達が立ちあがり、二人に駆け寄った。二人は苦し気に首や胸を押さえて、その場に吐瀉《としゃ》した。

「毒か!?」

ライエンが険しい表情でそう叫び、シャオワンの首根っこを摑む勢いで立ち上がらせて、テーブルから急いで離した。シャオワンは一体何が起きたのか分からずに、はっと気づいた時にはライエンの背に庇《かば》われ、左右と後方を家臣に囲まれるように守られていた。

「毒!?　そんな……まさか！」

アンベール王が驚いて立ち上がり、倒れている二人とシャオワンを交互に見ている。その顔はみるみる青白く血色を失っていった。悲鳴と怒号が、一瞬にして和やかな宴を壊してしまった。

「シャオワン王！　違います！　違います！　何かの間違いです！　決して毒など……私は……私は……」

アンベール王が震えながら、懇願するようにシャオワンの方へ歩み寄ろうとした。だがライエンが、シャオワンの盾になり、後ずさりをする。

「ライエン……」

「なりません、陛下」

シャオワンがすべてを言わぬうちに、ライエンから却下されてしまった。

「すぐに撤退する！　皆は二人を抱えて外に連れ出せ！」

ライエンが怒鳴るように指示を出した。

「しばし！　しばし待たれよ！」

その時、突然サロモンが叫んだ。だっと駆けだしてテーブルを越えて、シャオワン達の方へ来るので、ライエン達は警戒するように、剣の柄に手を置いた。緊迫した空気が走る。

「失礼する！」

サロモンはそう叫ぶと、倒れた二人のテーブルにあったスープ皿を掴み、乱暴に二皿とも飲み干した。その場がシーンと静まり返る。

口元をスープで汚したまま、気迫の籠《こも》った眼差《まなざ》しで、じっとライエンをみつめる。少しの間の後、サロモンは袖で乱暴に口元をぬぐった。

「毒は入っていない」

サロモンは、身をもって毒がないことを証明したのだ。ライエンは眉間にしわを寄せながら、じっとサロモンをみつめた。

「申し訳ないが、急病の二人を国に連れ帰ります。ご無礼の段ご容赦を」

ライエンは押し殺した声でそう言って、シャオワンを無理やり引っ張って、その場を後にした。


エルマーンの空に金色の竜が、その脚にぐったりとした二頭の竜を掴んで現れた時には、城内が騒然となった。

「兄上！」

「シャオワン！」

塔の上に、シャイールと龍聖が血相を変えて現れた。ちょうどジンヤンが二頭の竜を床に下ろして、自身も着地したところだった。

「急病人がいる！　すぐに医者を呼べ！」

シャオワンがジンヤンの背の上からそう叫んだ。


龍聖は私室に戻るように言われたので、大人しく戻ったものの、何が起きたのか説明がないままなので不安の中にいた。

「リューセー様、陛下がご無事だったのですから、とりあえずは良かったではありませんか」

「でもシーフォンの若者が、二人も倒れたのですよ？　何が原因でそんな……」

心配そうな龍聖を、バハルはなんとか宥めようとしたが、バハル自身も何が起きたのか分からないので、上手い言葉が思いつかなかった。

「私が……様子を見てまいりましょうか？」

「そうですね！　そうしてください」

バハルが思わずそう口にしたので、龍聖は名案とばかりに同意した。

「いえ、ですがこんな時に、リューセー様を置いていくなど……」

「何を言っているのですか？　別にこの城に賊《ぞく》が入ったわけではないのですよ？　見張りの兵士もいますし……今までだって、私を部屋に残してバハルが出かけたことなど、何度もあるではありませんか！　心配ですからどうか様子を見てきてください」

「ですが……」

二人が揉めている間に、シャオワンが戻ってきた。

「シャオワン！」

駆け寄ってきた龍聖を、シャオワンは抱きしめて頬に口づけた。

「心配をかけたね」

「一体何があったのですか？」

「実は……」

シャオワンは、ウィラン王国で起こったことを説明した。

「それでお二人は？」

「命に別状はないようだ。毒かもしれないということで、たくさん水を飲ませて吐き出させ、体の中を洗浄した。それから喉や胸がひどく痛いというので、医師が痛み止めを処方した。一瞬二人の意識が戻って、少しは話が出来たので、たぶん大丈夫だろうと医師は言っていたんだが……」

「それは良かった……」

龍聖は安堵の息を漏らした。

「でも……ウィラン王国の宰相様が二人の飲んだスープを、目の前で飲んでみせたのですよね？　ならば毒を盛られたわけではないのですね？　スープだけですか？　他の食べ物は？」

「私とライエンは、勧められた酒を飲んでいたので、まだ何も料理を口にしていなかったんだ。他の者達は別の料理を食べていて、倒れたサハランの隣に座っていた者が、サハランはスープを飲んでいたと証言した。スープは透明で小さく切った芋と青菜のようなものが入っていたと思う」

「獣……では？」

龍聖がはっとした様子で呟いた。

「え？」

シャオワンとバハルが同時に聞き返す。

「毒でないのならば、スープに獣の肉や骨が使われていたのではないですか？　私のいた世界では、鳥の骨から出汁《だし》を……スープを取っていました。色はなくて透明で……知らなければ飲んでも分からないかもしれません」

龍聖の言葉に、シャオワンとバハルが顔を見合わせる。二人とも眉間にしわを寄せながら、「うーん」と言って考え込んだ。

「そんなことがあるのだろうか？」

シャオワンが腕組みをして、深く思案しながら独り言のように呟く。

「こちらの世界では、獣の肉や骨からスープを作らないのですか？」

シャオワンの呟きを拾って、龍聖が自信なさげに聞き返したので、シャオワンは我に返って顔を上げた。

「ああ、いや……そういう意味で言ったわけではない。私は料理のことはまったく分からないのだ。何を材料にどうやってスープを作っているのか……獣の肉や骨を使ったスープがあるのかさえも知らないんだ」

シャオワンは助けを求めるように、バハルに視線を向けた。バハルは首を傾げる。

「私はアルピンですから、そもそも獣を使った料理の作り方を知りません。我が国では野菜を煮込んだスープが主流です。ですがリューセー様のおっしゃるように、そういう料理がないとは言えません」

「仮にそうだとして……なぜそんなことを？　やはり我らに毒を盛るつもりだったということか？」

シャオワンが怪訝《けげん》そうに言ったので、龍聖は眉根を寄せて首を振った。

「それは分かりません。でも対外的には宗教上の理由だと言ってあるのですよね？　食べたら死ぬのだなんて、誰も知らないのでしょう？　今まではそういう危機感はなかったのですか？」

龍聖が考え考え問い返したので、シャオワンはまた考え込む。

「私が父から聞いた話では、人間達は様々な宗教を信じていて、宗教ごとに厳しい戒律があり、その戒律の中には牛や豚など特定の獣を食べてはならないというものも多いらしい。理由はその獣が神の化身として崇《あが》められている場合が多いようだが……。そういう戒律は、破ると天罰が下ると人間達は信じているようだ。ある意味我々が神から受けた天罰を恐れて、戒《いまし》めを守っているのと似ているな。もちろん本当に天罰が下るかどうかは分からないが……中には天罰の代わりに、人間同士で罰を与えることもあるらしい。だから宗派は違っていても、そういう戒律に対する理解が、共通認識としてあるので、互いに尊重し合っているそうだ。我々が『宗教上の理由で獣の肉は食《しょく》さない』と言えば、意を汲んでくれると……特に国交を結んでいる相手であれば、失礼があってはならないと、必要以上に気を配るはずだから、大丈夫なのだと教わったんだ。それでも我々は、念には念を入れて気をつけていたんだが……。大和《やまと》の国にはそういう宗教はないのかい？」

シャオワンに問われて、龍聖は頷いた。

「あります。仏教という宗教があり、仏教の教えで四つ足の獣を食べてはならないという教えを守っています。ですから鳥以外の獣の肉は食べません。……でも……そうですか……シーフォンの皆様方は、肉自体には警戒しても、出汁を取ることは知らなかったのですね……今までは運が良かったというべきか……。私は大和の国にいた頃に、異国の人間に会ったことがありませんから、違う宗派の方のことなど考えたことがありません。四つ足の肉を食べないのが当たり前でしたから、出された食事に入っているかもと、警戒するなんて考えたことがありませんでした。そうですか……この世界には色々な宗教があるのですね……」

龍聖が一人で納得しながら、何度も頷いている横で、シャオワンは目を丸くしている。

「運が良かった……そ、そうなのか？　しかし戒律を理解して、獣の肉を料理に使わないのであれば、スープの出汁に使うのもいけないのではないのか？」

「それはそうですけど、皆様は危機感があったからこそ、念には念を入れて材料に肉の欠片がないか、慎重に確認しながら食べていたのでしょう？　でしたらスープの出汁も疑うべきです。まあ、知らなかったということですから、本当に運が良かったとしか言えません」

龍聖に論破《ろんぱ》されて、シャオワンは何も言えずに眉間にしわを寄せながら項垂《うなだ》れてしまった。

「ただあくまでも、スープの出汁に獣の肉や骨が使われていたのかもというのは、私の仮説です。ウイラン王国の方々が、獣の肉を食べたら死ぬなどと、知っているはずがありませんし……毒を盛っていないと、宰相が身をもって証明しているわけですし……」

龍聖は顎に手を添えながら、考え込んだ。

「それにお二人は死んでいません！」

バハルが付け加えるように言ったので、「そうだ！」とシャオワンも同意した。

「獣を食べたら本当に死ぬのですか？」

龍聖が首を傾げながら尋ねた。シャオワンは「もちろんだ」と即答したが、何か引っかかるような気がして首をひねった。

「二度と獣を……食べることが出来なくなる……と書かれてあった気がする。神よりの枷だから……死ぬと言い伝えられていて……ちょっと……待っててくれ」

シャオワンは、何かを思い出したのか部屋を飛び出した。

廊下を走るシャオワンの姿に、すれ違う者達が不思議そうに振り返る。シャオワンは真っ直ぐ神殿へ向かった。神殿長にロウワンが預けた『建国記』を出してくれと頼んだ。

奥の保管室から運ばれてきた『建国記』をシャオワンはそっと開いた。神の怒りを受けた辺りの記述を探す。

『神は獣を食べることを禁じた』

その一文を見つけて、指で他の文字列を探す。他にこの一文に関わる記述はない。

『食べたら死ぬ』とは書かれていなかった。

「そんな……」

シャオワンは、しばらく呆然《ぼうぜん》としていた。あんなに人間の料理が怖かったのに……死なないのか？

そんなことをぼんやりと考えた。

「陛下？」

神殿長が、ただならぬシャオワンの様子に、何事かと不安そうにみつめている。

「陛下、大丈夫ですか？　何かお困りのことがあれば、お聞きいたします」

神殿長に声をかけられて、シャオワンは我に返った。

「あ、いや……大丈夫だ……ああ、そうだ。サハランとダンシェルが、原因不明の病で苦しんでいるのだ。一刻も早く回復するように、ホンロンワン様に祈っていてくれ」

「かしこまりました」

シャオワンの願いを聞いて、神殿長は恭しく頭を下げた。


「リューセー！」

シャオワンが戻ってきた。どこに行っていたのか分からないが、走ってきたようで息が弾んでいる。

「君の言う通りだった」

「え？」

突然そう言われて、シャオワンが何のことを言っているのか、龍聖にはすぐに察することが出来なかった。返事に困っていると、シャオワンが真剣な顔で龍聖の手を握った。

「まだ確信はないけれど、我々は獣を食べても死なないのかもしれない」

「本当ですか!?」

龍聖とバハルが同時に叫んだ。バハルは我に返り、二人の会話に混ざってしまったことを申し訳なく思い、会釈をしてその場から少し離れた。

「二人の回復を待たなければならないし、あのスープがリューセーが言うように獣の肉や骨から作られたという証拠がないと、何も証明出来ないのだけどね」

「そうですか……」

龍聖は手を握るシャオワンの手をしばらくみつめた。

「こんなことを言うのは不謹慎ですが……貴方が無事で良かったと……心から思います」

「リューセー……心配をかけてすまなかった」

シャオワンは、龍聖の額にそっと口づけた。


翌日、朝からシャオワンの下に二人が回復したという知らせが届いた。シャオワンはすぐに二人の下へ向かった。

二人はそれぞれの家ではなく、王城の空いている客間に一緒に寝かされていた。状況が状況なだけに、二人の容態を常に観察する必要があったからだ。

シャオワンが部屋に入ると、二人はそれぞれのベッドの上に起き上がり、朝食代わりのスープを飲んでいる。

「二人とも……大丈夫なのか？」

昨日のことがまるで嘘のように、二人とも顔色もよくいつもと変わらぬ様子だったので、シャオワンは気が抜けたようにぼんやりと立ち尽くしてしまった。

「へ、陛下！　ご心配をおかけして申し訳ありません」

二人が慌ててベッドから立ち上がろうとしたので、シャオワンがそれを制した。

「それで……具合はどうなんだ？」

問われて二人は互いに顔を見合わせた。

「それが……嘘のようにどこも辛くないのです」

「どこも辛くない？　そもそも昨日はどういう状態だったんだ？」

シャオワンに問われて、二人は目配せをし合うと、サハランの方が軽く頷いた。

「それではまず私からお話しいたします。昨日は宴の席で最初にスープを飲みました。初めて口にした味で、美味しいと思ったのは、口に入れた一瞬のことでした。飲み込もうとした次の瞬間、まず舌に痛みが走ったのです。針で刺されたような痛みです。痛いと言う間もなく、それは口の中いっぱいに広がりました。そして少し飲み込んでしまったため、喉も痛くなりました。刺すような強烈な痛みが続き、その後は焼けるような痛みに変わりました。それは我慢が出来るようなものではなく、のたうち回るほどの痛みでした。それがずっと続き……あまりの激しい痛みに、私は思考能力もなくなり……ここに連れてこられるまでのことを何も覚えていないのです。水をたくさん飲んで吐かされた時に、少し正気に戻って……それからまた痛みに苦しんで……痛み止めを飲んでから少しはマシになりましたが、その後も痛みは夜まで続きました」

サハランの話を頷きながら聞いていたダンシェルも、続けて口を開いた。

「私もほぼ同じです。ただ私の場合は、サハランのように少しずつ口に入れて……というのではなく、一気にスプーンで掬ったスープを飲み込んでしまいました。だから口の中に痺れや痛みを感じる前に、喉や胸が激しく痛み、息も出来ないほどに苦しみました。その後の症状は、サハランと同じです」

シャオワンは真剣に聞いていた。二人の顔を見比べて、少しばかり首を傾げた。

「それで……辛くないというのは？」

「はい、昨夜は眠れないほどに苦しんでいたはずでしたが、いつの間にか眠っていて……目が覚めたら痛みも何もかもすっかり消えてしまっていたのです」

二人は顔を見合わせて「なあ」と言い合っている。

「後遺症は？」

「ありません。舌の痺れも喉の痛みも何も……先ほど医師に診察してもらいましたが、口の中も喉も腫《は》れなどはないそうです」

シャオワンはそれを聞いて考え込んだ。

「陛下、我々は毒を盛られたのでしょうか？」

「いや、それはない」

ダンシェルが不可解そうに眉根を寄せて尋ねてきたので、シャオワンは即答でそれを否定した。

「二人は倒れていたから知らないかもしれないが、あの場で皆が服毒を疑う空気になったんだ。しかしそれを察した宰相が、君達が口にしたスープを皆の前で飲んでみせた。だが何も起きなかった」

シャオワンの話に二人は驚いている。そうだ。あの時は皆が驚いた。建前上では身の潔白を晴らしたことになっているが、こちらとしては、何も解決出来ていない。こんな状態で、国交を結んだままにしておけるのだろうか？　だがアンベール王は、決して悪い人物ではない。そもそも彼がそんなことを企《くわだ》てるとは思えない。

シャオワンは腕組みをして、色々と考えを巡らせていた。

「失礼いたします」

扉が叩かれて見張りの兵士が顔を覗かせた。

「陛下、急ぎの伝言がございます」

「なんだい？」

「たった今、北の関所にウィラン王国の宰相を名乗る者が来ております。陛下にお目通りを願い出ていますが、いかがいたしますか？」

「すぐに通せ！　謁見《えっけん》の間で会おう」

シャオワンの返事を聞いて、兵士はすぐに走った。

「君達はまだここにいてくれ」

シャオワンはそう言い残して部屋を出た。

「ライエンとシャイールを、私の執務室に呼んでくれ」

側にいた兵士にそう命じた。


シャオワンは執務室へ向かい、ライエンとシャイールの到着を待った。二人が執務室に現れると、ウィラン王国からの来訪者について告げて、説明もそこそこに謁見の間へ向かうため執務室を出た。

「ウィラン王国の宰相が来ただと？　陛下、一体どういうことですか!?」

「それは私が聞きたいよ。昨日の今日だし、一体何の用で……いや、それよりもウィラン王国からここまで、馬で半日はかかる距離だ。竜に乗ってならば一刻もかからないが……一晩中馬を走らせてきたのだろうか？」

シャオワンはそこで急に足を止めた。ライエンとシャイールは数歩先まで進んで、同じように足を止めて振り返る。

「どうした？」

「兄上？」

シャオワンが深刻な顔で、何かを考えているように立ちつくしているので、ライエンとシャイールは怪訝そうに眉根を寄せて、シャオワンをみつめた。

「二人に……言っておきたいことがあるんだ」

シャオワンはそう言いつつ、辺りに視線を向けた。誰もいないことを確認して、二人に近くに寄るように手招きをする。二人は一瞬顔を見合わせたが、シャオワンのただならぬ様子を見て、大人しく従った。

小声で話しても聞こえるくらいに顔を寄せ合って、シャオワンがそれでも辺りを警戒しながら、消え入るように小さな声で囁いた。

「すでに聞いているかもしれないが、サハランとダンシェルが回復した。昨日のことがまるで夢だったかのように、二人ともどこにも支障はなく、完全に元通りの体で元気に朝食も食べている」

ライエンは現場を知っているだけに、とても驚いているが声には出さなかった。シャイールは「良かった」と呟いて安堵の表情を見せる。

「それで……これは昨日リューセーとも話して導き出した仮説なんだが……昨日ウィラン王国で二人が飲んだスープには、獣が材料に使われていたのではないかと思う」

シャオワンは慎重に言葉を選びながら言った。ライエンは驚いて一瞬目を剝《む》いた。

「見たところ野菜しか入っていなかったぞ⁉」

ライエンが掠れるほどに声を抑えながらも、叫ぶように言った。シャオワンはそれを聞いて頷く。

「リューセーが言ったのだが、獣の肉や骨からスープを作る料理法があるそうだ。大和の国では獣は食べないが、鳥は食べるらしく、鳥の骨でスープを取ることがよくあるらしい。脂《あぶら》ののった濃いスープが取れるそうだ。スープは澄んでいて、一見分からないらしい」

シャオワンの説明を聞いて、二人はとても驚いて息を呑んだ。そもそも料理に関しての知識がないから、想像も出来ないのだが、そんなことがあるのかと絶句した。

「宰相のサロモンが飲んで証明したように、あのスープには毒は入っていなかった。だが我らにとっての毒は入っていた。そう考えれば、謎は明らかになると思わないか？」

シャオワンがさらに言った言葉は、二人を飛び上がらせるほど衝撃的な言葉だった。二人とも目を剝いて愕然《がくぜん》としている。息をするのさえ忘れていた。

「なっ……なっ……」

ライエンが叫びそうなので、慌ててシャオワンがライエンの口を手で塞いだ。眉根を寄せて、じろりと睨みつける。

「あくまでも仮説だ。だがもしもそうだとして、二人は死ななかった。それで私は『建国記』を読み返したのだ。そこには『獣を食べることを禁ずる』と書かれていた。だが食べたら死ぬというような言葉はどこにもなかったんだ。つまり……我らは神より獣を食べられない体にされたが、死ぬわけではないということかもしれない。もっとも……それを証明することは出来ないいんだが……。サハラン達の証言によると、スープを一口飲んだ時、口の中に凄まじい激痛が走ったそうだ。飲み込んでしまったダンシェルの方は、息が出来ないほどの胸の痛みに苦しんだ。つまりあのスープの材料に獣が使われていると仮定すれば、肉片すらないただのスープを一口飲んだだけで、死ぬほどの苦しみに遭うんだ。死ぬわけではないが……」

シャオワンはあえて強調するように『死ぬわけではないが』と二回繰り返した。それでもシャオワンが語った仮説は、シーフォン達にとっては腰を抜かしてひっくり返りそうなほどのものだ。

「私がなぜ今二人にこんな話をしたかというと、これからウィラン王国の宰相に接見するからだ。彼がどんな用件で来たのかは分からないが、彼らとしては毒を盛っていないという証明をしたものの、なぜ我らが倒れたのかが解明されていないため、両国の間には不信感が残っている。特に加害者側の立場に立たされたウィラン王国としては、今後の両国の関係だけではなく、エルマーン王国に害をなしたという噂が広まれば、他国との関係も危うくなりかねない。周辺国と強い絆《きずな》を持たないウィラン王国にとって、これはかなり深刻な事態だと考えられる」

「それは……つまり……サロモン宰相が何か言いがかりをつけに来たと？」

シャイールが首を傾げながらもそう言った。

「まあ……その可能性はまったくないというわけではない。我らがわざと濡れ衣《ぎぬ》を着せたと、考える者がいてもおかしくないかもしれない。ただ私は、あの宰相に限ってそれはないとは思っている。だがどちらにしても、彼らの用件が、昨日のことに関係しているのは間違いないはずだ。だから二人に話した。人間にとっては毒ではない我らだけの事情があったことを、頭の隅に置いて接見に立ち会ってほしい」

シャオワンが厳しい表情で言ったので、二人は少しばかり顔を強張らせて頷いた。

シャオワン達が、謁見の間に到着すると、すでにウィラン王国の宰相は、謁見の間で待っていた。宰相は五人の男達を後ろに従えている。

シャオワンは気持ちを静めながら、ゆっくりとした足取りで玉座へ向かった。ライエンとシャイールは、玉座の側に立つ。

サロモン達に緊張が走ったのが伝わる。彼らはひざまずいたまま微動《びどう》だにしなかった。深く頭を下げている。皆、ひどく顔色が悪い。それが夜を徹して駆けつけたせいなのか、心情的なものからなのかはシャオワンには測りかねた。

「大変お待たせして申し訳ありません。ウィラン王国の皆様、遠路はるばるお越しいただきご苦労様です。サロモン殿、いかがなさいましたか？」

シャオワンが挨拶をして、サロモンに声をかけると、ようやくサロモンは口を開くことが出来ると、僅かながら安堵したように見えた。事前に伺いも立てず、招待されたわけでもない他国からの使者が、こうも容易《たやす》く国王に謁見の許しが下りるとは思わなかったのだろう。関所で門前払いされるか、良くて家臣が代わりに話を聞いて帰されるのが普通だ。

ましてやエルマーン王国とは、問題が生じたばかりだ。昨日の今日で許される立場ではないことは、重々承知していたはず。それでも来訪したのは、やはり昨日のことで何か話すべきことがあったのだ。

シャオワンは、彼が何を言いだすか、固唾《かたず》を呑んで見守った。

「シャオワン陛下におかれましては……このように慈悲深いお心遣いを賜り、感謝の言葉もございません。まずは昨日我が国にご来訪いただきました折……お倒れになった方々のその後について……我が主も大変案じておりますゆえ……差し支えなければお教えいただけないでしょうか？」

サロモンは俯いたまま、言葉を選んで途切れ途切れに伺いを立てた。はっきりとは見えないが、苦悶の表情を浮かべているのが想像出来る声音だった。

「……二人のことならば、回復の方向に向かっております」

嘘みたいに元気になったとは言えないので、当たり障りのない程度の言葉で誤魔化した。彼らの立場を思えば、元気になったと言ってやった方が良いのかもしれないが、すべてが解決するまでは、心配させておこうと思った。

サロモンが、はっとして顔を上げたが、シャオワンと目が合うと慌てて顔を伏せた。先ほど以上に、安堵していることが見て取れる。

「実は……あの後すぐに調理場へ兵士を向かわせて、料理人達も含めて、徹底的な調べを行いました。そこで分かったことなのですが……」

ふいに沈黙が流れた。サロモンが、ぐっと体を強張らせたのが分かる。ひどく言いにくいことなのだろう。シャイールとライエンがそっとシャオワンに視線を向けた。シャオワンは小さく首を振って、『待て』というように合図を送る。二人は口をきつく引き結び、真っ直ぐに前を見つめた。

「あの時……提供されたスープには……牛の骨が使われていたことが……判明いたしました」

サロモンがそう言った瞬間、謁見の間に控えていた兵士達の間でざわめきが起きた。ライエンとシャイールも、息を呑んだが、事前にシャオワンから聞いていたおかげで、兵士達のように狼狽《ろうばい》せずに済んだ。

「静かに」

シャオワンが落ち着いた声で、皆を制した。それほど大きな声ではなかったが、緊迫した広間にはよく通る声だった。

するとサロモンの後ろに控えていた男が、小さく呻《うめ》いて床に手をついてしまった。丸まった背中が震えているのが、シャオワンのところからも見えて、その場に泣き崩れているのかと思った。

『誰だろう?』

シャオワンがそちらに視線を向けていることに、サロモンが気づいて、緊張して血色をなくした顔を少し上げる。

「ですがっ……ですが決して悪意を持ってやったことではございません。エルマーン王国の方々が、宗教上の理由で獣の肉を一切食されないことは、当然ながら伺っておりますし、絶対に料理に使ってはならないことも、周知してありました。ただ……これは言い訳ではございますが……このたび調理を取り仕切った料理長は、アンベール王の即位に伴って新しく就任した者で……国賓をもてなす宴の料理を任されたのも初めてで……獣を使ってはならないという規制の範囲を間違えて捉えていたようで……このたび調査にあたり料理長を問い詰めたところ、我々とは認識に齟齬《そご》が生じていると分かったのです」

「それは面妖《めんよう》な……獣を料理に使ってはならないと言ったら、そのままの意味ではないか。認識の齟齬とはいかなることか」

シャイールが思わず厳しい口調で言っていた。今にも駆け寄りそうな勢いで身を乗り出していたが、隣にいたライエンが、シャイールの前に腕を広げて制していた。

「シャイール……控えなさい」

シャオワンが抑えた声で静かに窘《たしな》めた。シャイールは眉根を寄せて、不満そうに唇を噛みながら少し後ろに退く。

「申し訳ありません……」

消え入るような震える声が、微《かす》かに聞こえた。サロモンの後ろで床に伏して震えている男が発した声だろう。それを聞いたシャオワンは、彼が料理長なのだと察した。

サロモンは、後ろを気にするようにちらりと視線を動かしたが、苦し気に表情を曇らせて、眉間のしわを深くしつつ、シャイールの方へ視線を向けた。

「おっしゃることはすべてその通りでございます。反論の余地もございません。ただ……私は……料理には疎《うと》いのですが……料理長の言い分によれば、我が国では王族、貴族に出すスープはすべて牛の骨からとるそうで……最も高級なスープだということです。野菜からとるスープは、庶民が食するものので……普通は国賓に出すべきものではないと……獣を料理に使ってはならないというのは、肉を入れてはいけないという意味で、骨を煮出した汁ならば問題ないと……料理長はそう判断したと言っております」

サロモンは言い終わると一度深く息を吐いて、厳しい表情のままシャイールからシャオワンへ視線を向けた。シャオワンは目を伏せて小さな溜息をつく。

『やはり……』

龍聖の言っていた通りだと思って溜息が漏れた。これで確証は取れたが、ウィラン王国に対して、どう対応すべきか迷っていた。彼らは事実を突き止めた上で、平謝りに来たのだろう。事前に龍聖とこのことについて話をしていなかったら、サロモンの言い分が理解不能だったかもしれない。これ以上責めることはないが、友好条約を破棄して彼らをそのまま帰して終わりだっただろう。

だが彼らに悪意はないし、獣の骨からとったスープがシーフォンにとっては毒だということが秘密である以上、その理由で彼らを追い返すことは出来ない。確かにこちらの意向に反して無礼ではあったが、わざわざ速攻で謝罪のために訪問した来賓に対して、狭量《きょうりょう》で直情的な王だと判断されてしまうかもしれない。

約束を守ってもらえず心外だったと言って、友好条約を破棄してしまうのは、外交的には上手な対応とは思えない。『宗教上の理由で食さない』という理由に、上手くこじつける言い訳をつけて、毅《き》然《ぜん》とした態度で彼らを許しつつこの場は帰して、のちほど正式な国家間の話し合いの中で、国交断絶にするのが、対外的にはいいように思えた。

「シャオワン陛下」

沈黙のまま長考しているシャオワンに、サロモンが声をかけた。シャオワンが目を開けてみつめると、サロモンが懐《ふところ》から一通の書状を出した。

「我が王より、陛下に宛てた書状でございます。これをお読みいただくことは可能でしょうか？」

「もちろんです。お預かりいたします」

シャオワンは落ち着いた態度を崩さず、一度頷いてライエンに目配せをした。ライエンはゆっくり前に進み出て、サロモンの下まで行き書状を受け取った。それをシャオワンへ届ける。

シャオワンは受け取った書状の封を丁寧に外して、書状をゆっくり開いた。そこにはアンベール王からの謝罪の言葉と共に、苦しい胸の内が綴られていた。ウィラン王国の厳しい現状まで、赤裸々に告白してあるその書状からは、アンベール王の切羽詰《せっぱつ》まった思いが読み取れた。そして書状の最後に書かれた言葉に、シャオワンは驚愕して思わず目の前にひざまずいているサロモン達を見てしまった。

サロモン達はすべて承知しているようで、じっと俯いたまま次に来る言葉を覚悟して待っているようだ。

シャオワンは眉根を寄せて沈痛な面持ちのまま、書状をシャイール達に渡した。シャイールは怪訝そうに書状を受け取り、黙って読んでいたがやはり最後まで読むと、とても驚いて動揺した。それをライエンも受け取り、また同じ反応を示した。だが二人とも、シャオワンが無言でいるため口を利かなかった。

シャオワンはしばらくサロモン達をみつめた後、苦悩の表情を浮かべながら目を閉じた。

アンベール王の書状には、サロモンが言った通り料理長の誤認により獣の骨を使ったスープを出してしまったことが書かれていた。だがなぜ料理長がそのような初歩的な過《あやま》ちを犯してしまったのかという理由についての説明が綴られていたのだ。

アンベール王の父フェラルド王が、財務大臣他数人の近臣達の企みにより毒殺されたこと。それにいち早く気づいた宰相サロモンの迅速な働きにより、国の乗っ取りを阻止することが出来たが、彼らの逃亡を許してしまったこと。フェラルド王に毒を盛った料理長は口封じで殺されて、証拠隠滅のために料理長の持っていた料理に関する様々な資料を含めて手紙などの紙類がすべて燃やされてしまったこと。その時に王族、貴族に出すための料理レシピや、今まで来賓をもてなした宴での料理一覧や、国交のある国々の料理などの資料などがすべて失われてしまい、新しく料理長に就任した者が、手探りで宴の準備をしたとのことだった。

先王フェラルドは、エルマーン王国の先王ロウワンと国交を結ぶまでに親交を深め合った中で、料理についても慎重に調べて理解していた。それをアンベール王が引き継ぐ暇もなく、王位を継承してしまったのだ。

ウィラン王国には、そもそも宗教がない。王や王に仕える家臣達は、外交のために宗教の戒律があることなどを知識として学んでいるが、庶民には常識として浸透していない。新しい料理長は、そういう知識もなく、学ぶ機会もなかった。

今回の件は、料理長だけの責任ではなく、そこまで気を配ることが出来なかった自分自身の失態であると、アンベール王は深く謝罪していた。

国交断絶されてもやむを得ないことは、重々承知しているが、それではウィラン王国の存続が難しくなってしまう。だから今回の件で責任のある立場にいた者達……料理長と彼の補佐をしていた料理人二名、宴などの儀式を取り仕切る侍従長と次官、そして宰相の合計六名を差し出すので、処刑なり何なりと気の済むように処分して構わない。その代わり国交断絶だけは許してほしい。そう最後に書かれていたのだ。

不始末を犯した場合に、犯人を差し出して先方に処分を委《ゆだ》ねるということは、よく聞く話ではある。それは国家間でもあることだろう。

しかし今回ウィラン王国が差し出した六名は、彼の国にとって必要な人材ではないのだろうか？　彼らを失ってしまったら、アンベール王は政務を続けられなくなるのではないだろうか？　特に宰相サロモンは、なくてはならない存在だろう。

それでも彼らを選出し、日を置くことなく、夜を徹してエルマーン王国へ向かわせたのだ。覚悟のほどが窺えた。

『なによりも……』

シャオワンはそう思いながら目を開けて、改めてサロモン達をみつめた。

『なによりもそのまま逃亡することなく、王命に従ってここへ来たのだ。彼らこそがアンベール王が心底信頼出来る忠臣なのではないだろうか？』

シャオワンは、そっと息を吐いた。

「サロモン殿」

ようやくシャオワンが口を開いたので、サロモンはようやく沙汰《さた》が下りるという安堵感と焦燥感の入り交じったような、複雑な表情を浮かべてシャオワンを見据えた。

「事情は分かりました。ですが……我らとしても、今ここですぐにお返事をすることは出来ません。大変申し訳ありませんが、少しばかり時間をいただきたい。半日か……一日か……それまで部屋を用意いたしますので、そちらでお待ちください。夜通し移動されてお疲れでしょう。少しでもお休みいただければと思います。ただし……来賓としてのもてなしは出来ませんが、ご容赦ください」

シャオワンは表情を崩さずに、淡々とした口調で言い終え、シャイールに指示を出した。シャイールはシャオワンに頷き返して、サロモン達の下へ歩いていった。

サロモン達は信じられないというような顔で、呆然としている。即刻処刑されると思っていたのだろう。

「お立ちください。案内いたします」

シャイールが声をかけたが、サロモンはシャオワンをみつめたまま、その場に固まっていた。シャオワンがライエンと共に、謁見の間を去るのを、ずっと目で追っている。

「サロモン殿」

シャイールがもう一度声をかけると、ようやく我に返りゆっくりと立ち上がった。

「ご案内いたします」

サロモンは黙って深々と頭を下げて、シャイールの後に続いた。

シャオワンはライエンを伴って、執務室に戻った。その道中、二人とも無言だった。部屋の中に入り、ソファにどかりとシャオワンが座ると、「はあ~」と声に出して大きく溜息をついた。

ライエンはそれを横目に、侍女へお茶の用意を頼んで、向かい側に腰を下ろした。

「大丈夫か？」

ライエンが声をかけると、背もたれにぐったりと体を預けながら、シャオワンは無言で頷いた。様々な思いが巡り、頭も混乱している。

ライエンはただそれをじっと見守るだけだ。『どうする？』と聞きたいところだが、それは思いとどまる。シャオワンの方が、どうすればいいのか聞きたいはずだからだ。ライエン自身も、ここに来るまでの間考えたが、まったく良い考えは浮かばない。

ひとつだけはっきりと言えることは『我々には彼らの処刑は出来ない』ということだけだ。

人間を裁く極刑はある。『島流し』……直接手を下せない代わりに、考え出された刑だ。でもシャオワンは、彼らを極刑にはしないだろう。スープを飲んで倒れた二人は、とても元気にしているのだ。六人もの人間を、極刑にすることなど出来るはずがない。

でも人間達なら……他国ならば、それもありなのだろうか？　たとえ殺人未遂だったとしても、極刑にするのだろうか？

「人間の世界では当たり前のことなのだろうか？」

シャオワンがポツリと呟いた。ライエンは、自分が考えていたことを、うっかり口にしてしまったのかと驚いた。シャオワンを見ると、椅子の背にもたれかかり、顔を上に向けてぼんやり天井をみつめていた。

「何がだ？」

シャオワンの言いたいことは分かっていたが、ライエンはあえて尋ねた。

「相手の国からの来賓に不敬な振る舞いをしてしまった場合は、犯人を相手に差し出して処分させるのが普通なのだろうか？」

シャオワンは上を向いたまままそう答えた。

「いや……さすがに普通ではないだろう。でも国同士の立場や力関係によるのかもしれないな。明らかに立場の強い相手国に対して不敬を働けば、戦争を仕掛けられる恐れもある。国を守るためには人身御供《ひとみごくう》も必要だろう」

「……我が国は、不戦宣言しているというのに……」

「それだけ竜の脅威があるってことだ」

ライエンが苦笑しながら言うと、シャオワンは大きな溜息をついた。

そこへ侍女がお茶の用意をして持ってきた。テーブルの上にティーカップを並べて、お茶を注いでいく。ふわりと甘い香りが立ち上り、少しばかり沈んだ空気を変えてくれた。

シャオワンが上体を起こして、ティーカップに手を伸ばした。

「処刑など当然するつもりはないし、彼らを許して国に返したいんだろう？　だがそう言わなかったのは、簡単に許したらいけないと思ったからじゃないのか？」

シャオワンはコクリと一口お茶を飲んで、ライエンの言葉を聞きながら、じっとカップの中のお茶をみつめた。

「さすがの私でも……ウィラン王国の覚悟を知った後で、軽く『許すよ』なんて言えないってことは分かったよ。結果は『許す』ってもう決まっていても、それ相応の体裁《ていさい》を繕《つくろ》わないと……でもそれが難しい」

「ああ、そうだね」

「こちらの家臣達への説明も必要だ」

シャオワンは思い出したようにまた溜息をついた。それを見て、ライエンが微笑む。

そこで扉が叩かれた。シャオワンは侍女に開けるように指示を出した。シャイールが入ってきた。

「あの者達を客間に案内しました。三人ずつ二部屋に分けて、それぞれ見張りの兵士を付けています」

「ご苦労様」

シャオワンは、労《ねぎら》いの言葉をかけながら、シャイールに座るように促す。シャイールは頷いて、ライエンの隣に座った。

「兄上……会議を開きますか？」

「そうだな……皆にはまだ昨日のことについて説明をしていないから、不安に思っている者もいるだろう。午後一番で会議が出来るように、皆を集めてほしい」

「承知しました」

「私は一度部屋に戻るよ」

シャオワンが疲れた顔でそう言った。シャイールとライエンは頷いたが、シャイールが何か言いたげな顔をしている。

「シャイール、サロモン殿達は何か言っていたかい？」

シャオワンはシャイールが話をしやすくするために、そう尋ねた。

「いいえ、彼らは終始無言で、大人しく従っていました。ただ客室に入るように言った時に、部屋を見て皆が一様に驚いていたのです。なぜでしょうか？」

シャイールが首を傾げながら言った。

「彼らは牢屋か監禁部屋に入れられるものと思っていたんだろう。そうしたら来賓用の客室だったから驚いたのだ」

「私が来賓のもてなしをしないと言ったのを、勘違いしたのかもしれない」

ライエンとシャオワンが続けてそう言ったので、シャイールはようやく納得した顔で何度も頷いた。

「サロモン殿はともかく、料理人達は相当憔悴していました」

「だろうな」

シャイールの報告に、ライエンはさもありなんという顔をして、顎を擦った。

「前の料理長が、先王の毒殺に加担して、口封じに殺されているんだ。それだけでも、同じ仕事をする上でかなりの重圧になっていたはずだ。それなのに何も悪事をしていないのに、毒殺疑惑をかけられたんだ。そして毒ではなく、相手の料理に使ってはならない食材を使ってしまったことで、罪を問われた。彼自身も辛いだろうが、家族はもっと大変だろう。国に居場所がないかもしれない」

ライエンが推測ながら語ったので、シャオワンもシャイールも表情を曇らせた。

「こちらに非があるわけではないのに、なんだか気分が悪くなりますね」

シャイールが眉間のしわを深くして呟いた。

「外交は難しい」

シャオワンがしみじみと言った。

「お前は苦手意識があるな」

ライエンがわざと冷やかすように言ったので、シャオワンは苦笑した。

「父上は人間が好きで、外交に力を入れて、国交のある国の数を増やした。おじい様は人間から痛い目に遭わされたので、国交のある国を整理して減らした。でもおじい様のおかげで、人間達の間で『竜の脅威』は浸透して、竜欲しさに国交を求めてくる国は少なくなったように思う。もちろん欲しがる人間がいなくなったわけではないけれど、手に入れるのは容易ではないことが浸透したのではないかな？　少なくともあからさまに、竜を話題に出す者はいなくなった。たぶんそれもあって、父上が外交を手広く出来たのだと思う。私はどちらが正しいのか分からない」

「でも兄上がそうやって慎重に、増やすでもなく減らすでもなく外交を行っているので、我が国の政治は安定していると思います。リューセー様の改革もあって、貿易は順調ですし、国は潤っています」

シャイールが擁護《ようご》するように言ったが、シャオワンは浮かない顔のままだ。

「ウィラン王国のような小国で、堅実な王が国の隅々まで目を配っているように見えても、家臣が謀反を企むのだ。人間達は複雑すぎて理解不能だ」

「小さな国だからでしょう」

ライエンが真面目な顔で、シャオワンの言葉に反論した。

「小さな国だからこそ、組織も小さく、役職に就いた者の権威が強くなる。そうすると勘違いする者も出てくるだろう。特にウィラン王国のような新しい国ならばなおさらだ。謀反は、今に始まったことではなかったのかもしれない。ずっと前から、君主の座を狙っていたのだろう。フェラルド王が建国を成し遂げて、国として安定するのを待っていたのかもしれない」

ライエンの話を聞きながら、シャオワンは頬杖をついて何度か溜息をついた。

「私は……アンベール王の力になりたい。国交を破棄するつもりはない」

「もちろんそのお気持ちは分かっていますよ」

シャイールとライエンが微笑みながら頷く。

「どうすればいいか考えましょう」

シャイールに言われて、シャオワンは浮かない顔のままで頷いた。


シャオワンは一度王の私室に戻った。ちょうど龍聖が、ヨンワンを寝かしつけているところだったので、シャオワンは側でヨンワンが眠るのをしばらく眺めていた。

ヨンワンが眠ると、あとは乳母に任せることにして、龍聖がシャオワンを寝室から居間へ連れ出した。

「ウィラン王国の方がいらしたのでしょう？　ご用件は何だったのですか？」

龍聖はよほど気になっていたらしく、居間に移動するなりそう尋ねた。シャオワンは少しばかり驚いたが、すぐにすべてを打ち明けた。

「そうですか……」

龍聖は眉根を寄せて頷いた。

「午後から会議を開いて、昨日の件を皆に報告し、サロモン宰相達の話もしなければならないんだ。正直なところ気が重いよ」

「どうしてですか？」

二人はソファに隣り合って座って話を続けた。

「皆がどのような反応をするのか分からない。処刑すべきだという者がいるかもしれない。私自身がどう処分するか悩んでいるというのに、そこに皆が色々な意見を言い出したら、さらに迷いが生じてしまう」

「迷い……ですか？」

龍聖が不思議そうに、頬に手を添えて首を傾げる。その龍聖の様子に、シャオワンも首を傾げた。

「何が不思議なのだい？」

「だってシャオワンは、もうどうするか決めているのでしょう？　迷いますか？」

「え？」

「ウィラン王国の方々を許して帰すという一択ではないのですか？　迷うも何も他に選択肢はありま

せんよね？」

龍聖に言われて、シャオワンは両目を激しく瞬かせた。

「それとも流刑になさるのですか？」

龍聖が眉根を寄せて怪訝そうに言ったので、シャオワンは慌てて首を振った。

「まさか、そんなことはするはずないだろう」

「じゃあ、そんなに悩まなくても良いではありませんか」

龍聖からいともあっさりと言われてしまって、シャオワンは気が抜けたような顔をした。それを見て、龍聖がニッコリと笑う。

「良い方に考えましょう」

「良い方？」

「今回のことで、シーフォンは獣を食しても死ぬわけではないことが、証明出来たではありませんか。これから外遊先で、食事を怖がらなくてもよくなります」

「だが、そもそも食事に毒を盛られるということもあるのだと、今回のことで認識を改めた」

シャオワンが顔をしかめて言ったので、今度は龍聖が両目を激しく瞬かせた。

「シャオワン……まさかとは思いますが、今までそのような警戒をしてこなかったのですか？」

「え？　私は……父上からそのような教えは受けなかった。とにかく……獣の肉には気をつけるようにと……それだけだ。宴では、宴席の中央にたくさんの料理を盛りつけて並べ、そこから皆の分を取り分けて食べる。同じ皿の料理を、分け合って食べてみせることで、親睦を深めると共に、その料理に毒は入れていないと証明する意味もあるのだと……人間の世界ではそのように宴で食事をするのがマナーだと教わった。だから我が国でも、宴の際はそれに倣《なら》うようになったんだ」

「昔からですか？」

「昔からだ」

「変わることなく？」

何度も繰り返し龍聖が質問をするので、シャオワンは不可解というような顔をしながらも、それにひとつひとつ答える。

「それぞれの国によって、宴会の形は多少違うが、概《おおむ》ね変わっていない。昔も今も、宴席の中央に、豪華に料理を盛り飾って披露し、それを取り分けて食べる。招く側も招かれる側も、同じ料理を目の前で分け合って、そこに何も企みはないことを示すんだ」

「それでも……毒を盛ることは可能ですよね？　取り分け用の皿に毒が仕込まれていては、どうすることも出来ませんから」

「それは……」

次々と思ってもみないような質問をされて、シャオワンは少しばかり困惑していた。だが龍聖も困惑気味の表情をしているので、質問に答えるしかなかった。

「確かにそれは可能だが、相手を信じるしかないだろう。友好関係にある国で、宴でそうやって招きを受けて食事をすることが、相手を信頼している証になるのだ。それはお互い様で、我が国に来訪された方々は、同じように我らが出した食事を食べている」

「それは本当ですか？　本当に我が国に来訪された王様は、毒見役も付けずに食べていらっしゃるのですか？」

「毒見役!?」

シャオワンが目を丸くして驚いたが、龍聖は少しばかり呆れたような顔で溜息をついた。

「私の国では、殿様には……王様には必ず毒見の者がついていました。それも自分の城で食べる食事の際にも……です。自分の家臣を信じる、信じないの話ではありません。君主というのは、それくらい用心しなければならないということです。私は別にこの国でもそうしろとは言いませんし、貴方は私の魂精があればいいわけですから、私が本当に心配していれば、摂取するのは魂精だけにしてくださいとお願いします。竜王という存在は人間の国の王様とはまったく違いますから、貴方に毒を盛る者がこの国にいるとは考えられないので、そこまでは言いません……他所から侵入した間者《かんじゃ》が、毒を盛るかも……なんてことも言いません」

シャオワンは、あまりの驚きに言葉をなくして聞いている。龍聖の言うことのどれもが、シャオワンの想像を超えていたからだ。

「ですが、貴方がたは人を信じすぎています。人が好《よ》すぎます。それでよく今まで無事だったと言うしかありません。まあ……貴方がたにとっての今までの脅威は『獣の肉』の方だったとしても、それでも今回のようなことが、万が一にも起きるかもしれないという警戒心はなかったのですか？」

「それはある。あるからこそ、私は父上から料理には気をつけるようにと、しつこく何度も言われて、最初は料理が怖くなってしまったくらいだ」

「でも注意しろという程度ですよね？　人間側としては、まさか獣の肉が毒になるとは思ってもみませんから、故意に仕込もうなどと思う者はいなくても、今回のようにうっかりとした事故で混入することはありえます。死ぬことがないのが分かったから良いようなものの、ひどく苦しい目に遭うことは明らかです。毒見を付けるべきです」

珍しく龍聖が饒舌《じょうぜつ》で、なおかつ強い口調で言ったので、シャオワンはすぐには反論出来ずにいた。目を丸くして、しばらく唖然としていたが、はっと我に返った。

「だがそれでは相手に対して不信感を持っていると思われるではないか……」

シャオワンは少し控えめな口調で言った。

「代理として訪問する大臣達ならばともかく、一国の王なのですよ？　国の存亡がかかっているのです。毒見役を立てたところで失礼には当たりません。では国王は単身で訪問しますか？　護衛の者を付けるでしょう？　それは失礼にあたりますか？　それと同じですよ」

「しかし……もしも毒を盛られて毒見の者が死んだらどうするのだ……そんな命がけの役目をやれなどと、任命することは出来ない」

シャオワンは眉尻を下げて、悲し気な眼差しを向けてそう言ったが、龍聖は大袈裟に首を竦めた。

「もしも毒を盛られたら貴方が死んでしまうのですよ？　ライエン様達のような護衛の兵士達は、暴漢や暗殺者から貴方の身を守るために側にいるのでしょう？　もしもの時は盾になって命がけで守るつもりでいるはずです。それとどう違うのですか？」

何を言っても言い負かされてしまうので、シャオワンは情けない顔で小さく溜息をついた。

「えいっ」

それを見た龍聖が、両手でシャオワンの両頬をつねった。これにはシャオワンもとても驚いて、これ以上ないほど目を大きく見開いた。少し離れたところで、二人の掛け合いを微笑ましく眺めていたバハルも、さすがに驚いて両手で口を押さえた。

「もう……シャオワン、なんという情けない顔をしているのです？　貴方は竜王でしょう？　ご自分の身をもっと大切になさいませ！　貴方は竜族皆様の命を預かっているのですよ？　しっかりしてくださいませ！」

シャオワンの頬を強くつねりながら、キッと上目遣いに睨みつける龍聖の顔に、母の面影が重なって見えた。頬の痛みまでが懐かしい。

「他国からの信頼を得るために、王自らが外遊しなければと思われることは、とても立派だと思います。でも貴方がたは人間を信用しすぎているし、隙がありすぎます。竜を狙われる理由は、そういうところではないのですか？　人間を傷つけてはならない、殺してはならないという枷があり、かつて人間を滅ぼしかけたという贖罪《しょくざい》を持ち、人間との関係に慎重になっているのは分かりますが、あえて警戒していることを見せるのも、外交手段のひとつですよ？」

「リューセー……」

「はい？」

「痛いよ……」

シャオワンが少し涙目になってそう言ったので、龍聖は驚き、慌ててつねっていた手を離した。

「す、すみません！　そんな泣くほど痛くしたつもりはないのですが……」

赤くなってうろたえながら謝罪する龍聖を、シャオワンはぎゅっと強く抱きしめた。

「シャオワン？」

「違うんだ……これは嬉しくて泣いているんだよ」

「痛くて嬉しいのですか？」

「ははっ……それじゃあ、私が変な人みたいじゃないか……」

突然抱きしめられて訳が分からない龍聖に、シャオワンは笑いながら涙をぬぐった。龍聖の両肩をしっかり摑みながら体を離した。

「リューセー、ありがとう。おかげでなんだか迷いが消えたよ」

いつものはつらつとした笑顔に、龍聖は安堵して笑みを浮かべた。

「はい、それでこそシャオワンです」

二人は声に出して笑い合った。


会議の間に、それぞれの長達が集められた。

最初にライエンから、昨日ウィラン王国で起きた騒動についての説明が行われた。そして被害に遭ったサハランとタンジェル、彼らを診た医師が、その後の顚末について説明をし、続いてシャイールが、今朝来訪したサロモン達について説明した。

「以上のことを踏まえて、これから私が話すことをよく聞いてほしい」

シャオワンは、皆に『獣を食べることを禁じる』『食べたら死ぬ』と伝えられてきた神の罰と、『死ぬわけではない』という仮説について語った。これに、会議の間はひっくり返るほどの騒ぎになった。ライエンとシャイールが鎮《しず》まるように声を上げたが、まったく治まらないため、シャオワンが覇気を使って一喝した。

会議の間に静寂が戻った。

「ウィラン王国の料理長が証言した『牛の骨からとったスープ』の話と、それを飲んだサハラン達の容態とその後の経過を見ても、獣を食べても死なないと言っても良いと思う。事例が一例だけではあるが……」

「そのことだが……オレが試してみようと思う」

急にライエンがそう提案したので、再び会議の間が騒然となった。

「な、何を言い出すんだ」

シャオワンも驚いている。

「スープでは明確ではないから、肉を口に入れてみればわかりやすいだろう。何、死なないんだから、大丈夫だ」

「スープだから死ななかったのかもしれないじゃないか！　肉そのものを口にしたらどうなるか分からないぞ！」

シャオワンが断固として反対したが、ライエンは落ち着いた様子で首を振った。

「陛下からその話を聞いた後からずっと考えていたんだ。サハラン達の話から想像するに、我らは神より獣を食べることを禁じられて、『食べられない体』になっているんじゃないかと思う。だからスープだろうが、肉の塊《かたまり》だろうが……口に入れただけで、舌が痺れて激痛が走ってしまうんじゃないだろうか？　食べたくても到底食べることなんて出来ない……そんな感じだろうと思ったんだ。だから試してみても良いかなってな」

ライエンがニッと笑って、懐から布に包まれた塊を取り出して机の上に置いた。周囲がざわめく。

「ライエン……まさか……それは……」

「アルピンの兵士に命じて、城下町を訪れている旅の商人達から、肉を調達してきた。これを今から食べてみる。皆が証人だ。ちょうど良いことに、目の前に医師もいる」

ライエンがそう言いながら、包んでいる布を開くと、中から干し肉の塊が現れた。

「待て！　ライエン！　お前にもしものことがあったらどうするんだ！」

「オレは国内警備長官だ。そして陛下の護衛官だ。部下が身をもって証明したことを、オレが立証せずにいられるか！　これはシャオワン、お前のためでもあるんだ」

ライエンは強い口調でそう言って、止める間もなく干し肉にガブリと嚙みついた。皆が息を吞む中、ライエンは一瞬何も感じないと思ったのか、嚙んだ肉を咀嚼《そしゃく》しようとした。次の瞬間、「うわっ」と叫んで、干し肉を勢いよく吐き出した。

「ぐわっ……ぐぅっ」

ライエンは苦し気に顔を歪めて、両手で口を押さえている。額に脂汗を浮かべて、顔色がどんどん悪くなっていった。

「お茶を！　お茶をすぐに口に含ませて、口の中をゆすいで吐き出させなさい！」

医師が立ち上がってそう叫んだ。

ライエンの隣にいた部下が、急いでテーブルに置かれたカップを摑むと、ライエンに飲ませようとした。

「長官！　お茶を口に含んでうがいをしてください！」

なんとか倒れずに、椅子に座ったまま苦し気に身悶えているライエンに、カップのお茶を口に含ませた。

「グハッ……ガハッ」

ライエンは、むせながらお茶を吐き出した。

「ライエン！」

シャオワンがうろたえた様子で、ライエンに呼びかける。ライエンは机に突っ伏した状態で、悶絶しながらも右手を挙げてみせた。ひゅーひゅーと荒い息遣いが聞こえる。

「シャオ……ワン……ダイジョウ……ブダ……オレハ……シナナイ……」

苦しそうな息遣いの下、ようやくそう言葉を発した。気を失って倒れないのは、彼の強靭《きょうじん》な気力と体力のおかげだろう。

「早くライエンをベッドで休ませて、治療をしてくれ」

シャオワンが医師に命じた。すぐに医師とライエンの部下が、ライエンを担ぎ上げようとしたが、ライエンはそれを拒んだ。

「まだだ……もう少し……待て」

顔を上げて苦悶の表情でそう告げた。さっきよりは、言葉がはっきりしているが、顔は土気色になっている。

「痛い……だけだ……口が……痛くて……息を……するのも……辛いが……それだけだ……死ぬわけ……じゃない……と……証明しないと……意味が……ないだろう」

ライエンの気迫に、皆が圧倒されて静かになった。

「ライエン、もういい、十分だ。速攻で死ぬようなものではないと証明出来た。お前の言う通りだ。我らは獣の肉を食べられない体になっているんだ。詳しいことは元気になってから説明してくれ」

シャオワンは、ライエンを宥めて、医師達に命じて会議の間の外へ運び出させた。侍女を呼んで、乱れたライエンの机周りを片づけさせる。

すべてが整ったところで、シャオワンが立ち上がり皆を見回した。

「突然のことに動揺しただろうが、皆が見ての通りだ。ライエンは死ななかった。だが獣の肉を食べることは出来ない。そういう体なのだ。今まで通り、外遊の際には出された料理に注意しなければならない……さっきの話の中にもあったが、ウィラン王国の先の国王は、家臣により毒殺されている。リューセーから言われたのだが、我々は人間を信用しすぎているそうだ。獣の肉に注意する前に、毒を盛られることを警戒しろと言われた」

シャオワンはそこで、龍聖から提案された毒見役について話をした。すると意外なことに、皆が一斉に賛同したのだ。

「私も前から気になっていたのです」

シャイールがそう言いだした。

「我が国に国賓として招かれる国王には、専属の側仕《そばづか》えがいて、宴の席での料理の取りわけは、その側仕えが行っております。一見そのまま国王に料理の皿を出しているようですが、側仕えが毒見をしているように思うのです」

「それは本当か？」

シャイールの話に、シャオワンが初耳だというように聞き返した。

「はい、ですが我が国では、外遊の際にそういうことはしていません」

「それはなぜだ？」

「なぜだと言われましても……先代よりそのようなことはしていませんでした」

シャイールが困ったように答えた。シャオワンは腕組みをして考え込む。エルマーン王国での『社交』はすべて人間達の物真似だ。二代目ルイワン王以降、外交をするようになって、色々な国を見て真似をしてきた。外遊先に王専属の側仕えを連れていくのは、昔からの人間のマナーなのだろうか？　それとも途中からそうするようになったのだろうか？

少なくともずっと昔からというわけではないのだろう。いや、人間にとっては五十年でも『昔から』になってしまう。だがシャオワン達にとって五十年などつい最近のことだ。人間達の社交での礼儀作法や流行の移り変わりの速さに、エルマーン王国がついていけていないだけかもしれない。

「では我々もそのようにしよう。だが……誰が毒見役をしてくれるというのだ？」

「陛下、一言命じていただければ、我らは誰でも喜んでお引き受けいたします」

まったくの躊躇《ちゅうちょ》なくシャイールがそう言って、他の者達も頷いたので、『リューセーの言った通りだ』とシャオワンは思って感動した。

「陛下、その件に関してはすぐにでも我らの方で準備いたします。次の外遊の時までには、実現出来るでしょう」

「そうか……ありがとう」

シャオワンは、ほっと安堵したように少しばかり笑みを浮かべた。だがすぐに顔を引きしめて、皆を見回した。

「最後になってしまったが……ウィラン王国について、今後どうしていくかだが……基本的には今回の件は不問として、国交は維持していきたいと思う。だが話し合いは必要だと思っている」

シャオワンの言葉を、皆が静かに聞いていた。

「我らは陛下の判断に従います」

皆を代表してシャイールがそう答えた。


その夜、シャオワンはサロモン達が詰めている部屋を訪れて、サロモンだけを別室に呼び出した。客間の一室に二人だけで、ソファに向かい合って座る。侍女がお茶を用意して去っていき、完全に二人きりになった。

サロモンは朝接見した時に比べると、顔色もよくなっていた。表情からはいつ処刑されても覚悟は出来ている……というように見えた。

「少しはお休みになれましたか？」

「はい、おかげさまで……格段のご配慮を賜り、一同感謝しております」

「我々も家臣達と話し合いをいたしました。皆様の処罰について申しつける前に、一度貴方と話をしたかったのです。互いに誰への気兼ねもなく、腹を割って話したいと思い二人きりになりました」

サロモンの表情に緊張の色が浮かんだ。

「……私でお答え出来ることでしたら何なりとお尋ねください」

サロモンが今にも自決するような勢いで言ったので、シャオワンは少し表情を崩して、お茶を一口飲んだ。

「それでは率直にお尋ねしますが……今のウィラン王国の状況は、どのようになっているのですか？

アンベール王の書状で、なんとなくは承知していますが……詳細を知らない私でも、かなり切迫しているように感じました。特に、貴方を失っては、今後立ち行かないのではないかと案じております」

穏やかな口ぶりでシャオワンが尋ねた言葉は、サロモンが覚悟していたようなものではなかったのか、一瞬気の抜けたような唖然とした表情をして、緊張が和らいだようだ。

「……陛下のおっしゃる通りです。我が国は……今、一番の危機に直面しています。確かに……私が去ることで、アンベール王はかなりご不安でしょうが、先王の代からの信頼出来る近臣はまだ残っております。私の跡を託した者がいますので、私自身はそのことについてはそれほど危惧しておりません。私が危惧しているのはそれよりももっと別のことです」

「別のこと？」

「はい」

サロモンは表情を硬くして頷き、一度「失礼します」と言って、お茶で渇いた口を潤した。

「謀反を企てた一派は、いまだに行方が分かりません。彼らが独自で企てたのか、他に唆《そそのか》した者がいるのかも不明です。ただ彼らを匿《かくま》っている先があるのだとしたら、それが別の国なのか、別の自治領主なのか分かりませんが、そこが我が国にとっての脅威になるかもしれません。そう考えると、我らが犠牲になってでも、エルマーン王国との繋がりを失いたくないのです。この期《ご》に及んで、厚かましい願いではありますが……有事の際には助けていただきたい……いえ、それが叶わないとしても、エルマーン王国との繋がりがあるだけで、直接戦争を仕掛けられることはありません。それが今回我々が訪問した真の理由です」

シャオワンはようやくすべてが明らかになったと、表情を和らげて何度も頷いた。

「貴国の内情までお教えいただいた代わりと言っては何ですが……我らの事情もお話しいたします。宗教的な理由で、我々は獣の肉を食べないとお話しいたしました。実はそれは建前です。嘘をついていたというわけではありませんが、宗教は関係ありません。我々の先祖が、神様と『獣を食べない』という約束をしました。神は我らが決してその約束を違《たが》えぬように、獣を食べられない体にしてしまったのです。ですから我らは獣を僅かでも口にすると、貴方がたが目にしたようにひどい苦しみに遭います。死ぬことはありませんが……」

サロモンはひどく驚いて顔色を変えた。さっきまでとは別の緊張が走ったように見えた。

「そのような大事な話を私にされてよいのですか？　あっ……そうでした。私は処刑される身でしたね」

サロモンは緊張した面持ちでそう尋ねてきたが、途中で自分の立場に気づき、自己解決して自嘲気味に笑った。

「いいえ、処刑はいたしません」

「え!?」

サロモンはさらに驚いて目を剝いた。

「皆様の処刑はいたしません。その代わりすべてをなかったことにしてほしいのです」

「なかった……こと？」

サロモンは意味が分からず、困惑して視線が定まらずに宙をさ迷っている。

「我らが牛の骨のスープを飲んで倒れたことが、他国に知られる方が我らにとって都合が悪いのです。貴国であの事件がどこまで知れ渡っているのか分かりませんが、国民すべてに『他言無用』を徹底していただきたい。もしも外に漏れることがあれば、今度こそ国交破棄した上に、それ以上の贖罪をアンベール王に求めることになるでしょう」

シャオワンはわざと脅すように、真面目な顔で淡々と言った。サロモンは膝の上に置いた拳を握りしめて、顔を強張らせた。

「お約束いただけますか？」

「も、もちろんです。元々この件については、近臣しか知りません。エルマーン王国に害を為したことが外に漏れれば、困るのは我らの方ですから……ですが……それだけで許されるとはとても……」

『信じられない』という言葉はあえて口にせずに、緊張した面持ちのままで、じっとシャオワンをみつめるサロモンと、視線を交わしながらシャオワンは少し笑みを浮かべて頷いた。

「サロモン殿がご存じの範囲で構いません。社交の……今の社交の常識をお教えいただきたい。我らは寿命が長いせいか、あまり世間の流行ごとに敏感ではありません。おそらく……百年以上前の常識で動いています。今回の件で、私は妃から叱られてしまいまして……隙がありすぎると」

シャオワンの提案は、それでもとても贖罪に相応するものとも思えなかったが、その穏やかな表情に偽りはないのだと察して、サロモンは声もなくその場に平伏した。

「まだまだアンベール王には貴方が必要だと思いますよ」

シャオワンは優しくそう声をかけた。


翌日、シャイールを含めた外務部門の者達は、サロモンとウィラン王国の侍従長から、現在の社交事情を教わった。

その日の午後には、ウィラン王国の者達をすべて帰し、サロモンにはアンベール王宛の書状を託した。改めてシャオワンが来訪したいという旨の書状だ。

その書状がよほど嬉しかったのか、日を置かずに再びアンベール王からの返事が届いた。許しがあれば、すぐにでもアンベール王自らが、エルマーン王国を来訪したいというものだった。その返事にシャオワンは苦笑しつつ、今度は使いを出さずに、シャオワンがライエン達を伴って、すぐにウィラン王国に向かった。

「我らが国交を破棄していないことを、公に……大々的に示す必要があるでしょう？　ウィラン王国の門前に、竜が翼を休めているのを、皆に見せるべきです。きっと……フェラルド王を害した者達も、手出しが出来ずに歯痒い思いをして見ていることでしょう」

シャオワンがにこやかな表情で、アンベール王にそう告げると、アンベール王はシャオワンの前にひざまずき、涙を浮かべて感謝した。シャオワンはその場に屈んでアンベール王の手を取った。

「私は陛下と、もっとゆっくり話がしたかったので。同じ若き新王として……先日は途中で台無しになってしまいましたが……もう一度交流をやり直しましょう」

「シャオワン王……」

シャオワンは、ウィラン王国との末永いつきあいを、改めて約束した。

第5章

シャオワンは、ライエンと他に若いシーフォン五人を従えて、外遊に旅立った。

アルフォン王国を訪問して、その後バストラル王国の皇太子の結婚式に出席する。両国とも遠方であることから、宿泊も伴った二日ほどの外遊だ。

最初に訪問するアルフォン王国は、小国ではあるが東の海岸沿いに位置する国で、大きな港を持っていた。エルマーンにとっては、海産物を輸出してくれる貴重な貿易相手でもある。国交は百年続いており、アルフォン王国の王とは三代に渡って関係を築いてきた。友好国のひとつだ。

シャオワンは戴冠直後に訪問しているので、今回が二度目の訪問になる。ただ前回の訪問は、本当に挨拶のためだけに寄った形で、今回は会食の約束をしているので、国賓として招かれるのは初めてになる。

城下町の外に、赤い絨毯が敷かれている場所が見えた。竜を受け入れるための場所が用意されているのだ。平地に何枚もの絨毯が並べて敷かれていた。その側には四頭立ての馬車が三台並んでいる。

シャオワンはそれらを上空から確認すると、ゆっくりと赤い絨毯を目指して降下した。

先にライエンが竜の背から降りて、出迎えの者達に近づいた。

「ライエン様、よくぞお越しくださいました。シャオワン陛下の久しぶりの来訪を、国民皆が喜んでおります」

出迎えたのは外務大臣のコルデーロだ。彼はエルマーンに何度か来訪していて顔馴染みだ。

「コルデーロ殿、このたびはお招きいただきありがとうございます」

シャオワンが竜の背から降りて、コルデーロの下まで歩いてきたので、コルデーロは膝をついて深々と頭を下げた。

「シャオワン陛下、よくぞお越しくださいました。我が王も心待ちにしております。どうぞ馬車にお乗りください」

シャオワン達は用意された馬車に乗り込むと、城へと案内された。

城下町に入ると、道沿いにたくさんの人々が並び、手を振って笑顔で歓迎していた。

「この国の皆様はいつも我々を歓迎してくださいますね」

「竜を従えるエルマーンの方々は、我らにとっては憧れの存在ですから」

コルデーロがニコニコと笑ってそう答えたので、シャオワンは窓の外を嬉しそうに眺めて、時折手を振って応えた。

城に到着するとたくさんの兵士が整列して、シャオワン達を出迎えた。城の中に案内されて、正面玄関を入ってすぐの広間に、国王エステベスが出迎えに立っていた。

「エステベス陛下、お出迎えいただきありがとうございます」

「シャオワン陛下、お久しぶりです。よくぞお越しくださいました」

二人の王は固い握手を交わした。エステベス王は壮年の小柄な男だ。人の好さそうな顔をしている。

「宴の準備を整えて、今か今かと待ちわびておりました」

シャオワンは、エステベス王に伴われて、宴の間へ案内された。

宴の間に入ると、大きな長テーブルに、たくさんの料理が並んでいた。先に席についていた者達が一斉に立ち上がった。顔ぶれを見ると男女入り混じっている。

シャオワンは一番奥の主賓席に案内され、隣にはエステベス王が並んで座った。

「シャオワン陛下、紹介いたします。初めてお目にかけますが、我が后ダフネ、隣が皇太子のエルナンド、皇太子妃シーラ、王女フェリシア、我が弟ロレンシオと妻のアンジェラ……以上が私の家族になります」

「初めてお目にかかります。エルマーン王国の国王シャオワンと申します。ご存じの通り、我が国と貴国は百年に渡り長く友好関係を築いております。そしてこれからも末永くおつきあいしていきたいと思っています」

シャオワンが挨拶すると、アルフォン側の列席者は一斉に深く頭を下げた。皆緊張しているのか笑顔はない。それを察したのか、エステベス王が明るく笑った。

「シャオワン陛下、申し訳ありません。皆、エルマーンの方々に会うのは初めてで緊張しているようです。まあ食事が進めば緊張も解れるでしょう。早速乾杯をしてもよろしいですか?」

エステベス王がそう言うと、侍女達が酒の入ったグラスを急いで運んできた。皆が手に持ち、シャオワンも手に持って立ち上がる。

「それではエルマーン王国と、我が国アルフォン王国の繁栄を願って乾杯」

エステベス王の乾杯の音頭に、一同がグラスを掲げて「乾杯」と唱和《しょうわ》すると、一斉にグラスの酒を飲んだ。

「さあさあ、我が国は新鮮な魚介類しか自慢はありませんが、どうぞ料理を召し上がってください」

エステベス王がしきりに皆を盛り立てようとする様子を見ながら、シャオワンは席に座った。以前会った時は温和で人の好さそうな男だと思ったが、こんなにはしゃぐ人物とは思わなかった。后達の静かな様子と対照的で、どこか無理をしているように感じるのは気のせいだろうか？

シャオワンはふとそんなことを考えながら、目の前に並ぶ料理を見た。連れてきた若いシーフォンの一人が、慣れた手つきで料理を取り分けている。シャオワンは、それをみつめながらシャイールの指揮の下、彼らが徹底した訓練をしていたことを思い出す。

他国の宴席はウィラン王国の事件以降、初めてだった。多少心配はしていたが、宴の間に案内される道中で、アルフォン王国の侍従長と速やかに話が出来たようだ。料理の取り分けについては、特に異議を言われることはなかったらしい。

しばらくして毒見の終わった皿が、家臣の手によってシャオワンの前に並べられた。魚と野菜だけを選んで盛られた皿に、シャオワンは安堵してちらりと斜め隣に座るライエンを見た。ライエンもこちらを見ている。視線が合って互いに目配せをした。

シャオワンは、エステベス王と会話を弾ませて、少しばかり時間を稼ぐ。その間に毒見役の家臣に異変がなければ、シャオワンも料理に口をつけることが出来る。

特に宴を中断させてしまうような失敗もなく、初めてにしては皆がよくがんばってくれたと、シャオワンは内心で喜びながら、フォークとナイフを手に取って、料理を食べようとした。

だがその時、異変に気づいた。一瞬視界が歪んで見えたのだ。酒に酔うには早い。乾杯の食前酒を飲んだだけだ。気のせいかと思ったが、フォークを握る手が震えて動かない。

「シャオ……」

同じく異変に気づいたライエンが、シャオワンの名前を呼んだと思った時には、グラリと視界が回って、ガチャンと食器が落ちる音だけが遠くに聞こえた気がした。

「バハル、シャオワンは初めての長い外遊だと言っていましたが、今まで国王が泊まりも含めた外遊に出向いたことはないのですか？」

龍聖は昼食を食べながら、ふとバハルに質問をした。

「今までの国王が……という意味の質問でしたら、皆様二、三日をかけた外遊には行かれております」

「じゃあ、シャオワンが初めてという意味なのですね」

「そうですね。陛下は戴冠後に、友好関係を結んでいる数ヶ国に挨拶に回られました。その時は本当に挨拶だけが目的でしたから、数ヶ国を一度に日帰りで回られたのです」

「そうなのですね……」

「今までは長期の外遊は、シャイール様やライエン様が国王代理として行かれておいでした」

「訓練していた毒見役が、今回から付いていきますし……すべてが上手くいくと良いですね」

「今回訪問する二ヶ国とも、長いつきあいの友好国ですから大丈夫ですよ」

バハルがニッコリ笑って言った後に、何かを察して気まずい表情に変わった。それを見て、龍聖が苦笑する。

「ふふ……ウィラン王国のことを思い出しました？　ええ、そうですね。『絶対大丈夫』などと言える国は、どこにもないと思います。でもそう言っていては外交が出来ません。今までのシャオワン達に、その覚悟がなかったわけではありませんが、ウィラン王国の事件を機に、改めて意識が変わったと思います。私はシャオワンを信じていますから、心配はしていませんよ」

落ち着いた様子の龍聖をみつめながら、バハルは感心しつつも首を傾げた。

「リューセー様は本当になんでもご存じなのですね。大和の方は皆様それが常識なのですか？」

「いえ……ただ私は龍神様にお仕えするために、色々な学びの機会をいただいていましたから、恵まれていただけです。通っていた学問所で、兵法の本なども読みました。外国の宮廷の様子が書かれた本なども読みましたので、なんとなく外交のことなどが分かっただけなのです」

龍聖はそう言って首を竦めた。

「リューセー様は本がお好きなのですね。そういえばエルマーン語の勉強のために持ってきた本も、夢中で読んでいらっしゃったし……本好きは先王ロウワン様と同じですから、ロウワン様に会っていらしたら話が弾んだかもしれませんね」

バハルがクスクスと笑いながら言うと、龍聖は目を丸くした。

「どなたに伺っても、ロウワン様はとても生真面目なお方だったと……私のような粗忽者《そこつもの》では、叱られてしまうかもしれません」

「代々竜王様は、リューセー様には頭が上がらないのです。叱ることなどありませんよ」

二人は顔を見合わせて楽しそうに笑い合った。

ぼんやりと頭に霧がかかったようで、上手く思考が働かない。目を開けているのに、どこか夢でも見ているような感覚がしていた。

「シャオワン！」

名前を呼ばれた気がしたが、誰が呼んでいるのか分からない。

「シャオワン！　しっかりしろ！」

何度か強く呼ばれて、次第に頭がはっきりとしてきた。この声はライエンだ。そんなに焦った声で何があったというのか？　今は確か……外遊中ではなかったか？　そうだ……アルフォン王国に来て、それで……。

シャオワンは、はっと気がついて顔を上げた。

「シャオワン！」

声のする方を振り向いた。ライエンが必死の形相《ぎょうそう》でこちらを見ていた。

「ライエン……私は一体……」

「薬を飲まされたんだ」

「え？」

驚いたと同時に、自分の状態が普通ではないことに気がついた。椅子に座ってはいるが、ロープで体を縛られている。見るとライエンも同じように、椅子に括《くく》りつけられていた。他のシーフォン達も無事のようだが同じ状態だ。

「迂闊《うかつ》だった……まさか食前酒に薬を盛られているとは思わなかった。食前酒は同じ酒瓶から、エステベス王達と一緒に続けて注がれたから、毒見の必要はないだろうと油断していた」

毒見役の家臣が、悔しそうに呟くのが聞こえる。

「それは私も同じだ。君のせいではない」

シャオワンが声をかけて宥めた。

「しかしどうして……ここはアルフォン王国だぞ？　まさかエステベス王が？　信じられない……もしやエステベス王達も？　同じ酒を飲んだのだから、彼らも薬を盛られたのかもしれない」

「即効性ではなかったから、彼らは中和する解毒剤を別に飲んでいたかもしれない」

ライエンが冷静にそう言った。シャオワンは眉根を寄せる。

「目的はなんだ？」

「誰も殺されていないところをみると……我らの竜が目的だろう。我らを殺しては竜の祟《たた》りがあるというスウワン様が流した寓話《ぐうわ》を、信じているのかもしれない」

シャオワンの問いに、ライエンが答えた。それを聞いて、皆は無言で顔をしかめる。

その時扉が開いた。エステベス王と知らない顔の男が、兵士を数人引き連れて部屋の中に入ってきた。

「シャオワン王、ようやくお目覚めですか」

知らない男が馴《な》れ馴《な》れしく話しかけてきた。シャオワンは眉間に深いしわを寄せて男を睨みつけた。

「貴方は誰ですか？」

「私はドラーク王国カシュパル王と申します」

「ドラーク王国？」

初めて聞く名前に、シャオワンは少しばかり首を傾げる。

「ご存じありませんか？　心外ですね。この国の隣国なのに……」

カシュパル王は不満そうな顔をした。

「建国したばかりの国だ」

ライエンが代わりに説明してくれた。だがそれを聞いて、カシュパル王はますます不愉快そうな顔をした。

「建国したばかりとは失礼だな。確かにこの国に比べればそうかもしれないが、我が父が建国して四十年が経つ」

「四十年」

ライエンが鼻で笑ったので、カシュパル王はカッと顔を赤くしたが、シャオワンが話を逸らした。

「それでカシュパル王、なぜ我らにこのようなことをしたのですか？　目的は？」

「我が国と国交を結んでいただき、その証として竜を一頭いただきたい」

「意味が分からん」

ライエンが毒づいた。

「なんだと!?」

「薬を盛って拉致《らち》しておきながら、国交を結びたいと言って、さらに竜が欲しいなど、何がしたいのか意味が分からんと言ったんだ。これはまともな国の外交ではない」

カシュパル王が顔を歪めて怒鳴ったが、ライエンは口の端を上げて皮肉たっぷりな口調で言い返した。

「カシュパル王、申し訳ないがこのようなことをされて、我らが従うとお思いか？」

シャオワンが毅然として言い放つと、カシュパル王は不敵な笑みを浮かべた。

「誤解なさるな。今はまだ優しく交渉してやっているだけだ。自分達の状況をよく考えると良い。こちらはお前達をさっさと殺して竜だけ奪うことも出来るのだぞ」

「竜は我らの言うことしか聞かぬ。お前が竜を従えられると思っているのか？　そちらこそ自分達の状況をよく考えることだ。なぜ我らは軍隊も連れず、少人数で外遊していると思う？　外で待っている竜達がただの乗り物ではないと、考えておいた方が良い」

ライエンが牽制《けんせい》返しに怒鳴ると、カシュパル王は忌《い》ま忌《い》まし気に顔をしかめた。

「明日まで待ってやる。明日までに竜を渡すことに応じなければ、その若い家臣から殺す。我らに従うまで一人一人殺していくからな。これは脅しではない」

カシュパル王は吐き捨てるように言うと、兵士達を連れて部屋を後にした。

「くそっ」

ライエンがガタンと椅子を揺すったが、強く縛られていて身動きが取れなかった。

「エステベス陛下」

シャオワンは、真っ青な顔で扉の前に佇むエステベス王の存在に気がついた。カシュパル王のせいで、彼の存在を忘れていたのだ。

「エステベス陛下……なぜこのようなことをなさったのです。私は貴方を信じていたのに」

シャオワンが沈痛な面持ちで尋ねると、エステベス王は青い顔でわなわなと震えだした。

「シャオワン陛下……申し訳ない……だがもうこうするよりほかになかったのです」

「一体何があったのです？　あの国とはどういう関係なのですか？」

「カシュパル王は……強引で独裁的な政治を行う男です。元々ドラーク王国というのも、隣国カデム王国の騎士団長だったカシュパルの父親ドラークが、クーデターを起こして国王一家を暗殺し国を乗っ取ってドラーク王国にしたのです。周辺の集落もすべて制圧し領地を広げ、カシュパル王の代になって我が国に国交を求めてきました。国交とは名ばかりで、我が国を属国にすることが目的で、我が国の船が欲しいと言ってきました。もちろん断ったのですが……人質を取られたのです」

「人質？」

「私の孫が……皇太子の第一王子が攫われ、我らが従わないと知ると……有無を言わさず王子を殺したのです」

エステベス王は青白い顔で唇を震わせながら語った。シャオワンは言葉を失ってしまった。

「それで報復はしないのですか？」

ライエンが代わりに尋ねた。

「ライエン殿はご存知と思うが、私にはもう一人息子がいます」

エステベス王の言葉に、ライエンは顔色を変えた。そういえば宴の席に第二王子の姿がなかった。

「まさか……」

ライエンが呟くと、エステベス王は頷いた。

「孫と一緒に第二王子も攫われていたのです。簡単に孫を殺すのだから、息子も殺されると思い、私はすべての船をやると言ったのです……ですが……あの男は、貴方がたが我が国を訪問することを知って、竜が欲しいと言いだしたのです」

「それで我らを……」

シャオワンがぽつりと呟くと、エステベス王はその場に崩れるように膝をついた。

「申し訳ない……私は……ドラーク王国と戦争になっても構わないと思っていたのです。しかしあの男は卑怯《ひきょう》な手しか使わない。戦争をする気はないのです。第二王子だけではない。皇太子を攫って殺すのも容易くやってしまうでしょう……そういう暗殺を生業にしている者達を手下にしていると聞きました。他国に容易く忍び込み人攫いをしたり、暗殺したりするのを楽しんでいるのです……こうするしかなかった……許してください」

エステベス王は両手を合わせて謝罪した。しかしシャオワンは許すとも何とも言えずにいた。

しばらくの沈黙の後、エステベス王は力なく立ち上がった。

「シャオワン陛下……ひとつだけ……あの男に抵抗をしました。貴方がたに盛った薬は普通よりも少しばかり多めにしたのです。ですから貴方がたは二日間眠っていました。明日になれば三日……陛下が帰国しないことを、エルマーンの方々が不審に思ってくだされればよいのですが……」

エステベス王はそれだけを言い残して部屋を出ていった。

「くそお……人間という奴はなんでこんなに欲深いんだ……」

ライエンが悔しそうに呟いた。

「陛下、いかがしますか？」

若いシーフォンの一人が尋ねた。

「竜達を暴れさせましょうか？」

別の若いシーフォンがそんなことを言いだした。

「だめだ」

シャオワンは冷静に答えた。

「竜達を暴れさせたら、罪もないこの国の国民が被害に遭う……それに下手に動いたら、あのカシュパル王が何をするか分からない……子供を攫って簡単に殺すような男だ。捕らわれている第二王子も殺されてしまうだろう」

シャオワンは忌ま忌ましげに呟いた。

「この国の王子のことなど構わないではありませんか。我らを裏切って罠《わな》にかけたのです。エステベス王も何も言えないでしょう。自業自得だ」

若いシーフォン達は、腹立たしげにそう言って、逃げましょうと口々に賛同した。

「黙れ、お前達は少し落ち着け……確かに我らの魔力で、人間を操ることは出来る。先ほどの場面でも、カシュパル王を操ろうかと私も考えた。だがどう考えても、この状況から穏便に逃げ出す算段がつかない。多勢《たぜい》に無勢だ。カシュパル王やエステベス王を操り、二人を人質にしたところで、他国の城の中だ。囲まれてしまっては、ここに籠城《ろうじょう》するしかないし……この国の家臣達に、エステベス王を救うために、強硬手段を取られてしまっては、我らにはなす術がない。人間を傷つけることが出来ない我らには、誰も傷つけずに脱出することなど不可能だ」

ライエンが、部下達を叱咤しながらそう話すのを、シャオワンは同じ気持ちで頷きながら聞いていた。

「君達が私を命がけで助けようとするように、この国の兵士だって王を助けるために、懸命に戦おうとするだろう。特に幼い王子が殺され、第二王子が捕らわれているのだ。家臣達の心情を思えば、国王や皇太子を守るために必死になるはずだ」

「エステベス王の言ったことが本当ならば、今日が我らの帰国予定日です。夜までに戻らなければ、何かがあったと騒ぎになるはずです。ここに探しに来るかもしれません」

ライエンが少しばかり希望を持ったように呟いた。しかしシャオワンは浮かない表情のままだ。

「誰かが探しに来たところで、王である私が捕まっている限り人質にしかならない。余計に仲間を巻き込むことになってしまう」

シャオワンの呟きに、皆が失望したように黙り込んでしまった。

「陛下、私は殺されても構いませんから、陛下が助かる術を考えてください」

若いシーフォンがそう言うと、他の者まで同意し始めた。

「まずは全員で助かる術を考えろ！」

ライエンが彼らを叱咤したので、シャオワンは溜息をついた。

どうすればいいのか……シャオワンは苦悩した。


エルマーン王国では、夜になっても帰国しないシャオワン達に、皆が動揺していた。

「何かあったのでしょうか？」

不安になった龍聖が、シャイールの下を訪ねていた。

「分かりません……バストラル王国皇太子の結婚式という祝いの席ですから、宴が延びることがないとは言えません……ただ兄上に限って、何も知らせを寄こさないはずはないので……」

「確かめに行ってはもらえませんか？」

「……バストラル王国までは、竜で飛んでも三刻以上かかります。今からだと深夜の到着になってしまいますから、いくらなんでも訪問出来かねます。明日の朝一番に使者を送りましょう。リューセー様、兄上は大丈夫ですよ」

シャイールに宥められ、バハルに付き添われて、龍聖は仕方なく部屋へ戻った。

「どうしよう……ヨンワン……父上の無事を一緒に祈りましょう」

龍聖はすやすやと眠る幼きヨンワンを抱きしめてそう呟いた。

「シャイール様!!　大変です!!」

翌朝夜明けと共に発った使者が、昼過ぎに血相を変えて帰国した。

シャイールの執務室に、ノックもせずに扉を開けて転がり込んできた若いシーフォンは、真っ青な顔をしている。

「どうした!」

「バストラル王国に行ったところ……陛下達一行はバストラル王国に来なかったというのです。私の訪問にバストラルの国王も何事かあったのかと心配されておいででした」

「なんだって!?」

シャイールも顔面蒼白になった。本当にこれは一大事だと思った。

「シャイール様!　シャオワンはいましたか?」

使者が戻ったのを伝え聞いた龍聖が、シャイールの執務室に駆け込んできた。そしてその場に倒れ込むようにしている若いシーフォンと、真っ青な顔をしたシャイールの様子に、何かあったのだとすぐに察した。

「どうしたのですか？　シャオワンは？」

「……行方知れずなのです」

「え？」

「バストラル王国に行っていなかったのです」

「ではアルフォン王国は？　バストラル王国の前に訪問したはずですよね？　そこにも行っていなかったのですか？」

龍聖の言葉に、使者を務めた若いシーフォンが、深々と頭を下げた。

「申し訳ありません。もちろんアルフォン王国へ探しに行くことを考えたのですが、アルフォン王国は、バストラル王国からさらに遠く、竜で飛んでも三刻はかかります。バストラル王国へも立ち寄らず、国への知らせもないまま行方知れずになっているという状況を考えると、ただならぬことが起きているかもと思い……私が単独でアルフォン王国に向かって、知らせが夜中になるよりは、一旦国に戻ってシャイール様の指示を仰いだ方が良いのではないかと……勝手に判断してしまいました」

若いシーフォンは、何度も謝罪の言葉を繰り返した。

「いや、君の判断は正しい。よく引き返してくれた。すぐに作戦を立てて、捜索に向かおう。国内警備副官のゾウガンと、外務次官のシャウハンを呼んでくれ」

シャイールが指示すると、使者を務めた若いシーフォンは、すぐに執務室を飛び出していった。シャイールは、大きな地図を棚から取り出して、テーブルの上に広げる。

「シャイール様……何も知らずに待つだけでは不安なので、どのように捜索なさるおつもりなのか、ここで聞いていてもよろしいですか？」

龍聖はバハルから「部屋に戻りましょう」と促されたが、それを振り切るようにシャイールに言った。シャイールは少しばかり考えて承諾した。

「ここがエルマーン王国で、ここがアルフォン王国……そしてここがバストラル王国です。ご覧になって分かるように、それぞれに距離があり……今回一泊を伴う外遊になったことは、ご理解いただけると思います。予定通りであれば、初日の昼過ぎにアルフォン王国に到着し、会食の後バストラル王国に向かい……日が落ちる前くらいに到着して、一泊した後翌朝の婚礼に出席して、宴が長引いたとしても夕方までに出国すれば、昨夜のうちに帰国する予定でした」

シャイールが、地図を指しながら、龍聖に外遊の予定を説明した。そこへ呼んでいた二人が到着した。

状況をすでに聞いてきたのか、二人とも険しい表情をしている。龍聖がいることに、少しばかり戸惑いを見せたが、一礼をしてシャイールに歩み寄った。

「聞いたと思うが、陛下達が行方知れずだ。どこで何が起きたのかが分からない以上、唯一の手がかりは最初に訪れる予定のアルフォン王国になる。色々な状況を考慮して、捜索は二手に分かれて行うことにする。ひとつは真っ直ぐにアルフォン王国に向かう。もうひとつは一旦バストラル王国の方面に向かい、そこからアルフォン王国を目指す。アルフォン王国に向かう途中で事故が起きたか、アルフォン王国からバストラル王国へ向かう途中で事故が起きたか……もしくは……アルフォン王国で何かが起きたか……この三通りが考えられる。真っ直ぐにアルフォン王国へ向かう方が先に着くので、そちらの捜索隊には私が行く。シャウハンはバストラル王国経由で向かってくれ。ゾウガン、我らが出れば国内が手薄になる。我らが戻るまでの間、南北の関所からの新規入国は禁止、城内と城下町の警備を強化してくれ」

シャイールがキビキビと命じると、二人は「はい！」と勇ましく返事をした。緊迫した空気が流れる。

「準備が整い次第、即刻出立する！　一刻の猶予もない。急げ！」

シャイールが檄《げき》を飛ばすと、二人は駆け出していった。

「リューセー様、それでは私も出ますので失礼いたします」

シャイールは部屋を出ようとしたが、龍聖がその前に立ち塞がった。

「お待ちください！　私も一緒にお連れください」

「駄目です！　リューセー様をお連れすることは出来ません。城に残ってお待ちください」

「いいえ！　もうこれ以上待てません！　じっと待っているなんて頭がおかしくなりそうです！　私を連れていってください！」

龍聖は強い口調で言った。シャイールは戸惑ってしまった。龍聖の命令口調に逆らうことが出来ない。竜王に逆らえないのと、同じような威圧を感じていた。

シャイールが困惑していると、もう一度龍聖が強い口調で言った。

「私を連れていきなさい！」

龍聖はシャイールの竜に乗せてもらっていた。

『バハルの制止も無視して来てしまった』

　龍聖は必死になってシャイールと共に飛び出したので、バハルが引き留めようとした手を無理やりに振りほどいてしまった。あんな乱暴にしてしまって……と、時間が経つにつれて後悔していた。

「リューセー様、もしも危険だと思ったら、私の竜か他の誰の竜でも構いません。お一人でも竜に乗ってエルマーンにお逃げください。竜達はリューセー様の言うことを聞きますから、エルマーンへ戻れと命じれば、勝手に飛んで帰ります。これだけは絶対にお約束してください。リューセー様にもしものことがあれば、ヨンワン様も死んでしまうのだということをお忘れなきように」

　シャイールが真剣な顔でそう言ったので、龍聖はとても驚いた。それは龍聖が今の今までまったく考えてもいなかったことだった。

『私に何かあればヨンワンが死ぬ』

　それはとても衝撃的な事実だった。だが冷静に考えれば分かることだ。竜王の世継ぎであるヨンワンも、龍聖の魂精で生きている。まだあんなに幼い子供の身で、龍聖がいなくなればすぐに死んでしまうだろう。シャオワンのことばかりを考えて、そんな大事なことに気づかなかった。バハルがいてくれれば大丈夫と思っていた。だがそれは育児という意味の安心なだけで、ヨンワンの命の糧《かて》は、龍聖の魂精しかないのだ。

　途端に怖くなってしまった。

　その龍聖の様子の変化にシャイールが気づいた。

「リューセー様、城へ戻りますか？」

　そう言われて、龍聖はぐっと拳を握りしめた。

「いいえ、行きます……とにかくシャオワンの行方が摑めなければ、私も生きた心地がしません。アルフォン王国までは参ります。でもそれ以上、無茶はいたしません」

龍聖が冷静に答えたので、シャイールは少しだけ安堵した。

「もっと速く飛びますので、しっかりと私にお摑まりください」

シャイールに言われて、龍聖はシャイールの腕にしっかりとしがみついた。


シャオワンは、明るい窓の外を忌ま忌まし気にみつめていた。結局何も良い策が浮かばなかった。ひとつだけ最終手段がないことはないのだが……それは諸刃《もろは》の剣だった。ライエン達まで巻き込んでしまう。そしてその後をどうするか……。この縛られた状態では、上手く逃げられるか分からない。

「ライエン、お前でもこれはどうにもならないか？」

シャオワンが、もぞもぞと体を動かして、なんとか縄を外そうと試みるがどうにもならず、ライエンに向かって尋ねた。

「ああ、ただ縛られているならともかく……両手が後ろできつく固定されているから、どうにもならない」

ライエンもそう言いながら、体を動かす。椅子に括りつけられている縄とは別に、両腕を椅子の後ろで縛られていた。

「そうか……」

シャオワンは溜息をついた。

シャイールが異変を察して、この国まで来てくれるだろうか？　だが我々が人質ではどうしようもない。まずはどうにかしてここから脱出せねば……とシャオワンが考えていた時だった。突然はっとしたように、勢いよく顔を上げて窓の方を見たので、ライエンが不思議そうにシャオワンを見つめた。

「シャオワン、どうした？」

「……いかん……シャイールだけではなく、リューセーまでが来てしまった」

「なんだって!?」

「ジンヤンがそう言っている」

なぜリューセーが……そう思いながら、シャオワンはひどく焦っていた。龍聖達が城内に入り、カシュパル王の手に落ちる前に、なんとかしなければならないと焦った。

「誰か!!　誰か来てくれ!!」

突然シャオワンが叫びだしたので、ライエン達は驚いた。

「誰か！　誰かいないのか!!」

すると扉が開き、見張りの兵士が中を覗き込んだ。

「王を呼べ！　今すぐだ！　カシュパル王とエステベス王を呼べ！　今すぐ来ないと要求を呑まないと伝えろ!!　今すぐだ！」

シャオワンが凄まじい勢いで叫ぶので、兵士は慌てて走り去った。

「シャオワン、どうするつもりだ」

「ライエン、みんな……これから私がやることを許してくれ」

「え？」

シャオワンは覚悟を決めたような顔で呟いた。

「リューセー様、竜王です。他の竜達もいます」

アルフォン王国の上空に辿り着いたシャイール達は、城下町の外れにいる竜達の姿を確認した。

「ああ……ではシャオワンは無事だということですね。ジンヤンのいるところには絨毯が敷かれているし、ちゃんとしたもてなしを受けているのではないですか？」

「しかし……なんだか様子が変です」

シャイールは降りるかどうか迷った。だがジンヤンが無事でいるうちはシャオワンも無事なはずだ。

ジンヤンがこちらを見上げて、グググッと鳴いた。するとシャイール達の竜が、びくりと反応して一瞬高く舞い上がった。

「わっ……急にどうしたのですか？」

驚いた龍聖が、シャイールにしがみついて尋ねた。シャイールも焦っている。

「分かりませんが……竜王に牽制されて、竜達が近寄れないようです」

「牽制？　ジンヤン様が？」

龍聖は下を覗き込んだ。地上にいるジンヤンが、こちらを見ているのが見えた。

「やはり……シャオワンの身に何か起きたのですね」

龍聖は眉根を寄せて呟いた。

「やっと要求を呑む気になったか」

カシュパル王とエステベス王が兵士を引き連れてやってきた。

「ああ、竜の扱い方を教えるから話を聞いてくれ」

シャオワンがそう言うと、カシュパル王はにやりと笑って、シャオワンの近くまで歩み寄ってきた。

「下手な小細工はするなよ？　少しでも変なことをしたら、即刻目の前でお前の家臣を殺すぞ」

カシュパル王は不敵な笑みを浮かべながら、連れてきた兵士達に合図を送ると、一斉に剣を抜いてライエン達を狙うように構えた。

「ああ、安心してくれ、下手な小細工はしない。大がかりなことをするだけさ！」

シャオワンはそう言い終わるか終わらないかのうちに、カッと目を見開いた。深紅の髪が逆立つようにうねったかと思うと次の瞬間、凄まじい波動が辺りに走った。

ドーンッッ!!　という激しい音と共に、シャオワンのいた部屋ばかりではなく周囲の部屋、廊下の窓ガラスが破裂するように割れた。

やがてしんと静寂が訪れて、シャオワンはゆっくりと瞬きをした。赤く光っていた両目が元の金色に戻る。辺りを見回すと、その部屋にいるすべての者がその場に倒れていた。隣を見るとライエン達も気を失っている。

シャオワンは竜王の持つ力『覇気』を使ったのだ。

シャイール達が降りられずに、上空をぐるぐると旋回《せんかい》していると、突然ドーンッという何かが爆発するような音がして、城の窓ガラスが弾けるように一斉に割れるのが見えた。

シャイール達は驚いて、下をみつめる。

「シャオワン達に何かあったのかもしれません！　早く降りてください！」

龍聖が叫んだ。

「しかし……竜達が言うことを聞きません」

「降りるのです！　すぐに私を下へ降ろしなさい！」

龍聖が叫ぶと、竜達は弾かれたように急降下を始めた。竜王の力よりも、竜の聖人である龍聖の力が勝ったのだ。だが急降下に驚いて、龍聖が悲鳴を上げたので、竜達は慌てて翼を広げながら降下速度を緩めた。

ジンヤン達の側に着地すると、シャイールが竜の背から飛び降りた。

「兄上！」

シャイールは思わず駆けだしていた。

「シャイール様！」

龍聖が叫ぶと「リューセー様はそこにいてください」という声が返ってきた。

龍聖は困ったようにおろおろと辺りを見回した。他のシーフォン達もシャイールと共に行ってしまった。仕方なくシャイールの竜の背から降りて、不安そうに爆発した城の一角をみつめる。

「ジンヤン様」

龍聖は金色の竜に歩み寄った。

「シャオワンは無事ですか？」

ジンヤンに向かってそう尋ねると、ジンヤンはググッと優しく鳴いて頷いた。

「ああ……良かった」

龍聖は心から安堵の息を漏らした。


シャイール達が城の入り口に辿り着くと、兵士達が大騒ぎで右往左往《うおうさおう》していた。混乱に乗じて中へと駆け込んでいく。シャイール達に気づいて、引き留めようと声をかけてくる兵士は、魔力で威圧しつつ、どんどん奥へと進んだ。

「上の方だったな」

シャイールは仲間とそう確認し合いながら、廊下を懸命に走り、階段を駆け上った。

三階まで上がると、風景が一変していた。廊下のすべての窓ガラスが粉々に割れ、廊下には兵士が何人も倒れていた。

「この階に陛下がいるはずだ！　探せ！」

シャイールはそう叫ぶと、仲間と共に捜索を始めた。

「兄上！　兄上～！」

必死に叫びながら、ひとつひとつ部屋を覗いていく。

「シャイール！」

すると廊下の奥からシャオワンの声が聞こえた。

「兄上！」

シャイールは声のする方へ駆けだした。

一番奥の部屋の前に、今までで一番多い数の兵士が倒れている。その部屋にシャイールは飛び込んだ。

「兄上！」

部屋の中にはたくさんの人が倒れていた。部屋の中央に、椅子に座るシャオワンの姿があった。体を縄で椅子ごと縛られて身動きが取れないようだ。側には同じような姿のライエン達もいた。ライエン達は気を失っている。

「兄上、ご無事で」

「シャイール……縄を解いてくれ」

「はい」

シャイールは駆け寄ると、剣を抜いてシャオワンを縛る縄を断ち切った。

「ありがとう」

シャオワンは感覚のなくなっている両手を擦りながら溜息をつく。駆けつけた他のシーフォン達も、シャオワンの無事な姿に安堵した。

「ちょうどこの国に到着した時に、爆発が起きたのです。驚きました」

「そうか……こうして縛られていたから、下手なところで覇気を使っても逃げられないからね。使いどころを探っていたんだ。そしたらお前達が来たとジンヤンに教えられたので、奴らがお前達に気づく前にと、急いで敵を呼び寄せて覇気を使ったんだ」

シャオワンはそう説明しながら立ち上がると、ライエンの額に右手を当てた。そっと魔力を出して、ライエンの意識を取り戻させた。

「ん……あっ……シャオワン……シャイール達も来てくれたのか」

シャオワンは他のシーフォン達の意識も回復させると、倒れているカシュパル王と彼の兵士達を縄で縛るように命じた。

「エステベス王はいかがしますか？」

「彼はこの国の王だ。放っておこう。もうこの国には用はない。さっさと引き払おう」

「兄上、一体何があったのですか？」

「帰ってからゆっくり話すよ。それよりもリューセーも一緒なのだろう？　心配だから早くリューセーの下へ行きたい」

シャオワンはそう言って、その場を立ち去った。

足早に出口に向かっていると、階段を駆け上がってくる皇太子エルナンドと護衛の兵士達と鉢合わせをした。エルナンドはシャオワンの姿を見てとても驚いている。

「シャオワン陛下……一体何があったのですか？」

「君達はすべてを知っていてあの宴の席にいたんだね？」

シャオワンが冷静に尋ねると、エルナンドは表情を硬くして目線を落とし「はい」と答えた。

「君達の窮状《きゅうじょう》は分かる。我々は友好国だった。事前に相談してくれれば、何か力になれたかもしれないものを……こんな形で裏切られるとは思わなかった。残念だ。奥の部屋にカシュパル王は縛り上げて転がしている。好きにすると良い。エステベス王によろしくお伝えください。もう会うことはないでしょう」

シャオワンは淡々とした口調で述べた。

『友好国だった』という過去形の言葉に、エルナンドはすべてを悟り、深く頭を下げてシャオワンを見送った。


龍聖は不安な気持ちを抑えるように、ジンヤンの前脚に抱きつくようにして顔を伏せていた。

やがてこちらに近づいてくるたくさんの馬の蹄《ひづめ》の音が聞こえる。龍聖はびくりと震えた。ジンヤンがグルルッと鳴いたが、龍聖には言葉が分からない。敵が来たのかと緊張が走り、龍聖は持ってきていた剣を鞘《さや》から抜いて、ぐっと柄を握りしめ、くるりと振り返った。

そこには馬に乗って駆けてくるシャオワンの姿があった。

「シャオワン！」

「リューセー!!　随分勇ましい姿だね！」

シャオワンは笑顔でそう言いながら、馬が止まるのを待てずに飛び降りると、龍聖の下に駆けてきた。

「シャオワン！」

龍聖も剣をその場に捨てると、シャオワンに向かって駆けていた。

龍聖がシャオワンの胸に飛び込むと、シャオワンはしっかりと抱きしめて、二人は深く口づけを交わした。

「心配をかけてすまなかった」

「お怪我はありませんか？」

二人は互いを心配し合って声をかけ合うと、何度も口づけを交わした。

「シャオワン、お取り込み中申し訳ないが、さっさとエルマーンに帰ろうぜ」

ライエンが笑いながらシャオワン達に水を差したので、その場にいた全員から笑いが漏れた。

「ああ、そうだな。さっさと帰ろう」

「兄上、別部隊が兄上の捜索をしております。竜王より帰還命令を出してください」

「分かった。ジンヤン、頼む」

シャオワンがジンヤンに言うと、ジンヤンは首を真上に伸ばして羽を広げた。オオオオオォォォォッと咆哮《ほうこう》を上げると、空気がビリビリと振動して、空高く声が響き渡った。

龍聖が驚いて上を見上げていると、シャオワンが、ひょいと龍聖を抱き上げた。

「エルマーンへ戻ろう！」

ジンヤンの背に駆け上り、シャオワンが力強く号令をかける。

竜達は一斉に羽ばたいて空へと舞い上がっていった。


シャオワンは王の私室にある書斎で本を読んでいた。すると肩にずしりと、柔らかな重みが乗って、耳元で「あーっ」とかわいらしい声がする。

「随分かわいい侵略者だな？　私の読書を一瞬で邪魔するなんて」

シャオワンは笑いながら、肩に乗っかっているヨンワンを、ひょいと抱き上げて膝の上に載せた。

振り返ると龍聖が微笑んでいた。

「どうしたんだい？」

シャオワンが尋ねると、龍聖は無言でただ微笑むだけだった。シャオワンは首を傾げる。

龍聖との間に、いつもと違うようなことは何もない。夫婦仲は良いし、二人で過ごす時間も大事にしている。龍聖がずっと手がけている改革のことも、ヨンワンの成長のことも、毎日のように話してくれていて、シャオワンはそれを聞くのが楽しみなくらいだ。

一昨日も昨日も……いや、五日前も十日前も、ずっと毎日変わりない日々を送っている。

そんな中で、今のこの時だけが、突然にいつもの日常とは違っている。龍聖は、決してシャオワンの時間を邪魔するようなことはしない。読書中に、何か用があればまず声をかける。

シャオワンをびっくりさせたかったということも、考えられないわけではない。龍聖は時折そういう『遊び』をすることがある。たいていはシャオワンの方が、ふざけてすることが多いのだが、龍聖もたまに仕返しをして笑わせてくれる。

そうだ。『笑い』だ。なんだかいつもと違うと思ったのは、『笑い』がないのだ。龍聖は微笑んでいるけれど……笑っていない。むしろ怒っているように感じるのは気のせいだろうか？

「リューセー？」

気のせいかな？　と思って、笑顔で名前を呼ぶが、龍聖は微笑むだけで返事をしなかった。

『やっぱり何か怒っている？』

シャオワンは、さっと顔色を変えて前を向いた。何だろう？　と必死に考える。

「あ〜」

ヨンワンがシャオワンの髪を引っ張って、口に咥《くわ》えたりしていたが、それに構う余裕もなく、シャオワンは一生懸命に頭を回転させて考えた。

朝からの流れを考えて、特に変わった様子はなかったと思いつつ、では昨夜は？　と考えたが、やはり思いつくことはなかった。

「何をなさっているのですか？」

シャオワンが焦って考えているところに、龍聖がようやく口を開いた。声も話し方もいつもの龍聖だ。別に怒っている様子は感じられない。それなのにやはり、怒っている……と思ってしまうのはなぜだろうか？

「何をって……本を読んでいるんだよ？」

「昨日もでしたね」

「ああ……うん」

シャオワンは「あれ？」と思った。これはもしかすると、私が仕事をしていないときに、ずっと書斎で本を読んで過ごしているから怒っているのかな？　ヨンワンと遊んでやってくれということかな？　などと考えた。

この読書も暇つぶしでやっているわけではない。他国の歴史や情勢を調べているのだ。

ウィラン王国の事件の後、不運にもアルフォン王国で拉致監禁されるという事件が起きて、立て続けに起きた外交先でのいざこざに、エルマーン王国では、外交方針の見直しを余儀なくされていた。

状況が落ち着くまで、一切の外交を中止している。こちらから出向くのはもちろんのこと、来賓の入国も断っていた。貿易や書簡のやり取りは続けているものの、ほぼ国を閉ざしているに近い状態だった。

もちろんシャオワンは、このままにしておくつもりはないし、あんな事件が起きたからと言って、外交を辞めるつもりはない。でもシーフォン達は、今後一切シャオワンを外交に出すべきではないと言い出すし、来賓とも会ってはならないとまで言い始めている。

そんな家臣達をなんとか説得するために、シャオワンは日々、どうやれば人間達と上手くつきあえるのかについて、探っているのだ。

「リューセー……一応、これでも仕事をしているんだよ？　でもそうだね。たまには三人で中庭に散歩に行こうか？」

シャオワンはそう言って、ヨンワンを高々と抱き上げた。ヨンワンが手足をバタバタと激しく動かして、声を上げて笑っている。

「散歩ですか？　ええ、良いですよ」

龍聖がニッコリと笑って頷いた。

『あれ？　違った？』

シャオワンは自分の選択が間違っているように感じて、ヨンワンを抱いて立ち上がりながらも、困ったような顔で笑う。

シャオワンはバハルに中庭へ行くことを告げて、同行してもらった。護衛の兵士もぞろぞろと従えて、龍聖とヨンワンと共に中庭へ向かった。

雨季が終わったばかりのエルマーン王国は、庭の木々に若葉が生い茂り、吹き抜ける風が草の青い匂いをはらんでいて心地いい。

ヨンワンを下へ降ろすと、嬉しそうに四つん這いで這いまわり、「きゃあ！」と甲高い声で笑う。

それをシャオワンはニコニコと笑って眺めていたが、隣に立つ龍聖の存在が気になって仕方ない。

「リューセー……何か……怒っているのかい？」

「え？」

シャオワンが恐る恐る尋ねると、龍聖は目を丸くして驚いたように首を傾げた。

『気のせいか？』

その反応に、シャオワンは少しばかり安堵して、苦笑しながら頭を掻いた。

「いやあ……」

『怒っているのかと勘違いしてしまったよ』と言いかけたのだが、龍聖はニコニコと笑って「はい、怒ってます」と元気に答えた。

「え!?」

シャオワンは驚いて聞き間違いかと、じっと龍聖を見た。龍聖は相変わらず笑顔だ。

「ですから、怒っていますよ」

龍聖がもう一度言った。

「え？　ええ!?　ど、どうしてだい？　私は君に何かしたかい？」

シャオワンはひどく動揺した。

それまで少し後ろで控えていたバハルが、すっと動いて下ではいはいしているヨンワンを抱き上げると、離れたところに移動した。

「何もしてないから怒っているのです」

龍聖が微笑んだままそう答えた。シャオワンはますます訳が分からないという顔で、動揺している。助けを求めようと振り返ったが、バハルの姿はなかった。

シャオワンは眉根を寄せて、おろおろした。

「リューセー、説明してくれないか？　私が悪いならば謝るよ」

「じゃあ、謝ってください」

「す、すま……いや、リューセー、待ちなさい。理由が分からなければ、いくら私が悪かったとしても謝ることは出来ない。話し合おう。何があった？　言ってごらん？」

頭を下げかけたシャオワンだったが、思い直して龍聖に質問を投げかけた。すると龍聖は急に声を上げて笑い始めた。先ほどまでの作ったような笑みではない。今度は本当に笑っていた。

シャオワンは呆然とそれをみつめている。

「ははは……申し訳ありません……シャオワンが今謝っていたら、本気で怒るところでした。貴方がまだ冷静に考えられる余裕があるみたいで安心いたしました」

「安心って……リューセー、どういうことだ。きちんと話してくれ。今度は私の方が怒るぞ？」

シャオワンが眉根を寄せて、少し膨れたように言うと、龍聖がまだクスクスと笑いながらも、シャオワンの右頰を少しつねった。

「貴方が私に何も話してくださらないから怒っていたのです」

「痛いよ……」

シャオワンはつねられた頬を擦りながら、小さく文句を言った。

「度重なる事件のため、我が国が外交を一切中断していることは知っています。そのことで、何度も会議が開かれていることも、貴方が外交を今まで通り続けたいことも、皆が貴方の身を心配して、家臣だけで外交を進めると提案していることも、もちろんすべて聞きました。でも貴方の口からは何も……建設的な話が聞けていませんよ？」

「建設的な話？」

「はい、ウィラン王国の時は、貴方はすでにどうしたいか心に決めていて、ただそれを実行するための方法を模索《もさく》していました。だから私は貴方の知らない人間の世界のことを助言して背中を押しただけです。でも今回はとても後ろ向きです。背中を押そうにも押せません」

「私は今まで通りに外交を続けたい……それだけだよ」

シャオワンがそう言うと、龍聖が左手を掲げて、シャオワンの左頬を狙ったので、慌てて左頬を押さえた。

「本当にしたいことは何ですか？」

「ほ、本当にしたいこと？」

シャオワンは何度も瞬きをした。

「貴方が今まで通りに外交を続けたいと言いながら、なかなか第一歩を踏み出せないのは、何か理由があるはずです。貴方の中で解決出来ずに、モヤモヤとしているものがあるのではないですか？」

「モヤモヤ……しているもの？」

シャオワンは復唱しながら考え込んだ。確かに皆に反対されているから、外交を再開出来ずにいるわけではない。自分の中で踏みきれない何かがあった。脳裏にアルフォン王国のエステベス王の顔が浮かんだ。

「アルフォン王国の件を解決していない……皇太子には王への伝言を頼んだが、直接王とは話していない。国交を破棄する書状すら交わしていない。自然消滅のような形を取ってしまった。カシュパル王との関係がどうなったかも気にはなっている」

「行きましょう」

「え？」

「私も一緒に行きますから、確かめましょう」

「リューセー様！」

バハルが慌てて飛んできた。

「リューセー様！　また危険なことをなさるおつもりですか!?」

「バハル……私のことはシャオワンが守ってくださいます。そしてシャオワンのことは私が守ります」

「リューセー」

「リューセー様」

「シーフォンは、神からの罰に囚《とら》われすぎていると思います。人間を傷つけることが出来ないからといって、人間に対して気を遣いすぎです。もっと竜族としての誇りをもって堂々とすれば良いではありませんか。シャオワンが覇気を使って、人間を気絶させても、シャオワンには人間を傷つけたという罰は下らなかったでしょう？　エルマーン王国の者を怒らせたら怖いのだということを、もっと人間に知らしめても良いのではありませんか？　私はこの世界のことは分かりませんが、人間のことは分かります。世界は違っても、基本的に人間とはそれほど変わらない生き物だと思うのです。だからシャオワンが、人間と正面から向き合いに行くのならば、私がその補佐をします。シーフォンは人間を信じすぎるお人好しですから」

龍聖が凜《りん》とした表情で、はきはきと言いたいことを言ったので、シャオワンとバハルは驚いて何も言えずに聞き入っていた。すると龍聖が、バハルが抱いていたヨンワンを抱き上げた。

「私は少しでも、この子が生きやすい世界にしたいだけなのです。同じ苦労はさせたくありませんから……二代目も三代目も四代目も……そして貴方もまだ人間とのつきあいに、振り回され模索しているでしょう?」

龍聖はそう言って、ヨンワンの柔らかな頬に口づけた。ヨンワンが喜んでいる。

「はあ……まったくその通りだ」

シャオワンが首を竦めながら笑った。

「バハル、リューセーは私が必ず守るから、連れていくことを許してくれ」

シャオワンにそう言われて、バハルが断れるはずがなかった。それは竜王の権力ゆえではない。龍聖の側近であるバハルには、竜王の命令よりも龍聖の命令が優先だ。そうではなく、二人の堅い結びつきの前に、反対をすることが出来ないと思ったのだ。

「かしこまりました。無茶なことだけはしないとお約束してください」

「バハル、それはちょっと無理ですよ。大切な外交には、これからもシャオワンが出向くのだということを、家臣達に無理やり承知させるために、荒療治が必要ですから相談もなしで、アルフォン王国に向かうのです。それも二人で!　これはすでに無茶なことでしょう?」

龍聖がそう言って笑ったので、バハルは驚いて目を丸くしている。龍聖はそんなバハルにヨンワンを渡した。

「ヨンワンをお願いします」

「ライエンにすぐに出立の準備をするように伝えてくれ！　私は先に出かけるから、部下を何人か連れてすぐについてくるようにと！　今すぐだ！」

シャオワンが側にいた兵士に命じた。兵士は慌てて駆けていく。

「行こう」

「はい」

「お二人ともお待ちください！」

バハルに呼び止められて、二人は思わず足を止めた。

「その格好で行かれるつもりですか？　せめて陛下は胸当てだけでもお着けになってください！」

バハルが眉根を寄せてそう言ったので、シャオワンは龍聖と顔を見合わせた。


二人は出かける支度を整えて、ジンヤンのいる塔の最上階に向かった。

「バハル、いつの間に私にもこのような衣装を作っていたのですか？」

「リューセー様が、陛下を助けにアルフォン王国に向かわれた時に、この方はきっとこれからも、こんな無茶をなさるのだろうと思ったものですから……そんな予感など外れた方が良かったのですけど……」

龍聖達と一緒に塔の階段を上りながら、バハルがそうぼやいた。

龍聖はシャオワンと同じ紺色のマントを着けていた。体には衣装の上に簡易鎧《よろい》である胸当てを着けている。竜の鱗を加工して作られた胸当ては、剣を弾くほどに頑丈だが、布のように軽い。龍聖はとても嬉しそうに、頬を上気させながら何度も胸当てを撫でた。

腰には特注の細身の剣を下げている。

「これならば本当にシャオワンを守れそうです」

「リューセー様、くれぐれも……」

「分かっています。バハル、危ないことはしませんから……すぐに帰ってまいります」

龍聖は振り返って、バハルを安心させようと笑顔でそう言った。

最上階に辿り着くと、すでにジンヤンが天井と壁を開けて、飛び立つ準備をしていた。

「では行ってくる。今日中に戻るから」

シャオワンはバハルに向かってそう言うと、龍聖を抱き上げてジンヤンの頭に飛び乗り、首を駆け上がって背中の上に立った。

「ジンヤン、行こう」

シャオワンの掛け声に呼応するように、ジンヤンがオオォォォッと咆哮を上げて、大空に飛び立った。竜達が興奮して鳴きながら、周囲を飛び回っている。城の上空に上がると、数頭の竜が近づいてきた。先頭の竜はライエンの竜だ。

「シャオワン、突然出立するなど、一体どこへ行くつもりだ……というか、リューセー様!? そのお姿は……」

「これからアルフォン王国に向かう。ついてまいれ」

「な、なんですと!? あっ……シャオワン!」

驚いているライエンを無視して、シャオワンは先に進んだ。ライエン達も慌ててついていく。一行は一路アルフォン王国を目指した。


「あそこに見えるのがアルフォン王国だ」

山岳地帯ではあるが、エルマーン王国のような荒野の険しい岩山ではなかった。緑の木々が覆うなだらかな山がいくつか連なる山間の開けた平地に、高い塀に囲われた都市が見えた。中央には城がある。

「シャオワン、なんだか様子がおかしくないですか?」

「あれは……戦争中だ!」

アルフォン王国の城下町からは、幾筋もの煙が上がっている。アルフォン王国のすぐ側の平地には、いくつかの軍隊の姿があった。隊列を組んでいる騎馬や兵士達が見える。

「どこと戦っているんだ? ……まさか……ドラーク王国?」

シャオワンが眉間にしわを寄せて呟いた。

「ドラーク王国? それはまさか……シャオワン達を罠に嵌めたというカシュパル王の?」

「ああ、そうだ」

シャオワンは忌ま忌ましいとばかりに歯噛みする。

「シャオワン！」

ライエンの竜が近づいてきた。

「戦争中だ。どうする？」

「むろん……仲裁する」

「シャオワン！　オレが行こう」

「いや、私がドラークの兵を蹴散らすから、ライエン達はアルフォン王国の方へ、一時休戦を呼びかけてくれ」

「分かった」

シャオワンの指示を受けて、ライエンは部下達に指示を送った。

「リューセー、危険だから伏せていてくれ」

「はい」

「ジンヤン！　地面すれすれに飛んで、ドラークの兵達を薙《な》ぎ払え！」

オオオオォォォォ!!　とジンヤンは咆哮を上げて、ドラーク王国の軍隊めがけて急降下した。

突然空に恐ろしい咆哮が響き、頭上から金色の竜が自分達めがけて、突っ込んでくるので、ドラーク王国の兵達は驚きの声を上げてうろたえた。

巨大な金色の竜は、凄まじい勢いで地面すれすれまで来ると、ぶわりと羽ばたいて急上昇した。巻き起こる風による風圧で、人も馬も次々と弾き飛ばされていった。怒号と悲鳴が飛び交い、一瞬にしてそこは修羅場《しゅらば》と化した。指揮する各隊の隊長が、逃げ惑う兵達を留めようと必死に叫んでいたが、誰の耳にもその声は届かなかった。

「また来たぞ!」

「助けてくれ!　食われる!!」

そこにいる兵士達のほとんどが本物の竜を見るのは初めてだった。想像以上に巨大な竜が襲ってくるのだ。恐怖で腰を抜かす者、気を失う者も多かった。

ジンヤンはもう一度急降下して、残っていた騎馬や兵士を薙ぎ払った。

「ジンヤン、もういい」

シャオワンがそう言うと、ジンヤンはゆっくり旋回して、アルフォン王国を取り囲む高い塀の側に降りた。そこには先にライエン達の竜がいた。すぐ近くに見える堅固な門は閉ざされていた。

「リューセー、大丈夫かい？」

「はい、大丈夫です」

ジンヤンの背中の上にうつ伏せに寝ていた龍聖は、体を起こして立ち上がった。シャオワンは龍聖を抱きかかえて、そのままジンヤンの背から降りる。するとライエン達が駆け寄ってきた。

「シャオワン」

「ライエン、アルフォン王国の方はどうだ？」

「間もなくここへエステベス王が来ると思う」

「そうか」

ライエンの報告に、シャオワンは頷いた。

「それにしても随分派手にやったな。大丈夫か？」

ライエンは遠くに見えるドラーク王国の軍隊をみつめて言った。散り散りに撤退していくのが見える。竜を前にして、兵士達は完全に戦意を失ったようだ。

「私は大丈夫だ」

シャオワンはそう言って、軽く胸を叩いてみせた。隣で龍聖が微笑んでいる。

「リューセー様を心配したんだ。あんな荒っぽいことをして、乗っていたリューセー様は怖かっただろう」

「いえ、平気です」

ライエンが呆れたように言ったが、龍聖が笑いながら答えたので、他のシーフォン達も安堵の声を漏らした。

その時、アルフォン王国の正門が開いた。馬に乗った騎士達が数名こちらに向かってくる。先頭を走るのは、鎧に身を固めたエステベス王だった。彼らはシャオワン達の側まで来て、馬の脚を止めると馬を降りた。シャオワンの前まで進み出て、エステベス王はその場にひざまずいて深く頭を下げる。

「シャオワン王、このたびは我が国の窮地をお救いいただき、感謝の言葉もございません。何と言って良いか……」

エステベス王は俯いたまま、続く言葉を失って両手を地面につけると、そのまま平伏した。

「本当に！　本当に申し訳ございません！　我らの度重なる不敬の数々……本当に……本当に申し訳ありません」

声を震わせて謝罪する王に続くように、後ろにいた家臣達も全員その場に平伏した。

「エステベス王、どうか頭を上げてください。結果としてはこのようになったが、私は何も貴方がたを助けるつもりで来たわけではありません。たまたま……立ち寄ったところ、両国が戦争している場に遭遇しただけですから」

シャオワンからそう言われたエステベス王は、驚いて顔を上げた。

「エステベス王、私がここへ来たのは、貴方ときちんと話がしたかったからだ。あの時、貴方は気を失って倒れていたが、私達はさっさと撤退した。意識を取り戻した貴方が、その後どうしたのかも知らない。私達が捕らえておいたカシュパル王をどうしたのかも……あとは貴方がたの問題で、私にはもう関係ないと思った。だが我が妃に言われたのです。アルフォン王国との件を、きちんと解決しに行きましょうと……私が望んでいるのは、貴方がたのそのような謝罪ではありません」

エステベス王は、驚きの表情でシャオワンの話を聞きながら、シャオワンの隣に立つ龍聖に視線を向けた。龍聖は目が合うと微笑みを浮かべて、軽く会釈をした。エステベス王は我に返り、ようやく落ち着きを取り戻して、真剣な表情で改めてシャオワンを見上げた。

「あの後……意識を取り戻した私は、皇太子からすべてを聞き……シャオワン王の言葉に絶望しつつ、自分達のするべきことを知りました。捕らえていただいたカシュパル王に、取り引きを持ちかけて第二王子を無事に取り返しました。カシュパル王を釈放する代わりに、二度と我が国には関わらぬように約束をさせたのです。そして我々は、すぐにでもエルマーン王国へ赴き、謝罪をして何としてでも許しを請わねばと……家臣達と準備を進めていました。そこへ……ドラーク王国が攻め込んできたのです」

エステベス王がそこまで語った時、遠くで地鳴りのような音が聞こえた。その場にいた者達が、一斉にその方向へ視線を向けると、土煙が上がっているのが見えた。ドラーク王国の騎馬隊が進軍してきているのだ。どれほどの数なのかは分からないが、態勢を立て直したようだ。相手の姿が見えるくらいの距離に近づいてきた時、キラリと何かが光って見えた。そう思った時、放物線を描くようにして、上空からこちらに向かって無数の矢が飛んできた。

「危ない！」

エステベス王がそう叫んで立ち上がると、咄嗟にシャオワンと龍聖の前に、両手を広げて盾となるように立った。

だが矢は、シャオワン達の下へはひとつも届かなかった。ぶわりと目の前に、金色の翼が大きな幕となって広げられた。ザザザッと音を立てて、無数の矢が降り注ぎ、ジンヤンの広い翼に当たって、すべてが地面に儚《はかな》くも落ちていった。

これにはドラーク軍も驚嘆した。勢いづいて突進し、不意打ちをしたつもりだったのだが、渾身《こんしん》の攻撃はまったく通用しなかったのだ。弓矢による攻撃で、アルフォン王国の兵とシャオワン達に大打撃を与えて、騎馬隊で突撃して止《とど》めを刺すつもりだったのだろう。だが矢は、ジンヤンの翼に掠り傷ひとつつけることは出来なかった。

突進してくる騎馬軍団は、予想に反した状況にうろたえて、足並みが乱れた。

オオオオォォォォォォッッ!!　と、ジンヤンが威嚇《いかく》の咆哮を上げる。空気がビリビリと震えて、馬達が嘶《いなな》きながら前脚を高く上げて、それ以上進むことを拒否した。

ドラークの騎馬兵達は、全員馬から振り落とされている。その中にカシュパル王の姿もあった。

それまで後方から戦の行方を眺めていたが、竜を我が物にする千載一遇《せんざいいちぐう》の機会だと、鼻息荒く先頭に立って突進していたのだ。地面に倒れて、すぐに起き上がれずにいる。

それを確認した瞬間、シャオワンが駆けだしていた。

「カシュパールゥー!!」

怒りに満ちた表情で、叫びながら駆けてくるシャオワンの姿に、ドラーク王国の騎士達は、驚愕して身を竦めた。紺色のマントをはためかせて、深紅の長い髪がうねるように広がって見える。まるで紅蓮《ぐれん》の炎を背負っているように見えた。

「鬼神だぁ！」

誰かがそう叫んだ。騎士達の間から悲鳴が上がり、逃げようともがく姿もあった。重い鎧のため地面に倒れればすぐに起き上がることが出来ない。慌てふためく騎士達は、ガシャガシャと金属音をたてながら、混乱していた。

そんな中で、当のカシュパル王だけは、笑みを浮かべて落ち着いた様子で、ゆっくりと立ち上がった。その目は金色の竜を捉えていた。無数の矢を弾き返した強靭《きょうじん》な翼の力に、魅了されていたのだ。それはある種狂気に満ちた眼差しに見えた。自分の置かれている今の状況を判断する思考よりも、竜の力を欲する欲望の方が勝ってしまっているのだ。

「カシュパル！」

すぐ側で名前を呼ばれて我に返った。目の前にシャオワンが立っている。カシュパル王の目がギラリと光った。

「この者を捕らえ……ぐわっ」

狂喜して家臣に命じようとしたカシュパル王は、その言葉を最後まで言うことは出来なかった。苦悶の表情で両手で自身の首を押さえていた。まるで見えない何かに首を絞められているかのようだ。必死にそれから逃れようと、両手は首を掻いている。

カシュパル王の体がゆっくりと宙に浮いた。前方には仁王立ちで、両手をゆっくりと上げるシャオワンの姿がある。

怒りに満ちたその顔で、両目が赤く光っていた。

「うわぁぁぁ！」

宙に浮かぶ自分達の王の姿に、助けようという気持ちよりも恐怖の方が先に立って、騎士達は真っ青な顔で腰を抜かしていた。

ドサリと音をたてて、カシュパル王が地面に倒れて落ちた。首を押さえながら、苦し気に咳き込んでいる。

「カシュパル……あまり私を怒らせるな。我らが不戦の誓いを立てているため、甘く見ているのかもしれぬが、我らが本気になれば、お前達など赤子の手をひねるよりも容易く、滅ぼすことも可能なのだ。二度とアルフォン王国にも、我が国にも手を出すな。私はこれでもまだ何一つ、お前に借りを返したつもりはない。私を罠に嵌めて捕らえたことも、先ほど私に矢を放ったことも……」

シャオワンはそう言って、右手を突き出した。するとカシュパルが「うぐぅっ」と呻き声を上げる。

再び強く首を絞められたのだ。

「た……助け……」

カシュパル王が、初めて命乞いの言葉を零した。

シャオワンが手を下ろすと、解放されて息が出来たのか、カシュパル王は咳き込んでいる。

「お前だけではない。ここにいる全員！　竜の呪いにかけることも出来るのだ」

シャオワンは辺りを見回しながら、わざと大きな声でそう言った。騎士達が恐怖に慄《おのの》くのが見える。

「次はもうないと思え」

シャオワンはそう言い捨てて、くるりと背を向けると去っていった。

「シャオワンは、貴方がたの話を聞く準備はいつでも出来ています。ですが貴方がたが心から謝罪をするためには、まずは国を立て直すことが先でしょう。倒れかかった国の王が、エルマーン王国と対等に話が出来ますか？　王の土下座が見たいわけではありません。貴方がたの誠意は、改めて別の形でお示しください」

シャオワンがカシュパル王を懲《こ》らしめている間、龍聖はエステベス王にそう話をしていた。

「お后様……」

エステベス王は、龍聖の慈悲深い言葉に胸を打たれていた。

「我が国は建国して千年以上経ちますが、まだまだ国としては模索中です。シャオワンもまた王として模索中です。国も王も、常に成長が必要です。王にだって過ちはあります。それに気づき正せるかどうかで、良き王になるかどうかが決まるのではないでしょうか？」

龍聖が微笑みながらそう言って、視線をシャオワンへ向けた。シャオワンが戻ってくるのが見える。

「すまない……ついカッとなって無茶をしてしまった」

シャオワンは苦笑しながらそう言って戻ってきた。

「止める暇もなかった。こっちは肝《きも》を冷やしたぞ」

ライエンが腕組みをして文句を言うと、シャオワンが「すまない」と頭を下げた。

「エステベス王、話の途中で失礼した」

シャオワンがエステベス王に向かって謝罪すると、エステベス王は真面目な顔のまま首を振った。

「シャオワン王、大変申し訳ありませんが、見ての通り我が国は惨憺《さんたん》たるありさまで、来賓を招き入れる状況にありません。シャオワン王への謝罪とこのたびの礼については、後日改めさせていただいてもよろしいでしょうか？」

先ほどとは表情も態度も違うエステベス王を見て、シャオワンは少しばかり驚いたが、龍聖と目が合うと察したようにうなずいた。

「承知しました。一日も早い復興をお祈りしています」

シャオワンはそう言って一礼すると、ライエン達にも合図を送り、その場を立ち去った。


「あんなに怒った貴方を見たのは初めてです」

エルマーンへの帰路について、龍聖が笑いながらそう言った。

「私もあんなに怒ったのは初めてだよ。だけど……リューセーがいてくれたおかげで、勇気が湧いたというか、強気の行動が取れたのだと思うよ」

シャオワンはそう言って龍聖の肩を抱いた。

するとジンヤンが振り返り、グググルルッと目を細めながら鳴いた。

「べ、別にそういうわけじゃないぞ」

シャオワンは、むっと眉根を寄せて、ジンヤンに向かって言い返した。龍聖は不思議そうな顔で、いた。


ジンヤンとシャオワンを交互にみつめた。

「ジンヤン様は何とおっしゃったのですか？」

「……リューセーの前で格好をつけたかったのだろうと言われたんだ」

不本意そうにシャオワンが通訳すると、龍聖は「まあ」と言って笑いだした。

「確かに格好良かったですね……ジンヤン様もとてもお強くて格好良かったですよ？」

龍聖がジンヤンに向かってそう言うと、ジンヤンは目を細めて、グッグッグッと笑うように鳴いた。

「リューセーは怖くなかったかい？　いきなりあんな戦場に行ってしまったけど……」

「はい、貴方がいたから怖くありませんでした」

龍聖の返事に、シャオワンは嬉しそうに微笑んで、龍聖に軽く口づけた。

「私の代わりに、エステベス王と話をしてくれたみたいだね。何を話したんだい？」

「たいしたことは話していません。ただ……ぜひ我が国にいらしてほしいと招待いたしました。シャオワン、エルマーンに戻ったら提案したいことがあるのですけど……」

「今度は何だい？」

「城の改築です。シーフォンの方々は人間を警戒して、大切な竜王である貴方に謁見をさせたくないと言っていて、中にはもう他国の者を城に入れるなと言いだす者までいると聞きました。それを解決するには、城を改築するしかないと思うのです」

「へえ……君は城の改築についてまで分かるのかい？」

シャオワンが面白そうに目を輝かせて尋ねた。龍聖は少し赤くなって首を振る。

「いいえ、私には建築の知識はありません。ですが提案だけならば出来ます。それが実現出来るかどうかは、専門の方々にお任せすることになりますけど……」

「どういう提案だい？」

「私のいた世界で……将軍様という一番偉い王様の居城には、大奥という場所があったのです。王様のお后様や側室達……女性ばかりが住んでいた場所なのですが、そこは王様以外の人が入ることの出来ない造りになっていました。どのような建物の造りだったかなどは分かりませんが……着想としては使えるかなと思ったのです。つまり……私達やシーフォン達が住居としている区画と、謁見の間や大広間など、外の者を迎え入れる政務の区画を分けることが出来れば良いのではないかなと思いました。お城の中を完全に二つに分けて、双方に行き来できる出入り口を一ヶ所だけにしてしまえば、警備も容易くなりますし、外の者を私的な住居部分に入れずに済みますから、子供達や卵を守れるのではないでしょうか？」

龍聖の話を聞き終わったシャオワンが、龍聖の体を抱き上げてそのままぐるりと回ったので、龍聖は驚いて悲鳴を上げた。

「シャオワン！　空の上ですよ！　危ないではありませんか！」

「あははは……すまない、すまない！　いや、あまりにも素晴らしい発想だから、感激してしまったんだよ！　それはすごい提案だ！　帰ったらすぐに会議を開こう！　リューセー！　君は最高だ！」

シャオワンはそう言って龍聖を強く抱きしめると、深く口づけた。龍聖は目を閉じて、シャオワンに身を任せた。

「愛しているよ」

「私も……愛しています」

二人は幸せそうに微笑み合った。


青空の下、テラスに立ち眼下の城下町を眺める龍聖の姿があった。

「母上、あそこは何してるの？」

その側で、幼子がテラスの柵の隙間から下を覗き込んで指を差す。

「あれは家を建てているのですよ」

龍聖は屈みながらそう優しく教えた。

「あっちも、あっちも家を建てているのですか？」

「そうですよ」

まだ拙《つたな》い口ぶりで、一生懸命に尋ねる息子の様子に、笑みを零しながら答えた。

「どうしてそんなにたくさん家を建てているのですか？」

「それはね、母がそうした方が良いと、アルピン達に言ったからですよ」

「母上が？」

龍聖は平均八人以上の大家族で住むアルピンの家庭事情を鑑みて、五部屋以上はある大きな家に、建て替えさせる改革を進めていた。

「ヨンワン、将来この国は貴方が竜王となって治めるのです。ここからの眺めがいつも美しい国であ

るようにするのですよ」

龍聖の言葉を、ヨンワンはぽかんと口を開けながら、母の顔を見上げて聞いている。その顔を見て、龍聖はクスクスと笑った。

「まだ貴方には早かったですね?」

「なにが?」

「なんでもありません」

龍聖はひょいっとヨンワンを抱き上げた。

「ヨンワンはここからの眺めは好き?」

「はい、好きです」

ヨンワンはニコニコと笑いながら答えた。

「そう、それはとてもいいことですね」

龍聖は嬉しそうに頷いた。その母の笑顔を見て、ヨンワンはもっと笑顔になった。

「さあ、母はそろそろ出かけなければなりません。ヨンワンはいい子でお留守番出来ますよね?」

龍聖がそう尋ねると、ヨンワンは唇を尖らせて答えなかった。

「夕方までには戻りますから」

龍聖が宥めるように言った。するとヨンワンは、ぷうと頬を膨らませる。

「母上は、また父上と二人でお出かけなの?」

「そうですよ。大事な外遊というお仕事なんです」

龍聖は時折、シャオワンと共に外遊に出ていた。いまだに家臣達からは反対されているが、毎回

「今回だけ」と言っては、二人で仲良く出かけるのだ。周囲も最近では諦め始めている。

一応、龍聖もヨンワンのことなどを考えて、年に一、二回と回数を抑えているし、行き先も信頼が置ける国だけと決めていた。

国王夫妻での外遊は他に例がなく、その分訪問した国からは大いに歓迎されて、外交の効果をあげていた。

「母上は、私と父上とどちらが大事なのですか？」

ヨンワンが急に大人びた質問をしたので、龍聖は目を丸くした。

「それは……シャオワンを大事に思うのと、ヨンワンを大事に思うのは、全然別なのですよ？」

龍聖の答えは、ヨンワンには難しくて理解出来なかった。ぷうと頬を膨らませていると、龍聖がきゅっと頬をつねった。

「母上……痛いです」

「ふふっ……貴方の頬は、父上に似てつねりたくなる頬なのですよ」

龍聖はそう言って、ヨンワンのつねった頬に口づけた。

「ヨンワン、貴方にはとても重要な使命を与えますから、心して聞いてください」

龍聖はヨンワンを抱き上げながら、少し真面目な顔をして言った。するとヨンワンも真剣な顔で頷く。

「弟のダイレンを守ってください」

龍聖は真面目に言ったが、ヨンワンはそれを聞いた途端に、不満そうな顔で眉根を寄せる。

「そんなの……別に大事な使命ではないです」

口を尖らせてヨンワンが文句を言うと、龍聖はキッと厳しい眼差しを向けた。

「何てことをいうのですか！　貴方はいずれ父の跡を継いで、竜王となる身なのに……弟を守るのが大事な使命ではないなんて！　母は残念でなりません」

龍聖が少しばかり大袈裟な素振りで、悲し気に俯くと、ヨンワンが心配そうに龍聖の顔を覗き込んだ。

「母上……そんな……ごめんなさい。ちゃんとダイレンを守りますから！」

ヨンワンが目に涙を浮かべて、一生懸命に言うので、龍聖は顔を上げてじっとヨンワンをみつめた。

「本当ですか？」

「はい、約束します」

龍聖はヨンワンの頭を優しく撫でた。

「ヨンワン、母が貴方に弟を守れと言ったのは、単に危険から守れという意味で言ったわけではありません。貴方もダイレンも、命をかけて守ってくれる兵士がいるし、側には乳母達やバハルもいます。でもダイレンが寂しくなったりした時に、誰よりも頼りになるのは兄弟である貴方だけなのです。そうは言っても、貴方にはまだ少し難しくて分からないかもしれませんが……誰か大切な人を守るということを、今のうちから貴方に知ってほしいのです」

おそらくその意味の半分も分かっていないのだろうが、ヨンワンはとても真剣に龍聖の話を聞いている。その顔を見て、龍聖は安堵したように微笑みを浮かべた。

「母上……どうやって守ればいいのですか？」

「ダイレンが寂しくて泣いたら、手をぎゅっと握ってあげなさい。それでもダメなら抱きしめてあげなさい」

龍聖はヨンワンの手を握り、ぎゅっと抱きしめてそう教えた。

「分かりました！　ダイレンを守ります」

「良いお返事ですね。それならば父も母も安心して外遊に向かえます。頼りにしていますよ。ヨンワン」

「はい！」


「そうか、ヨンワンがそう言ったか」

ジンヤンに乗って外遊に向かいながら、龍聖がシャオワンにヨンワンの話を聞かせた。

「ダイレンが生まれて、ヨンワンは私を弟に取られたように思うのか、少しばかり我が儘《わがまま》になっているのです。ダイレンにも近づこうとしないし……それで言ってみたのです」

「そうか……私の前では、それほど以前と変わって見えないが、やはり母とは違うのだね」

シャオワンがクスクスと笑って、龍聖を抱きしめた。

「二人目が生まれてから、初めての外遊だけど、君は大丈夫かい？　二人と離れて心配ではない？」

「心配じゃないと言えば嘘になりますが、それは今に始まったことではありません。ヨンワンを一人で残していた頃から、いつも心配はしていました。でも私があなたと一緒に行くことで、喜ばれることは多いですし、我が国との絆が強くなった国もあります。エルマーン王国を豊かにする手助けに、少しでもなるのならば嬉しいです。それに何より……私も楽しんでいるのですよ？」

「君の外遊の機会は、年に一度くらいのことだからね」

龍聖は笑顔で頷いた。

「特に今日は……とても楽しみにしていたのです」

「ああ、今日は特別な日だ」

二人は頬を寄せ合って笑った。

「嬉しいね」

「はい、とても嬉しいです。何しろ私は、ウィラン王国へ行くのは初めてですから」

「あれ？　そうだったかい？」

シャオワンが意外という顔で首を傾げた。

「はい、アンベール王は、我が国に二度ご来訪いただいたので、よく存じ上げていますけど、ウィラン王国を訪問したことはありません」

「そうか……だけど私もそう何度も訪問しているわけではないし……最後に行ったのは……六年も前になる」

シャオワンが指折り数えて言った。それを聞いて、龍聖がクスクスと笑う。

「六年も……とおっしゃるなんて、貴方も随分と人間の気持ちが分かるようになったのですね」

「からかわないでおくれ……そうだね、だって幼いヨンワンを見ていると、それほど月日は経っていないように思ってしまうけれど……あの時戴冠したばかりで、まだ少しばかり少年のような幼さの残る若き王だったアンベール王も、今ではもう立派な王になって、ウィラン王国も安定した平和な国になって……そして今日は、アンベール王の嫡男《ちゃくなん》ランベル皇太子殿下の婚礼なのだからね。あれからもう二十六年が経ったんだよ？　不思議だね」

　感慨深い様子でシャオワンが語ると、龍聖も前方をみつめながら頷いた。

「私もこうして外遊に連れ出していただいて、この世界の人々との交流がないままだったら……城の中で、シーフォン達としか交流を持たないままだったら、月日の流れに鈍感になってしまっていたかもしれません。私に仕えてくれる侍女達や兵士達は、ある程度の年齢になれば、次々と配置換えされてしまいますから、年老いて辞めてしまう姿を見ることはありません。アルピンと近しくしていても、あまり月日の流れが分からないのです。だからアルピンにしても、他国の人々にしても、一期一会《いちごいちえ》の縁を大切にしたいと思っています。あ、一期一会とは、大和の国の言葉で、一生に一度だけの機会と思って、そのことに専念するという意味です。この人に会えるのは、一生で一回かもしれないと思って、出会いを大切にしたいと思って接しています」

　シャオワンは、しんみりとした表情の龍聖をみつめながら、風に乱れる美しい黒髪を優しく撫でた。

「君のそういう心配りや気づきのおかげで、私も人間のことをよく知ることが出来て……外遊ではいつも助けられている。ありがとう」

　シャオワンは龍聖の頬に口づけた。

「ほら、ウィラン王国が見えてきた。あれがそうだよ」

　シャオワンが指さす先を、龍聖は少しばかり身を乗り出してみつめた。頬を上気させて、瞳を輝かせて、生き生きとした表情の龍聖の横顔を見ながら、シャオワンは満足そうに微笑む。

「シャオワン」

「なんだい？」

「人間は好きですか?」

突然龍聖からそう尋ねられて、シャオワンは一瞬キョトンとした顔をしたが、すぐに満面の笑顔になった。

「もちろんだ。好きだよ」


エルマーン王国のシャオワン王と王妃リューセーの仲睦まじきことは、他国でも有名になっていた。政略結婚の多い他国の王族達の間では、見せかけだけではない二人の愛情は称賛され、特に結婚前の姫君達からは憧れの目を向けられた。

いつしかエルマーン王国は、『竜使いのいる不思議な人種の国』としてではなく、『勇敢で寛大な国王と聡明で慈悲深い王妃が仲睦まじく治める平和で豊かな国』という印象が強くなっていた。

世界の中で、少しずつエルマーン王国の存在が変わっていっていた。

豊かに栄える竜の住む都。貧富の差もなく、皆が笑顔で住む国。

人々はそこを理想郷と呼んだ。

もしもリューセー降臨ではなく
フェイワンが迎えに来たら

金沢《かなざわ》市内のとある銀行のとある支店。融資担当として働く守屋《もりや》龍聖《りゅうせい》は、いつものように窓口業務をしていた。融資相談に来ているお客様を相手に、丁寧に説明をしていると、突然行内でざわめきが起こった。

一瞬のことならば聞き流すのだが、いつまでもざわざわとしている。悲鳴が上がるとか、怒鳴り声がするとか、そういうトラブルではなさそうだが、一向に静まらないので気になる。しかし目の前のお客様の手前、露骨に振り返るのを我慢していた。

龍聖のいる融資窓口は銀行内でも奥の方にあり、それぞれの窓口ごとにパーテーションで区切られている。お客様のプライバシーを守るための配慮だ。そのため龍聖からは、他のお客様のいる待合スペースやＡＴＭを見渡せず、騒ぎの元を確認することが出来ない。

せめて目の前のお客様も、騒ぎを気にしてくれればこちらも確認しやすいのだが、深刻な顔で融資条件の書類を睨んでいる様子からは、騒ぎに気付いてもいないようだ。

「守屋主任」

後方から声をかけられて、龍聖が振り返ると、後輩の男性行員が困惑しているような表情で「ちょっと……」とアイコンタクトを送ってきた。

龍聖は不思議に思いながらも、お客様に「少々お待ちください」と告げて立ち上がった。

「どうした……」

龍聖が問いかけようとした時、無意識に騒ぎの元を見ようと向けた視線の先に、信じられないものがあったので、思わず絶句してしまった。

行内《こうない》でお祭りでもはじまったかのようだ。随分カラフルで色鮮やかな……髪⁉

そこには緑や青や金色など、不思議で色鮮やかな髪の男性が数人立っていた。特に中央に立つ真っ赤な髪の男性が、一際目を引いた。

連獅子《れんじし》のたてがみのように、真っ赤な長い髪の背の高い男性。彼は立ち上がった龍聖に気づき、ニッコリと笑みを浮かべた。

「守屋主任……あの方達が主任に会いたいと言っているのですが……お知合いですか？」

後輩が恐る恐る尋ねる。龍聖は「知らない」と言いかけた言葉を飲み込んだ。知り合いではないが、龍聖は彼を知っていた。

昨日、営業で金沢市郊外の会社を回った時に、偶然見かけたのだ。人だかりの中、真っ赤な髪の男性が着物を着て立っていた。とても美形だから、モデルか何かで撮影でもしているのかと思った。その時も彼は龍聖を見て嬉しそうに微笑み、声をかけてきたのだ。あの時、彼は『リューセー』と呼んでいた。その場にいた人達が一斉に龍聖を見たので、恥ずかしくなり『人違いです』と言って、車に飛び乗って逃げ出したのだが……まさか銀行まで来るなんて思いもよらなかった。

「リューセー」

彼は嬉しそうに笑顔でそう名を呼びながら、龍聖のいる融資窓口までやってきた。龍聖の前にいた客が、突然現れた不思議な姿の男に、さすがに驚いている。

「リューセー、君を迎えに来たよ」

真っ赤な髪の男性が、艶のある低い声でそう告げた。外国人のような顔立ちなのに、とても流暢な日本語なので驚いたが、その言葉の内容にも驚いた。

「迎えに？　いえ、あの……どなたかと間違っていませんか？　貴方は誰ですか？」

仕事の顔も忘れて、龍聖が露骨に怪訝《けげん》そうな顔で眉根を寄せたが、赤い髪の男は気にする様子もなく、柔らかな笑みをたたえていた。

「これは説明もなく失礼した。オレはエルマーン王国国王フェイワン。守屋龍聖、君を我が伴侶とするために迎えに来た。これは遥か昔に互いの先祖が交わした約束だ」

龍聖は目を丸くしてしばらく硬直してしまった。日本語のはずなのに彼が何を言っているのか分からない。だがすぐに我に返り、辺りをきょろきょろと見まわした。

「これってドッキリですか？　どこからかカメラで撮っているんでしょう？　貴方は昨日、着物を着て外で撮影か何かしていたじゃないですか」

「撮影？　昨日は二尾《ふたお》村を探していたんだ。ずいぶん前に無くなったとは聞いていたんだが、現在の守屋家がどこにあるか分からなくて、手掛かりを探すために……今の大和《やまと》の民は着物を着ないのだね。あのままでは目立ってしまうから、今の大和の民の服装に合わせたんだ。どうだ？　似合うか？」

フェイワンと名乗る男が、胸を張って言った。仕立てのいい高級なダークグレーのダブルのスーツだ。嫌味なくらいに似合っていてかっこいいが、連獅子みたいな深紅の長髪では、どちらにしても目立っている。

「あの時リューセーが乗っていた自動車という乗り物を追った。だが残念ながら、昨日は玄関が閉まっていて入れなかったんだ。それで今日改めて迎えに来た。リューセー、さあ一緒に行こう」

一方的に話を進められて、龍聖は混乱してしまった。

『行こうってどこへ？』

「守屋主任」

その時支店長から名前を呼ばれた。助かったと安堵しながら、声のする方を見ると、支店長の隣には金髪の男性が立っていた。豪奢《ごうしゃ》な長い巻き毛のイケオジだ。彼もフェイワンの仲間なのだろう。

「仕事はもう良いから、この方たちと一緒に行ってきなさい」

「え!?」

思いもよらない言葉に驚いて、思わず聞き返そうとしたが、支店長が上機嫌な様子で、金髪の男にペコペコと頭を下げながら、書類と共に小切手を受け取っているのが見えて、すべてを察した。

『大口顧客!?』

「さあ、リューセー、まずは君の家に案内しておくれ」

「え？　あ、いや……え？　え？　わあ！」

龍聖が作り笑いをしながら、後ずさりしようとした時、フェイワンがひょいっと龍聖を姫抱きで抱え上げたので、龍聖は思わず変な声を上げてしまった。

「リューセー、愛しているよ」

耳元で囁かれて、龍聖は驚きと羞恥で叫びそうになった。

パチリと目を開けた龍聖は、何度か瞬きをした後辺りを見回した。見慣れた光景。エルマーン王国王城、王の私室にある寝室だ。

「変な夢だったなぁ……」

龍聖は溜息とともに呟いて、隣に眠るフェイワン見て、安心したように微笑んだ。

あとがき

こんにちは。飯田実樹です。

「空に響くは竜の歌声　恵みの風と猛き竜王」を読んでいただきありがとうございます。

さて、毎回同じことを言うのもどうかと思うので、「奇跡」だとか「信じられない」とかはもう言いません。でもなんと十巻目です。

一冊が平均二十五ミリなので、十巻で二十五センチ。一般的なカラーボックスの幅が、約四十センチなので、三分の二を占めていることになります。

なんでこんなことを書いているかというと「十巻」というのが、一体どういうことなのか具体化してみようと思ったわけで、つまり書店の棚をどれくらい占めて、読者様の家の本棚をどれくらい圧迫しているのかを、より正確に想像するためです。いや……本当にすごいです。ありがとうございます。

十巻目は、辛いこと、悲しいことのない……とにかく平和で幸せな一冊にしました。もちろん多少の波乱はありますが、誰も死なないし、誰も苦しみません。BLだからって別にヒドイ目にあう必要はないのです。龍聖が降臨して、竜王と結ばれて、ちょっと色々な日々の事件があって、それでも二人の愛は不変で、エルマーン王国は平和です。そういう物語も良いではありませんか。

十巻目という節目に、このシリーズの中でも王道と言っても良いお話にしました。楽しんでもらえて、気に入っていただけたら嬉しいです。

さてそんな私もデビューして丸四年。今年は作家生活五年目です。昨年は「空に響くは竜の歌声お茶会」なるものを開催いたしました。もちろん出版社公式ではなく、私主催の私的イベントです。

そこで行った抽選会の一等賞品として「空に響くは竜の歌声に出演する権利」というものがありました。今回、この作品中に一等当選者様が登場しています。どのキャラだったかはご想像にお任せします。(ご本人にはお伝えしてあります)

十巻記念としてはもうひとつ。巻末オマケSSに、初めて「現パロ」を書きました。いかがでしたか？　フェイワンが迎えに来るなら、龍聖が十八歳の時だろう！　などという突っ込みはなしです。だって二十八歳の龍聖だから好きでしょう？　パロディなのでその辺りは笑ってお許しください。夢落ちですが、もしかしたら別の平行世界があるかもしれませんね。

他にも十巻を記念して、色々と盛り上げたいですねって担当さんとも話しました。読者様へのお礼として、色々と出来たらいいなぁって思います。

そして今回も、ひたき先生の美麗なイラストの数々！　いかがでしたか？　本当にいつも私の頭の中を覗かれているような、想像通り……いえ、それ以上のイメージの再現に感服いたします。龍聖のお父さんが最高でした。

ウチカワデザイン様には、今回も素敵に仕上げていただきありがとうございます。

色々なことがあって、落ち込むこともあると思います。そんな時に、この本を読んで少しでも笑顔になってもらえたら嬉しいです。

次の本でまた皆様にお会いできますことを心から願います。

飯田実樹

『空に響くは竜の歌声　恵みの風と猛き竜王』をお買い上げいただきありがとうございます。
この本を読んでのご意見、ご感想など下記住所「編集部」宛までお寄せください。

アンケート受付中
リブレ公式サイト　https://libre-inc.co.jp
TOPページの「アンケート」からお入りください。

初出　空に響くは竜の歌声　恵みの風と猛き竜王
＊上記の作品は2018年に同人誌に収録された作品を加筆・大幅改稿したものです。

もしもリューセー降臨ではなくフェイワンが迎えに来たら ……… 書き下ろし

空に響くは竜の歌声
恵みの風と猛き竜王

著者名　飯田実樹

発行日　2020年5月19日　第1刷発行

発行者　太田歳子

発行所　株式会社リブレ
〒162-0825 東京都新宿区神楽坂6-46 ローベル神楽坂ビル
電話　03-3235-7405（営業）　03-3235-0317（編集）
FAX　03-3235-0342（営業）

印刷所　株式会社光邦
装丁・本文デザイン　ウチカワデザイン
企画編集　安井友紀子

Printed in Japan
ISBN 978-4-7997-4782-7